स्वयं प्रकाश हिन्दी कहानी के विशाल संसार में अलहदा कथाकार हैं जो सोद्देश्यता के साथ पाठक के मन को छूने वाली कहानियाँ लिख सकते थे। लगभग पचास साल का उनका कहानी सफ़र स्वतन्त्र भारत के सबसे उथल–पुथल वाले दौर का भी सफ़र है जिसमें आपातकाल, मध्यवर्ग का उभार, मीडिया विस्फोट, एकल परिवार, भूमण्डलीकरण से बदलते रिश्ते–नाते सब कुछ आ जाते हैं। राजस्थान के विषम भौगोलिक इलाक़ों से ओडिशा के जंगलों–आदिवासियों तक फैले स्वयं प्रकाश के कथा संसार में भारतीय जन मानस के सपने और आशाएँ पल्लवित हुए हैं। वे भारत की जनता की सबसे बड़ी शक्ति को जानते हैं और उस शक्ति अर्थात आशावाद को कभी नहीं छोड़ते। अकारण नहीं कि हिन्दी के वरेण्य आलोचक नामवर सिंह ने अपनी पुस्तक 'कहना न होगा' में अपना प्रिय कथाकार स्वयं प्रकाश को बताया था। साधारण दिखाई देने वाली स्वयं प्रकाश की कहानियों की कला का रहस्य भी यही है कि वहाँ जीवन की सच्चाइयाँ इस अकृत्रिम ढंग से आती हैं कि कला का अहसास ही नहीं होता। उनकी प्रारम्भिक कहानियों 'नीलकान्त का सफ़र' और 'उस तरफ़' से उनके आख़िरी दौर की कहानियों 'प्रतीक्षा' और 'बिछुड़ने से पहले' तक सादगी की इस अनूठी कला का जादू बरकरार रहता है। अपनी कहानियों में वे हमेशा नये–नये इलाक़ों में जाते हैं जहाँ भारत की विशाल जनता के भिन्न–भिन्न किन्तु सच्चे और जीवन्त चित्र पाठकों के मन में इस महामानव समुद्र के प्रति हार्दिक लगाव उत्पन्न करते जाते हैं। अपने देश और समाज का ऐसा हृदयस्पर्शी चित्र स्वयं प्रकाश को बड़ा कथाकार बनाता है। 'छब्बीस कहानियाँ' इस समृद्ध कथा संसार का सबसे प्रामाणिक और प्रतिनिधि दस्तावेज़ है।

–पल्लव

स्वयं प्रकाश प्रेमचन्द की परम्परा के लेखक माने जाते हैं। वे अपनी कथाओं में पात्रों को निर्मित नहीं करते बल्कि अपनी दूरदर्शिता और बौद्धिक अभ्यास द्वारा आसपास के समाज को चिन्हित और दर्ज करते हैं। भारतीय कथा परम्परा में कथा एक उद्देश्य के साथ लिखी जाती रही है। स्वयं प्रकाश ने उसी परम्परा का निर्वाह अपनी कथाओं में किया है।

कथाओं के लिए कई महत्त्वपूर्ण तत्त्व साझेदारी के साथ लेखक के समक्ष आन्तरिक रूप से प्रस्तुत होते हैं। उनमें कल्पना बोध एक ऐसा तत्त्व है जिसकी हल्की–सी भी अवहेलना स्वयं प्रकाश ने कभी अपनी कथाओं में नहीं की। वे कल्पना के माध्यम से कहानी में रोचकता, स्तब्धता और संवाद में रस की उत्पत्ति करते हैं। सही मायनों में एक सपाट कथा में 'अकस्मात' नये भावों का उत्पन्न हो जाना ही क़िस्सागोई कहलाता है। यही कारण है कि स्वयं प्रकाश की कहानियाँ अपने पाठकों से आत्मीय संवाद करती हैं।

प्रस्तुत संग्रह में उनकी 26 कहानियाँ हैं जो समाज, मनुष्यों और उनकी स्थितियों को बारीकी से देखने का प्रयास करती हैं। वे अपनी कथाओं में सूक्ष्म ब्यौरों को अतिरिक्त सावधानी से देखते हैं और अपने जीवन के अनुभवों के माध्यम से उन्हें कथाओं के रूप में अपने पाठकों को सौंपते हैं।

AF623501

छब्बीस कहानियाँ

स्वयं प्रकाश

वाणी प्रकाशन

वाणी प्रकाशन

4695, 21-ए, दरियागंज, नयी दिल्ली 110 002

फ़ोन : +91 11 23273167 फ़ैक्स : +91 11 23275710

शाखाएँ

अशोक राजपथ, पटना 800 004, बिहार

कॉफ़ी हाउस कैम्पस, महात्मा गांधी मार्ग, इलाहाबाद 211 001, उत्तर प्रदेश

महात्मा गांधी अन्तरराष्ट्रीय हिन्दी विश्वविद्यालय, वर्धा 442 001, महाराष्ट्र

www.vaniprakashan.com
marketing@vaniprakashan.in
sales@vaniprakashan.in

Chhabbees Kahaniyan
by Swayam Prakash

ISBN : 978-93-5518-332-3
Collection of Stories

प्रथम संस्करण 2022

मूल्य : ₹ 350

आर. टेक ऑफ़सेट प्रिंटर्स, दिल्ली-110032 में मुद्रित

वाणी प्रकाशन का लोगो मक़बूल फ़िदा हुसेन की कूची से

भूमिका

स्वयं प्रकाश की छब्बीस कहानियों का चयन है, इस संकलन में। स्वयं प्रकाश की कहानियों का फलक विराट हैं। किसी भी तरह की जादूगरी, बाज़ीगरी और भाषा के बोझ से मुक्त है, स्वयं प्रकाश की कहानियाँ। कहानीपन के सहज सौन्दर्य को लिये हुए। स्वयं प्रकाश के उनके पास स्मृतियों, विचारों अनुभवों का अद्भुत भण्डार है। पाठकों में जबरन करुणा जगाने के लिए उनकी कहानियाँ क़वायद नहीं करती। स्वयं प्रकाश के पास एक भीगी कलम है और कंठ में रूका हुआ आँसू। उनकी कहानियाँ बनती है, धरती से और धरती पर रहने वाले लोगों से। उनकी कहानियाँ बनती हैं, लेखक, किरदार और पाठक की साझीदारी से। भू–पटल पर ज़िन्दगी के जितने रंग है एक की भी अनदेखी नहीं करती उनकी कहानियाँ। **न्गूगी वा थ्यॉगो लिखते हैं–"कोई भी लेखक एक ही समय में दो स्थानों पर रहता है, तथ्यों की ज़मीन पर और कहानी की दुनिया में",** स्वयं प्रकाश दो दुनियाओं में अपने को साधे हुए जीवन और ज़मीन को बहुत निकट लाते हैं। उनकी कहानियों में प्रतिरोध का सौन्दर्य उजास लिये आता हैं। ताज़ी हवा के झोंके के साथ ही ज़िन्दगी की उमस और घुटन का वातावरण भी सहज उजागर हो उठता है–**"मानो सारे डिब्बा का नक़्शा बदलना शुरू हो गया था। खिड़कियाँ खुलते ही सारे डिब्बे में उजाला हो गया था, और ताज़ी हवा के झोंके सपाटे भर रहे थे। बाहर हरे भरे लहलहाते खेत थे और पेड़ और नदिया और पहाड़ और उन सब पर बड़ी सुहानी शाम दिख रही थी। थोड़ी देर में ये लोग कोई गीत शुरू कर देंगे। उदासियाँ दूर भाग जायेंगी।"** (नीलकान्त का सफ़र) स्वयं प्रकाश की कहानियाँ जनता की आकांक्षाओं और संघर्षों से गहरे सम्बन्धों की कहानियाँ हैं।

मुक्ति, तनाव, लाचारियों, विसंगतियों से स्वयं प्रकाश जन–सामान्य का जिन्दगीनामा रचते हैं, छोटे–छोटे अनुभवों से विचार–बिम्ब खड़ा करते हैं। उनके पास मानवीय हमदर्द की वह अन्तर्दृष्टि है कि, आसपास पड़ी उपेक्षित वस्तुओं के विवरण का निरखते हुए रोज़मर्रा के जीवन के कितने–कितने सन्दर्भों को अपनी कहानियों में ले आते हैं–**''मेरा गिलास साफ़ था केवलराम का गिलास गन्दा था और इसमें एक तिरेड़ भी पडी हुई थी, जिसमें कालिख भरी हुई थी।''** (इनका ज़माना)

शोषण अन्याय, अजनबीपन और अमानवीय के सबसे जटिल रूप जो दैनंदिन जीवन में व्याप्त है, उसे स्वयं प्रकाश की कहानियाँ इस सलीक़े से ले आती है कि, सुविधापरस्त तरीक़े से जीने वाली अभ्यस्त जिन्दगियां भी बिना विचलित हुए नहीं रह सकती। स्वयं प्रकाश बहुरूपी समय को भीतर से देखते हैं। वे समय को देखते हुए विभीषिकाओं व दुर्घटनाओं को उस तरह नहीं लाते कि, हमारी आँखे छवियाँ देखें और दृश्यों का लोप हो जाये, बल्कि संवेदना के स्तर पर हम जिस सतहीपन से घिर गये हैं उस पर चोट करते हैं। **''पत्र समाप्त होने के बाद भी कुछ पल सन्नाटा–सा खींचा रहा। तभी कपूर, मीनाकुमारी की नक़ल बनाते हुए अपने बालों की एक लट खींचकर थरथराती आवाज़ में बोला–तुम्हारे बग़ैर मैं कहाँऽऽ जाऊँगी भूतनाथ।''** और सब ज़ोर से हँस पड़े। नहीं सब नहीं। जोशी नही हँसा। वह झटके से उठकर खड़ा हो गया और बोला, **''बस ठीक है, यार। हर टाइम खी–खी–खी–खी. जानवरों की तरह'' शेष तीन जोशी को देखते रह गये।''** (तीसरी चिट्ठी)

जीवन्त दुखों को चिह्नित करती उनकी कहानियाँ इतनी सजीव हैं कि, चेहरे की झुर्रियों, माथे के बल व तनाव तक को महसूस किया जा सकता है। स्वयं प्रकाश खोये लोगों की कहानियाँ कहते वह खोये लोगों को खोने नहीं देते। निर्वासित, विस्थापित, धकियाये गये और ज़मीन से उखाड़े, गये लोगों की कहानियाँ, जिनकी ज़िंदगी को मानक पद्धतियों से नहीं नापा जा सकता, क्योंकि इन मानक पद्धतियों की भी अपनी तानाशाही है। 'पार्टीशन' उनकी चर्चित कहानी है, कहानी के उत्तरार्द्ध में ऐसा तो कुछ नहीं घटता कि, किसी को पढ़कर, जानकर, देखकर बेचैनी हो या यूँ लगे वह हुआ जो नहीं होना चाहिए। **''फ़क़त पासे–वफ़ादारी है, वरना कुछ नहीं, मुश्किल।''** की तर्ज़ पर जीने वाले कुर्बान भाई टोपी पहनकर

मस्जिद की तरफ़ चल दिये'' यही कहानी का अन्त है, जिसे कहानीकार अच्छा नहीं मानता। क्यों ऐसा क्या घट गया? अपनी–अपनी आस्था के साथ, अपने धर्म के साथ जीने का संवैधानिक हक़ है, हर नागरिक को है। पर स्वयं प्रकाश जो नहीं कह रहे हैं, बिना कहे भी वह अनचीन्हा, नहीं है, उनकी यह निराली शैली उपेक्षित और रंग खोते जा रहे भारतीय समय को परिभाषित कर देती है। स्वयं प्रकाश अपनी कहानियों के अन्तिम सिरों पर जाकर ठिठक जाते हैं जैसे कोई सिरा हाथ से छूट गया हो। असमाप्त कथाएँ। पीड़ा से जुड़े बुनियादी सवाल, अनसुनी आवाजों की एक आवाज़ प्लुत स्वर। **''क्या तुमने कभी कोई...सारदार भिखारी देखा?''** क्या यह केवल कहानी है? क्या यह कहानी हमें सोचने को बाध्य नहीं करती कि गांधी अरविन्द, विवेकानन्द जैसे मनीषियों के विचार और गहरी चिन्ताएँ भी सामान्य जीवन को बन्धुत्व की डोर से न बाँध पायीं। क्या कोई आध्यात्मिक शक्ति हमें उन्मादी होने से रोक पाती है? **''यह आदमी, अब भी इस हाल में भी सिर्फ़ चाय के पैसे माँग रहा है। मेरी रीढ़ तक एक सर्द झुरझुरी दौड़ गयी। उसका सत्तर साल का तजुर्बा हम हक़ीरों से सिर्फ़ चाय माँग रहा था। मुझे घबराहट होने लगी और रुलाई–सी टूटने लगी और जी मितलाने लगा। मैं उठकर पानी के छींटे मारने टॉयलेट की तरफ़ चला गया। लौटते में देखा कि, तीनों सम्भान्त सिगरेट पी रहे हैं और ठाठ से ताश खेल रहे है। (क्या तुमने कभी कोई..........)** पढ़ते हुए रीढ़ में सर्द सिहरन होती है। हम अपने को एक अराजक अन्धकार में खड़ा पाते हैं। कोई शीर्षक इतना अर्थपूर्ण भी हो सकता है। ''क्या तुमने कभी कोई...बाकी का आधा मौन पाठक के कलेजे में तीर की तरह चुभता है ''सरदार भिखारी'' देखा हैं?'' पर हम किस अराजक अँधेरे में खड़े हैं जहाँ अब किसी बात का आघात नहीं लगता, मनुष्य बिना क्षण भर विचलित हुए वापस अपने शाश्वत वर्तमान में लौट आता है। स्वयं प्रकाश शब्दों को बीज की तरह बोते हैं, जो संवेदना से प्राण–रस खींचकर जी उठते हैं। सभी बोलने वालों के शब्द जीवित हो जरूरी नहीं। स्वयं प्रकाश की सारी कहानियों को यदि एक वाद्य की उपमा दी जानी हो तो सितार से दी जा सकती है, जिसके सभी तार अलग–अलग हों और एक ही राग में बजें यह राग है, मानवीय गरिमा का। **एक सड़क जो कहीं नहीं जाती। एक पेड़ जो कभी नहीं फलता।'' (स्वयं प्रकाश)** अन्तहीन सड़क और फलहीन

पेड़ की साज़िशों के विरुद्ध बिना नारों, फ़तवों के बिना लाउड हुए जिस तरह का प्रतिरोध करते हैं वे, उसकी अनुगूँज दूर तक पाठक का पीछा करती है। यह कलाकार की आत्मा है कि तमाम विषादपूर्ण त्रासदियों को देखते हुए भी बेहतर दुनिया, बेहतर दिनों की आकांक्षा हृदय में समाये है–**''आने वाली शताब्दी सूचना संसार की नहीं सच की सादगी की, सरलता की और साहस की होगी, शताब्दी होगी। (बाबूजी का भाषण)** लोर्का की काव्य–पंक्ति की तरह ''गर मर भी गया तो मेरी आँखें खुली रखना।'' आज भी स्वयं प्रकाश की आँखे इसी उम्मीद में खुली ही होगी। जिस तरह शब्द की सत्ता काल से स्वतन्त्र होती है, उसी तरह साहित्यकार के सपने भी काल से स्वतन्त्र होते हैं। मनुष्य मनुष्य से, मनुष्य प्रकृति से जिस तरह विच्छिन्न होता जा रहा है, जिस तरह मनुष्य केवल उपभोक्ता में तब्दील होता जा रहा है। बाज़ार बाहर है, बाज़ार भीतर है। बाज़ार केवल गणित जानता है वहीं अन्धी गणित जहाँ दो और दो चार नहीं बाइस हो जाता है। जिसके प्रति प्रेमचन्द ने बहुत पहले आगाह किया था कि, **''पति पत्नी में बिजनेस, बाप–बेटे में बिजनेस''** स्वयं प्रकाश की कहानियाँ बाज़ारवाद के प्रतिरोध में खडी हैं– वे लिखते हैं **''सुख–सुविधा और समृद्धि की दौड़ में बहुत सी कोमल–नाजुक चीज़ें दुनिया से छूट गयी हैं।''(बाबूजी का अंतिम भाषण)** 'सादगी के बदले दिखावा'। 'स्वास्थ्य के बदलाव सजावट'। खपत और बिकाऊ का निषेध करते हैं। ऐसे समय में जब खपत और बिकाऊ साहित्यकारों की भी मुख्य प्रवृत्ति बनकर उभर रही थी। जंगल, खेत, पहाड़ और नदियाँ धीरे–धीरे पूँजीशाहों के खाते में सरकती जा रही हैं। जीवन को हारती सारी तकनीकें हैं। वन्य पशुओं के आगे इन्सानी जीवन शून्य है। वन्य पशुओं व वनवासियों के बीच में टकराहट पैदा कर दी गयी है और यहाँ भी पलड़ा पशुओं का ही भारी है। हम एक खण्डित और विभाजित सामाजिक यथार्थ में रहते हैं, जीवन और व्यवस्था से निरपेक्ष कोई सत्य नहीं होता। **''आज मामा सोन के वंशज शहर में बाँस का टोकरियाँ तार के छींके और गत्ते के तोते–चिड़िया आदि बनाकर बेच रहे हैं। सुना है उनके इलाके में कोई बड़ा बांध बन रहा है जिससे देश की बड़ी तरक़्क़ी होगी। मामा सोन के वंशजों और शिष्यों को जंगल में हकाल दिया गया है।''** (जंगल का दाह) स्वयं प्रकाश कहानियाँ दायित्वबोध की कहानियाँ हैं इसीलिए इन कहानियों की केन्द्रीय

धुरी मानवीय स्थिति है। दुनिया उतनी ही और वही नहीं है जितनी हमें नज़र आती है, उसके भीतर अनेक तहें और तहख़ाने हैं। काफ़्का की तरह लगातार छोटी होती जा रही दुनिया ही स्वयं प्रकाश की चिन्ता है। धरतीपुत्रों का कारख़ानों में काम करना, पेड़ों का कटना सिंथेटिक चीज़ों से बाज़ार ही नहीं जीवन का भी पट जाना, खेतों का लगातार सिकुडते जाना, यह सारी व्यवस्था विकास की भ्रममूलक अवधारणा के भीतर मनुष्य की स्वतन्त्रता को प्रतिबन्धित करने वाली महीन बातें हैं। धन की दौड़ में बहुत सी कोमल नाज़ुक चीज़ें दुनिया से छूट गयी हैं, का सामाजिक, आर्थिक शोषण बाज़ार की शक्तियों का नियंत्रण, धर्म, नस्ल राज्य को उत्पीड़नकारी रवैयों को स्वयं प्रकाश बूझते ही नहीं बल्कि प्रतिरोध भी करते हैं सार्थक लेखन के जरिये। स्वयं प्रकाश की कहानियाँ किसी लिंग, धर्म, या सम्प्रदाय पर टिप्पणी नहीं करतीं। वह खलनायकत्व को रेखांकित नहीं करतीं बस मुक्ति और समानता का बीज सहेजे चलती हैं। वह **'उस तरफ़' 'मंजू फ़ालतू'** की तरफ़ पाठकों का मुंह घुमा देती है ताकि हम देख सकें कि, विध्वंस के किस कगार पर खड़े हैं हम सब। गुम, हताश, निराश और रंगहीन जिन्दगियों का आख्यान है उनकी कहानियाँ और यह दुनिया बदलनी चाहिए।

स्वयं प्रकाश हर पीढ़ी के लिए महत्त्वपूर्ण कथाकार हैं और रहेंगे। वे कहानी का सौन्दर्य शास्त्रीय मानदण्ड नहीं रचते परन्तु जीवन के सहज सौन्दर्य से भरी उनकी कहानियाँ सादगी में अपरूप हो जाती हैं।

अन्तर्वस्तु और रूप का अद्‌भुत संयोजन। स्वयं प्रकाश की कहानियाँ बार–बार पढ़ी जाने, सुनी जाने और देखी जाने के लायक़ हैं। उनकी कहानियों का यह संग्रह हिन्दी साहित्य जगत में अपनी महत्त्वपूर्ण उपस्थिति दर्ज़ करायेगा। इसी विश्वास के साथ।

-शशिकला राय

अनुक्रम

नीलकान्त का सफ़र

एक ज़रा–सी बात 21

चौथा हादसा 28

उस तरफ़ 3 3

इनका ज़माना 46

जंगल का दाह 55

बाबूजी का अन्तिम भाषण 64

कानदाँव 69

कहाँ जाओगे बाबा? 76

अकाल मृत्यु 97

बाबूलाल तेली की नाक 101

ट्रैफ़िक 107

तीसरी चिट्ठी 120

बर्डे 131

आदमी जात का आदमी 140

अशोक और रेनु की असली कहानी 148

क्या तुमने कभी कोई सरदार भिखारी देखा? 156

पार्टीशन	165
गौरी का ग़ुस्सा	173
अगले जनम	184
मंजू फालतू	202
ढलान पर	216
ताजा ख़बर	230
प्रतीक्षा	239
संधान	263
बिछुड़ने से पहले	278

नीलकान्त का सफ़र

नीलकान्त सफ़र कर रहे थे।

चूँकि वह जनता थे, इसलिए थर्ड क्लास में सफ़र कर रहे थे और चूँकि वह थर्ड क्लास था, इसलिए ट्रेन के आख़िरी डिब्बे का आख़िरी कम्पार्टमेण्ट था। बाक़ी ट्रेन या तो फ़र्स्ट थी या शयनयान या आरक्षिक या और कुछ। लगता था, साधारण थर्ड के इस कम्पार्टमेण्ट को भी पीछे ही पीछे मात्र दयावश या औपचारिकता निभाने के लिए जोड़ दिया गया है। जब ट्रेन कहीं रुकती तो प्लेटफ़ार्म पर बीचोबीच फ़र्स्ट के डिब्बे होते जहाँ चाय–पानी, पान–सिगरेट, फल–फ्रूट, पूछताछ, स्टेशन मास्टर सब सामने ही होता। साधारण थर्ड अक्सर प्लेटफार्म से बहुत दूर जंगल में रुकता, जहाँ से हर स्टेशन पर बहुत सारे प्यासे अपने–अपने लोटे–गिलास लेकर वाटरहट की तरफ़ भागते जो अक्सर सूखी या खाली या बन्द होती... तब आगे का कोई नल या प्याऊ बर्र का छत्ता बन जाता। दो–चार पानी पी पाते, चार–छह भर पाते कि सीटी बज जाती और लोग वापस दुम की तरफ़ भागते। यह सब इतना तय कि सहज व "शाश्वत" सा था कि कोई इस बारे में नहीं सोचता। सोचता भी तो बस यही कि मुसाफ़िरी में तो यह सब चलता ही है।

नीलकान्त उसी डिब्बे में थे। डिब्बे में भारी भीड़ थी। लोग भेड़–बकरियों की तरह भरे हुए थे। कुछ लोगों की नज़र में हो सकता है, यह उचित ही हो, पर पूरा भरोसा है कि आप उन कुछ लोगों में से नहीं हैं। क्योंकि आपको भी ऐसी ही स्थितियों में सफ़र करना पड़ता है। तो... लोग एक–दूसरे पर लदे जा रहे थे। जितने बैठे थे, उनसे ज़्यादा खड़े थे और कुछ लटके भी थे। ऊपर की सीटें सामान से भरी हुई थीं और फ़र्श औरतों से। दोनों स्थान पर बीच–बीच में कुछ आदमी भी फँसे हुए थे। बच्चों को हर जगह

पाया जा सकता था। वे पानी माँग रहे थे और गर्मी से बेज़ार हो रहे थे। उन्हें पानी पिलाया जा रहा था और पेशाब करवाया जा रहा था। वे रो रहे थे या सो रहे थे या छींक रहे थे। वे हैरान थे कि हलकान थे। डिब्बे की सीटों पर एक–दो–तीन बाक़ायदा नम्बर पड़े हुए थे और एक तरफ़ की दीवार पर लिखा हुआ था–"पैंतीस सवारियों के लिए।" इसे पढ़कर अन्दाज़ा होता था कि रेलवे में काम करने वाले आदमी कितने मज़ाकिया हैं। मसलन ये लिखने वाले। अब पाखाने का आलम देखिये। इस डिब्बे के यात्री, थर्ड क्लास के मुसाफ़िर, खासकर नन्हें या किशोर मुसाफ़िर जनरल–नॉलेज के क्षेत्र में दिशा–मैदान या जंगल के परिचय से आगे नहीं बढ़ पाये थे और पाखाने में घुसते ही पता चलता था कि वे बेचारे काफ़ी देर इसी दुविधा में पड़े रहे होंगे कि किधर मुँह करके बैठा जाये। तिस पर टोंटियों में पानी भी नहीं था। साबुन के स्थान पर किसी धर्मप्राण ने ढेर सारी मिट्टी ज़रूर भर रखी थी और आईना नहीं था तो क्या बुरा था? ऐसी स्थिति में अपना थोबड़ा देखकर ख़ामख़्वाह आदमी का मूड ऑफ़ ही होता! इस सण्डास में तीन सज्जन बाहर को मुँह उचकाये इधर–उधर सहारा लिए खड़े थे। सोचना डर पैदा करता था कि क्या हो, यदि इस समय डिब्बे में किसी सज्जन या देवी को इस भव्य कक्ष की आपातकालीन ज़रूरत पड़ जाये जिस पर "प्रसाधन" लिखा है।

इसी डिब्बे में नीलकान्त सफ़र कर रहे थे। खड़े हुए। इसी सण्डास में।

ख़ैर, बाद में उन्हें डिब्बे में धँसने में सफलता भी मिल गयी। पर सण्डास की बदबू दिमाग़ से नहीं गयी। और हालाँकि इस संघर्ष में उनकी बूढ़ी अटैची का कमज़ोर हैण्डल टूट गया और नतीजतन उन्हें उस बूढ़ी अटैची को बच्चों की तरह छाती से चिपकाकर रखना पड़ा। पर घुस तो गये ही, पाखाने से तो अच्छे ही हैं।

यहाँ आकर नीलकान्त ने देखा कि जहाँ बहुत सारे आदमियों को पाँव सरकाने को भी जगह नहीं है और कई अब तक लटक रहे हैं या निरन्तर इस ताक में टँगे हैं कि कब आदमियों की तरह आराम से पैर टिकाने या पुट्ठे टिकाने का मौक़ा मिल जाये... वहीं कुछ आदमी लेटे हुए हैं। और बाक़ायदा पूरी बर्थ घेरकर लेटे हुए हैं। इससे नीलकान्त को उस झगड़े का भी सुराग मिल गया, जो न जाने कब से खड़ों और लेटों में चल रहा था। वे कह रहे थे। हमने भी किराया दिया है।

जवाब मिल रहा था हम ठेठ वहाँ से आ रहे हैं, जहाँ से यह ट्रेन बनी है, ठेठ बम्बई से। वे कह रहे थे, आपका कोई रिज़र्वेशन नहीं है, चाहे बम्बई से आओ, चाहे लन्दन से। जवाब मिल रहा था, अजी साहब एक बर्थ के लिए कुली को पाँच रुपये दिये हैं। रात भर का मामला है, आप तो घण्टे–दो घण्टे में उतर जायेंगे। इस पर हल्ला मचाने वाले ज़रा ढीले पड़ जाते, पर थोड़ी देर बाद वही सब शुरू हो जाता। नीलकान्त को लगा, जो लेटे हुए हैं, वे कितने हृदयहीन हैं! माना कि आपने पाँच रुपये दिये हैं और आपको बहुत दूर जाना है, पर कम दूरी वाले क्या मुफ़्त में सफ़र कर रहे हैं। क्या उन्हें टिकने–भर का अधिकार नहीं? औरतें तक खड़ी हुई हैं और ये बेशरम पैर पसारे पड़े हुए हैं। यह कोई इन्सानियत है? और उसे देखो...सींकिया पहलवान को! कैसे आँखें मींचे पड़ा है, जैसे गहरी नींद में हो। समझता है, हम धोखे में आ जायेंगे। बोलने वाले भी साले यों ही हैं। घण्टे भर से काँय–काँय कर रहे हैं, यह नहीं होता कि हाथ पकड़कर उठाकर बैठा दें सालों को। देखते हैं, कोई क्या कर सकता है? चालीस आदमी खड़े काँय–काँय कर रहे हैं और चार बेशरमी से पड़े हुए हैं। धन्य हो! और जिन्हें ज़रा–सी भी टिकने की जगह मिल गयी है, वे ऐसे चुप हैं, जैसे खड़े हुओं से कोई हमदर्दी नहीं, लेटे हुओं पर कोई ग़ुस्सा नहीं!

नीलकान्त ने घड़ी देखी। ट्रेन चले हुए आधा घण्टा से भी ज़्यादा हो गया था। आमतौर पर इतनी देर में मुसाफ़िरों के झगड़े ख़त्म हो जाते हैं और जान–पहचान, हँसी–ख़ुशी का सिलसिला शुरू हो जाता है। फिर क्या बात है? आदमी क्यों इतना लड़ता है? किसे इस ट्रेन में अनन्तकाल तक रहना है? नीलकान्त ने सोचा।

तभी अचानक नीलकान्त को महसूस हुआ कि गर्मी कुछ ज़्यादा ही है। पंखे देखे। चल रहे थे। खिड़कियाँ बन्द थीं। नीलकान्त को आश्चर्य हुआ कि इस तरफ़ उनका ध्यान अब गया! यह भी कि अब तक किसी ने खिड़कियाँ खोली क्यों नहीं? उनके पास वाली खिड़की से सटकर एक लड़का खड़ा था। नीलकान्त ने लड़के से कहा, ज़रा खिड़की खोल दीजिए। "नहीं खुलती" लड़के ने बत्तीसी निकालते हुए जवाब दिया। नीलकान्त को विश्वास नहीं हुआ। उन्होंने लड़के को अटैची पकड़ाते हुए कहा– हटिए, मैं खोलता हूँ। हटाहटी में एक बच्चे का पैर कुचल गया। ख़ैर, नीलकान्त ने ख़ूब ज़ोर लगाया, लेकिन खिड़की टस–से–मस नहीं हुई।

नीलकान्त ने फिर ज़ोर लगाया। जाँच–परख की, फिर ज़ोर लगाया, फिर दिमाग़ लगाया। फिर ताक़त, फिर दिमाग़, लेकिन खिड़की नहीं खुली। दूसरी भी नहीं खुली। तीसरी तक उन्हें किसी ने जाने नहीं दिया। बीसियों लोग पहले ही कोशिश कर चुके थे। सारी खिड़कियाँ जाम थीं। नीलकान्त हताश हो गये। पसीने–पसीने हो गये। खीझ गये। डिब्बे के बहुत लोग उनकी इस हरकत को देख रहे थे और खिड़की पर विभिन्न टिप्पणियाँ कर रहे थे। एक गाय जैसे चेहरे वाले बाबा "नहीं खुलती तो छोड़ो, बददाश्त कर लो" की अपील कर रहे थे। एक उग्र से व्यापारी सज्जन कह रहे थे कि साले सब रेलवाले चोर हैं (इसलिए खिड़की को छोड़ो, वह नहीं खुलेगी।) ऊपर की सीट पर आराम से बैठा एक दढ़ियल गरज रहा था–तोड़ दो। मैं कहता हूँ, तोड़ दो नहीं खुलती तो। यानी लोग अपने–अपने दिमाग़ के हिसाब से नीलकान्त को सुझाव दे रहे थे और जिनसे यह भी नहीं हो रहा था, वे सरकार को गालियाँ दे रहे थे, और बाक़ी सब इन सबको टाइम पास करने का नुस्खा समझकर चुपचाप सबका मज़ा ले रहे थे।

नीलकान्त ने जेब से रूमाल निकालकर पसीना पोंछा तो वह लडका जल्दी करने लगा– भाई साहब! अपनी अटैची सँभालो। लगा, उलझ पड़ेंगे, बरस पड़ेंगे किसी पर। चुपचाप अटैची सँभाल ली।

आख़िर ग़लती किसकी है? नीलकान्त सोचने लगे। जब ट्रेन में इतनी जगह नहीं है तो क्यों इतने टिकट देते हैं! ज़्यादा मुसाफ़िर हैं तो ज़्यादा गाड़ियाँ क्यों नहीं चलाते? लोग लटक–लटककर सफ़र कर रहे हैं, लोग सामान रखने की जगह पर भी बैठे हुए हैं, लोग खड़े हुए हैं, लोग पाखाने में भरे हुए हैं...और रेलवे फिर भी घाटे में जा रही है! क्यों? कौन दोषी है? क्या वह बुकिंग क्लर्क जिसने इतने ज़्यादा टिकट काट दिये? या वह मिस्त्री, जिसने रेल रवाना होने से पहले खिड़की–दरवाज़े नहीं जाँचे? या वे सज्जन जो कुलियों को पाँच–पाँच रुपये देकर पूरी बर्थ पर कब्ज़ा किये हुए हैं? या वे अमीर, जिनके लिए पाँच–पाँच फर्स्ट के डिब्बे बीच में लगाये गये हैं?

सोचने लगे। फिर उलझ गये। पर सोचने तो लगे, हालाँकि नतीजे तक नहीं पहुँचे। पर उलझे तो। पर पता नहीं, क्यों इन चीज़ों पर सोचने लगे, हालाँकि पढ़ते तो धर्मयुग, इलस्ट्रेट वीकली वग़ैरह ही हैं। वे लोग तो चाहते थे कि नीलकान्त प्रदूषण के बारे में सोचें, जातियों के तुलनात्मक

विवेचन पर सोचें, परामनोविज्ञान और आधुनिक प्रेतविद्या के बारे में सोचें, स्वीडन के मुक्त यौवन और अमरीका की स्वतन्त्र पत्रकारिता के बारे में सोचें, सोचें कि शास्त्री जी मरे या उनकी हत्या हुई...पर वे तो अपनी दुर्दशा के लिए दोषी कौन हैं? इस पर सोचने लगे! ग़ज़ब हो गया!! ख़ैर, सेठ जी चिन्ता न करें, नीलकान्त इन तकलीफ़ों के बारे में तभी तक सोचेंगे, जब तक उन्हें बैठने के लिए ठीक–ठाक जगह नहीं मिल जाती, या हद से हद जब तक वह सफ़र जारी है। गाड़ी से उतर जाने पर वह गाड़ी के बारे में सब भूल जायेंगे और फिर वही सोचने लगेंगे, जो सेठ लोग सोचवाना चाहते हैं। पर क्या पता? अगर कल कोई दूसरी तकलीफ़ आयी–आयेगी ही– और वे सोचने लगे कि उसका असली ज़िम्मेदार कौन है–तो...?

नीलकान्त को प्यास लगी। स्टेशन अभी दूर था। सामने एक लुगाई अपने बच्चे को सुराही से पानी निकालकर पिला रही थी। नीलकान्त की इच्छा हुई–पर लुगाई, सुराही और गिलास सब बेहद गन्दे थे। नीलकान्त हाइजिन के बारे में सोचने लगे और प्यासे रह गये। फिर रूमाल निकालकर गरदन पोंछी। पंखों की तरफ़ देखा। बराबर चल रहे थे, पर लगता था, एग्जास्ट फ़ैन हैं, जो हवा देते नहीं, खींचते हैं। इधर–उधर नज़र दौड़ाई कि कहीं टिकने की कोई सम्भावना नज़र आ जाये। नहीं आयी। हारकर फिर खिड़कियों के बारे में सोचने लगे।

नीलकान्त की इच्छा हुई,वापस उसी सण्डास में चले जायें। खड़े यहाँ भी हैं, वहाँ भी थे। वहाँ कम–से–कम थोड़ी बहुत हवा तो थी, माना कि बदबू और गन्दगी और सबसे ज़्यादा अपने सण्डास में होने का अहसास– ऐसी ही कुछ परेशानियाँ थीं, पर यहाँ क्या कम परेशानी है? और सुविधा क्या है? सिवा इस गरिमा के कि डिब्बे में है, सण्डास में नहीं? लिहाजा चलो वापस सण्डास में।

लेकिन वापस जाना असम्भव था। बहुत कुछ बाहर था और कुछ भीतर भी था, जो रोक रहा था। झख मारकर भविष्य के बारे में सोचने लगे। सण्डास वाले का क्या भविष्य है? किसी को भी हाजत होते ही वहाँ से बाहर निकाल दिया जाना। और यहाँ? सम्भावना है कि कभी तो कोई स्टेशन आयेगा, तो कुछ सवारियाँ उतरेंगी और उन्हें भी टिकाने की जगह मिलेगी ही। उस सुन्दर भविष्य के लिए– जब वे दूसरों की बराबरी में बैठे होंगे–इस वर्तमान में कुछ कष्ट उठा लें तो क्या हर्ज है?

खिड़कियाँ ही खुल जातीं तो तन–बदन थोड़े ठण्डे होते। कइयों को उन पर टिकने की जगह भी मिल जाती। और खिड़की साली, उनके बारे में सोचते रहने से तो खुलने से रहीं। कोई औजार–वौजार होता तो...

अब नीलकान्त सोचने लगे कि कौन–सा औजार होता, जिससे खिड़की खोली जा सकती? और इससे भी पहले कौन–सी तरकीब होती, जिससे इन पसरे हुए सज्जनों को उठाकर बैठाने पर मजबूर किया जा सकता? एक तरीक़ा तो यह कि लड़ लिया जाये। और अधिकांश लोग उनका ही साथ देंगे। और दूसरा यह कि स्टेशन आने पर गार्ड को बुलाकर लाया जाये कि इन महापुरुषों को...तभी गाड़ी रुक गयी।

नीलकान्त ने सोचा, चलो गार्ड को बुला लायें, पर वह मिलेगा? और मिला भी तो आने के लिए तैयार हो जायेगा? और आ भी गया तो इनको उठा सकेगा? अगर वह फर्स्ट के किसी मुसाफ़िर के साथ चाय पी रहा हो तो? और साफ़ मना न भी करे चलने के लिए...पर चले; चले तब तक गाड़ी ही चल पड़े तो? और नीलकान्त नीचे ही रह जाये तो? और मान लो किसी तरह चढ़ भी जायें और यह जगह भी फिर न मिले तो? और पहली बात तो यह कि अभी अटैची किसको सँभलवाकर जायें? ताला इसमें है नहीं। और हालाँकि इसमें ऐसा क्या है जो किसी के काम आ सके। फिर भी। और यह लड़का? हालाँकि लेटे हुए लोग उठेंगे तो इसे भी बैठने की जगह मिल सकती है, लेकिन अभी इससे कहूँ कि ज़रा मेरी जगह और अटैची देखना, मैं गार्ड को बुलाकर ला रहा हूँ तो देखेगा? सवाल ही नहीं उठता। एक बात और है। क्या भरोसा कि इतना सब करने पर भी मुझे जगह मिल ही जायेगी?

उतरूँ, न उतरूँ की इसी दुविधा में नीलकान्त पड़े रहे और ट्रेन ने सीटी मार दी। ट्रेन फिर खिसकने लगी और आगे बढ़ने लगी। तभी प्लेटफार्म की तरफ़ से आठ–दस काले–कलूटे फटेहाल मजदूर दाँत निकालते हुए दौड़ते हुए आये और एक–दूसरे को पुकारते–चीखते एक–एक करके सब उसी में चढ़ गये। पहले एक चढ़ा...उसने दूसरे का हाथ पकड़कर उसे भी चढ़ा लिया, उसने तीसरे को...इस तरह सब चढ़ गये। पीछे–पीछे दो धाकड़ लुगाइयाँ भी चढ़ा ली गयीं और भागते–भागते आख़िरी आदमी, गैंती–फावड़े–तगारी वग़ैरह भी चढ़वा दिये और छलाँग मारकर ख़ुद भी चढ़ गया।

इस नयी भीड़ से दरवाज़े और गलियारे में खड़े लड़के और बाबू लोग बुरी तरह अन्दर की तरफ़ धकेल दिये गये, एकदम कचरे की तरह। परस्पर धक्के को ठेठ अन्त तक महसूस किया गया और डिब्बे में चिल्ल–पुकार मच गयी। मज़दूरों के तपे हुए चेहरों के बीच खिली बिजली जैसी नीग्रो हँसी में इससे कोई फ़र्क़ नहीं पड़ा। वे अपनी भाषा में बुलन्दी से बतियाते रहे और ट्रेन पकड़ने में सफल हो जाने की ख़ुशी मिलकर मनाते रहे। उनके कपड़े कोयले के बुरादे से काले हो रहे थे और उस पर मैल और पसीने की मोटी तहें जमी हुई थीं। सफ़ाई पसन्द आदमी यथासम्भव उनसे बचने की कोशिश कर रहे थे और एक साहब ने–जो दुर्भाग्य से उनके पास ही फँसे हुए थे–नाक पर रूमाल भी लगा लिया था। उनका बस चलता तो वे आँखें, नाक, सिर, पूरे शरीर पर रूमाल लगा लेते। पर इससे होता क्या? जो जहाँ थे सो रहते ही, ग़ायब तो नहीं हो जाते, अलबत्ता उन साहब का दम ज़रूर घुट जाता।

फिर क्या हुआ कि बहुत आहिस्ता–आहिस्ता, तिरछे होकर लोगों के बीच से जगह बनाते हुए नीलकान्त के सामने से होते हुए डिब्बे के बीच तक आ गये यानी उन्होंने नीलकान्त को पीछे छोड़ दिया। वे न लड़ रहे थे, न बक रहे थे, न घबरा रहे थे, न आपा खो रहे थे। उन्हें देखकर लगता था कि वे इस भीड़ और परेशानी के आदी हैं और कुछ नहीं समझ रहे। शायद हमेशा अप एण्ड डाउन करते हैं। लुगाइयाँ भी आ गयीं। उन्होंने अपने कसे हुए जिस्मों पर कसी हुई काँचली पहन रखी थीं और उनके सिर के बालों की चोटी ख़ूब ताक़त से कसकर गूँथी हुई। पीठ लगभग नंगी थी, पसीने में तर। एक पीठ नीलकान्त के एकदम सामने से, क़रीब–क़रीब उसे छूते हुए गुज़री। ऐसी स्वस्थ, पुष्ट, सबल सुन्दर पीठ कि नीलकान्त के मन में वाह–वाह–सी होने लगी। बड़े भारी उनके घाघरे थे और जूतियाँ इतनी मरदानी और ऐसी भारी कि एक पड़ जाये तो थोबड़ा लहूलुहान हो जाये। वे हँस रही थीं और ठिठोली के मूड में थीं, पर किसी की क्या मजाल जो उन्हें छेड़ने की सोच भी सके। मर्दों ने अन्दर पहुँचते ही खिड़कियों के सामने से लोगों को हटाकर उन्हें जाँचा, परखा, खोलने की कोशिश की और फिर उनमें से एक ने–जो थोड़ा–सा पढ़ा–लिखा, बल्कि उनके मेट जैसा लग रहा था–अपनी भाषा में पीछे दरवाज़े के पास खड़े आदमी को पुकारकर कुछ

कहा गैंती माँगी थी, क्योंकि वह लोगों के बीच से ही होती हुई आ गयी। गैंती का सिरा एक खिड़की के सबसे निचले खाँचे में एक खास कोण से फँसाकर उसने अपनी साथी से कहा–दबा। अब इस दूसरे आदमी ने गैंती के हत्थे पर एक खास जगह नपी–सधी ताक़त लगायी और एक झटके में खिड़की खुल गयी। सब लोग अनपढ़ मजदूरों के इस कारनामे को बड़े कौतूहल से देख रहे थे और ज़ाहिर है कि वे खिड़की के खुल जाने से चकित और ख़ुश हुए। वे भी, जिन्होंने बहुत कोशिश की थी और नाकामयाब रहे थे और सोच रहे थे, जब हम पढ़े–लिखों से नहीं खुली तो इन अनपढ़ गँवारों से क्या खुलेगी? वे भी, जिन्हें मज़दूरों की क्षमताओं पर पूरा–पूरा सन्देह था और वे भी, जिन्हें डर था कि गैंती या ताक़त के इस्तेमाल से खिड़कियाँ टूट जायेंगी। सिर्फ़ लेटे हुए लोग खिड़कियाँ खुल जाने से ख़ुश नहीं थे। उन्हें चिन्ता हो रही थी कि अब उनका लेटा होना बाहर से भी दिख जायेगा और सब साले मच्छरों की तरह इस डिब्बे पर टूट पड़ेंगे। लेकिन उनमें से दो को तो लुगाइयों ने ही पैर सिकोड़ने पर बाध्य कर दिया और खुद आराम से बैठकर पसीना सुखा रही थीं। उन्होंने अपनी भाषा में लेटे हुओं को डाँटकर कुछ कहा था– वे जिसका अर्थ तो नहीं, आशय ज़रूर समझ गये थे और सोचकर सिकुड़ गये थे कि पैर नहीं हटाये तो पुट्ठे भी हटाने पड़ेंगे।

धीरे–धीरे उन बाँकों ने सारी खिड़कियाँ खोल दीं और सारे पसरे पैर और फैले पुट्ठे हटाकर रख दिये, ठाठ से बैठ गये और फिर हँसने लगे। खड़े हुए फिर चकित थे और कई मज़दूरों के साथ उनकी बराबरी में बैठने को लालायित। इस स्टेशन से मानो सारे डिब्बे का नक्शा ही बदलना शुरू हो गया था। खिड़कियाँ खुलते ही सारे डिब्बों में उजाला हो गया था और ताज़ी हवा के ठण्डे झोंके सपाटे भर रहे थे। बाहर हरे–भरे लहराते खेत थे और पेड़, नदियाँ तथा पहाड़–और उन सब पर बड़ी सुहानी शाम बिखर रही थी। थोड़ी देर में ये लोग कोई गीत शुरू कर देंगे। उदासियाँ दूर भाग जायेंगी।

नीलकान्त ख़ुश थे, हालाँकि खड़े थे। नीलकान्त सफ़र कर रहे थे, पर ख़ुश थे।

एक ज़रा-सी बात

शचीन्द्र बाबू ने वह ट्यूशन तीन शर्तों पर स्वीकार की थी। पहली–सौ रुपये लेंगे। दूसरी–वहाँ कुछ खायेंगे–पियेंगे नहीं, और तीसरी किसी को नमस्ते वग़ैरह नहीं करेंगे। शर्तें मान ली गयी थीं और अगले ही दिन से उनसे आने के लिए कह दिया गया था।

शचीन्द्र बाबू उन लोगों में से हैं जो सिद्धान्तों में रुचि लेते हैं, पर उन्हें ठीक–ठीक व्यवहार में कैसे लाया जाये इसका निर्णय नहीं कर पाते। नतीजा यह होता है कि आचरण आगे–आगे चलता है और उसे सही या ग़लत बताते हुए सिद्धान्त पीछे–पीछे। अब जैसे ट्यूशन। पहले वह ट्यूशनों के ख़िलाफ़ थे और बीस–बीस रुपल्ली के लिए अपने घरों पर शिक्षा की दुकान चलाने वालों को शिक्षा–जगत् का परचूनिया कहते थे। कहकर तसल्ली मिलती थी। पर जब बात सौ रुपये की आ गयी तो उन्होंने अपने सिद्धान्तों में एक खिड़की बना ली कि वे अच्छा पढ़ायेंगे और एक शिक्षक की भावना बनाये रखेंगे। दुकानदार नहीं बनेंगे।

अगले दिन उनकी आशा के विपरीत वहाँ कोई नहीं था। उनके स्वागत के लिए सिर्फ़ एक धूलभरी तेज़ धूप भौंहें ताने खड़ी थी। क्या उनसे कुछ भूल हुई है? लौट जायें? घण्टी बजायी जो बहुत देर तक बजती रही। आख़िर एक नौकरानी ने दरवाज़ा खोला और दो पल उन्हें भौंचक देखते रहने के बाद वापस भीतर चली गयी। अब शचीन्द्र बाबू के सामने एक वीरान दीवानख़ाना था, जहाँ छाया के अतिरिक्त बैठक का बन्द दरवाज़ा भर था। शचीन्द्र बाबू छाया में हो लिये और जेब से रूमाल निकालकर अपना समूचा दिखता शरीर पोंछ डाला। सिर, मुँह, हाथ। उन्हें लगा जहाँ वह खड़े हैं, काफ़ी सन्नाटा है। वे अनमने–से हो उठे। क्या ज़रूरत है इन लोगों को शिक्षा की? या शिक्षक की? अभी लौट जाने के विचार ने

उन्हें छुआ ही था कि बड़ा नौकर आता दिखायी दिया। उसने नमस्ते की। हालचाल पूछे। गर्मी की शिकायत की। इतने में पीछे–पीछे वही नौकरानी एक छोटी–सी लकड़ी की मेज़ ले आयी। फिर दो कुर्सियाँ। और फिर बेबीसाब का बैग। शचीन्द्र बाबू बैठक का नज़ारा देखने से वंचित रह गये। कुर्सी–मेज़ उसी वीरान दीवानख़ाने के बीचोबीच लगा दी गयीं। शचीन्द्र बाबू को लगा वहाँ की हर चीज़ पर धूंल जमी हुई है। हालाँकि धूल नहीं थी। सिर्फ़ एक बासी खालीपन था। शचीन्द्र बाबू ने उठकर खिड़कियाँ खोल दीं और आकर कुर्सी पर बैठ गये। बेबीसाब का बैग खोलकर देखने लगे। बड़ा नौकर चला गया। नौकरानी पहले ही चली गयी थी। अकेले हो गये। कहाँ हैं बेबीसाब?

कुछ देर बाद, इतनी अचानक कि शचीन्द्र बाबू को पता ही नहीं चला, सात–आठ साल की एक प्यारी–सी बच्ची उनके सामने खड़ी थी। गोरा रंग, बड़ी–बड़ी आँखें, बालों में तितली, मलमल का सफ़ेद परियों जैसा फ्रॉक। शचीन्द्र बाबू ने चौंककर उसकी तरफ़ देखा और मुस्कराये। बच्ची नहीं मुस्करायी। चुपचाप फिसलकर कुर्सी में बैठ गयी और शचीन्द्र बाबू को देखने लगी। शचीन्द्र बाबू सोच रहे थे वह नमस्ते करेगी। उन्हें बच्ची का पत्थर चेहरा बेचैन करने लगा। उनमें प्रबल इच्छा उमड़ी कि इसे किसी तरह हँसाएँ। उन्हें कुतूहल हुआ कि जाने इसकी आवाज़ कैसी होगी? कितनी मीठी? कितनी निश्छल! उन्होंने प्यार से "हेलो" कहा बच्ची ने कठोरता से इसे रिवाइज्ड कर दिया–टकटकी लगाकर देखते हुए ही हलो! शचीन्द्र बाबू संकट में पड़ने लगे। फिर भी प्यार से पूछा आपका नाम क्या है? "नीना" इस बार कठोरता कुछ कम थी। अब सुविधा इसी में थी कि शचीन्द्र बाबू कोई पुस्तक खोल लें और छपे हुए शब्दों को ही बोलने दें।

बच्ची कॉन्वेण्ट स्कूल की तीसरी क्लास में थी और काफ़ी ग़लत अंग्रेज़ी बड़ी पटापट बोल लेती थी। उसके लहज़े में अभी से वह आभिजात्य झलक मारने लगा था जो अपने विद्यार्थियों को इन स्कूलों का पहला तोहफ़ा होता है। जिसे सुनकर शचीन्द्र बाबू को निश्चय हो गया कि वह इन्हीं शब्दों का इतना "ललित" उच्चारण नहीं कर सकते। बच्ची हॉस्टल में रहती है, गर्मियों में घर आयी है। और अब यहीं रहेगी ठीक है न! वहाँ का ख़ाना भी सूट नहीं करता।

अभी वे लोग पाठ में घुसे ही थे कि नौकरानी एक ट्रे में शरबत और पानी के गिलास ले आयी। अब शचीन्द्र बाबू को पता लगा कि वह कितने प्यासे थे! उन्होंने पानी ले लिया और शरबत के लिए मना कर दिया। बच्ची ने असमंजस से उन्हें देखा और फिर उसने भी ऐसा ही किया। शचीन्द्र बाबू को एक नरम–सी ख़ुशी हुई। आह! पानी ठण्डा था। और साफ़ सुन्दर कट वर्क के गिलास में था। फ्रीज़ का था। ठण्डक मछली की तरह सीना चीरती हुई उनके दिल तक पहुँची। वे स्थिर हुए।

पहले दिन पढ़ाकर लौटने पर उन्हें लगा कि सौ का नोट पाना उतना आसान नहीं है जितना उन्होंने सोचा था। स्कूल सुबह के हैं और दोपहर में वह खा–पीकर सोते हैं। पहले तो इसकी कुर्बानी, और दूसरे, सुना है वे अच्छे–अच्छों को पालतू बना लेते हैं और उनके यहाँ जाने वाला हर ट्यूटर या तो भाग जाता है या बख़्शीशें और झिड़कियाँ एक साथ पाकर अपना अहोभाग्य मानता है और बच्चे उसे हूट कर देते हैं और वह निकाल दिया जाता है। क्या शचीन्द्र बाबू भी पालतू बन जायेंगे? या भाग जायेंगे? और बाद में अपनी सन्तुष्टि के लिए कोई चिकना बहाना भी ढूँढ़ लेंगे?

बच्चे शचीन्द्र बाबू की कमज़ोरी हैं। बच्चों को देखते ही उनमें बहुत सारी कोमलता उमड़ पड़ती है। हर बच्चा उन्हें अपने से कुछ माँगता हुआ लगता है। स्नेह, सौजन्य, आदर्श, सच्चाई। उन्हें सपनों में भी कई बार बच्चे दिखायी देते हैं। प्यारे–प्यारे। कहते हुए हमारे पास आओ। हमें तुम्हारी ज़रूरत है। पन्द्रह वर्षों की मास्टरी भी उनकी इस आर्द्रता को सुखा नहीं पायी। शचीन्द्र बाबू ने गृहस्थी नहीं बसायी। हो ही नहीं सका। वे सब लड़कियाँ...जिनके साथ मिलकर उन्होंने एक घर बसाने का सपना देखा था अलग–अलग घर बसाने चली गयीं...बसा लिये। अब वैसी कोई उमंग शचीन्द्र बाबू में रही भी नहीं। दूसरों के बच्चों को ही प्यार करके ख़ुश हो लेते हैं। उन्हें बड़े अजीब लगते हैं वे लोग जो हर समय बच्चों को डाँटते–फटकारते रहते हैं, और निरपराध पीड़ित लगते हैं वे बच्चे, जिनके लिए दुनिया के पास कोई स्वागत नहीं था। जिन्हें जन्म देने वालों ने उन्हें हमेशा अपने आराम में खलल ही समझा, हालाँकि वे बच्चों पर हो रहे इस अत्याचार से एक मसीहा की तरह करुण हो जाते हैं, उन्हें नहीं मालूम कि इसके लिए बच्चों से क्षमा कैसे माँगी जाये।

दूसरे, तीसरे और चौथे दिन भी जब उन्होंने शरबत लौटा दिया तो बेबीसाब ने भोलेपन से पूछा–माटसाब? डोण्ट यू लाइक इट? यह पाठों और प्रश्नों–उत्तरों के अलावा बच्ची के पहले बोल थे जो शचीन्द्र बाबू ने सुने। उनकी पहली बातचीत। शचीन्द्र बाबू पिघलने–से लगे। कुछ नहीं बोले। बेबी ने नौकरानी को निर्देश दिया कि "यह" नही..."वह" वाला शरबत लाओ। शचीन्द्र बाबू को अब ध्यान आया कि वह चार दिन से बेबी को शरबत नहीं पीने दे रहे हैं। क्या अब यह साबित नहीं हो जायेगा कि उन्हें सचमुच "यह" वाला शरबत पसन्द नहीं था? क्या उन्हें सचमुच इतने नखरे दिखाना चाहिए था? शरबत ने क्या बिगाड़ा है? और बच्ची ने तो कुछ भी नहीं। क्या वह उसके साथ ज़्यादती नहीं कर रहे हैं? उस दिन दोनों ने इत्मीनान से शरबत पिया और इस दौरान शचीन्द्र बाबू ने बेबी से उसके परिवार के बारे में बातचीत की।

किसी समय जब वे सर्वोदयनुमा विचारों में विश्वास रखते थे उनसे कुछ अमीरों ने बहुत बुरा सलूक किया था। शचीन्द्र बाबू चाहते थे कि वे बच्चों की किताबों के लिए कुछ दान दें और अमीर लोग चाहते थे कि माटसाब चाय–नाश्ते से ही सन्तुष्ट हो जायें। अमीर लोग अनाथालय या चिकित्सालय या धर्मशाला में पैसा दे सकते थे, मन्दिरों की प्रतिष्ठा में हज़ारों रुपये ख़र्च कर सकते थे, शहर के उन बच्चों के लिए, जिन्हें स्कूल जाने का मौक़ा नहीं मिला और जो होटलों में कप–प्लेट धोने जैसा काम करने को मजबूर हुए, एक "बालभवन" बनाने की शचीन्द्र बाबू की योजना उन्हें पसन्द नहीं आती। वे सोचते कि सब पढ़ने लग जायेंगे तो काम कौन करेगा? और दरअसल उन्हें पढ़ाई की ज़रूरत भी क्या है? शचीन्द्र बाबू कई बार अपमानित हुए और यह देखकर कि वे अमीरों का कुछ नहीं बिगाड़ सकते, हारकर बैठ गये।

यह ज़रूर हुआ कि सर्वोदयी विचारों का भूत सिर से उतर गया और अमीरों के प्रति मन में थोड़ी कठोरता आ गयी। स्कूल में भी वह ग़रीबों के बच्चों के साथ स्पष्ट पक्षपात करते और इसे उचित भी समझते। दूसरे शिक्षकों के विपरीत उनकी कक्षा में अमीरों को अधिक सज़ाएँ और कम अंक मिलते और ऐसा करके शचीन्द्र बाबू को बड़ा सन्तोष मिलता। वह रोज़ अख़बार पढ़ते थे और दीन–दुनिया की जानकारी रखते थे। सम्पन्न अमरीका के लिए उनके पास हमेशा कोई नयी और चुटीली आलोचना

होती और इसी अनुपात में ग़रीब मुल्कों के लिए सहानुभूति और समर्थन। उनके दिमाग़ में अमीर देशों की तस्वीर कुछ खूसट और परपीड़क बन्दों के रूप में आती और ग़रीब देशों की नन्हे असहाय बच्चों के रूप में।

और यही शचीन्द्र बाबू इस बेबी के मोह में पड़ते जा रहे थे। अब।

और अज़ीब बात है कि जितना बेबी के मोह में पड़ते जाते, उतना ही उसके घर–परिवार की खामियाँ–बदसूरतियाँ तलाशने की ताक में रहते। आख़िर वह एक सम्पन्न और समृद्ध बाप की बेटी थी और जैसे–जैसे दिन निकलते जा रहे थे यह सम्पन्नता उनके सामने अधिक प्रकट होती जा रही थी। जैसे ट्यूशन के अगले ही सप्ताह में वे दीवानख़ाने में नहीं ड्राइंगरूम में बैठे थे और इस बात से चकित थे कि वे अब कितने ठाठ से शरबत पी रहे हैं! और यही नहीं, कितनी बेशर्मी से शरबत का इन्तज़ार भी कर रहे हैं। पता नहीं कब उन्होंने बेबी की नौकरानी को अपनी नौकरानी समझना शुरू कर दिया और ड्राइंगरूम की चीज़ों को उलट–पुलटकर देखने में उनका संकोच जाता रहा। यह एक रपटन थी जिस पर हर बार वह ख़ुशी–ख़ुशी थोड़ा रपट जाते और इसके बाद हर बार ख़ुद को और अमीरी को कोस भी लेते।

बेबीसाब के घर कई सारे जानवर और पक्षी पले थे। तोते, कुत्ते, हिरन, मुर्गियाँ और बिल्लियाँ। बिल्लियाँ अब अक्सर पढ़ाते समय आ जातीं और बेबीसाब उन्हें गोद में बैठा लेतीं और लाड़ लड़ाने लगतीं। बिल्लियाँ गोद से कूदकर मेज़ पर आ जातीं और कॉपी–किताब पर चहलक़दमी करके शचीन्द्र बाबू की गोद में भी कूद जातीं। इस सूगले जानवर को शचीन्द्र बाबू एकदम झटकार देते। अनुशासन और कपड़े बिगड़ने के डर से। इससे बिल्लियों को बहुत आश्चर्य होता और वे वापस बेबीसाब की गोद में चली जातीं। जो इज़्ज़तदार होतीं, कमरे से बाहर चली जातीं। शचीन्द्र बाबू को मुँह में अधमरा चूहा दबाये चली आती बिल्ली की कल्पना से बहुत दहशत होती है। बिल्ली–प्रसंग की समाप्ति पर वह यह सोचकर दहशत को मुल्तवी करते कि नहीं–नहीं, इस घर की बिल्लियाँ ऐसी नहीं होंगी।

धीरे–धीरे शचीन्द्र बाबू के शरबत के साथ चाय–नाश्ता भी बढ़ने लगा और उसी अनुपात में बेबीसाब की रुचि पढ़ाई में घटती गयी। कभी वह सिर्फ़ ड्राइंग पढ़ने को मचल जातीं, कभी नर्सरी राइम्स या कॉमिक्स की किताबें उठा लातीं, कभी वॉकी–टॉकी–डॉल उठा लातीं जो उनकी

आण्टी ने जर्मनी से भेजी है लेकिन मुसीबत यह है कि सिर्फ़ जर्मन भाषा बोलती है, कभी टुँग–टुँग करने वाला बाजा, कभी डिस्नेलैण्ड की स्लाइड्स और प्रोजेक्टर। शचीन्द्र बाबू चिढ़ते भी और अफ़सोस भी करते कि वह एक शिक्षक से एक "बेबी सिटर" में बदल दिये जा रहे हैं, पर यह सब उन्हें अच्छा भी लगता और वह तसल्ली के लिए यह सोचने लगते कि उन्हें इसीलिए तो रखा गया है, वरना पढ़कर बेबीसाब को करना क्या है! कभी–कभी बेबीसाब हालाँकि सचमुच पढ़ भी लेतीं और बड़ी तन्मयता से पढ़तीं। सारे सवाल, डिक्टेशन, होमवर्क, सब एकदम सही। पर ऐसा हफ़्ते में एकाध बार से ज़्यादा नहीं होता। और फिर भी उस एक दिन शचीन्द्र बाबू हफ़्ते भर के गिले–शिकवे भूल जाते।

अपनी विकासशील निरर्थकता का यह अहसास शचीन्द्र बाबू के मुँह में फटे दूध का–सा स्वाद घोल जाता। यह अनुभव उनके लिए नया भी था। उन्हें हर समय यही डर लगता रहता कि उनके साथ के शिक्षक भी यह जान ही लेंगे कि शचीन्द्र बाबू वहाँ पढ़ाने नहीं, बेबीसाब को बहलाने और चाय–नाश्ता करने जाते हैं। उन्हें लगता उनका ख़ुद अपने ऊपर बस नहीं चल पा रहा। ऐसे क्षणों का हिसाब वह उन अटपटे और चटपटे प्रस्तावों को निर्ममता से ठुकराकर चुकता कर लेते जो बेबीसाब के माध्यम से उनके सामने रखवाये जाते। मसलन कार में घर छोड़ दिया जाना, पिकनिक पर चलना, महँगे तोहफ़े कबूल कर लेना या सण्डे को डिनर पर आना। पर ख़तरनाक बात यह थी कि क्लास में भी रईस लड़कों के प्रति उनका रवैया बदलता जा रहा था। कभी–कभी चोरी–चोरी उनके मन में यह ख़याल उभरता कि बाप के कर्मों की सज़ा बच्चों को क्यों दी जानी चाहिए? आख़िर पैदा होने से पहले उनसे किसी ने पूछा तो नहीं था कि भाई, कहाँ पैदा होना चाहते हो? अमीर घर में या ग़रीब घर में? और मान लो कभी उनसे ख़ुद से यह पूछा जाता तो क्या वह अमीर घर में पैदा होना पसन्द नहीं करते?

एक दिन बेबीसाब बड़े अधिकार से बोलीं माटसाब, आपको बिल्ली के बच्चे अच्छे नहीं लगते? उन्होंने कहा लगते हैं। यूँ ही कह दिया। इस पर दो बच्चों को गोद में उठाकर बेबीसाब बोलीं तो ये दोनों आप ले जाइये। शचीन्द्र बाबू चक्कर में पड़ गये। बोले इनके बग़ैर आपका मन लग जायेगा? बेबीसाब बोलीं हमारे पास प्लेन्टी है।

शचीन्द्र बाबू ने कहा पर इन्हें वहाँ आपके बिना कैसे अच्छा लगेगा? बेबसाब बोलीं सब लग जायेगा। शचीन्द्र बाबू ने कहा–पर वहाँ इनकी देखरेख कौन करेगा? बेबसाब बोलीं–क्यों? आपके सर्वेन्ट्स करेंगे। हमारे यहाँ भी तो मैकूलाल करता है। वह बिल्लियों का आया है! हा! हा! हा! शचीन्द्र बाबू को बूढ़े नौकर का मज़ाक़ उड़ाया जाना अच्छा नहीं लगा। शचीन्द्र बाबू को याद आया कि बेहद तमीज़दार यह लड़की किस तरह, कितनी आसानी से बूढ़े नौकर–नौकरानियों को "गधा" या "गधी" कह देती है। शचीन्द्र बाबू दूसरी बातें करने लगे। बेबीसाब ने फिर कहा हैं माटसाब? ले जायेंगे न? शचीन्द्र बाबू ने आख़िर कहा–ये वहाँ चूहे खायेंगी...गन्दे–गन्दे? बेबीसाब कुछ देर सोचकर बोलीं नहीं खायेंगी। मैं इनको समझा दूँगी। पूची...पूची... चूहे नहीं खाओगी न माटसाब के यहाँ? पूसी ने आँखें बन्द कर लीं। देखो माटसाब! कह रही है नहीं खाऊँगी। अब आपको ले जाना ही पड़ेगा।

उस दिन किसी तरह पीछा छूटा! कितनी मज़ेदार है बेबी!

और एक दिन एक ज़रा–सी बात पर शचीन्द्र बाबू ने यह इतनी अच्छी ट्यूशन छोड़ दी।

शायद एक महीने से कुछ ही दिन ऊपर हुए थे। शचीन्द्र बाबू पढ़ा रहे थे। बेबीसाब को नौकरानी भेजकर भीतर बुलवाया गया। कोई पाँच–सात मिनट बाद वह कई सारे नोट हाथ में लिये भागती–भागती आयीं और हाँफते हुए बोलीं–माटसाब! आपकी पे क्या है? हन्ड्रेड रुपीज़ न? ये लीजिए टेन और ये टेन ट्वन्टी और टेन? थट्टी और...एक–एक नोट बेहूदा तरीक़े से मेज़ पर फेंकती जा रही थी और "पे" गिनती जा रही थी। जब गिन चुकी तो एक कागज़ बढ़ा दिया इस पर साइन कर दीजिए। शचीन्द्र बाबू ने शर्म, ग़ुस्से और नफ़रत से तमतमाते हुए सारे नोटों को इकट्ठा किया, बग़ैर गिने जेब में रखा और कागज़ उठाया। कागज़ पर लिखा था रिसीव्ड अ सम ऑफ़ हन्ड्रेड रुपीज़ एज पे फॉर द मन्थ ऑफ़ जून 19...। जेब से लाल स्याही का पेन निकालकर "पे" को काटकर "फीस" किया, दस्तख़त किये, पेन जेब में रखा और उठकर चल दिये। बाहर आ गये। और फिर कभी नहीं गये।

चौथा हादसा

मेरा तबादला जैसलमेर हो गया था और वहाँ की फिजाँ में ऐसा धीरज, इतनी उदासी, ऐसा इत्मीनान, इस क़दर अनमनापन, ऐसा "नेचा" है कि सोचा अजीब माहौल है यार, चलो ऐसा कुछ करें जैसा और जगह नहीं कर सकते। किसी दिन लूंगी पहनकर दफ़्तर चलें या दिनदहाड़े छत पर खड़े होकर नंगे नहाएँ। एक अपेक्षाकृत बड़ी जगह से इस छोटी जगह आया था इसलिए ज़रा ज़्यादा ही मस्ती लग रही थी। और यह मस्ती वहाँ की हर चीज़ में थी। लोग आराम से उठते, चाय पीने से पहले आधा घण्टा खाली बैठते, अख़बार दो घण्टे में पढ़ते, दफ़्तर के लिए तैयार एक घण्टे में होते, रास्ते में कोई मिल जाता तो हाथ मिलाने के दो–तीन मिनट बाद बात शुरू करते–कहिए क्या हाल है? और आप पूछ लें क्या हाल हैं तो डेढ़ मिनट रुककर, जैसे काफ़ी सोचकर, जवाब देते बस्स...चल रहा है! किसी को कहीं जाने की जल्दी नहीं थी, दिन था जो घटनाविहीन–सा था, रातें थीं जिनमें कोई लम्बे–चौड़े सपने नहीं थे, रिश्तेदारियाँ थीं जो बहुत सीमित थीं, पैंसठ की लड़ाई और फेमीन के क़िस्से थे जो बीसियों बार सुने–सुनाये जा चुके थे, बच्चे थे जो अपने आप आहिस्ता–आहिस्ता बड़े हो रहे थे और एक सूनी–सपाट–निष्प्रयोजन–अलस ज़िन्दगी थी जो धीरे–धीरे रेंग रही थी।

मैं यह सर्वग्राही शैथिल्य देखकर दंग रह गया। हे भगवान! मैंने सोचा। हिन्दुस्तान कहाँ–का–कहाँ भाग रहा है, जमाना इतनी तेज़ी से बदल रहा है किसी शहर में दो साल बाद जाओ तो वह पहचान में नहीं आता, अपने ही शहर में अपनी ही गली, अपना मकान ढूँढ़ना पड़ता है, अपना बचपन किताबों में पढ़ी चीज़–सा लगता है, अपने लड़कपन की पवित्र गुदगुदी मोहब्बत बचकाना और वाहियात लगती है, अपने छोटे भाई बॉस लगते हैं

और पिताजी के दोस्त पुरानी डॉक्यूमेण्ट्री फ़िल्मों के पात्र, अपने लिए जिस आदर्शवाद का वरण किया था, झूठा लगता है, जिन कविताओं को गा–गाकर झूमते या रो पड़ते थे, हास्यास्पद लगती है...और यहाँ? यहाँ तो लगता है अठारह सौ सत्तावन का गदर पिछले साल ही हुआ था। ये तो दिनकर की "उर्वशी" को एकदम नयी कविता की किताब समझते हैं, कोई हवाई जहाज़ आ जाता है तो सब लोग अपना–अपना काम छोड़कर आसमान की तरफ़ ताकने लगते हैं, कहो कि राहुल सांकृत्यायन कब के मर गये तो विश्वास नहीं करते और सुबह आपका रूमाल खो जाये तो शाम को कम–से–कम बीस लोग पूछ लेते हैं–सुना है आपका रूमाल खो गया! कैसे खोया? क्या बात हुई थी?

जी में आया सदियों से सायी पड़ी इस शान्त झील में कोई बड़ा–सा भाटा फेंक दूँ। इस उबाऊ और एकरस ज़िन्दगी को हब्बीड़ा मारकर हचमचा दूँ...किसी ऊँची इमारत से नीचे कूद पड़े, कोई सनसनीखेज अफवाह फैला दूँ...किसी शरीफ़ज़ादी को लेकर भाग जाऊँ...किसी भी तरह इस ऊँघते इत्मीनान को दो–चार तमाचे जड़ दूँ और हँस पड़ूँ।

लेकिन इधर मैं जड़ता पर हावी होने की सोच रहा था, उधर जड़ता ने मुझे घेरना–ढकना शुरू भी कर दिया था...तालाब की ज़लकुम्भी की तरह...झाड़ियों की अमरबेल की तरह...मैदान की गाजर घास की तरह... आसमान की टिड्डियों या जाँख की तरह! मैंने चुस्ती से ख़ुद को नोचा, दस–पाँच दण्डबैठक लगायी, पन्द्रह मिनट क़दमताल किया और हुल्लड़प्रेमी बन्दे ढूँढ़ने निकल पड़ा। दाढ़ी ज़रूर बढ़ जाने दी। चढ़ती जवानी में मानव–सभ्यता के डर से नहीं बढ़ाई थी। अब बढ़ा ली। यह छोटी–सी बात हुई। यही लेकिन आगे महत्त्वपूर्ण बन गयी। दिमाग़ को ख़ूब नाश्ता मिला। फिलहाल यह कहानी मेरी उस दाढ़ी के बारे में ही है।

अच्छी सुनहरी–सुनहरी घनी दाढ़ी थी। कुछ तो नयी जगह का अपरिचय, कुछ मेरा उर्दू लहजा, कुछ धर्म–कर्म के प्रति अनास्था और कुछ मेरा कम्बख्त चेहरा जो अब मजे से दढ़िया गया था...नतीजा बड़ा मज़ेदार हुआ। लोग मुझे मुसलमान समझने लगे। शुरू में तो मुझे कुछ पता ही नहीं चला। जब पता चला तो मज़ा आया। मैंने खण्डन भी नहीं किया। क्यों करता? मुस्करा दिया। लोगों का शक पुख्ता हो गया। फिर कुछ कड़वे–मीठे हादसे पेश आये। आपके पास वक़्त हो तो अर्ज करूँ?

पहला हादसा तो यह हुआ कि एक दिन प्याऊ पर पानी पीने गया तो वहाँ पानी पिलाने के लिए जो डोकरी बैठी हुई थी उसने पूछा कि थें कुण हो? मतलब मैं कौन हूँ? बड़ा दार्शनिक प्रश्न था। मैं सोच में पड़ गया कि क्या जवाब दूँ! आदमी हूँ यह तो इसे दिख ही रहा होगा। क्या यह बताना चाहिए कि व्यापार करता हूँ या नौकरी? लेकिन फिर यह पूछेगी किस विभाग में हो? किस पद पर हो? बेसिक पे क्या है? नहीं, यह सब नहीं पूछेगी। मुझे पानी पिलाना है, मेरे साथ अपनी बेटी थोड़ी परणानी है। उसने झुँझलाकर फिर पूछा–थें कुण हो? मैं हकलाया–ऐं ऽ ऽ? वह बायें हाथ का पंजा पूरा फैलाकर अपना आशय समझाते हुए बोली–हिन्दू हो के मुसलमान? ओह! तो यह बात थी। मैंने झट से कहा हिन्दू हूँ, और अँजुरी माँड दी। और हालाँकि मैं हिन्दू था जब पैदा हुआ। अब नहीं हूँ। पर वह मेरे उत्तर से सन्तुष्ट और आश्वस्त हो गयी और मुझे पानी पिलाने लगी। पानी अच्छा था। ठण्डा और मीठा। भरपूर पानी पीकर मैंने मुस्कराकर उसके झुर्रीदार चेहरे को देखा और लगभग भागते हुए दुआ दी–अल्ला तेरा भला करे माई! वह भौंचक भाव से बड़ी देर तक मुझे गालियाँ बकती रही और कोसती रही। वे बड़े दुर्लभ और संग्रहणीय "कोसने" थे। ऐसे कोसने आजकल कहाँ सुनने को मिलते हैं? औरतें तो सब कुछ भूलती जा रही हैं।

दूसरा हादसा घर पर हुआ। घर पर मैं लुंगी–कुर्ता पहने बैठा रहता था और ग़ालिब–मीर की ग़ज़लें दहाड़ता रहता था। मेरा मकान सुनारों की गली में था। पीछे सिलावटों का मोहल्ला था। पड़ोस में एक लेक्चरर रहते थे जो मुझे बड़े मियाँ और बर्खुरदार वग़ैरह कहते रहते थे। बाद में हम साथ ख़ाना बनाने लगे। पीछे के सिलावटों के मोहल्ले की चक्की पर ही हमारा अनाज पिसता था। वहाँ एक मीट की दुकान थी जहाँ से हम हर इतवार को मीट लाकर पकाते थे। वहाँ ख़ूब सारी जवान, गद्दर और ग़रीब लड़कियाँ थीं जो हमें आकर्षित करने के लिए क्या–क्या जतन नहीं करती थीं! ख़ैर, एक दिन मैं बैठा था। एक साहब आये। रमजान मियाँ उनका नाम है। मकानों के ठेकेदार हैं। कहने लगे शाम का क्या परोगराम है? मैंने कहा–कुछ नहीं। बोले–शाम को है। चलना। मैंने कहा–चलो भई, चले चलेंगे, ज्ञान की बातें भी सुन लेंगे और यह भी देख लेंगे कि वह वाइज ससुरा होता कैसा है जिसकी शायरों ने इतनी बुराई की है।

लेकिन शाम को वाज पहुँचने से पहले ही रमजान मियाँ अपनी लड़की के बारे में मेरी राय और मेरे वालिद साहब का नाम–पता–ठिकाना पूछने लगे। राय तो उनकी लड़की के बारे में मेरी ख़ैर ठीक ही थी, पर वालिद साहब का नाम सुनकर उनके हाथों के तोते उड़ गये। मैंने कभी सोचा भी नहीं था कि कभी मेरे पिताजी का नाम सुनकर किसी को इतना सदमा लग सकता है! अच्छा होता मैं दरवाज़े पर नेम प्लेट ही लगा लेता। पर ख़ैर। अब उनकी लड़की पर और दूसरियों के दिल पर क्या गुजरी, पता नहीं।

तीसरा हादसा बस के सफ़र में हुआ। मैं जालोर जा रहा था। बस खचाखच भरी हुई थी। एक जगह उतरा तो कोई और मेरी जगह पधार गया तो ज़रा तकरार हो गयी। एक साहब बीच–बचाव करते हुए बोले–यहाँ आ जाइए ख़ान साहब, यहाँ बैठ जाइए। कोई बात नहीं। थोड़ी देर की ही तो बात है। मुसाफ़िरी में तो...यूंइज हाले! कई सा?

मैं अपनी हक़ की सीट छोड़कर इस परदुखकातर के पास आ बैठा। अब जिसने मेरी सीट हड़पी थी वह गुर्रा रहा था और जिसने जगह दी थी, पुचकार रहा था। हड़पू अपने पड़ोसी को ज्ञान दे रहा था कि ये मियें तो साले गद्दार हैं और इनमें से अधिकतर तो पाकिस्तान के जासूस होते हैं वग़ैरह। और हैरानी की बात यह थी कि उसके पास वाले उसकी बातों पर बड़े भक्ति–भाव से मुण्डकी हिला रहे थे। इधर मेरे हमदर्द पड़ोसी ने उन चुभती बातों से शायद मेरा ध्यान हटाने के लिए मुझसे पूछा–कहाँ जा रहे हैं? मैंने कहा–जालोर। बोला–कहाँ से आ रहे हैं? मैंने कहा–जैसलमेर से। बोला–जालोर में तो आप लोगों के काफ़ी घर हैं? मैंने कहा–हाँ। हालाँकि मुझे नहीं मालूम। मैं तो पहली बार जालोर जा रहा था। कुछ देर चुप रहकर वह फिर बोला–बिजनेस है? मैंने कहा–हाँ। बोला–किस चीज़ का? मैंने कहा–चूड़ियों का। वह चुप हो गया।

उधर हड़पू उसके शहर के एक "मियें" का क़िस्सा सुना रहा था जो पाकिस्तान वार में रात के अँधेरे में (पाकिस्तानी हवाई जहाज़ को पहचान कर) उसे टॉर्च दिखाकर (अपने बीवी–बच्चों पर) बम डालने की दावत दे रहा था! इधर इस दयालु ने पान बहार का डब्बा निकालकर दो चम्मच फंकी लगायी और रखते–रखते फिर खोलकर मुझे पान बहार पेश किया। एक चम्मच मैंने भी गड़प लिया। मुझे ख़ुशी हुई कि यह साला दयालु का बच्चा अब कुछ देर चुप रहेगा।

उधर वह हड़पू अब जोश में आ गया। दूसरे भी उसकी हाँ–में–हाँ मिला रहे थे। वह कह रहा था–अजी इन "कटवों" ने तो देश का सत्यानाश कर दिया है। साले चार–चार शादियाँ करते हैं और बीस–बीस बच्चे पैदा करते हैं, ताकि एक दिन हम हिन्दू इनसे कम हो जायें और ये हम पर शासन कर सकें। और गौरमेण्ट भी इन्हें कुछ नहीं कहती। इन सालों को तो निकाल बाहर करना चाहिए! साले भिष्ट!

जी में आया उठूँ और तड़ से एक झापड़ जमा दूँ। पर मुमकिन नहीं था। अब तक दसियों आदमी उसकी सहमति में ल्हिसड़ चुके थे और अजीब धार्मिक उन्माद उफन रहा था। कई तो फुदक रहे थे। मैं जानता था कि मैं अपनी इस कम्बख़्त दाढ़ी और लहज़े के कारण मुसलमान सिद्ध हो चुका हूँ। चूँ–चपड़ करूँगा तो सब मिलकर ठोक देंगे और कहूँगा कि हिन्दू हूँ पर कह सकूँगा? क्या यही मेरा जमीर है? नहीं, मर जाऊँगा पर यह नहीं कहूँगा। पर मान लो कहूँ कि हिन्दू हूँ तो? पतलून खोल दूँ तो भी कोई नहीं मानेगा। ख़ामोशी से बैठा रहा और ज़हर के घूँट पीता रहा। सोचता रहा कि हे भगवान! इन गधों को कब सद्बुद्धि आयेगी! (और हममें वह साहस...कि इनका मुँहतोड़ जवाब दे सकें सरेआम।)

जोधपुर के मिनर्वा होटल में चाय पीते हुए ये तीनों हादसे मैंने अपने दोस्तों को सुनाये। दाढ़ी मुँड़ाने के बाद। नन्दू, पारस, रामबक्ष और हबीब। चारों ख़ूब हँसे। हँसते–हँसते अचानक हबीब ख़ामोश हो गया और सिगरेट जलाकर कुर्सी पर पसरकर धुएँ के छल्ले छोड़ने लगा और होटल की छत को घूरने लगा। अपने बेहद पुरमज़ाक़ और हमेशा हँसते रहने वाले इस दोस्त की यह मुद्रा देखकर पारस ने पूछा तुझे क्या हो गया बे! स्वयं प्रकाशुर्रहमान? फिर सब हँस दिये। वह उठता हुआ बोला–नन्दू! ऐलान कर दो कि हिन्दुस्तान सिर्फ़ तुम्हारे बाप का ही नहीं है, वह हमारे बाप का भी है। ध्देऐंग...!! धमाधम धमाधम धमाधम धमाधम...!!

उसकी नगाड़ेबाज़ी पर सब ख़ूब हँसे।

पर मैं सोचता हूँ हबीब सिर्फ़ मज़ाक़ नहीं कर रहा था।

आपका क्या ख़याल है?

उस तरफ़

अपना चटर्जी भी बड़ा मज़ेदार आदमी है। पाँच साल हो गये इस हिन्दी वाले इलाक़े में रहते, कम्बख़्त चाय और सिगरेट को अभी तक पीता नहीं, खाता है। चलो इसे मज़ाक़ की बात मान लेते हैं, पर वैसे भी भाषा के मामले में भयंकर ही है। अच्छी हिन्दी नहीं आती। और हिन्दी वाले तो ख़ैर किसी की टूटी--फूटी हिन्दी का बुरा भी नहीं मानते, पर सच बात तो यह है कि उसे अच्छी अंग्रेज़ी भी नहीं आती। पर वह समझता है कि आती है। इसीलिए हमेशा एक ऐसी भाषा बोलता रहता है, जिसे वह अंग्रेज़ी और हम "हिंग्लिश" या "पिंकिश" कहते हैं। बल्कि मुझे तो शक है कि उसे बंगला भी अच्छी नहीं आती होगी। तभी तो "अमृत बाज़ार पत्रिका" जैसी बड़ी कन्सर्न छोड़कर यहाँ आया है। और इसके बावजूद केवलिया साहब ने उसे टिका रखा है तो इसके दो कारण हैं। एक तो यह कि सूझ का धनी है। बड़े गज़ब आइडिया आते हैं साले के दिमाग़ में, पर यह छोटा कारण है। बड़ा यह कि कमबख़्त फ़ोटोग्राफ़र बहुत अच्छा है। रिपोर्टर ख़ुद अच्छा फ़ोटोग्राफ़र हो, और केवलिया साहब को क्या चाहिए। नतीजा यह कि हम सुबह से शाम तक दफ़्तर में क़लम घिसाई करते रहते हैं और चटर्जी बाबू टूर लगाते रहते हैं।

इसी चटर्जी का क़िस्सा सुना रहा हूँ आपको।

क्या हुआ कि राजस्थान में जैसलमेर के पास एक गाँव है—बरमसर। चारे की बहुत बड़ी मण्डी है। आबादी तो ज़्यादा नहीं, पर बाज़ार खासा है। आसपास के बीस गाँव के लोग वहाँ ख़रीददारी करने आते हैं। पिछली गर्मियों में वहाँ एक भीषण अग्निकाण्ड हुआ था, जिसके बारे में आपने भी अख़बारों में पढ़ा होगा। सात आदमी ज़िन्दा भुनकर मर गये थे। कई सारे पशु भी स्वाहा हो गये थे। चारे की आग ने एक प्राइमरी स्कूल को भी

अपनी जद में ले लिया था, जिसमें उस वक़्त भी बच्चे पढ़ रहे थे। तब बारह बच्चों को एक के बाद एक अपनी जान पर खेलकर एक आदमी ज़िन्दा बचा लाया था। नाम उसका नखत सिंह है। पिछले दिनों उसे इसके लिए राज्य सरकार की ओर से पुरस्कृत भी किया गया है। उसी नखत सिंह के बारे में केवलिया साहब एक फीचर रविवारीय अंक में छापना चाहते थे और इसी काम के सिलसिले में चटर्जी जैसलमेर भेजा गया था कि उसकी तस्वीरें और भेंटवार्ता ले आये।

और चटर्जी ने क्या किया?

पहले तो उसकी जैसलमेर से चिट्ठी आयी। जिसमें उसने सुनहरे पत्थरों के उस ख़ूबसूरत शहर का बड़ा ही काव्यात्मक वर्णन किया। कम्बख़्त ने इतने विस्मयादिबोधक...इतने...अधूरे वाक्य...उद्‌गार...उच्छ्वास भर दिये कि बस। और कोई भी सुन्दर चीज़ हो उसके लिए तो चटर्जी के पास एक ही शब्द है–दारुण! जैसे...जैसलमेर का किला मानो अतीत के पृष्ठ पर जमी धूल...शौर्य की गाथा...तलवारों की दुर्दान्त...झंकार...कितना भव्य! कितना दारुण!!

ख़ैर! तो महाशय गाँव पहुँचे। वे रेतीली कठिन यात्रा से पस्त हो रहे थे और कई बार ताज्जुब और अफ़सोस कर चुके थे कि आख़िर ये लोग रेल–सड़क–आबादी–वनस्पति–मशीन सभ्यता से इतनी दूर गाँव बसाकर क्यों रहते हैं? जबकि वहाँ कुछ भी तो नहीं है। एक पेड़ तक नहीं। सुबह का वक़्त है, लेकिन गाँव पास आ जाने पर भी कहीं ज़िन्दगी का कोई निशान तक नहीं।

आख़िर एक आदमी नज़र आया, गाँव के बाहर ही। उसे चटर्जी ने पहले तो सविस्तार अपना परिचय दिया और फिर नखत सिंह का ठिकाना पूछा। परिचय का तो एक भी शब्द उस आदमी के पल्ले नहीं पड़ा, लेकिन हाँ, वह यह ज़रूर समझ गया कि फिर कोई राज का आदमी अपने नख्त्या से मिलने आया है। "नख्त्या?" उसने चीखकर पूछा और चटर्जी की हाँ सुनकर अपने पीछे–पीछे आने को कहा।

गाँव के बाहर बनी अतिथिशाला में चटर्जी को ले जाया गया। थी वहाँ ज़िन्दगी आख़िर। दस–बारह आदमी थे, जो चिलम पी रहे थे या अमल की मनुहारें कर रहे थे या आपसी बातें कर रहे थे। चटर्जी ने बड़े जोश में राम–राम की। उनकी गरदनें उठीं, ठण्डा–सा जवाब मिला और

ख़ामोशी छा गयी, जैसे चटर्जी दुश्मनों का भेदिया हो। चटर्जी को लाने वाले आदमी ने सबको चटर्जी के बारे में कुछ बताया और चटर्जी से अपनी टूटी–फूटी हिन्दी में कहा कि वह अभी नख्त्या को बुलाकर लाता है, तब तक चटर्जी वहीं बैठे। इस सन्न माहौल और ठण्डे स्वागत कक्ष में चटर्जी को अच्छा नहीं लग रहा था। वह उठकर खड़ा हो गया और बोला–मैं भी चलता हूँ। यह गाँव की परम्परा के एकदम ख़िलाफ़ था, पर जब चटर्जी ने कहा कि वह नख्त्या का ही नहीं उसके घर की, बच्चों की भी तस्वीर खींचना चाहता है तो किसी तरह इज़ाजत मिल गयी।

अब आगे–आगे भला आदमी चल रहा है, उसके पीछे–पीछे चटर्जी उसके पीछे–पीछे गाँव के नंगे–धड़ंगे बच्चे, उनके पीछे कुत्ते और बकरियों के बच्चे और उसके पीछे धूल का गुब्बार! लुगाइयाँ घरों से निकल–निकल कर कुतूहल और आशंका से इस जुलूस को देखने लगीं और गुन्ताड़े फुसफुसाने लगीं। शहरी आया है यानी नयी मुसीबत आयी है। कभी थानेदार, कभी पटवारी, कभी हाकिम, कभी सुईवाला, कभी बच्चे रोकने वाली लुगाई। सब मुसीबत। और आजकल ये नख्त्या के वास्ते और आने लगे मरे। अलबत्ता बच्चों को चटर्जी का कैमरा–टेप रिकॉर्डर देखकर ख़ूब कुतूहल हो रहा था, और इससे चटर्जी को बहुत मज़ा आ रहा था। वह कितना महत्त्वपूर्ण हो उठा था न? दारुण।

भला आदमी गाँव के ठेठ दूसरे किनारे पर अलग–थलग पड़ी एक झोंपड़ी के सामने रुक गया और नख्त्या को पुकारने लगा। दरवाज़ा खुला, एक लुगाई बाहर निकली। भले आदमी ने चटर्जी के आने का आशय समझाया और लुगाई ने सूचना दी कि "वे" दिसा फरागत के लिए गये हैं। तब भले आदमी ने एक दिशा में मुँह उठाकर बड़ी सुरीली जनानी–सी आवाज़ बनाकर एक लम्बी पुकार मारी– ओ नख्त्याऊ...ऊ...ऊ...उसकी "ऊ" इतनी पतली और लम्बी थी जैसे कोई नयी बहू ग़मीं में रोने का अभ्यास कर रही हो। चटर्जी को लगा कि भले आदमी की इस लम्बी पुकार में से "ओ नख्त्या" तो छूटकर यहीं गिर गया है और दूर तक जो गया वह सिर्फ़ "ऊ...ऊ..." है, जिसका कोई भी कैसा भी मतलब निकाल लेगा। कुछ पल सन्नाटा रहा। फिर उस दिशा से ऐसी ही ऊ...ऊ...आयी जिसका अनुवाद भले आदमी ने यों किया कि नख्त्या कह रहा है कि थोड़ी देर रुको, अभी आ रहा हूँ। गाँव की इस अबूझ, पर कारगर दूरसंचार प्रणाली

से चटर्जी बहुत प्रभावित हुआ। दोनों एक माचे पर बैठ गये और चटर्जी बच्चों से खेलने लगा।

कुछ देर बाद दिशा–मैदान के क्षितिज पर एक मटमैला धब्बा उभरा और धीरे–धीरे उसने नख़त सिंह का रूप ग्रहण कर लिया। चटर्जी ने खाट से उठकर नमस्ते की, उसने हाथ मिलाया, चौड़ा–मजबूत हाथ, और फिर भले आदमी से कुछ बात करने लगा। इसके बाद उसने जेब से बीड़ी निकाली, लुगाई को "खीरा" लाने का आदेश दिया और भले आदमी को निःसंकोच, चटर्जी को ससंकोच बीड़ी पेश की। बच्चों को भगा दिया और बैठ गया।

लुगाई एक चिमटे में एक अंगारा ले आयी, जिससे तीनों ने बीड़ियाँ सुलगा लीं और फिर भला आदमी चला गया।

इस बीच चटर्जी यही सोचता रहा कि यह वीर कैसा दिशा–मैदान गया कि न लोटा–वोटा साथ ले गया, न आने पर हाथ ही धोये। मन हुआ पूछे, पर टाल गया। भले आदमी के चले जाने के बाद नखत सिंह ने चटर्जी को और चटर्जी ने नखत सिंह को ध्यान से देखा।

नखत सिंह कत्थई रंग का एक आदमी था, जिसके चेहरे पर काली दाढ़ी थी जो बीच में से बँटी हुई थी और दोनों तरफ़ फहरा रही थी। सिर पर लापरवाही से बाँधा गया पोतिया था और जिस्म पर रेजी की एक बेहद लम्बी कमीज़ थी, जिसमें चाँदी के बटन लगे हुए थे। धोती इतने उदार और खुले तरीक़े से बाँधी हुई थी मानो डबलबेड की चादर को धोती बनाना पड़ गया हो। पगरखी के सूखे चमड़े पर इतने पैबन्द थे, जैसे गदर के ज़माने से काम में लायी जा रही हो। कानों में सोने की लौंग थी और बाल उस खास अदा से छँटे हुए थे, जिसे किसी पिटे हुए नाई का घिसा हुआ उस्तरा ही पैदा कर सकता है। बड़ी–बड़ी काली मूँछे थी, जिन्हें बड़ी लगन से उमेठा गया था। और इस सबके बीच दो काली, सच्ची, चमकदार आँखें थीं, जिनका कोई जवाब नहीं था। उनमें एक साथ बच्चों जैसी सरलता और रणबाँकुरों जैसी कठोरता झलक रही थी। और कुल मिलाकर वे आँखें नखत सिंह की दब्बू या गँवार मान लेने से सामने वाले को रोकने का काम बड़ी मुस्तैदी से कर रही थीं।

और चटर्जी? ओह, चटर्जी मदनपुरी के गैंग का चालू चक्कूबाज़ लग रहा था और उसका तामझाम देखकर शक हो सकता था कि वह ये चीज़ें कहीं से माँगकर या मारकर लाया है।

चटर्जी की इच्छा तो यह हो रही थी कि ब्रश करे, दाढ़ी बनाने के लिए गरम पानी की फरमाइश करे, चाय का प्याला तो आ ही जाये और फिर एक बाथरूम हो, जिसके शॉवर में नहाकर...पर ऐसी किसी हरकत के लिए कोई चान्स न पाकर वह अपनी ड्यूटी को याद करने लगा और बड़े विस्तार से नखत सिंह को अपने आने का कारण समझाने लगा। इसका नखत सिंह पर कोई असर नहीं पड़ा। तब उसने नखत सिंह के अद्‌भुत शौर्य और मानवता वग़ैरह की प्रशंसा करना शुरू किया। इसका भी कोई असर नहीं। फिर उसने ग्राम्य जीवन और प्रकृति के सौन्दर्य वग़ैरह की भूमिका के साथ नखत सिंह को यह बताया और ज़ोर देकर बताया कि भारत की अस्सी प्रतिशत जनता गाँवों में रहती है। इसका भी कोई असर नहीं हुआ। नखत सिंह उसी इत्मीनान, मुस्कान और ध्यान से उसकी बात सुन रहा था या देख रहा था कि चटर्जी को लगा कि इसकी बजाय मैं "चोर मचाये शोर" की स्टोरी सुना देता, तब भी नखत सिंह की मुद्रा में कोई फ़र्क़ नहीं पड़ता।

फिर चटर्जी ने सोचा कि शायद यह मेरी भाषा नहीं समझ पा रहा है, इसीलिए अपनी भाषा को सरल–से–सरल बनाकर कहा–मैं आपसे कुछ बातचीत करना चाहता हूँ। इसकी प्रतिक्रिया यह हुई कि नखत सिंह अचानक उठकर झोंपड़ी के अन्दर चला गया।

चटर्जी परेशान हो गया। फँस गये। ख़ैर, अभी एक तरकीब बाक़ी है। फ़ोटों खींच–खाँचकर चल दूँगा। और जैसलमेर के टूरिस्ट बंगले में आराम से पसरकर एक फर्जी इण्टरव्यू बना लेना क्या मुश्किल बात है? कौन देखने आता है?

कुछ पल बाद नखत सिंह हाथ में पोलीथीन की एक थैली लेकर आया और उसे खोलते हुए चटर्जी के पास बैठ गया। थैली में से एक काली–सी चीज़ निकली। कुछ डलियाँ। जैसे शिलाजीत। नखत सिंह ने चने के बराबर एक डली बड़ी नज़ाकत से अपनी गद्देदार हथेली पर रखकर, दोनों हाथ जोड़कर बड़े अदब से चटर्जी को पेश की। चटर्जी ने हिचकिचा कर पूछा–ये क्या है? नखत सिंह ने उसी मुस्कराहट और इत्मीनान से कहा–"अमल लो"।

चटर्जी ने न केवल इनकार किया, बल्कि बड़ी हिकारत से इनकार किया। जैसे अमल खाने से बड़ा देशद्रोह और कोई नहीं हो सकता।

उसे दरअसल धक्का लगा था कि जिस आदमी का एक महान हीरो की तरह उसे चित्रण करना है, वह साला अफ़ीमची है! चटर्जी की बेहूदगी नखत सिंह को निश्चय ही बुरी लगी लेकिन ठण्डे लोहे जैसा उसका स्वभाव इसे बड़ी शालीनता से हज़म कर गया। फिर चाय आयी। फिर बीड़ी। चाय खास तौर पर चटर्जी के ही मँगवाकर बनवायी गयी थी। नखत सिंह ने चाय की जगह नाश्ता किया। काँसे के एक बड़े कटोरे में कोई आधा किलो गाढ़ी छाछ और उसमें चूरा हुआ बाजरी का सोगरा। चटर्जी अब चौक तो नहीं रहा था, पर चिढ़ ज़रूर रहा था कि कैसे साले सुबह–सुबह इतना भकोस लेते हैं। और देखो! अभी इसने ब्रश भी नहीं किया है।

चाय–नाश्ते के बाद चटर्जी ने कहा, अब बातें हो जायें। पर नखत सिंह ने इसे अनसुना करके यह प्रस्ताव रखा कि पहले किसी के साथ छाँग को जंगल भेज देते है, फिर नीचे तलई है, वहीं चलते हैं वहीं बातें होंगी। चटर्जी मान गया। और करता भी क्या। ख़ैर, दोनों उठे। नखत सिंह ने अपना पोतिया खोलकर दोबारा बाँधते हुए अपनी लुगाई से कहा कि छाँग मँगवाकर बच्चों के साथ भेज दे, वह ज़रा काम से जा रहा है। अन्दर से कुछ नाराज़ बड़बड़ाहट आयी जिस पर नखत सिंह ने बिल्कुल ध्यान नहीं दिया।

दोनों चल पड़े।

रास्ते में चटर्जी ने पूछा–"हम कहाँ जा रहे हैं ?"

नखत सिंह बोला–"कुछ नहीं, ज़रा अपने भूर्या की लुगाई को डाकन लग गयी है। भोपा कल था नहीं, आज आया है। उससे सलाह करनी है। मामूली डाकन होगी तो सोगरा डालने से उतर जायेगी, नहीं तो भोपा नचाना पड़ेगा।" यह सब कहते समय भी नखत सिंह के चेहरे पर वही मुस्कान और इत्मीनान कायम रहा। चटर्जी को दूसरा झटका लगा और उसने दूसरी ग़लती की। अन्धविश्वासों के ख़िलाफ़ नखत सिंह को अपनी टूटी–फूटी हिन्दी में एक पूरा भाषण दे डाला, पर इसका भी नखत सिंह पर बस इतना–सा असर पड़ा कि उसकी मुस्कान कुछ और चौड़ी हो गयी।

बग़ैर रोशनदान–खिड़कियों वाले एक कच्चे मकान के बाहर चटर्जी को बैठाकर नखत सिंह अन्दर चला गया। अन्दर से एक बन्द कमरे से किसी महिला के चीख़ने–छटपटाने और तड़पने की बड़ी आर्त आवाज़ें आ–आकर चटर्जी को बेचैन कर रही थी। उसे अपने बचपन की देखी

एक घटना याद आ गयी, जब उसके सामने एक फटेहाल कृशकाय महिला को बकरी की मींगनी और मिर्च का धुआँ लगाया गया था, दो कालबेलिये महिला के हाथ–पैर दबोचे खड़े थे और तीसरा सामने नाच रहा था...। चटर्जी को सिहरन सी महसूस होने लगी। ये मुल्क! क्या पचास सालों में यह मुल्क ज़रा भी नहीं बदला? बदला है, पर यहाँ क्यों नहीं बदला?

कुछ देर बाद नखत सिंह और भूर्या बाहर निकले। दोनों अपनी भाषा में कुछ बातें करने लगे। भूर्या ज़रूर कुछ चिन्तित नज़र आ रहा था, पर नखत सिंह के चेहरे पर अब भी वही इत्मीनान क़ायम था। चटर्जी से रहा नहीं गया। और बरदाश्त उसके बस के बाहर की बात थी। वह चीख़कर पूछना चाहता था कि तुम लोग उस बेचारी औरत पर क्या अत्याचार कर रहे हो मूर्खों। पर बोल सिर्फ़ इतना सका–"आसपास कोई हॉस्पिटल नहीं है?"

चटर्जी के इतने अचानक बीच में कूद पड़ने से दोनों अचकचा गये। दो मिनट अपलक उसे देखते रहे। फिर नखत सिंह बोला–शफोखाणो? शफ़ाख़ाना यहाँ से बारह मील दूर है, ऊँट के सिवाय कोई दूसरी सवारी नहीं। और ऊँट पर उस बीमार औरत को इतनी दूर ले जा नहीं सकते, हाँ सूईवाला लेकर आ सकते हैं। पर एक तो वह पचास रुपये माँगता है, दूसरे आदमियों को मार देता है। उस पर किसी को भरोसा नहीं है। और दरअसल इतनी गम्भीर तो बात भी नहीं है। हमारा भोपा इससे बड़ी–बड़ी डाकनें छुड़ा चुका है।

चटर्जी बेचैन हो गया। सियालदह का अपना बचपन टुकड़े–टुकड़े उसके दिमाग़ में घूमने लगा, बाइस्कोप की तस्वीरों की तरह। बचपन और लड़कपन में अपने भीतर, घर में, और आसपास बहुत दुख देखा है उसने। ग़रीबी, अन्धविश्वास, भूख, बीमारी। किसी को पीटा जाता...उसके बच्चे, उसकी बीवी रोते–चीखते...कोई बीच में नहीं पड़ता...कोई नहीं बोलता...किसी–किसी की आँख नम हो जाती बस...पर वह...आग–बबूला हो जाता...उसकी मुट्ठियाँ भिंच जाती...वह भिड़ पड़ता...मार खाता बाहरवालों से...और फिर घरवालों से भी...और फिर बिस्तर पकड़ लेता उस नादानी में भी उसे पक्की तरह लगने लगा था कि बाबा फिजूल क़िस्मत को कोसते रहते हैं, माँ दिनभर बेकार उस भगवान के बच्चे के सामने गिड़गिड़ाती रहती है और उसे ख़ुश करने की कोशिश करती रहती है,

असली झगड़े की जड़ तो साला बड़ी कोठीवाला घोषाल और उसके आदमी हैं। और उन जैसे लोग...। और पढ़ाई छोड़कर कलकत्ता आ जाने के भी बहुत दिन बाद उसे समझ में आया था कि पशुता और अत्याचार के विरुद्ध उछलकर खड़े हो जाने और बर्बाद कर दिये जाने वाले हर एक आदमी को उसकी मदद की कितनी ज़रूरत थी। चटर्जी का मन भारी हो उठा। क्या फ़र्क़ पड़ता है। उसने सोचा...बंगाल हो या राजस्थान, आदमी का दुख वही है। दुख की परिभाषा वही है। तबाही की भाषा वही है।

दोनों चल पड़े।

स्कूल के सामने नखत सिंह रुका और एक आदमी से बातें करने लगा। जी हाँ, स्कूल। इसे फिर से बनाया गया था और अब बढ़ाया जा रहा था। एक कमरे में और चबूतरे पर बच्चे लावारिस की तरह बिखरे हुए थे और उनके बीच छड़ी लेकर घूमते मास्टर साहब फिलहाल पाखाने जाते समय पानी साथ ले जाने की महत्ता पर प्रकाश डाल रहे थे।

चटर्जी पढ़ गया। चटर्जी को नौकरी मिल गयी। चटर्जी का मकान पक्का हो गया और चटर्जी की चिन्ताएँ महानगर और महादेश हो गयीं। धीरे–धीरे मुट्ठी भींचकर भिड़ पड़ने वाला एक लड़का पता नहीं कहाँ गायब हो गया और उसकी जगह एक व्यस्त संवाददाता ने ले ली जिसके लिए हर तबाही एक सनसनी होती है और हर लड़ाई एक स्कूप। ख़ुद को सुविधा की ज़िन्दगी में बनाये–टिकाये रखने की ख़ातिर प्रबन्धकों की इच्छा और कॉलमों की लोकप्रियता को उसने सत्य और जमीर पर हावी हो जाने दिया। और उसे पता भी नहीं चला कि वह कब कितना बदल गया।

वे लोग एक बूढ़े सरपंच के घर के सामने रुके, जहाँ कई लोग जमा थे, सामूहिक रूप से ख़ूब अमल घोला जा रहा था और परस्पर मधुर मनुहारें चल रही थीं। लोग एक दूसरे की दाढ़ियों में हाथ डाल रहे थे और बड़ी–बड़ी कसमें दिला रहे थे। ख़ूब इनकार करने के बाद भी अमल लेने के लिए मजबूर हो जाने वाला आदमी तत्क्षण दूसरों को मजबूर करने लगता और यह नाटक घूम–घूमकर चलता रहता। किसी के तन पर पूरे साबुत कपड़े नहीं थे, लेकिन अमल के उत्साह में कोई किसी से पीछे नहीं था। नखत सिंह भी इस धसान में शामिल हो गया और उसने उठते–उठते भी कोई आधा घण्टा लगा दिया। चटर्जी बोर होता रहा।

अब उसे ग़ुस्सा आ रहा था। थोड़ी देर पहले की अपनी उदात्तता अखर रही थी। जो सहानुभूति अचानक, अनायास थोड़ी देर पहले उभर आयी थी, अब "सेंटीमेण्टल फुलिशनेस" लग रही थी। उसे ये सारे लोग मूर्ख, जाहिल, उजड्ड, असभ्य गँवार, जंगली, गन्दे, बेहूदा, आलसी और निकम्मे लग रहे थे।

फिर चल पड़े आख़िर। लेकिन नखत सिंह फिर रुक गया।

एक भूँपे के सामने जहाँ एक अन्धी बुढ़िया बड़ा रस ले-लेकर टिड्डियाँ खा रही थी और जोड़ों के दर्द से विह्वल होकर ज़माने से जँवाई तक सबको कोस रही थी। नख्त्या ने उससे दस मिनट तक बातें की, मज़ाक़ किये, उसे किसी से नाता कर लेने, यानी दोबारा किसीं का घर आबाद कर देने की चुलबुली सलाह दी, जिससे बुढ़िया का ख़ूब मनोरंजन हुआ और वह ख़ूब झल्लायी और गलियायी...और इसके बाद बहादुर हीरो नखत सिंह तालाब की तरफ़ चले।

तालाब, जिसे "तलई" कहा जाता था, खेजड़ी और बबूल के कुछ वृक्षों से घिरा गन्दे पानी का एक डबरा था जो पीने-पकाने से लेकर नहाने-धोने तक गाँव की सारी ज़रूरतें पूरी करता था। ऊँट, भेड़, बकरी, कुत्ते वगैरह भी इसी में पानी पीते थे और दोपहर भर गाँव की छाँग इसके किनारे आराम करती थी। अपेक्षाकृत नीचे स्थित यह तालाब गाँव से सिर्फ़ इतनी दूर था कि एक "ऊ...ऊ" मारने पर किसी को भी बुलाया जा सकता था, लेकिन बरसात में इकट्ठा हुआ यह पानी बमुश्किल चार महीने चल पाता था और गाँव की महिलाओं को फिर उन्हीं बेरियों की शरण लेनी पड़ती थी, जिनकी तलहटी में बूँद-बूँद पानी रिसता रहता है और जहाँ से एक घड़ा पानी लाने में दो घण्टे लगते हैं।

आख़िर एक बड़ी-सी खेजड़ी की कंजूस छाया में दोनों बैठे। चटर्जी थकान से पसर गया। फिर सीधे बैठकर पूछा- अब बातें हो जायें? नखत सिंह ने मुस्कराते हुए जवाब दिया-"ऐसी भी क्या जल्दी है? पहले ख़ाना खा लेते हैं। तुम्हें भूख लगी होगी। फिर बातें भी हो जायेंगी।"

राजी होने के सिवा चटर्जी के पास और रास्ता भी क्या था?

आवाज़ मारकर नखत सिंह ने कुछ दूर बकरियाँ चरा रहे एक बच्चे से कुछ कहा और इधर-उधर से सूखी लकड़ियाँ बटोरने लगा। फिर पोटली खोलकर, उसका गन्दा कपड़ा ज़मीन पर बिछाकर उसमें अपनी

बाजरी की मोटी रोटी मसलने लगा। इस बीच एक बच्चा काँसे के एक बड़े से कटोरे में बकरी का दूध दुह लाया और चला गया। नखत सिंह ने दो पत्थर जमाकर उनके बीच लकड़ियाँ रखीं। कुछ सूखे पत्ते रखे और माचिस लगायी। यों चूल्हा जला। उस पर दूध का कटोरा रख दिया। उसमें चूरी हुई रोटी डाल दी। यों "खीर" चढ़ाई और उसे एक सूखी लकड़ी से हिलाने लगा। पककर ठण्डी हो जाने पर सामने रखी और कहा–"आओ।" उकडँ बैठा प्यारा गँवार, शहर से आये फोकटिया बुफे डिनर्स के आदी पत्रकार को यारी से बुला रहा है आओ। आओ और साथ बैठकर खाओ। हम भी इसी में से खाये, तुम भी इसी में से खाओ। जैसे तुम भी आदमी, वैसे हम भी आदमी। हमारे मैले दाँतों और गन्दे नाख़ूनों पर मत जाओ। हमारे साफ़ मन और मजबूत आत्मा को देखो। आओ भी यार।

वाह! क्या समां है! क्या जलवा है! जैसे तुम भी आदमी, वैसे हम भी आदमी।

पर बेचारा चटर्जी? दारुण!!

खाने के बाद बीड़ी सुलगायी और नखत सिंह साहब तो पोतियाँ सिर के नीचे लगाकर पसर गये। चटर्जी ने बातों की फरमाइश दोहरायी तो उसकी तरफ़ करवट लेकर राजपूतों के एक बड़े पीर शिरी रामचन्दर जी की एक मनगढ़न्त कहानी सुनानी शुरू कर दी कि किस तरह उन्होंने एक बार कान में फूँक मारकर एक विधवा के चार बच्चे पैदा कर दिये। रामचन्दर जी के बारे में यह.अफवाह सुनकर चटर्जी ने माथा ठोक लिया, पर नखत सिंह क्या करे? "बात" तो इसी को कहते हैं।

जैसे–जेसे धूप चढ़ती गयी, चटर्जी का भेजा ख़राब होता गया। अब तक वह इस सारी बकवास से बुरी तरह तंग आ चुका था और जान चुका था कि नखत सिंह महाराज न रेल–सिनेमा, अख़बार–टेलीफ़ोन के बारे में कुछ जानते हैं, न जयपुर–दिल्ली–राजनीति के बारे में। न उन्हें पैसे गिनना आता है, न हिसाब रखना। उन्हें यह तक पता नहीं कि इनकी छाँग में कितनी बकरियाँ–कितनी भेड़ें हैं–काली, भूरी, लूमड़ी, गेलड़ी करके गिन लेते हैं और छोटे–मोटे सौदा–सुलफ़ के लिए शहर भी जाते हैं, पर वहाँ हिसाब बहुत सीधा है–आधा किलो बाजरी दो, पाव गुड़ ले लो। हाँ, दवा साली बाजरी से नहीं मिलती, पर वह तो सूईवाला ले ही आता है, सो वे बेफिक्र हैं। बस, सुबह से पचास बार यह जिद ज़रूर कर चुके हैं कि चटर्जी उनके गाँव

में एक कुआँ ज़रूर खुदवा दे। यह भी बता चुके हैं कि यह अरज उन्होंने सरपंच, बीडीओ, थानेदार सबसे की, मात्तर से दरखास भी लिखवायी, लेकिन कोई सुनवायी नहीं हुई। ग़रीबों की कोई नहीं सुनता।

लेकिन चटर्जी को इससे भी ज़्यादा जो बात परेशान कर रही थी, वह यह कि नखत सिंह मूर्ख नहीं है, मूर्ख बन रहा है। है तो वह चतुर। शायद चटर्जी से भी ज़्यादा चतुर। फिर क्यों मूर्ख बन रहा है, क्या दिखाना चाहता है वह इस तरह? दिखाना चाहता है तो दिखाता क्यों नहीं? सुबह से टाल क्यों रहा है? केवलिया साहब! कहाँ फँसा दिया। इससे तो किसी खुर्राट नेता का इण्टरव्यू लेने भेज देते। यह साला तो ऐसे कर रहा है, जैसे पत्रकारों से तंग आया हुआ कोई अभिनेता करता है।

आख़िर चटर्जी को ताव आ गया। सारी औपचारिकताएँ छोड़कर उसने ठेठ पुलीसिया तरीक़े से सवाल–जवाब करना शुरू कर दिया।

– आग लगी, तब तुम कहाँ थे ?

नखत सिंह कोई दो मिनट तक चटर्जी को अचरज से देखता रहा। उसकी मुस्कान ग़ायब हो गयी, गो इत्मीनान क़ायम रहा। जैसे कोई पीठ मुक्का खाने के लिऐ तनकर तैयार हो जाती है। बोला–शोर मचा। सब भागे तो मैं भी भागा।

– फिर क्या हुआ?

– फिर आग लग गयी।

– लग गयी। फिर क्या हुआ?

– फिर लपटें उठने लगीं।

– हाँ–हाँ लेकिन फिर क्या हुआ?

– फिर धुआँ फैल गया।

– वह तो फैलेगा ही, पर तुमने क्या किया?

– मैं क्या करता?

– तुमने आग से जलते हुओं को नहीं बचाया?

– वह तो सब कर रहे थे।

– सब अन्दर तो नहीं घुस गये।

– मैंने गीली राली ओढ़ी हुई थी।

– क्या तुम्हें मालूम नहीं था कि अन्दर जाओगे तो तुम भी जल जाओगे?

– दाढ़ी के बाल ज़रा जल भी गये थे।

– पर तुम मर भी तो सकते थे?

– हूँ!

– आख़िर वह क्या बात थी, जिससे प्रेरित होकर तुम आग में कूद पड़े?

– कोई तो अन्दर जाता ही।

– पर तुमने अपने बारे में कुछ नहीं सोचा?

– सोचने का टाइम ही कहाँ था!

– क्या तुम्हारा बच्चा भी अन्दर था?

– मेरे कहाँ है बच्चा!

– तुम्हें कैसा महसूस हो रहा था, जब तुम आग से बच्चों को निकाल रहे थे?

– क्या?

– कैसा लग रहा था?

– गर्मी लग रही थी।

– दिल में कैसा लग रहा था?

– दिल में प्यास लग रही थी।

– क्या तुम जानते थे कि तुम मौत के मुँह में कूद रहे हो? वह कौन–सी भावना थी, जिसने तुम्हें इतना निर्भीक और साहसी बना दिया?

–साहब, वे जलकर मर जाते। वे जल रहे थे। क्या हम तमाशा देखते रहते? क्या तुम हमें जानवर समझते हो? क्या हमारे जीव नहीं है? कोई मर रहा हो तो तुम तमाशा देखते रहोगे क्या? तुम लोग क्यों मुझे आसमान पर चढ़ा रहे हो? मैंने ऐसा क्या कर दिया, जो इन्सान को नहीं करना चाहिए? यह सम्मान मुझे दे रहे हो तो इसका मतलब है, तुम आदमी से उस व्यवहार की उम्मीद नहीं रखते, जो मैंने किया। क्योंकि मेरे व्यवहार को तुम असाधारण मान रहे हो। तुम लोग दया–माया–इन्सानियत, सब भूल चुके हो। हमारे बच्चे मर रहे थे, हमने उन्हें बचा लिया तो तुम्हारे दिल में खलबली मच गयी। कैसे बचा लिया? क्यों बचा लिया? और इसमें मैंने अकेले ने क्या किया? भूरसिंह ने नहीं किया? भैरु, पदा, फादा ख़ान, हनीफिया, लूमड़ी, किसना की लुगाई किसने नहीं किया? मेरा नाम हवा में उछालकर तुम सारे गाँव को परेशान कर रहे हो। हमें नहीं चाहिए ऐसे अमानुषों से कोई शोहरत नहीं चाहिए। वैसे भी हम क्या करेंगे तुम्हारी

बख़्शी हुई इज़्ज़त का? क्या काम आयेगी वह? तुमसे कह रहे हैं एक कुआँ खुदवा दो सो तो होता नहीं, **बड़े आये** हैं इण्टरव्यू लेने वाले।

...ये सब चटर्जी के गालों पर कठोर थप्पड़ों की बौछार की तरह गुस्से में खौलते हुए नखत सिंह ने कहा। नहीं, कहा नहीं। चटर्जी को ऐसा लगा, जैसे कहा–कहा तो सिर्फ़ इतना ही कि साहब वे जलकर मर जाते। उसके बाद उसकी आँखें सुर्ख हो गयीं। चेहरे की पेशियाँ तन गयीं मूँछे थरथराने लगी। अँगूठे से जलती हुई बीड़ी बुझाकर फेंक दी और करवट बदलकर आँखें मूँद ली। चटर्जी बुझा–सा रह गया। हीनभावना ने उसे ऐसा कभी नहीं जकड़ा था। वह कुछ नहीं बोल सका। बाक़ी सारी बातें उसे बाद में पता चलीं।

चटर्जी की रिपोर्ट आयी। तस्वीरें भी। कुल मिलाकर उसने वही लिखा, जो देखा था। इसके उस तरफ़ उसकी नज़र नहीं पहुँची। हाँ, अन्तिम वाक्य उसने सूझ से लिखा था कि–"नखत सिंह की असाधाणता इसी में है कि वह एक साधारण गाँव का एक साधारण आदमी है।"

पर उफ! हमारे कम्पोजीटर भाइयों को आप नहीं जानते। वे लेखकों से भी ज़्यादा होशियार होते हैं और बग़ैर किसी से पूछे या सलाह किये लेखकों की "गलतियाँ" सुधार दिया करते हैं।

चटर्जी की रिपोर्ट जब छपकर आयी तो हमने देखा कि अन्तिम वाक्य जिसे अभी मैंने उद्धृत किया–में दूसरा "साधारण" अ लगाकर "असाधारण" कर दिया गया था।

इनका ज़माना

उस साँवली सूरत, मोहिनी मूरत वाले दुबले–पतले साधारण–से नौजवान का नाम केवलराम था। उससे पूछिये तो मुस्कराकर अनुवाद भी साथ बताता था–"ओनली रम!" ख़ुशमिजाज़ और ख़ामोश तबीयत। उससे मेरी मुलाक़ात मामा के होटल पर ही हुई थी। यह मुलाक़ात वहाँ से पान की दुकान से बाज़ार होते हुए मेरे घर तक चली। लेकिन ऊपर मेरे कमरे तक नहीं आयी। नीचे दरवाज़े पर ही ख़त्म हो गयी। वह छुट्टी का दिन था। और नहीं भी होता तो क़स्बे में मुलाक़ातों का लम्बा खिंच जाना कोई बड़ी बात नहीं। घण्टेभर में "गाँव" के चार चक्कर लग जाते हैं। जायें कहाँ! करें क्या–गप न मारें तो!

केवलराम टेलीफ़ोन एक्सचेंज में ऑपरेटर था और अन्तर्राष्ट्रीय मुद्राकोष के कर्ज़ से देश की क्या, कैसे और कितनी शान बढ़ने जा रही है यह जानना चाह रहा था मुझसे। उसे किसी ने बता दिया था कि मैं बता सकता हूँ। मैंने बताया। उसका उत्साह मुझे अच्छा लगा। पर मैंने सोचा–अभी कल तक यह फर्स्टइयर का विद्यार्थी था। सो भी कॉमर्स का विद्यार्थी। क्या ही अच्छा रहे यदि वह जो कर रहा है, करता रहे, पर साथ ही कुछ पढ़ता भी रहे। घर ले जाने की यही नीयत थी। वहाँ किताबें देखकर वह पढ़ने का शौक़ महसूस करे। पर वह ऊपर आया ही नहीं।

यों वह ख़ूब ऊपर आया। उसके बाप–दादे जूतियाँ बनाते थे और मरे जानवरों का चमड़ा निकालते थे। हरेक आदमी को "होकम–बापजी" कहते–कहते उनके हाथ जुड़ने के और गरदन झुकने की अभ्यस्त हो गयी थी। गरदन झुकाते–झुकाते कमर झुक गयी। इस लड़के ने पंचायत समिति के प्राथमिक विद्यालय में पढ़ लिया। एक इसी की जाति के अध्यापक आ जाने की वजह से। और उनकी सेवा–चाकरी करने के बाद समाज

कल्याण विभाग के छात्रावास में रहकर शहर से हायर सेकेण्डरी कर गया। और पता नहीं किस तरह कॉलेज और अब नौकरी। लोग कहते हैं–"हाँ भई, ज़माना इन्हीं का है।"

मैं वैसे भी जाति–पाँति नहीं मानता। हम कहाँ पैदा हो गये इसमें हमारा क्या कसूर या क्या बहादुरी? पर फिर भी मैंने उसे सूँघकर देखा। उसमें बिल्कुल आदमी जैसी ख़ुशबू थी। मैंने उससे पूछा–"तुम्हारे ख़ून का रंग कैसा है?" उसने कहा–"लाल।" मैं हैरान हो गया। मैंने पूछा–"तुम गाली बकते हो? दारू पीते हो? अपने बीवी–बच्चों को पीटते हो?" वह मेरा मुँह देखने लगा। मैं हँस पड़ा। वह भी।

समाज कल्याण छात्रावास कहने से ऐसा लगता है जैसे कोई छात्रावास होगा। देखने पर मंजर अंग्रेज़ों द्वारा अबण्डन की गयी काल–कोठरियों जैसा। या युद्धबन्दियों की बैरकों के खँडहरों जैसा या किसी उजड़े हुए शरणार्थी कैम्प जैसा था। खण्डों से बनी भीतों के गुफानुमा कमरों पर असबसटस की छतें पड़ी थीं। नल–बिजली की कोशिश पिछले पाँच साल से चल रही थी और पाँच साल और चलेगी। लड़के दूर एक कुएँ से पानी खींचकर लाते थे। बरामदे में नहा लेते थे। कमरे के एक कोने में लकड़ियाँ जलाकर चूल्हे पर ख़ाना बना लेते थे। माँगे–ताँगे का धान गाँव से ले आते थे। धुएँ और अँधेरे में काले हो चुके उन कमरों में सामाजिक ज्ञान या बीजगणित की मैली–कुचैली पुस्तकें बाशिन्दों की तरह पड़ी रहती थीं। दीवारों पर कीलें गाड़कर लड़के अपनी इकलौती पोशाकें टाँग देते थे और नंगे बदन पर खादी भण्डार के तौलिए–गमछे लपेटे या पट्टेदार जाँघिये पहने बाहर बैठे हँसी–मज़ाक़ करते रहते थे...बीड़ियाँ पीते रहते थे...गाँव–घर की बातें करते रहते थे। एकलव्य के ये कृशकाय–काले–कुचैले वंशज इस हाल में भी कृतार्थ थे कि कम–से–कम तपस्या का मौक़ा तो मिला।

और तपस्या से गुज़र चुके लड़के निश्चित रूप से उसी क़स्बे में जो जिला मुख्यालय भी था–नौकरी पा जाते थे और तब उनके कपड़े उनके दाँतों की तरह हमेशा चमाचम रहते थे। कर्जा उतरने लगता था। ढंग का मकान बन सकता था। कुछ साल में ऊँट या गाय ख़रीदी जा सकती थी। हैसियत बन सकती थी। आदमियों के बीच आदमी की हैसियत। यह एक प्रलोभन था। जैसे भूखे–मरभुक्खे को रोटी की ख़ुशबू।

वहाँ मैं केवलराम के साथ गया। दो–तीन बार। वे लोग बातें करते आपस में। उनकी भाषा मैं नहीं समझ पाता। यह ज़रूर दिखायी देता

कि वे बड़े सगेपन से बातें करते। बीच–बीच में हँसते भी। केवलराम के सामने एकलव्य बीड़ी नहीं पीते।

एक बार वहाँ से लौटते समय मैंने केवलराम से पूछा "आज बन्दे उत्तेजित लग रहे थे। क्या बात थी?" वह बोला "कोई खास बात नहीं थी। यह सब तो चलता ही रहता है।" मेरी जिज्ञासा ने ज़ोर मारा "क्या चलता रहता है?" वह बोला–"अरे कुछ नहीं। छोरे इनको स्कूल के मटकों से पानी नहीं पीने देते। कल, इनमें से जो पीछे खड़ा था छोट्योड़ा–नाम भी छोटाराम है उसका–उसने पी लिया। अब बॉस! इतनी ज़ोर की प्यास लगी थी कि कहाँ जाता? होटल हैं वहाँ एक–दो, पर होटलवाले भी नहीं पिलाते जब तक साथ में चाय नहीं पियो। दौड़कर यहाँ पीकर चले जाना चाहिए था। जैसा हम करते थे। दस–पन्द्रह मिनट ही तो लगते हैं। स्कूल ऐसा कौन–सा कोस–दो कोस दूर है। पर यह नासमझ है। माथाफोड़ी हो गयी। छोरों ने त्रिपाठी माटसाब से शिकायत कर दी। अब मास्टर लोग तो उन्हीं का पक्ष लेंगे। तो वो ख़ुद तो कुछ नहीं कर सकते। राजपूतों के छोरों को उचका दिया। छुट्टी के बाद वे लोग इसको पीट गये। ये लोग भागकर यहाँ आ गये। उसको अकेला छोड़ आये छोटे को ख़ैर चलता है। यह सब तो चलता ही रहता है।"

"तो तुमने इनसे क्या कहा?"

"मैं क्या कहता। मैंने यही कहा कि पढ़ाई करनी है और आदमी बनना है तो बात–बात पर उलझ पड़ना नहीं चलेगा। बनते कोशिश टकराव से बचो और मन लगाकर पढ़ो। और तो क्या करें बॉस? हवा को बटका भरने से क्या फ़ायदा?"

मुझे ताव आ गया। हद हो गयी! कोई बात है! स्कूल क्या उनके बाप का है? वे लोग इन्हें स्कूल में पानी नहीं पीने देंगे और इनको राजपूतों के छोरों से पिटवायेंगे? और ये चुपचाप पिटकर भाग आयेंगे! कोई बात है? सरकारी स्कूल है। और ये महापुरुष उन्हें सलाह दे रहा है प्यासे मरने की और चुपचाप पिट लेने की! हद हो गयी!

मैं बड़ी देर तक आँय–बाँय–शाँय बकता रहा और केवलराम में छिपी मर्दानगी यदि कहीं छिपी हो–को ललकारता रहा। वह आँखें चुराता रहा और खिसियाता रहा। आख़िर मैं इस नतीज़े पर पहुँचा कि ये आदमी इतना लीचड़ और लद्धड़ है कि इससे माथा मारने से कोई फ़ायदा नहीं होने वाला।

एक जगह हमने सिगरेटें पीं। चाय पीने बैठे। केवलराम मुझे शान्तिपूर्वक समझाने लगा "अब टकरायेंगे तो ठोका-ठोकी होगी। ये हैं बीस, राजपूतों के छोरे हैं पचासियों। ये बाहर गाँव के हैं। वे यहीं के हैं। पिट जायेंगे और रेस्टीकेट भी कर दिये जायेंगे। इनके घरवालों को पता चल गया तो आयेंगे और पढ़ाई छुड़ाकर ले जायेंगे और छाँग चराने पर लगा देंगे। अभी भी घरवालों से पता नहीं कितना लड़-झगड़कर तो यहाँ आ पाते हैं। मास्टर टेस्टों में इनको फेल करेंगे, इनकी अटेन्डेन्स शॉर्ट करेंगे और परीक्षा में दस-दस बार इनकी तलाशी लेकर इनको मॉडाणी परेशान करेंगे। इस सबसे उन्हें न मैं बचा पाऊँगा न आप। फिर क्यों उड़ता तीर लिया जाय? उससे लास्ट में जाकर फ़ायदा किसका होगा?"

मैंने पूछा-"इस स्कूल में एस.सी.एस.टी. अध्यापक भी तो होंगे। वे इनकी मदद नहीं करते?"

"सब यों ही हैं बॉस! उन बेचारों की मटकी भी अलग रखी रहती हैं स्टाफरूम में।"

"ये शिकायत नहीं कर सकते कि हमारे साथ छुआछूत और दुर्व्यवहार हो रहा है?" केवलराम हँसा जैसे मेरी नादानी पर।

"एक थे हमारे टाइम में। संखवालसाब माटसाब। उन्होंने की थी। हेडमास्साब का प्रमोशन हो गया और संखवालसाब को ट्रान्सफर करके सानू गाँव भेज दिया।"

"तो क्या हुआ? नौकरी करने निकले हो तो ट्रांसफ़र से क्या डरना?"

"सानू यहाँ से बावन किलोमीटर। आबादी साठ। हफ़्ते में एक बस जाती है। अख़बार-पत्रिका कुछ नहीं। वहाँ आदमी जी शायद सकता है। विकास नहीं कर सकता। संखवालसाब यहाँ एम.ए. कर रहे थे। प्रीवियस कर लिया था। यहाँ कॉलेज है। किताबें हैं। लायब्रेरी है। वहाँ क्या पड़ा है धोरों में?"

मैं चुप हो गया। मैं सोचने लगा। "लड़ना" कहने सुनने में कितना अच्छा शब्द लगता है। करने में आसान नहीं होता। शायद यह बात मैं अभी नहीं समझूँगा। अभी मैं कोई ठोस सलाह नहीं दे पाऊँगा। देना चाहता था। शायद मैं आहत भी हो रहा था कि इतनी देर में भी उन लोगों को दिशानिर्देश या मार्गदर्शन देने की स्थिति में आकर, ख़ुद को इनसे ऊँचा समझने का सुख प्राप्त नहीं कर सका।

ख़ैर, चाय आ गयी।

मेरा गिलास साफ़ था लेकिन केवलराम का गिलास गन्दा था। और इसमें एक तिरेड़ भी पड़ी हुई थी, जिसमें कालिख भरी हुई थी।

"ये गिलास दूसरा लाओ।" मैंने छोरे से कहाँ शायद गुस्सा उतारते हुए। छोरा अटपटा गया।

केवलराम ने मुस्कराकर छोरे से कहा "ठीक है, ठीक है, तू जा।" और पीने लगा उसी गिलास में से।

साली हद हो गयी। मुझे फिर गुस्सा आने लगा। साले दलिद्री। इनको पिटने में, बेवजह सताये जाने में, मज़ाक़ उड़ाये जाने में, बेकसूर गाली खाने में कोई शिकायत नहीं, शरम नहीं, रीस नहीं! मरो सालो! मेरा क्या जाता है? और उन बच्चों को भी यही सिखा रहा है। उनकी पवित्र नफ़रत की हत्या कर रहा है! (नहीं, बच्चोंवाले मामले में इसकी बात ठीक है। पर यहाँ?) इनकी चेतना को झँझोड़ना पड़ेगा। तुम्हें मिलेगा! पर पहले चाहो तो।

चाय पीने के बाद केवलराम ने अपना गिलास ख़ुद धोकर एक तरफ़ रख दिया, जहाँ ऐसे ही दो–तीन गिलास और पड़े हुए थे "क्या जाता है बॉस। अपना काम अपने हाथ से करने में कोई घिसते थोड़ई हैं। नहीं?"

मैंने भी अपना गिलास धोकर रख दिया।

केवलराम ने छिपाने की कोशिश में मुझे वह दिखा दिया जिसका दिखायी देना अब तक मुझसे छिपा हुआ था। यहाँ हर होटल में चार–पाँच टूटे–गन्दे कप और गिलास एक तरफ़ पड़े रहते हैं। नीची जाति के लोग ख़ुद उन्हीं को धोकर उनमें चाय पीते हैं और फिर धोकर रख जाते हैं। हालाँकि पैसे उनसे भी उतने ही लिये जाते हैं जितने औरों से। और उनकी जेब से निकले पैसों से होटलों के गल्लों को या होटलवालों को छूत नहीं लगती। कोई अपनी जाति छिपाना चाहे और होटलवाले को शक हो तो वहीं से ललकारता है–"थूँ कुण है रे?" और फिर उसे इशारे से बता दिया जाता है कि तुम लोगों के गिलास उधर रखे हैं।

मामा के होटल में भी यही हिसाब था।

मामा का होटल हमारे क़स्बे का ओबेरॉय शेरटन था और वह जिस जगह था उसे आप हमारी चौपाटी, चौरंगी, चाँदनी चौक कुछ भी कह सकते हैं। मामा एक मोटा, काणा, गंजा आदमी था जिसकी स्मरण शक्ति बहुत

तेज़ थी और ज़बान बहुत मीठी। उसके ललाट पर हर समय चन्दन पुता रहता था और जब वह बात करता या छोरों को आदेश देता तो उसकी बड़ी–सी चुटिया निरन्तर नृत्य करती रहती थी। मामा के यहाँ चार लड़के निरन्तर चाय बनाते रहते थे जिसे आठ परोसते रहते थे, बारह कप–बसी उठाते थे और सारा क़स्बा और क़स्बे के मेहमान सुबह से रात तक पीते रहते थे। कहने वाले कहते थे कि मामा चाय में अफीम के डोडे पीसकर मिलाता है और इसलिए जिसे एक बार मामा की चाय मुँह लग गयी, छोड़ नहीं पाता था। जो भी हो, उसका होटल सुबह से रात तक खचाखच भरा रहता था और गल्ले–तिजोरी में नोट समाते नहीं थे।

हमने वहीं धावा मारा। यह क्या बेहूदगी है? इसे नहीं चलने दिया जायेगा। मैं अपने चार–दह सवर्ण मित्रों के साथ वहाँ जाता...हम लोग हरिजनों वाले कप–गिलास उठाकर धोते, उनमें चाय भरवाकर पीते, पैसे देते और गिलास जूठे छोड़ आते। उनमें से जो टूटे–फूटे–गन्दे थे, हमने बदलवा दिये। मगर इससे मेरा और साथियों का कुछ लाभ भले ही हुआ हो, मामा का कुछ नहीं बिगड़ा। और केवलराम का कोई फ़ायदा नहीं हुआ। मामा ने हम लोगों की घूरती आँखों से उपेक्षा की और दूसरे कामों में लग गया।

तो...हमने ये किया कि अपने साथ किसी हरिजन मित्र को ले जाते और उसे अपने साथ बिठाकर अपने कप–बसी में ही चाय पिलाते कि देख मामा! ये चाय पियेगा और तू साले कर ले जो तुझसे बने।

इसकी प्रतिक्रिया में मामा की कुछ त्योरियाँ चढ़ीं। अपने परमानेंट पोंगे ग्राहकों को नाख़ुश करे या नये के नये कप–बसी रोज़ ख़ारिज करे! छोकरे इनके जूठे बर्तन उठाने–धोने से इन्कार कर दें तो क्या करे? और इन्हीं की जाति के छोरे रख ले तो फिर होटल में आयेगा कौन? इस मोड़ पर ज़रूर कोई निर्णय होता लेकिन आश्चर्यजनक बात यह हुई कि एकलव्यों का वहाँ नज़र आना ही बन्द हो गया। कोई दिखायी भी दे जाता तो आँख चुराकर खसक लेता या किसी भी क़ीमत पर चाय पीने को तैयार नहीं होता।

धीरे–धीरे हम लोग भी अपने प्रारम्भिक उल्लास को भूलने लगे और दूसरी चीज़ों में लग गये।

एक दिन मामा का होटल बन्द हो गया। दिनभर बन्द रहा। दूसरे दिन भी। चार–पाँच दिन बाद थोड़ी देर के लिए खुला, फिर बन्द हो गया। लोग चौंके, परेशान हुए फिर उन्होंने दूसरे अड्डे बना लिये।

कोई एक महीना इसी तरह बीत गया। और उसके बाद एक दिन देखा गया कि होटल का सारा सामान सोफे, टेबलें, स्टूल, तस्वीरें, बर्तन, क्रॉकरी, पंखे, कोयले की बोरियाँ...सब दो बैलगाड़ियों पर लादा जा रहा है।

केवलराम! मुझे लगा यह चमत्कार बिना केवलराम के हो ही नहीं सकता। मैं उससे बहुत दिनों से नहीं मिल पाया था। कहाँ हो केवलराम?

मैं उससे मिलने गया। उसके हाथ पर पट्टा बँधा था। पट्टेवाला हाथ स्लिंग में लटका गर्दन से झूल रहा था। कनपटी पर सूखी हुई खरोंचें और खुरण्ड। एक आँख के नीचे थोड़ी सूजन। "क्या हो गया?" मुस्करा दिया। "कुछ नहीं। थोड़ा–सा भचीड़ा।" "पूरी बात बताओ।" वह नहीं बताएगा। मुझे क्यों बताये?

हम समाज कल्याण छात्रावास की तरफ़ निकल गये घूमते–घूमते।

हाँ, एक तरह से उसी ने मामा का होटल बन्द करवा दिया था। पर मामा खुद ही होटल नहीं चलाना चाहे तो कोई ज़बर्दस्ती तो है नहीं। केवलराम तो सिर्फ़ यह चाहता था...

उसने और उसके तीन–चार साथियों ने मामा की दुकान पर जाकर चाय माँगी। "अपने" गिलास नहीं उठाये। आधा घण्टा उनकी उपेक्षा की जाती रही। उन्होंने छोरे के हाथ से गिलास छीनकर चाय पी। माथा–फोड़ी हुई। गाली–गलौज़। मार–पीट। भीड़ इकट्ठी हो गयी। अधिकांश ने मामा का पक्ष लिया। वहीं एक एप्लीकेशन लिखी। चार जनों को गवाह बना लिया। अपने अलग–अलग कारणों से वे बन भी गये। कलेक्टर, एसपी, कॉपी टू चीफ़ मिनिस्टर, चेयरमैन, समाज कल्याण बोर्ड, अध्यक्ष हरिजन सेवक संघ, बाबू जगजीवनराम।

अगले हफ़्ते मामा केवलराम की दाढ़ी में हाथ डाल रहा था और उसके आगे घिघिया रहा था और उसे हज़ार–पाँच सौ लेकर राजी कर लेने का प्रलोभन दिलवा रहा था और उसे धमकाने के लिए शाखा के छोरे भेज रहा था और पुलिस को पैसे खिलाकर उसे किसी धाड़ में फँसाने की कोशिश कर रहा था और इस तरह यही ज़ाहिर कर रहा था कि वह धन्धा

छोड़कर पेशियाँ भुगतने से कितना परेशान और तंग हो रहा है। इत्तिफाक़ से न्याय की प्रक्रिया अपने यहाँ काफ़ी लम्बी चलती है जिसे केवलराम या कोई भी, और लम्बा कर सकता है। और संयोग से उस समय अनुसूचित जाति का एक बन्दा जिलाधीश होकर आया था, और मामा के दुर्भाग्य से केवलराम अब एक दुबला–पतला, काला–कलूटा हँसमुख लड़का नहीं था केवल, बल्कि, "हरिजन दलित अधिकार रक्षक संगठन" नामक एक स्थानीय संस्था की मुहर पर मँड़नेवाला हस्ताक्षर भी था।

मामा की अन्तिम कोशिश यह थी कि चलो हटाओ गिलास–कप का चक्कर। आगे से वह कुल्हड़–सकोरे रख लेगा। पियो और फेंक दो। फिर नहीं ढूँढ़ने पड़ेंगे ऐसे छोकरे जो सवर्ण भी हों और वे ये भी न कहें कि वे ढेड़–चमारों के ऐंठ्योड़े कप–बसी नहीं धोयेंगे। धरम! धरम गया भाड़ में। रसातल में जा रही है धरती। ले डूबी काँगरेस। ये लौंडा...ये मोचियों का छोरा...ये ख़ुद नहीं बोल रहा...इसके पीछे "आरिया" की ताक़त बोल रही है। आरिया माने हरिजनों का खद्दरधारी नेता भक्तराम आर्य। पिटने का विशेषज्ञ। सैंतालीस से पहले जो तिरंगा लेकर चलने और खादी पहनने गाँधी टोपी पहनने के जुर्म में सैकड़ों बार गाँव से पीटकर निकाला गया। आगे के दो दाँत टूट गये। हड्डियाँ राणासाँगा हो रही हैं। चुनावों में हज़ार वोटों का ठेका–सौदा करता है। जाति–भाइयों का काम भी बग़ैर केसर–कस्तूरी की बोतल लिये नहीं करता। पर कोई काम करता है तो लीचड़ की तरह पीछे पड़ जाता है। एसपी हो के लाटसाब, भरे बाज़ार इज़्ज़त उतारते देर नहीं करता। क़स्बे के सवर्ण उस पर हँसते हैं और वक़्त, क़स्बे के सवर्णों पर।

लेकिन केवलराम साफ़ नट गया। बल्कि वह आर्य को गालियाँ देने लगा। दलाल है साला। हम जब पढ़ते थे, गये थे एक बार। गेम्स के पीरियड में हमसे स्कूल की नालियाँ और पेशाबघर और लैट्रीन साफ़ करवाये जा रहे थे। साला बदमाश! वह क्या बन्द करायेगा मामा का होटल! वह तो हमसे भी केसर–कस्तूरी ले लेगा और मामा से भी दो–चार सौ ठोक जायेगा।

"तो फिर तुमने...?"

"हमने तो कम्प्लेंट की थी बॉस! एक बार चेतरामजी से मिल आये थे।" "चेतरामजी? यानी कलेक्टर। बस!" और हँस दिया।

नहीं बतायेगा। मुझे क्यों बताये वह?

मैं केवलराम के शौर्य और चमत्कार पर मुग्ध होने को ही था कि वह बताने लगा "अब तो कुछ नहीं है बॉस! जब हम पढ़ते थे तो इस क़स्बे का कोई नाई हमारे बाल नहीं काटता था। हमें सैलून में घुसने नहीं देते थे।" जैसे–तैसे आपस में एक–दूसरे के बाल काटकर काम चलाना पड़ता था।"

छात्रावास आ गया। केवलराम को देखकर बहुत से एकलव्य बाहर निकल आये। सबके किसी–न–किसी जगह पट्टी बँधी हुई थी। वे चुपचाप केवलराम के गिर्द खड़े हो गये। सगी बहनों की तरह। एक बन्दे को ज़्यादा चोट आयी थी। वह अन्दर पड़ा हुआ था। बुखार में कराहता हुआ।

केवलराम मुस्करा दिया। सबके चेहरे खिल गये।

अब वे अपनी भाषा में बड़े सगेपन से बातें कर रहे हैं और मैं सोच रहा हूँ ज़माना किसका है? क्या वाकई ज़माना इन्हीं का है? या हमने ही ज़माने को अपने बाप का मकान समझ रखा है जो उसमें केवलराम और उसके साथियों को घुसने नहीं दे रहे हैं?

जंगल का दाह

मामा सोन अपने समय के प्रख्यात धनुर्धर थे।

मामा सोन जंगल में रहते थे, लँगोटी लगाते थे और वनवासियों के बच्चों को तीर–कमान चलाना सिखाते थे। अपना धनुष और अपने बाण भी वह स्वयं बनाते थे। वनवासी खेती करना नहीं जानते थे। वहाँ ज़मीन ऐसी थी भी नहीं जिस पर आसानी से खेती की जा सके। उनकी आजीविका पशुपालन, वनोपज और शिकार से ही चलती थी यह ज़रूरी था कि हम वनवासी, चाहे लड़का हो या लड़की, अपनी रक्षा और आजीविका के लिए तीर–कमान चलाना ज़रूर सीखे।

मामा सोन को बच्चे घेरे रहते। वनवासी मामा सोन की बहुत इज़्ज़त करते और बच्चों को शिक्षा के लिए उनके पास भेजते समय बहुत–सा अनाज और सूखा मांस, पशुओं की खाल, बाँस से बनी घरेलू वस्तुएँ और जंगली कन्दमूल वग़ैरह ले आते।

मामा सोन बच्चों के लिए उनकी कद–काठी और ज़रूरत के अनुसार तीर–कमान बनाते और सबसे पहले उन्हें चिड़ियों के नाम, आदतें, उनकी अपने के मौसम, बैठने के ठिकाने, उनकी प्रजाति की बढ़त–घटत का हिसाब और उनके खाद्य–अखाद्य होने की जानकारी ये सब अपने शिष्यों को बताते। ख़ुद आगे–आगे चलते और थोड़े ही दिनों में अपने शिष्यों को जंगल के चप्पे–चप्पे से परिचित करा देते। कुछ ही वर्षों में उनके शिष्य इतने पटु हो जाते कि एक–एक तीर से चार–चार चिड़िया गिरा लेते।

मामा सोन अपने शिष्यों को तीर–कमान बनाना भी सिखाते। किस प्रकार शिकार के लिए कैसे तीर की ज़रूरत होगी, किस तरह का फाल चमड़ी को कितनी गहराई तक भेदेगा, कैसी प्रत्यंचा तीर को कितनी दूर तक फेंकेगी, वग़ैरह। सुना है मामा सोन को ऐसे तीर बनाना भी आता था

जो लक्ष्य भेदकर वापस कमान में आ जाता था। देखा तो किसी ने नहीं, लेकिन इस पर अविश्वास करने का भी कोई कारण नहीं था।

धीरे–धीरे मामा सोन की ख्याति दूर–दूर तक फैल गयी।

एक दिन एक राजकुमार अपने नौकर–चाकर और सैनिकों के साथ जंगल में शिकार खेलने आया। राजकुमार को न शिकार का कोई अनुभव था न उसमें पशु–पक्षियों के साम्राज्य में प्रवेश करने की विनम्रता थी नतीजा यह हुआ कि राजकुमार और उसके साथी हो–हल्ला करते हुए और ललकारते हुए जंगल में घुसे। चिड़ियों ने इन अजनबियों की अजीबोग़रीब हरकतों को सन्देह के साथ देखा और इधर से उधर तक उड़कर और शोर मचाकर सारे जंगल को सावधान कर दिया। आसन्न अयाचित खतरे की सूचना पाकर सारे पशु–पक्षी अपनी–अपनी कोटरों खोहों–बिलों–घोंसलों–गुफ़ाओं में दुबक गये। राजकुमार और साथी शिकार की तलाश में खाली हाथ भटकते रहे।

लेकिन शेर किसी से क्यों डरे? तू राजा है तो हम भी राजा हैं। तू राजा का बेटा है तो हम भी हैं।

तो शेर पहुँच गया राजकुमार के सामने और सहज अभिवादन के भाव से दहाड़ा। खुले शेर को देखकर और उसकी दहाड़ सुनकर राजकुमार के सारे साथी भाग छूटे और राजकुमार चीखने–चिल्लाने लगा। राजकुमार को चीख–चिल्लाहट को आक्रमण की ललकार समझकर शेर ने राजकुमार पर हमला कर दिया।

ठीक इसी समय झाड़ी के पीछे छिपे मामा सोन के एक शिष्य ने शेर पर तीर चलाकर उसका ध्यान बाँटा और राजकुमार को सँभलने का मौक़ा दे दिया। वह शेर को भगाता–भगाता राजकुमार से बहुत दूर ले गया। इस तरह उस दिन राजकुमार की जान बच गयीं मामा सोन के शिष्यों ने राजकुमार की सेवा–सुश्रूषा की और उसे सकुशल उसके राज्य में छोड़ आये।

राजकुमार ने घर जाकर सारी विगत राजा को बतायी तो राजा बहुत ख़ुश हुआ और बहुत दुखी हुआ। ख़ुश इसलिए हुआ कि उसके बेटे की जान बच गयी और दुखी इसलिए हुआ कि ये इतना बड़ा ढोर हो गया और अपनी ख़ुद की भी रक्षा नहीं कर सकता तो मेरे राज्य की और राज्यवासियों की रक्षा कैसे कर पायेगा? उस दिन राजा ने राजकुमार को ख़ूब लताड़ा।

राजा की लताड़ सुनकर राजकुमार सोच में पड़ गया और आख़िर उसने धार लिया कि वह भी धनुर्विद्या सीखेगा और मामा सोन से ही सीखेगा।

राजा ने मामा सोन को अपने दरबार में बुला भेजा।

मामा सोन ने पहले तो संकोच किया, फिर इस शर्त पर राजकुमार को धनुर्विद्या सिखाने पर राजी हो गया कि इसके लिए राजकुमार को जंगल में ही रहना होगा।

राजा को भला इस पर क्या आपत्ति होती?

मामा सोन के विद्यारम्भ की तिथि निर्धारित की और जंगल लौट आये।

कुछ दिन बाद राजधानी से बेलदार–मिस्त्री–लोहार–सुथार–संगतराश–कारीगरों–मजदूरों का एक बड़ा दल जंगल में आता दिखायी दिया। पता चला जंगल के बीच दो सर्वसुविधा सम्पन्न महल बनाये जायेंगे जिनमें रहकर राजकुमार धनुर्विद्या सीखेंगे।

लेकिन दो महल क्यों?

पता चला एक राजकुमार के लिए और दूसरा आचार्य शोण के लिए।

यह आचार्य शोण कौन है?

पता चला मामा सोन ही अब आचार्य शोण हैं।

फिर इतना ही नहीं मामा सोन के लिए उपहारों की बैलगाड़ियाँ भी आने लगीं।

इनमें जूते, धोती, मुकुट, शिरस्त्राण, मणिमालाएँ, आसन, आसन्दी, पर्यंक जाने क्या–क्या अल्लम–गल्लम। सच बात है। लँगोटी लगाने वाला मामा सोन राजकुमार का गुरु कैसे हो सकता है?

इन अभूतपूर्व गतिविधियों से जंगल की शान्ति भंग होने लगी पेड़ कटने लगे। पानी–हवा दूषित होने लगे। पशु–पक्षी दूर भागने लगे। छिपने और डरने लगे। उग्र और हिंस्र होने लगे। राजा के आदमियों के उत्पात से वनवासी भी परेशान हो गये और अपना घर छोड़–छोड़कर भागने लगे। कोढ़ में खाज यह कि राजा ने आज्ञा निकालकर उस क्षेत्र में शिकार पर प्रतिबन्ध लगा दिया ताकि सारे पशु–पक्षी वनवासी ही न मार लें, कुछ राजकुमार के लिए भी बचे रहें। कहा यह गया कि वन्य जन्तुओं का संरक्षण आवश्यक है।

राजा ने यह भी आज्ञा प्रसारित कर दी कि अब से आचार्य शोण केवल राजकुमारों को धनुर्विद्या सिखायेंगे। पड़ोसी राज्यों को सूचना भिजवा

दी गयी कि अगली वसंत ऋतु से हमारे यहाँ धनुर्विद्या प्रशिक्षण की उत्तम व्यवस्था आरम्भ हो रही है। यदि आप चाहें तो इतना कर व इतना दान हमारे राजकोष में जमा करवाकर अपने राजकुमारों को इतनी अवधि के लिए आचार्य शोण के आश्रम में भेज सकते हैं।

अब मामा सोन की कुटिया में अशर्फ़ियों के टोकरे तो भरे हुए थे लेकिन अब कोई उन्हें अनाज, सूखा मांस, पशुओं की खाल, बाँस की बनी वस्तुएँ और जंगली कन्दमूल लाकर नहीं देता था। इन चीज़ों की व्यवस्था भी मामा सोन को स्वयं करनी पड़ती थी। वह कसमसा तो बहुत रहे थे लेकिन कुछ कर नहीं पा रहे थे। कुटिया के बाहर सैनिकों का पहरा था। वह दिशा मैदान को भी जाते तो गुप्तचर उन पर नज़र रखते थे। हारकर उन्होंने ख़ुद को नियति के हवाले कर दिया।

एक दिन राजकुमार ने मामा सोन से पूछा– सम्पूर्ण धनुर्विद्या सीखने में मुझे कितना समय लगेगा?

मामा सोन ने कहा–सम्पूर्ण का तो मुझ नहीं मालूम, लेकिन सीखने के लिए तो पूरी उम्र भी कम है। सीखना तो जीवन भर ही चलता रहता है।

राजकुमार ने पूछा–आपको जितना आता है उतना राब मुझे कितने दिन में सिखा देंगे।

मामा सोन ने कहा–यह तो सीखने वाले की लगन पर निर्भर करता है। पर फिर भी पूनम के छह चाँद तो मान ही लो।

राजकुमार ने पूछा–क्या अवधि कुछ कम नहीं हो सकती?

मामा सोन ने कहा–ख़ुद मन लगाकर सीखोगे तो हो सकता है पाँच चाँद में ही सीख जाओ। पर उसके बाद भी अभ्यास जारी रखना होगा। सब कुछ अभ्यास पर ही निर्भर करता है।

राजकुमार ने कुछ सोचने के बाद कहा–मैं तुम्हें इस काम के लिए एक महीने से ज़्यादा समय नहीं दे सकता। एक महीने में जितना जानते हो फटाफट मुझे सिखा देना। वरना मैं दूसरा गुरु ढूँढ़ लूँगा।

राजकुमार इतना कहकर अपने निर्माणाधीन भवन की ओर जाने लगा। मामा सोन ने उसे पुकारकर रोका और पास जाकर कहा–इससे पहले कि विद्यारम्भ का दिन आये, मैं चाहता हूँ कि तुम मेरे साथ घूमकर पूरा जंगल अच्छी तरह देख लो।

–जंगल के बारे में गुप्तचरों ने मुझे सब कुछ बता रखा है।

–फिर भी, अपनी आँखों से देखने की तो कुछ बात ही और होती है।

–देखना क्या है? जंगल में होता क्या है? पेड़। जैसे यहाँ है वैसे ही वहाँ भी होंगे।

–शिकारी को जंगल के चप्पे–चप्पे से परिचित होना चाहिए। कहाँ दलदल है, कहाँ सूखी ज़मीन, कहाँ गहरा पानी है, कहाँ जानवरों का पानी पीने का स्थान, कहाँ मधुमक्खियों के छत्ते हैं, कहाँ चींटियों की बाँबियाँ, कहाँ पेड़ों पर पक्षियों ने घोंसले बनाये हैं, कहाँ सियार व लोमड़ी ने मांद में बच्चे जने हैं। किस मौसम में कौन से पक्षी आते हैं और कब कितना कहाँ शिकार करना चाहिए। अपनी झोंक में शिकार के पीछे भागते हुए यही तुमसे किसी निर्दोष मासूम का घरौंदा दब गया या घोंसला टूट गया या छत्ता बिखर गया या बिल धसक गया तो तुम मुसीबत में फँस जाओगे। एक छोटी–सी जंगली मक्खी भी तुम्हारी जान ले सकती है।

मामा सोन की बात सुनकर राजकुमार ने लापरवाही से कहा–मुझे कौन–सा हमेशा जंगल में रहना है? मैं तो अपनी राजधानी में रहूँगा जहाँ अनगिनत सुख हैं। केवल कभी–कभी जब सुखों से ऊब जाऊँगा, अपने साथियों के साथ यहाँ आ जाया करूँगा, आखेट क्रीड़ा के लिए।

मामा सोन को आश्चर्य जैसा हुआ। पूछा–आखेट को तुम्हारी भाषा में क्रीड़ा कहते हैं? हमारी तो यह आजीविका है। हम तो अपने अस्तित्व की रक्षा के लिए आखेट करते हैं। वह भी हमें एक ही दिन नहीं करना है इसलिए इस बात का भी ध्यान रखते हैं कि किसको मारना है किसको नहीं मारना है। हमारे आखेट से पशुओं की संख्या कम नहीं होती...

मामा सोन की बात काटकर राजकुमार बोला– आजीविका थी अब नहीं रहेगीं आखेट पर प्रतिबन्ध लगाया जा चुका है। अब तो मैं ही मारूँगा जितने भी मारूँगा। और जब सिर्फ़ मुझे ही मारना है तो कितने भी मारूँ। क्या फ़र्क़ पड़ता है?

राजकुमार की बात सुनकर मामा सोन को धक्का लगा। दुखी मन से लौट गये। अपनी सुबह राजकुमार के नवनिर्मित महल में गये और बोल–कल से तुम्हारी शिक्षा शुरू हो जायेगी। कल ब्रह्ममुहूर्त में उठना और शुरू होकर मेरे पास आना। हम व्यायाम करेंगे, वनदेवी की पूजा करेंगे और अपने तीर–कमान लेकर प्रशिक्षण स्थल चलेंगे। रोज़ यही करना होगा।

—व्यायाम क्यों? मुझे धनुर्विद्या सीखनी है, मल्लविद्या नहीं। और जल्दी उठने की तो मुझे आदत ही नहीं है। फिर भी, कोशिश करूँगा। राजकुमार ने अरुचिपूर्वक कहा।

मामा सोन जाने लगे तो राजकुमार मन—ही—मन बड़बड़ाया—कल को कहेंगे लँगोटी लगाकर घूमना पड़ेगा। लगता है पूरा जंगली बनाकर छोड़ेंगे।

आख़िर विद्यारम्भ का दिन आया। वनदेवी को प्रणाम करके मामा सोन ओर राजकुमार ने अपने—अपने धनुष और बाण उठाये और जंगल के भीतर एक अपेक्षाकृत खुले स्थान पर आ गये।

मामा सोन ने कहा—तो चलो, चिड़ियों से ही शुरू करते हैं। सामने पेड़ पर ढेर सारी चिड़िया बैठी हैं। इनमें से वह नीलीवाली चिड़िया देखते हो? वह अपनी तीखी—लम्बी चोंच से दूसरी चिड़ियों के अण्डे फोड़ देती है। उसे मार गिराओ।

राजकुमार ने तीर चलाया। एक भी चिड़िया न गिरी न उड़ी।

उसने मायूसी से मामा सोन को देखा।

मामा सोन ने कहा कोई बात नहीं। पेड़ पर सैकड़ों चिड़ियाँ हैं। किसी एक को निशाना बनाकर तीर चलाओ।

राजकुमार ने तीर चलाया। तीर एक डाली से जा लगा। सारी चिड़ियाँ उड़ गयीं।

—लेकिन यह तो हिलती है। राजकुमार ने परेशान होकर कहा।

—कोई बात नहीं, आज घूमते हैं। मामा सोन ने कहा।

दूसरे दिन मामा सोन राजकुमार को फिर उसी जगह ले गये। आज भी उस पेड़ पर पचासियों चिड़ियाँ बैठी थीं, लेकिन एक भी चिड़िया हिलडुल नहीं रही थी। मामा सोन ने राजकुमार से कहा इनमें से किसी भी एक को गिरा दो।

राजकुमार ने एक—एक करके सात तीर चलाये लेकिन एक भी चिड़िया नहीं गिरीं मामा सोन ने ठीक से तीर पकड़ना, प्रत्यंचा ठीक से खींचना, निशाना ठीक से लगाना आदि सिखाया, पर सब बेकार। मामा सोन ने स्वयं निशाना लगाया। एक साथ दस चिड़ियाँ गिर गयीं। राजकुमार ने पास जाकर देखा। सब नक़ली थीं। वह मायूस हो गया।

—चिड़ियाँ बहुत छोटी—छोटी हैं। राजकुमार बोला।

—कोई बात नहीं, देखा जायेगा। आओ आज इस तरफ़ घूमते हैं।

वह दिन भी तीर–कमान उठाये–उठाये घूमने में ही निकल गया। अगली सुबह फिर दोनों उसी स्थान पर पहुँचे।

राजकुमार ने देखा पेड़ पर एक मोटे–ताज़े मुर्गे जितनी बड़ी नक़ली चिड़िया लटक रही है। मामा सोन ने कहा इस पर दस तीर चलाओ। दस में से एक–न–एक तीर तो इसे गिरा ही देगा।

राजकुमार ने दस तीन निशाना साधकर लगाये, लेकिन मोटी चिड़िया जहाँ–की–तहाँ थी।

–यह बहुत ऊपर है। राजकुमार ने कहा। इतना ऊपर निशाना साधने की कोशिश में मेरा हाथ काँप जाता है।

–कोई बात नहीं। इसका भी कुछ उपाय करेंगे। चलो घूमने चलते हैं। आज उस तरफ़। राजकुमार ऊबने लगा।

अगले दिन मामा सोन ने एक पटिये पर एक बड़ी–सी चिड़िया बनाकर ज़मीन पर रख दी और राजकुमार को कहा कि सौ क़दम दूर से चिड़िया की आँख पर निशाना साधकर दस तीर चलाओ।

राजकुमार ने दस तीर चलाये जिनमें से तीन ही चिड़िया को लगे। आँख पर तो एक भी नहीं।

राजकुमार ग़ुस्से से पाँव पटकने लगा। उसने धनुष भी तोड़ दिया।

मामा सोन ने उसे समझाया–बुझाया और कहा कि चिड़िया का शिकार करने चले हो तो चिड़िया तो छोटी होगी, वह बैठेगी भी पेड़ पर ही और हिलेगी क्या उड़ेगी भी क्या तुम यह सोचते हो कि चिड़िया को उड़ना नहीं चाहिए? क्या तुम यह चाहते हो कि तुम्हारा शिकार परम आज्ञाकारितापूर्वक तुम्हारे सामने मरने के लिए स्थिर बैठा रहे?

राजकुमार को कुछ समझ में नहीं आया, उसने घूमने चलने से भी मना कर दिया और अपने नये महल में जाकर सो गया।

अगली सुबह जब राजकुमार मामा सोन के साथ धनुर्विद्या सीखने के स्थान पर पहुँचा तो उसने देखा कि कोई सौ क़दम दूर ज़मीन पर एक बड़ा–सा खाली तख़्ता खड़ा है। उसे समझ में नहीं आया कि यह क्या माज़रा है?

मामा सोन ने राजकुमार से कहा यहाँ खड़े होकर इस तख़्ते पर दस तीर चलाओ। राजकुमार ने ऐसा ही किया। दस में से नौ तीर तख़्ते पर लगे थे, एक छिटक गया था।

तब मामा सोन ने ज़मीन पर से एक कोयले का टुकड़ा उठाया और तख़्ते पर जहाँ–जहाँ राजकुमार का तीर लगा था, वहाँ–वहाँ एक चिड़िया बना दीं और बोले तुम्हारे लिए फिलहाल यही ठीक रहेगा। अब तुम कह सकते हो कि आज तुमने दस में से नौ चिड़ियाँ मार गिरायीं। कुछ दिन इसी का अभ्यास करना। आओ, अब घूमने चलते हैं। आज मैं तुम्हें हुदहुद दिखाऊँगा। वह आयी हुई है।

दो दिन बाद राजा का भेजा मन्त्री यह जानने आया कि राजकुमार का प्रशिक्षण कैसा चल रहा है? उसे बता दिया गया कि बहुत अच्छा चल रहा है। एक महीना भर की समाप्ति पर भी राजकुमार को बस इतनी ही धनुर्विद्या आ पायी कि वह तख्ते पर तीर चलाये और "दस में से नौ" चिड़ियाँ मार गिराये।

एक महीने पूरा होने पर राजा हाथी–घोड़ों–मन्त्री–कारिन्दों और एक सैनिक टुकड़ी के साथ स्वयं बेटे का धनुर्विद्या प्रशिक्षण देखने आया। राजा की सवारी के जुलूस के जंगल में आने की ख़बर नन्हीं चिड़ियाँ ने दूर–दूर तक फैला दी। राजा देखते ही समझ गया कि मामा सोन ने राजकुमार की शर्तों पर उरो धनुर्विद्या सिखाने से एक तरह से साफ़ मना कर दिया है। राजा को ग़ुस्सा तो अपने बेटे की नालायकी पर आ रहा था लेकिन जो भी हो, वह उसका बेटा ही नहीं, राजगद्दी का उत्तराधिकारी और भावी राजा भी था इसलिए उसे कुछ कहने की बजाय राजा ने मामा सोन की मुश्कें कसवा दीं और बेटे से कहा आज तेरा गुरु ही तेरा तख़्ता है। इसी पर तीर चला। क्योंकि मैं चाहता हूँ कि यदि तू नहीं सीख पाये तो दूसरा कोई भी मामा सोन की धनुर्विद्या न सीख पाये।

मामासोन जानते थे एक–न–एक दिन यह होगा। और वह मन ही मन इसके लिए तैयार भी थे। राजकुमार धनुर्विद्या में एकदम कोरा सही लेकिन तख्ते पर "दस में से नौ" चिड़ियाँ तो मार ही लेता था। फिर यहाँ तो एक जीता–जागता मनुष्य था। मनुष्य से बड़ा कौन सा लक्ष्य हो सकता है। खासकर जब उसकी मुश्कें बँधी हों, और पीठ तख़्ते से सटी हो, चारों तरफ़ सशस्त्र सैनिकों का पहरा हो और सरपरस्ती के लिए पीठ पर राजा का हाथ भी हो।

राजकुमार ने कमान पर तीर चढ़ाया और साँस रोककर निशाना साधा।

लेकिन इससे पहले कि तीर राजकुमार की कमान से निकले, चारों तरफ़ के घने पेड़ों के पीछे से सैकड़ों तीरों की वर्षा शुरू हो गयी। राजा के सैनिकों में भगदड़ मच गयी और वे छिपने की और मोर्चा लेने की जगह ढूँढ़ने लगे। कुछ ही देर बाद चारों तरफ़ से भालू, बन्दर, सियार, बाघ, बघेरे, साँप, बिच्छू, ततैया, मधुमक्खी, चील, बाज, हिरन, बारहसिंघा, लकड़बग्घा, ऊदबिलाव, गैंड़े, भैंसे, ज़िराफ़, हाथी निकल आये और भयानक गर्जनाएँ करते हुए राजा के सैनिकों को उठा–उठाकर इधर–से–उधर फेंकने लगे। जंगल के इस अचानक और अप्रत्याशित आक्रमण से राजा की प्रशिक्षित सैन्य टुकड़ी के भी पैर उखड़ने लगे। चिखपुकार और बचाओ–बचाओ की चीखों के बीच सैनिक उल्टे पैर भागने लगे। कुछ वफादार सैनिकों ने राजा और राजकुमार को एक घेरे में ले रखा था। जब उन्होंने देखा कि इस हमले का मुकाबला नहीं कर पायेंगे तो वे भी घायल राजा और राजकुमार को लेकर भाग छूटे।

लेकिन कमीने जाते–जाते जंगल में आग लगा गये।

वन के पशु–पक्षी और वनवासी राजा की फौज से तो टक्कर ले सकते थे, लेकिन अग्नि देवता के आगे उनका कोई बस नहीं चल पाता था।

अफ़सोस कि न मामा सोन को बचाया जा सका न उनकी धनुर्विद्या को। जो वहाँ बचा वह बस राख–ही–राख थी। राजकुमार का महल भी जलकर राख हो गया था। राजा और उसके वफादार सैनिक भी।

कहने वालों ने कहा कि बरसात के बाद वहाँ वन्य वनस्पति और ज़्यादा लहलहाकर फूटेगी। कहने वालों ने यह भी कहा कि वनवासियों के बीच से ही एक दिन फिर कोई मामा सोन जन्म लेगा।

ऐसा हुआ या नहीं, पता नहीं।

आज मामा सोन के वंशज शहर में बाँस की टोकरियाँ, तार के छींके और गत्ते के तोते–चिड़िया आदि बनाकर बेच रहे हैं।

सुना है उनके इलाक़े में कोई बड़ा बाँध बन रहा है जिससे देश की बड़ी तरक्की होगीं।

मामा सोन के वंशजों और शिष्यों को जंगल से हकाल दिया गया है।

बाबूजी का अन्तिम भाषण

मुझे अब तक याद है वह नीला कोट जो मैं फर्स्ट ईयर में पहना करता था और जिसे देखकर मेरे क्लास की एक सुन्दर सी लड़की और उसकी सहेलियाँ हमेशा हँसा करती थीं। वह पुराना कोट मेरे पिताजी रेलवे के एक टीटी से माँग लाये थे और मोहल्ले के एक दर्जी ने दस रुपये में उसे काट–छाँटकर मेरे पहनने लायक बना दिया था। वे हमारी गुरबत के दिन थे। ग़रीबी में कई ऊलजलूल चीज़ें होती हैं जिन पर साधन–सम्पन्न लोग हँस सकते हैं। लड़की के हँसने पर मुझे ग़ुस्सा नहीं आता था, कौतुक होता था क्योंकि उससे और उम्मीद भी क्या की जा सकती थी? लेकिन फिर भी लड़की में कुछ ऐसा था जो इस हृदयहीन व्यवहार के बावजूद मुझे सलोना लगता था। वह शायद उसकी आत्मा का भोलापन होगा। मैंने उसे बार–बार ध्यान से देखा था और बार–बार सोचा था कि एक न एक दिन मैं उसे प्रभावित कर लूँगा और तब मुमकिन है वह मेरे जैसे किसी भी लड़के की किसी भी बात का मज़ाक़ न उड़ाये।

लड़की और उसकी मण्डली मुझे दिखा–दिखाकर लॉलीपॉप खाया करती थी और पास से गुज़रते हुए मुझे "बाबूजी" कहकर चिढ़ाया करती थी। ईमानदारी की बात बताऊँ? मैं भी मुस्करा पड़ता था। तब यह भी कम सुखद नहीं था कि उस जैसी सुन्दर और सम्पन्न लड़की मेरी उपेक्षा नहीं कर पा रही है। क्यों था ऐसा? मुझमें क्या कशिश थी जो लड़की मुझे अपने हाल पर नहीं छोड़ पाती थी?

धीरे–धीरे लड़की ने मुझे सारे कॉलेज की सारी लड़कियों के लिए ही नहीं, सारे लड़कों के लिए भी उपहास का सुलभ पात्र बना दिया था। लड़के मुझे बाबूजी कहने लगे थे और अपरिचित लड़कियाँ तक आ–आकर मेरा कोट छू–छूकर देखती थीं। बाबूजी, इत्ता अच्छा कोट कहाँ से लाये?

कोट मैं इसलिए भी पहने रहता था कि उसमें मेरी गली–फटी और चिथड़ा कमीज़ें छिप जायें। फिर भी उस एक दिन जब मैं सिर्फ़ झेंप के कारण कोट पहनकर कॉलेज नहीं आया, जबकि सर्दी बहुत थी, तो मेरा कोट नहीं पहनकर आना भी कॉलेज में चर्चा का विषय बन गया था। बाबूजी, आज कोट कहाँ छोड़ आये? नीचे कक्षाओं में खिलखिलाहटें मची थीं और कॉलेज की छत पर मैं बगल में हाथ घुसेड़े धूप में खड़ा था और...रो रहा था। घर पर कुछ नहीं कह सकता था। किसी और से भी नहीं। पता नहीं कितनी देर चुप हो–होकर फिर रोता रहा। कक्षाएँ छूटने से पहले नीचे जाने की हिम्मत नहीं हो रही थी। मैं अपने दुख में निपट अकेला था। फिर सब चले गये। कोई मुझे ढूँढ़ने या सान्त्वना देने नहीं आया। मैं रेल की पटरियों के बारे में सोचता रहा। तभी एक रूसी उपन्यास की एक पंक्ति मेरे दिमाग़ में कौंधी मास्को डज नॉट बिलीव इन टीयर्स! ...और इस स्मरण स्फुलिंग ने मेरा सब कुछ बदल दिया।

मैंने दो ट्यूशनें शुरू कर दीं और सुबह अख़बार बाँटना। ट्यूशनों से चालीस रुपये महीना मिलेंगे और अख़बार से बीस रुपये महीना। तीन महीनों में एक सौ अस्सी रुपये हो जायेंगे और मैं नया कोट बनवा लूँगा। नहीं तो कमीज़ तो ज़रूर ही। लेकिन ट्यूशन के एक सौ बीस रुपये कभी नहीं मिले थे। लड़कियों की हँसी बदस्तूर जारी थी। ग़रीब आदमी का मेहनताना बग़ैर किसी दिक्कत खाया जा सकता है।

तब तक लड़की यह भी नहीं जानती थी कि मैं फुटबाल भी खेलता हूँ। उन्हीं सर्दियों की बात है, हमारे कॉलेज की टीम का एक तगड़ी टीम के साथ फुटबाल मैच हुआ था। हाफ़ टाइम तक हमारी टीम दो गोल खा चुकी थी। अन्त तक आते–आते एक गोल उतर गया था पर हमारी हार निश्चित थी। मैं, एक एवजी खिलाड़ी, बाहर बैठा बार–बार सर से प्रार्थना कर रहा था कि एक बार बस पाँच मिनट के लिए मुझे उतरने दें। आख़िर हताशा के आलम में मुझे सिर्फ़ पाँच ही मिनट पहले उतारा गया था। उन पाँच मिनटों में मैंने अपना सब कुछ दाँव पर लगा दिया था और खेल के आख़िरी लम्हों में दनादन दो गोल ठोककर न सिर्फ़ मैंने अपनी टीम को जितवा दिया था बल्कि एक तरह से कॉलेज का हीरो ही बन गया था। भले ही एक दिन के लिए। लड़कों ने मुझे कन्धों पर उठा लिया था और "बाबूजी ज़िन्दाबाद" के नारे लगाने लगे थे।

जो शब्द उपहास के लिए गढ़ा गया था, सम्मान और प्यार का प्रतीक बन गया था। उन अद्भुत, दुर्लभ और रोमांचक क्षणों में मेरी निगाहें सिर्फ़ लड़की को ढूँढ़ रही थीं। लड़की भी उत्साह से उछल रही थी लेकिन मुझसे निगाहें मिलते ही ख़ामोश हो गयी थी और उसने निगाहें झुका ली थी, मानो अब तक के तमाम दुर्व्यवहार के लिए क्षमा माँग रही हो। मैं तभी कहना चाहता था–"कोई बात नहीं..." लेकिन कैसे कहता?

मुझे भी तब कहाँ मालूम था कि अभी मेरी फिटमारी ज़िन्दगी में ऐसे और भी अनेक दुर्लभ और रोमांचक क्षण आयेंगे जब लड़की एकान्त में मुझे मुबारकबाद देगी...या जब वह मुझे अपने डैडी से मिलवाने घर ले जायेगी जहाँ मैं अपने सामान्य कपड़ों और किरमिच के जूतों की शर्म में उलझा सिर्फ़ हकलाता रह जाऊँगा...या जहाँ मैं बार–बार बुलाया अथवा साथ ले जाया जाऊँगा, जहाँ मुझे तरह–तरह की चीज़ें खिलाई–पिलाई जायेंगी और जहाँ एक दिन चाँदनी में छत पर टहलते हुए मुझसे भोर की एक ग़ज़ल सस्वर सुनने के तुरन्त बाद लड़की मेरा चेहरा पकड़कर मुझे चूम लेगी और आँखों में सारे हयात की रोशनी समेटकर फुसफुसायेगी आई लव यू बाबूजी।

उस साल गर्मियों में एक बड़ा अजीब–सा हादसा हुआ था। कॉलेज बन्द हो गये थे और छुट्टियों में ही लड़की के डैडी का तबादला हो गया था। लड़की दो दिन तक उस शहर में दीवानावार मेरे घर का पता लगाने की कोशिश करती रही थी और अन्त में अपनी एक सहेली को मेरे नाम एक छोटी सी चिट्ठी देकर चली गयी। दो महीने बाद कॉलेज खुलने पर वह चिट्ठी मुझे मिल सकी थी। तब मैंने लड़की को एक पत्र लिखा था। लिखा था कि मैं परिस्थितिवश कॉलेज की पढ़ाई जारी नहीं रख पा रहा हूँ और एक प्राइवेट कम्पनी में डिस्पैचर की नौकरी शुरू कर रहा हूँ। पढ़ाई स्वयंपाठी छात्र के रूप में जारी रखने की कोशिश करूँगा। इस पत्र का कोई उत्तर नहीं आया था। बाद में भी जो दो–चार लिखे, उनका भी नहीं, और मैंने सोचा वह मुझे क्यों लिखेगी? मैं उसके लायक हूँ ही कहाँ?

फिर कोई सात साल बाद दिल्ली में अचानक एक शादी में हमारी मुलाक़ात हो गयी। इस बीच काफ़ी कुछ घटित हो चुका था। मेरी कम्पनी जिस कम्पनी के लिए छोटी–मोटी चीज़ें बनाती थी, जापान की एक प्रसिद्ध फ़र्म ने उसका अधिग्रहण कर लिया। मेरे पास बड़ी–बड़ी डिग्रियाँ नहीं थीं।

पर उन्हें डिग्रियों की ज़रूरत भी नहीं थी। उन्हें चाहिए थे मेहनती, वफादार और कम पैसे तथा सुविधाओं में टिककर काम करने वाले आदमी। यह और बात है कि उनका कम पैसा हमारी सरकारी नौकरियों के ज़्यादा पैसे से भी ज़्यादा होता था। मैं छोटा–मोटा अफ़सर बन गया, फटाफट तरक्कियाँ मिलती गयीं और कुछ ही सालों में मेरी अच्छी खासी हैसियत बन गयी। उधर लड़की के डैडी सेवानिवृत्त हो गये और हालाँकि वह एक ऊँचे पद से सेवानिवृत्त हुए थे, पर सेवानिवृत्ति के बाद वह एक मामूली आदमी ही बचे थे। सरकारी नौकरी में तो तभी तक कद्र होती है, जब तक आदमी ओहदे पर होता है। ख़ैर।

तो मैंने लड़की से पूछा कि उसने मेरी चिट्ठियों का जवाब क्यों नहीं दिया और पता चला कि उसे मेरी एक भी चिट्ठी नहीं मिली थी, क्योंकि दो महीनों में दूसरी बार उसके डैडी का तबादला हो गया था।

अगले महीने इस बात को पच्चीस साल हो जायेंगे। इन पच्चीस सालों में फिर न मैंने लड़की को कोई चिट्ठी लिखी, न लड़की ने मुझे। ज़रूरत ही नहीं पड़ी। दौरे पर गया तो फ़ोन कर लिया और वह मायके गयी तो मैं दूसरे ही दिन उसे लिवाने पहुँच गया।

हां बेटी! यह मेरी और तुम्हारी मम्मी की ज़िन्दगी की ही सच्ची कहानी है।

आज तुम्हें अपने हाथ से यह चिट्ठी मैं सिर्फ़ इसलिए नहीं लिख रहा हूँ कि यहाँ जापान में बैठे–बैठे मुझे तुम्हारी बहुत याद आ रही है, बल्कि इसलिए कि मैं तुम्हें समझाना चाहता हूँ कि जिस तरह बीसवीं शताब्दी में उपनिवेशवाद ख़त्म हो गया, इक्कीसवीं शताब्दी में बहुराष्ट्रीय कम्पनियों का विश्वव्यापी साम्राज्य भी ख़त्म हो सकता है। ऐसा हुआ तो देखते–देखते मेरी कम्पनी जैसी विशाल और विराट् कम्पनियाँ ताश के मकान की तरह भरभराकर गिर जायेंगी और नष्ट हो जायेंगी। आने वाली शताब्दी एशिया और अफ्रीका के नौजवानों की होगी। तुम लोगों की। बेइन्तिहा उपभोग और बेकाबू प्रदूषण से सभ्यता ऊब चुकी है। आने वाली शताब्दी सूचना और संचार की नहीं, सच की, सादगी की, सरलता की और साहस की शताब्दी होगी। वैसे ये चारों एक ही चीज़ के अलग–अलग नाम हैं।

ढीला–ढाला सा लाल कोट पहनकर तुम्हारा जो दाढ़ी वाला क्लासफेलो, शायद मुकुल नाम है उसका, हाँ मुकुल, घर आता है और

मुझे क्रान्ति की अवश्यम्भाविता के बारे में कन्विंस करने की कोशिश करता रहता है। सच पूछो तो मुझे अच्छा लगता है। तुम तो हम लोगों के सामने बेचारे का मज़ाक़ ही उड़ाती रहती हो। जानती हो तुम ऐसा क्यों करती हो? क्योंकि तुम्हारी मम्मी मुकुल को उसी तरह सन्देहभरी आँखों से घूरती हैं, जैसे कभी उनकी मम्मी मुझे घूरा करती थीं। जबकि शायद मन से तुम उसे बहुत चाहती हो।

सुख–सुविधा और समृद्धि की अन्धी दौड़ में बहुत सी कोमल और नाजुक चीज़ें दुनिया से छूट गयी हैं। दुनिया ने शायद अपनी लापरवाही में उन्हें छूट जाने दिया है। किसी का मज़ाक़ उड़ाना कितना अमानवीय है, मैं जानता हूँ। तुम्हारी मम्मी तुम्हारी बहुत चिन्ता करती हैं, वरना भूली तो वह भी नहीं होंगी कि उन्होंने कभी एक ऐसे आदमी को चुना था और मन से प्यार किया था, जिसका कोट उतरन का था और जिसे सारा कॉलेज बाबूजी कहकर पुकारता था।

कल तुम्हारी सालगिरह है। मेरी तरफ़ से ख़ूब प्यार और शुभकामनाएँ। तुमने अपने पापा का भाषण कभी नहीं सुना होगा। तुम चाहो तो इस पत्र को "बाबूजी का अन्तिम भाषण" भी कह सकती हो। तो चलो, इस जन्मदिन पर पापा की तरफ़ से यही उपहार सही।

डू यू लाइक इट?

कानदाँव

कहते हैं, किसी ज़माने में कोयल कुहू–कुहू बोलती थी और पपीहा पीहू–पीहू। लोग पहली रोटी गाय के लिए निकालते थे और आख़िरी कुत्ते के लिए। मुसलमान की बेटी की शादी हो तो हिन्दू कन्यादान लेकर जाते थे और हिन्दू की बेटी की शादी हो तो मुसलमान जोड़ा लेकर। अब तो कहते हैं कोयल बोलती नहीं, बोलता है, और गाना उसे हम समझें तो हमारी मर्ज़ी, है तो वह मेटिंग कॉल। सूचना का युग है। लोगों को यह तक नहीं मालूम कि नारियल, सेब, केला और नींबू में से किसका वृक्ष काँटेदार होता है। सही जवाब बता सकने वाले नरपुंगव या नारीरत्न को मीडियापति प्रसन्न होकर हज़ारों रुपये का पुरस्कार देते हैं।

तो ख़ैर बात उस ज़माने की है जब कोयल कुहू–कुहू बोलती थी वग़ैरह।

कि एक था बनिया और एक था पठान। दोनों का साथ ऐसा जैसे घी–शक्कर, पर किसी बात पर हो गयी दोनों में अनबन और अनबन भी ऐसी की मुँह पर तो मीठे–मीठे लेकिन अन्दर–अन्दर एक–दूसरे की खाल खींचने को उतावले। बनिये को अभिमान अपनी कुटिल बुद्धि का, तो पठान को नाज़ अपने बाजुओं के दमखम का। बढ़ते–बढ़ते जब बात ज़्यादा बढ़ गयी तो दुआ–सलाम, रामा–श्यामा से भी गये। सरेराह गरेबान पकड़ने की नौबत आ गयी। हो यह रहा था कि बनिया था गाँव का एकमात्र बोहरा–बजाज और पठान था हिसाब में कच्चा। रिवाज़ था कि सालभर सामान लेते जाओ और फसल पर दाम चुका दो।

बनिये–पठान की दोस्ती से जलकर किसी ने पठान में फूँक भर दी कि बनिया हिसाब में डण्डी मार रहा है और तुझसे ऐसे काग़जों पर टीप मँडवा रहा है कि जिनसे एक दिन तेरी सारी ज़मीन बनिये की हो जायेगी।

जब अदावत चल पड़ी तो छोटी–छोटी बातों ने भी आग में घी का काम किया। औरतों की कहा–सुनी, बच्चों के झगड़े–झंझट और तमाशबीनों की लगायी–बुझायी। करनी कुछ ऐसी हुई कि एक दिन सरेराह पठान ने बनिये का गरेबान पकड़ लिया और उसकी चटनी बनाने पर आमादा हो गया। देखते–देखते सारा गाँव इकट्ठा हो गया। सयानों ने बीचबचाव किया और सलाह दी कि शान्ति रखी जाये और जो भी मामला है, वह पंचायत को सुलटाने दिया जाये। रही चटनी, तो पठान जैसी कहे वे ख़ुद पठान के घर पहुँचा देंगे। वैसे भी बनिये की चटनी में क्या स्वाद आयेगा? सात–सात दिन नहाता तो है नहीं साला।

मान तो गया, पर पठान को पूरा शक था कि पंचायत बनिये के हक में ही फ़ैसला करेंगी अब ऐसा क्या किया जाये कि न बनिये को और न पंचायत को मौक़ा मिले भांजी मारने का। तो उसने जुगत भिड़ायी कि ठीक है, पंचों का जो भी फ़ैसला होगा सिर आँखें पर लूँगा, लेकिन फ़ैसले की शर्त मैं ख़ुद तय करूँगा। और शर्त ऐसी रखूँगा...

...और शर्त उसने ऐसी रखी कि सारा गाँव सन्न। और पंच तो जैसे पत्थर की मूरत। रही ऐसी ही गत थोड़ी देर। पठान की शर्त यह थी कि बातों से किसी को भरमाना तो मुझे आता नहीं पर सत्त और न्याव की परीक्षा ऐसी होनी चाहिए जो गाँव के सारे लोगों को ही नहीं, चिड़ियाँ–चरोंटों को भी दिखायी दे। इसलिए करवा तो सबसे सामने एक दिन मेरी और बनिये की कुश्ती जो जीता वही सच्चा।

बुज़ुर्गों ने पठान को समझाने की कोशिश की कि गेलसफा जैसी बात मत कर। अब तुम लोग बच्चे तो हो नहीं कि कुश्ती से फ़ैसला करा लें। सोचो, अच्छे लगोगे गाँव भर की बैयर–जनानियों–बहुओं–बेटियों के आगे लँगोट लगाकर खम ठोंकते?

पठान कुछ देर चुपचाप सुनता रहा। लगा कि समझ रहा है। उस ज़माने में फ़िल्मों का चलन तो था नहीं, लेकिन फिर पठान ने ठेठ आजकल की फ़िल्मों के अन्दाज़ में हवा में अपने बाजू उठाये और हुँकार भरी, "अब तो इस बात का फ़ैसला कुश्ती के अखाड़े में ही होगा।" पठान की ललकार इतनी थियेटराना थी कि वहाँ जमा छोरों–छकारों ने इस बात पर तालियाँ पीट दीं। पीट क्या दीं, उनसे पिट गयी। मुफ़्त का इतना बड़ा तमाशा कौन छोड़े।

अब बनिये के मुँह में तो जैसे दही जम गया।

कुछ देर की अफरा–तफरी के बाद आख़िर एक बुज़ुर्गों के भी बुज़ुर्ग ने फिर पठान को समझाने की कोशिश की, "रे पठान! इस तरह तो आज तक कोई फ़ैसला नहीं हुआ है।"

"कैसे नहीं हुआ?" पठान बोला, "राजा फलान सिंह जी के ज़माने में नहीं हुआ था जब वजीरे–ख़जाना पर रानी के साथ बदफैली का इल्ज़ाम लगाया था सेनापति ने और बताऊँ?"

"बोलो?"

"राजा ढिकान सिंह जी के ज़माने में नहीं हुआ था, जब लोटन खवास और पीरू भिश्ती के बीच खेत में डंगर हाँकने की मसला आया था?"

"वो ज़माना अब नहीं रहा रे पठान।"

"पर तुम तो हो। भीषम पितामै! के तुम भी नहीं रहे?"

अब, इस बात का कोई क्या जवाब देता?

तभी अचानक सबको चौंकाते हुए बनिया दोनों हाथ हवा में उठाकर आत्मसमर्पण की–सी मुद्रा में बोला, "मुझे मंजूर है। मुझे पठान भाई की शर्त मंज़ूर है।"

सारा गाँव फिर सन्न। पंच जैसे पत्थर की मूरत। यह क्या कह रहा है बनिया। बावला तो नहीं हो गया? कहाँ वह छहफुटा जबरजंग साँड़–सा पठान और कहाँ यह पिलपिले आटे का थुलथुल थोत! लगता है, अपनी चटनी ही बनवाकर छोड़ेगा–फिर उसका स्वाद जैसा भी हो।

बनिया हाथ जोड़े–जोड़े पठान के सामने आया और बोला, "पठान भाई, मुझे तुम्हारी शर्त मंजूर है। पंचों से कहो कि कुश्ती की तारीख़ मुकर्रर कर दें।"

अब बात ऐसी हो गयी थी कि ताली पीटने वालों से ताली भी नहीं पिट रही थीं दो–चार लोगों ने बनिये को समझाया कि क्या कर रहा है? पागल हो गया है क्या? ज़रा अपने बाल–बच्चों की तरफ़ देख। श्राद्ध तो तेरा चलो हम चंदा करके भी कर देंगे, पर उम्र भर उन्हें बैठाकर खिलायेगा कौन? लेकिन बनिया क्यों मानता?

अब बात यह थी कि गाँव के लोग पठान की दादागिरी से भी उतने ही दुखी थे जितने बनिये के काँइयाँपने से। सो उन्होंने सोचा, मरने दो सालों को। और उन्होंने तिथि–वार विचारकर डेढ़ महीने बाद की एक तारीख़ पक्की कर दी।

बनिया तो हस्बमामूल अपने काम में लगा रहा, पर पठान ने सारे काम–धाम छोड़कर मालिश कराना और दण्ड पेलना शुरू कर दिया। अब दण्ड पेलेगा तो खुराक भी लगेगीं तो काजू–किशमिश–बादाम–पिस्ता आ रहा है बनिये की ही दुकान से। और तो कहाँ से आता? दूसरा काम पठान ने यह किया कि आसपास के बीस गाँवों में अपने रिश्तेदारों को ख़बर करवा दी कि अमुक तारीख़ को कुश्ती है, देखने ज़रूर आयें। तो हुआ यह कि पठान के घर मेहमान आने लगे ठठ के ठठ। तो उनके लिए आटा–दाल–घी–गुड़ भी आ रहा है बनिये की दुकान से। और बनिया एक के बाद एक नये काग़ज़ पर लगवाता जा रहा है पठान का अँगूठा।

करते–करते वह दिन भी आ गया जब पठान और बनिये की कुश्ती होनी थी गाँव से ज़रा हटकर खुले मैदान में खोदा गया अखाड़ा और बजने लगे ढोल। सज–धजकर सिंहासन पर विराज कर पंच परमेश्वर और भीड़ इतनी कि कहीं तिल धरने की जगह नहीं। शोरगुल इतना कि खुद अपनी आवाज़ भी सुनायी न दे। लोग थे कि कयास–आराइयों से फुरसत नहीं पा रहे थे। पठान जीतेगा लगा तो शर्त दो–दो सौ की बनिया जीतेगा, बद ले पाँच–पाँच सौ की, वग़ैरह–वग़ैरह।

आख़िर लँगोट कसे खम ठोकते उतरा पठान अखाड़े में और भूखे शेर की तरह इधर–से–उधर कूदने–फाँदने लगा। अब देखना! बनिया आया नहीं कि बनी उसकी चटनी अजी देखना, भाग जायेगा दुम दबा के! शर्त बद लो जो पाँव भी धर दे अखाड़े में। यह अखाड़ा है, कोई पीले पन्नों की बही नहीं, जिसमें कुछ भी माँड लो। यहाँ तो जो डँके की चोट है! अरे नहीं भाई! उसने भी कुछ किया है तो सोच–समझकर ही किया है। उसे सीधा मत समझो। जन्म का टेढ़ा है। ज़रूर कोई दाँव सीखकर आया होगा जिसकी काट पठान नहीं जानता। अजी छोड़ो! कहाँ से दाँव सीखकर आयेगा? उसकी सात पुश्तों में लड़ी है किसी ने कुश्ती? ये बातें चल ही रही थीं कि भीड़ के बीच से बनिया प्रकट हुआ। पगड़ी उतारी, कुर्ता उतारा, जुती उतारी, धोती का कछौटा बाँधा और अपनी थुलथुल काया लेकर अखाड़े में कूद पड़ा। दर्शकों की ऊपर की साँस ऊपर, नीचे की साँस नीचे।

पंचों का इशारा हुआ। दोनों पहलवानों ने खम ठोके और पंजे फैलाकर एक–दूसरे की तरफ़ बढ़े। पंजे लड़ाये और सिर जोड़े। बस! यही वह पल था जब कुछ भी हो सकता था। बनिये ने पठान की आँखों–में–आँखें

डालीं और बोला, "हज़ार अशर्फियाँ चाहिए? सोने की?" जोड़ी पंजे भिड़ाए अखाड़े में गोल–गोल घूम रही थी ढोल–नगाड़े पूरे जोश से बज रहे थे, दर्शक सन्न थे कि पठान भौंचक कि ये साला बनिया इस समय बातें क्यों कर रहा है? चाहता क्या है? रहम की भीख तो नहीं माँग रहा? बनिया फिर मुस्कराकर बोला, "तेरी सारी ज़मीन छोड़ दूँगा और हज़ार अशर्फियाँ ऊपर से दूँगा। सोने की बोल? चाहिए?" पठान समझा। पर चुप रहा। यह सारा हाथी की लीद मुझे समझता क्या है? मौत सामने देखकर नानी पर रही है...हज़ार क्या बोला? अशर्फी? हज़ार? सोने की?

बनिया फिर मुस्कराकर बोला, "मैं लंगी लगाऊँगा, तू चित हो जाना। कुछ देर तड़पना और फिर बस...हज़ार अशर्फी तेरी, सोने की..."

"मुकर गया तो?" पठान ने पूछा।

"जान प्यारी नहीं है क्या मुझे? मुकर जाऊँगा तो तू छोड़ेगा?"

बस, उसी पल चमत्कार जैसा हो गया। बनिये ने लंगी लगायी और पठान हवा में उछलकर अखाड़े की मिट्टी में चित पड़ गया, कुछ देर तड़पा और ढेर हो गया। बनिया उछलने लगा। उससे ज़्यादा उसकी तोंद। दर्शक उत्तेजना और अविश्वास से पागल। क्या हुआ? क्या हुआ? सब एक–दूसरे के कन्धों पर चढ़ने लगे। धक्का–मुक्की, अच्छी तरह देख लेने के लिए। भगदड़ धूल, शोर, गुलगपाड़ा। बनिये पर दाँव लगाने वालों की पौ बारह। शाबाशियाँ, बधाइयाँ, जयकार।

क़रीब महीने भर बाद पठान पहुँचा बनिये की गद्दी पर और एकान्त देखकर बोला, "हाँ जी! मेरी अशर्फियाँ!"

बनिये ने बहाना मारा कि आज तो बहुत काम पड़ा है जी को। तू ऐसा कर कि पन्द्रह दिन बाद आ जा।

पन्द्रह दिन बाद बोला कि आज तो मैं बाहर जा रहा हूँ, ऐसा कर कि पन्द्रह दिन बाद आ जा।

पन्द्रह दिन बाद बोला कि देख यहाँ तो ठीक नहीं रहेगा, मैं ऐसा करता हूँ कि महीने भर बाद तेरे घर पर ही पहुँचा दूँगा।

महीने भर बाद बोला कि तू कल दोपहर मेरी गद्दी पर ही आ जा।

गद्दी पर आया तो दरवाज़ा अन्दर से बन्द कर लिया और बोला, "ये बता, तू कुश्ती लड़ना जानता है?"

"यह भी कोई पूछने की बात है?" पठान तुनककर बोला।

"मुझे तो नहीं लगता कि तू कुश्ती लड़ना जानता है।"

"कैसे नहीं जानता?"

"जानता है तो बता तुझे कौन–कौन–से दाँव आते हैं?"

पठान को जितने दाँव आते थे, सब उसने गिना दिये, लंगी, घिस्सा, गरदनिया, कलाईतोड़, धोबीपाट, रानबन्दी और भी कितने ही बनिया आँख मूँदे सुनता रहा। फिर बोला, "और?"

"और क्या?"

"और नहीं आता? ये तो मुझे भी आते हैं।"

पठान क्या बोलता? और तो उसे कोई दाँव नहीं आता था। दिमाग़ पर ज़ोर डाला। पर कुछ सूझा ही नहीं।

तब बनिया बोला, "मुझे एक दाँव और आता है।"

"कौन–सा?"

"कानदाँव, तुझे आता है?"

"कानदाँव? यह क्या होता है?"

"वही, जो मैंने तुझ पर लगाया। अब भई देख, मैंने तो दाँव लगाकर कुश्ती जीती है, फिर कैसा लेना और कैसा देना? तू ही बता।"

पठान समझ गया, इस साले बनिये ने फिर भांजी मार दी है। उसे गुस्सा आने लगा। बनिये से ज़्यादा खुद पर। मैंने इसका विश्वास ही क्यों किया? मैं लालच में फँसा ही क्यों? अब किस मुँह से किसी से कहूँ कि मैं इसकी बातों में आकर जान–बूझकर कुश्ती हारा था? चुपचाप उठ गया और सिर लटकाकर जाने लगा।

बनिये ने पीछे से आवाज़ दी और तिजोरी से एक थैली निकालकर पकड़ायी। बोला–तेरा बनता तो नहीं है, पर मुझे भी ऊपर जाकर किसी को मुँह दिखाना है। पूरी हज़ार अशर्फियाँ हैं सोने की गिन लेना। पर तेरी ज़मीन नहीं दूँगा। वह सारी अब मेरी हो चुकी है। कहीं और जाना और इस दौलत से कोई दूसरा कारोबार शुरू करना। जा ख़ुश रह।"

पठान, जो पूरी तरह नाउम्मीद हो चुका था, हज़ार अशर्फियाँ पाकर इतना ख़ुश हुआ कि उसने "बनिया भाई" को गले से लगा लिया। आँखों में आनन्दाश्रु आ गये।

बनिया भी अपार ख़ुश हुआ कि हज़ार अशर्फियों में पठान की सारी उपजाऊ ज़मीन भी मिली और पोल भी खुलते–खुलते रह गयी।

घर आकर पठान को पूरी बात समझ में आयी। उसने ज़मीन पर से कब्ज़ा नहीं छोड़ा। करने दो उसको पंचायत, इस बार फिर कुश्ती करवाऊँगा।

आख़िर यह तय हुआ कि ज़मीन बनिये की ही रहेगी पर खेती पठान करेगा, आधा हिस्सा बनिये को मिलेगा।

मित्रो! यह इतिहास की पहली मैच फिक्सिंग थीं मैच फिक्सिंग को हिन्दी में कानदाँव कहते हैं।

इस महान सांस्कृतिक हरकत ने हिन्दुओं और मुस्लिमों के बीच पीढ़ी–दर–पीढ़ी के लिए ऐसा सौहार्द्र, ऐसी समरसता, ऐसा भाईचारा, ऐसा इत्तिहाद पैदा किया कि अंग्रेज़ों को भी उसे तोड़ने में ऐड़ी–चोटी का पसीना एक करना पड़ा।

कोई ढाई सौ साल बाद 1947 में जाकर यह हुआ कि एक तरफ़ बैठे गाँधी–नेहरू–पटेल और जिन्ना। और दूसरी तरफ़ बैठे लॉर्ड माउंटबेटन। लाट साहब ने पूछा, "यह आपको आख़िरी जवाब है? कॉन्फिडेण्ट? लॉक कर दें इसे?"

और देखिए मज़ा कि सब एक सा बोल उठे–यस्स!

कहाँ जाओगे बाबा?

उम्र भर की जमापूँजी लगाकर मास्टर रामरतन वर्मा ने मकान बनवाया था। सभी गुंजाइशों को मद्देनज़र रखते हुए जो मकान साठ हज़ार में बन जाना चाहिए था उसमें होनहार और कारगुज़ार कारीगरों–राजमिस्त्रियों की बदौलत एक लाख से ज़्यादा ख़र्च हो गये थे, जिसके लिए पीएफ से भी पैसा निकलवाना पड़ा था और इधर–उधर से भी कर्ज़ लेना पड़ा था। मकान बनवाते–बनवाते कोई सौ बार मन में ख़याल आया था कि कहाँ फँस गये! शारीरिक–मानसिक परेशानी–कष्ट–दौड़ भाग–तनाव तो ठीक है पर अनपेक्षित आर्थिक चोटें तोड़े डालती थीं। कई बार जी में आता कि हो गया सो हो गया, जहाँ तक हो गया बस वह काम रोक दें और अपना ख़र्चा निकलता हो तो जो ग्राहक मिले उसी को बेचकर छुट्टी पायें। लेकिन वहाँ ग्राहक मिलता कौन? शहर से पन्द्रह किलोमीटर दूर था मकान, जहाँ न सड़क, न जल, न बिजली, न आबादी और होता भी कोई ग्राहक तो कूदकर सामने थोड़ी आ जाता उनको दलदल से निकालने–वह भी पट्ठा इन्तज़ार करता कि देखें मास्टर रामरतन वर्मा कहाँ तक बढ़ा पाते हैं काम!

उन्हीं दिनों मास्टर साहब के इकलौते बेटे नवीन ने हायर सेकण्डरी पास की थी उसका इंजीनियरिंग कॉलेज में एडमिशन होते–होते रह गया था, पॉलीटेक्नीक में हो गया था। पॉलीटेक्नीक अपने शहर में था, इंजीनियरिंग कॉलेज के लिए जयपुर जाना पड़ता और हॉस्टल में रहना पड़ता। बच्चा पसोपेश में था। एक दिन हिम्मत करके उसने पूछा, "बाऊजी! क्या करूँ?" मास्टर साहब को तो लग रहा था कि एक तरह से यह भी ठीक हुआ। मकान बन रहा है। इस समय हॉस्टल का ख़र्चा कैसे निकालते? उन्होंने कहा, "इंजीनियर तो इंजीनियर है, उसमें इंजीरियरिंग कॉलेज क्या और पॉलीटेक्नीक क्या? किताबें तो किताबें, कोर्स तो तकरीबन एक ही है।

फिर तुममें प्रतिभा और लगन होगी तो बाद में एमएमआईई भी कर सकते हो। दिल छोटा न करो। जाओ।" नवीन चला तो गया, पर ख़ुश होकर नहीं। दो–चार रोज़ बाद उसने अपने एक दोस्त से मास्टर साहब को कहलवाया कि यदि ग्यारह हज़ार रुपये दे दिये जायें तो अभी नवीन का एडमिशन इंजीनियर कॉलेज में हो सकता है। उस ज़माने में कैपिटेशन फ़ीस का चलन आज की तरह आम, दिन–दहाड़े और बेशर्मीपूर्ण नहीं था। मास्टर साहब इस प्रस्ताव पर विचार तो क्या करते, उन्होंने इसे अपने और नवीन के लिए अपमानजनक समझा और प्रस्ताव लाने वाले को डाँटकर भगा दिया। नवीन ने पॉलीटेक्नीक में ही प्रवेश ले लिया।

बाद में बीसियों बार मास्टर रामरतन वर्मा को यह सारा प्रसंग याद आया है और याद आये हैं महाभारत के झूठे, मक्कार आचार्य...भीष्म, द्रोण, कृप, विदुर...और हर बार उनका क़द जैसे कुछ सूत छोटा हो जाता रहा है। बेटे के जीवन से उन्होंने ईंट–चूने के नश्वर मकान को अधिक महत्त्व दिया, यह कोई छोटा पाप है? ख़ैर, किसी तरह वह मकान बना। हालाँकि वैसा तो नहीं जैसा मास्टर साहब ने सोचा था...कि बड़ी–सी स्टडी होगी लायब्रेरी सहित, बीच में ख़ूब हवादार हॉल होगा, घर के चारों तरफ़ फूलों की क्यारियाँ और सब्ज़ियों की बाड़ियाँ होंगी...आगे–पीछे नीम के झूमते हुए पेड़ होंगे और अहाते में ही महादेव जी का छोटा–सा मन्दिर होगा वगैरह...पर जो भी था, ठीक था। तीन कमरे, एक रसोई, ख़ुली छत और तीन तरफ़ काफ़ी बड़ा अहाता। सूर्योदय–सूर्योस्त के रंगीन दृश्य, पंछियों की चहचहाहट, शुद्ध हवा और गहरी शान्ति। इसी की तो चाहत थीं किराये के मकानों में ये सब कहाँ, जहाँ ज़िन्दगी खपा दी मास्टर साहब सोचते थे, बस, रिटायरमेण्ट के बाद यहाँ रहेंगे, पूजा–पाठ करेंगे और शान्ति से लिखेंगे–पढ़ेंगे, स्वाध्याय करेंगे। कबसे उनका मन गीता की नयी भाषा–टीका लिखने का है। कुछ नोट्स भी ले रखे हैं। लगता है, यह सपना रिटायरमेण्ट के बाद अपने घर में ही पूरा होगा। मास्टर रामरतन वर्मा साहित्य के भी रसिक पाठक थे। दुनिया के श्रेष्ठ साहित्य का उनके पास अपना चुनिन्दा संग्रह था। बार–बार पढ़ते थे और मुग्ध होते थे। खासकर कहानियाँ और कविताएँ। हालाँकि आधुनिक कविता समझने में उन्हें अब भी दिक्कत आती थी।

किराये के मकानों का मास्टर साहब का अनुभव अच्छा नहीं था। अपनी सामर्थ्य के अनुसार जहाँ मकान मिलता, वहीं कीचड़–कादा, घिचपिच, गन्दगी नालियों पर टट्टी फिरते बच्चे, चिंचियाते सूअर, ऊँची आवाज़ में चीखते रेडियो, लड़ती हुई स्त्रियाँ, अकारण गाली बकते पुरुष। क्या कोई पढ़े–लिखे! इस पर जब भी मकान मालिक दिखे, उसे नमस्ते करो; जब तक वह बातें करना चाहे उसके सामने हाथ बाँधे खड़े रहो और अपने चार ज़रूरी काम छोड़कर उसकी बेवकूफी की बातें सुनो। खासकर पिछले मकान मालिक ने तो बहुत ही तंग किया। वह जब चाहे धमक जाता, हर कमरे में ताका–झाँकी करता, काग़ज़–किताब उठा–उठाकर देखने लगता, यहाँ तक कि मेज़ पर कोई आयी हुई या जाने वाली चिट्ठी पड़ी होती तो वह भी बिना पूछे उठा लेता और पढ़ने लगता।

उन दिनों मास्टर साहब विश्व साहित्य में से अपनी पसन्द की दस–बारह कहानियाँ एक रजिस्टर में उतार रहे थे, वे एक जगह मिलती नहीं और जब पढ़ने की तलब हो, किताब ढूँढ़नी पड़ती कहानियों के साथ ही मास्टर साहब उनकी समीक्षा जैसी भी लिखते जा रहे थे, यह कहानी मुझे क्यों अच्छी लगी वगैरह। एक दिन मकान मालिक उनकी अनुपस्थिति में वह रजिस्टर पढ़ने लगा, ले गया और शाम को आया तो फटकारने लगा कि क्या फालतू के काम में टाइम वेस्ट करते रहते हो, इससे तो चार ट्यूशन ही कर लो...देखो लोग कितना कमा रहे हैं...क्या यार मास्टर, तुम्हारा पढ़ना–लिखना भी बेकार ही रहा, मैं टीचर होता तो आज की तारीख़ में कम–से–कम दो हज़ार रुपया महीना कमाकर दिखा देता। ख़ैर, मास्टर साहब तो उसके भी आभारी ही हैं। उसे बर्दाश्त करना असम्भव न हो जाता तो कैसे मकान बनवाने की हिम्मत करते।

इसीलिए अन्ततः जब मकान बन गया तो ऐसी शान्ति मिली कि पूछो मत। जी करता बस निहारते ही रहें घण्टों अपने इस साकार स्वप्न को।

मकान तैयार हो गया तो उसकी शुद्धि, यज्ञ, गृहप्रवेश और प्रीतिभोज का संक्षिप्त कार्यक्रम भी करना ही पड़ा, जिसमें उनके समस्त सहकर्मी दूर से तकलीफ़ उठाकर भी सोत्साह आये। सबने उनके साहस की प्रशंसा की, उनकी सुरुचि की दाद दी और उनके संचित पुण्यों को सराहा। बधाइयों के बाद सुझावों की बारी आयी। अब क्या करोगे इस मकान का? रहोगे? कैसे रहोगे इतनी दूर जंगल में अकेले? क्या किराये पर दोगे? लेकिन यहाँ किराये

पर भी लेने वाला कौन आयेगा? कुछ नहीं जी, देखते–देखते यहाँ भी आबादी हो जायेगी आधों ने कहा–जैसे ही कोई किरायेदार मिले, किराये पर उठा दो, क़र्ज़े का ब्याज भी निकलेगा और घर भी आबाद रहेगा। मकान सुनसान पड़ा रहा तो लोग खिड़की–दरवाज़े क्या, ईंटें तक निकालकर ले जायेंगे, आप जानते नहीं गाँववाले कितने बदमाश हो गये हैं आजकल। बाकी के आधे कह रहे थे किराये पर हरगिज़ मत देना। देना आसान होता है खाली कराना मुश्किल। किरायेदार दबाकर बैठ गया तो कहाँ फौजदारी करने जाओगे? बाल नोचते रह जाओगे। आजकल तो अदालतें भी किरायेदारों का ही पक्ष लेती हैं। कोई शराबी–कबाबी किरायेदार आ गया तो वो अलग आफ़त!

मास्टर साहब कुछ निर्णय नहीं कर पा रहे थे। एक तरफ़ मकान मालिक होने का सुख भोगने का और हर माह किराये की रक़म हाथ आने का लालच ज़ोर मार रहा था, दूसरी तरफ़ किरायेदार द्वारा तोड़फोड़ करने या मकान दबा लिये जाने पर होने वाली मार–पीट, मुकदमेबाज़ी में फँसने की आशंका से डर भी लगता था। इन दिनों उनकी पोस्टिंग पास के एक शहर में थी इसलिए ख़ुद रह नहीं सकते थे। काफ़ी सोच–विचार के बाद अन्त में उन्होंने नवीन को पटाया कि वह अपने एक–दो दोस्तों के साथ इसी मकान में रहे। नवीन ने कहा कि इतनी दूर से रोज़ सुबह अपनी खड़–खड़ साइकिल पर कॉलेज आते–आते उसके एक–दो पीरियड तो छूट ही जायेंगे। मास्टर साहब ने उसे नयी साइकिल दिलवाने का लालच देकर किसी तरह राजी किया। नवीन अपने दो नये दोस्तों के साथ रहने आ तो गया पर पन्द्रह दिन भी वहाँ नहीं रहा। वहाँ लालटेन की रोशनी में पढ़ना पड़ता, लालटेन जलते ही ढेर सारे कीट–पतंग आ जाते, सुबह जल्दी उठना पड़ता, रात को डर भी लगता और फिर दूर रहने के हज़ार झंझट, कि नमक भी ख़त्म हो जाये तो जाओ पन्द्रह किलोमीटर दूर। एक दिन तीनों दोस्त मकान में ताला लगाकर शहर की घनी बस्ती में कमरा किराये पर लेकर रहने लगे। यहाँ से कॉलेज भी पास था। सिनेमाघर भी फिर कुछ महीने मकान खाली पड़ा रहा और जैसी कि सहकर्मियों ने आशंका व्यक्त की थी, उसमें चोरियाँ होने लगीं। हालाँकि हफ़्ते में एक बार नवीन जाकर देख–सँभाल, आता था। पर वह हर समय तो मकान की रखवाली करने बैठा नहीं रह सकता था। पहली बार बाउण्ड्रीवॉल के

गेट का ताला टूटा मिला, दूसरी बार लोहे का गेट टूटकर ज़मीन पर गिरा पड़ा मिला। फिर, दो खिड़कियों के शीशे टूटे पाये गये, तो कोई हैण्डपम्प तोड़ गया। कुछ दिन बाद दीवार में एक मोखा बना मिला, जिससे भीतर घुसकर एक कुतिया ने ढेर सारे पिल्ले जन रखे थे। हो सकता है कोई आदमी हो जो उन्हें नुकसान पहुँचाना चाहता हो, या आसपास खेतों में काम करने वाले पानी पीने और छाया में सुस्ताने आ जाते हों और लापरवाही या परपीड़न सुख में कुछ तोड़फोड़ कर जाते हों...या आवारा लौंडे हों...या जानवर ही हों...जो हों, पर उनका नुकसान तो हो ही गया। मास्टर साहब महीने में एक बार नवीन को पैसे देने आते तो मकान को भी सँभाल जाते पर बार–बार छोटे–मोटे नुक़सानों की मरम्मत कराना सिरदर्द जैसा होने लगा। जब भी आते, नवीन ही साइकिल पर पीछे बैठाकर ले जाता। एक बार आये तो नवीन ने बताया कि उस तरफ़ टेम्पो चलने लगे हैं।

"कहाँ के लिए?" मास्टर साहब ने पूछा।

"आगे। माखूपुरा गाँव तक जाते हैं।"

"और लौटने के लिए?"

"सड़क तक आकर थोड़ा खड़ा रहना पडता है। क्छ–न–कुछ मिल जाता है। ट्रक भी चलते हैं। वैसे तो दूधवालों की मोटरसाइकिलें भी आती–जाती हैं। वो भी बैठा लेते हैं पाँच रुपये में। पर आप उस पर मत आना।"

"क्यों?"

"आपसे बैठा नहीं जायेगा। दोनों तरफ़ टंकियाँ लगी रहती हैं।" नवीन ने मानो कह दिया था कि मैं आपको बैठाकर नहीं ले जाने वाला। अपनी व्यवस्था आप कीजिए। मास्टर साहब ने साइकिल की दुकान से एक किराये की साइकिल ली और पहुँच गये। देखा कि आसपास काफ़ी सारे प्लॉट कट गये हैं और कुछ पर तो मकान बनना भी शुरू हो गया है। पता चला कि आगे वाले गाँव में एक सरकारी कारख़ाना खुलने की मंजूरी मिल गयी है। ज़मीन वगैरह भी ले ली गयी है। निर्माण शुरू होने वाला है। रास्ते पर लगे ये नीले–नीले साइनबोर्ड उसी के हैं। ज़मीन इधर धड़ाधड़ बिक रही है और भाव रातोंरात बढ़ गये हैं। कुछ ही सालों में अच्छी आबादी हो जायेगी।

मास्टर साहब को अच्छा लगा। यहाँ मकान बनाने का अपना निर्णय सूझबूझ भरा लगा। हालाँकि इसमें उन्होंने क्या किया? फिर भी, यूँ हँसी ख़ुशी लेकिन लौटते समय रास्ते में साइकिल पंचर हो गयी और उसे लादे–लादे पाँच किलोमीटर पैदल आना पड़ा। ख़ूब थक गये।

अब हर महीने जाकर मकान देखने का भी उत्साह नहीं होता। खाली पड़ा मकान भुतहा जैसा लगता। वहाँ जब तक रहते, सारा समय चोरी और उचक्केपन के निशानात की तफ्तीश में ही बीत जाता, सुन्दरता निहारने को समय ही नहीं बचता। बार–बार यही सोचते कि इससे तो शहर में ही कहीं बनवाते। या हाउसिंग बोर्ड की कॉलोनी में किस्तों पर ले लेते। इतना पैसा इसमें घुसाकर आख़िर उसका क्या रिटर्न मिल रहा है? इससे तो वे लोग ज़्यादा होशियार हैं, जो शेयर वगैरह में पैसा लगा देते हैं। चलो उनसे इतनी चतुराई नहीं होती, पर बैंक में भी डाल देते तो कितना ब्याज मिलता। उनके रिटायर होने में अभी समय था। पता नहीं कब वास्तव में रहने आ पायेंगे यहाँ।

हाँ, एक चीज़ ज़रूर अच्छी लगत इलाक़ा अब उतना सुनसान नहीं रह गया था। प्लॉटों पर चारदीवारियाँ उठ गयी थीं, बिजली की एक लाइन भी उधर से निकल रही थी सड़क पर एक पंचर जोड़ने वाले की दुकान भी खुल गयी थी और उस रास्ते पर टेम्पो भी अधिक चलने लगे थे। फिर भी, आख़िर ज़रूरत क्या थी अभी से इसमें इतना पैसा घुसाने की? मास्टर साहब ने अपने एक विश्वस्त सहकर्मी से कहा कि मैं मकान बनवाकर फँस जैसा गया हूँ, क्या करूँ कुछ समझ में नहीं आता, या तो किरायेदार दिलवा या साले को बिकवा ही दे।

दोनों ने काफ़ी मन्त्रणा करने के बाद तय किया कि प्रान्तीय समाचार पत्र में "किराये पर देना है" का विज्ञापन दे दिया जाये, मकान पर "टु लेट" की तख्ती टाँग दी जाये और आसपास वालों से बात की जाये सहकर्मी ने यह भी कहा कि वैसे तो उनका एक भूतपूर्व विद्यार्थी उसी शहर में आढ़त की दुकान करता है, एक मिनट में किराये पर ले लेगा और किराया भी मुँहमाँगा देगा, पर यदि उसने मास्टर साहब के मकान में गुड़ या सींग तेल भर दिया तो किराया गया भाड़ में, अच्छे–खासे मकान का सत्यानाश हो जायेगा।

आख़िरकार, विज्ञापन दे दिया गया और किरायेदार मिल भी गया। हालाँकि वह छह महीने से ज़्यादा नहीं ठहरा, पर किरायेदारी का सिलसिला

शुरू हुआ तो फिर रुका नहीं। एक बैंक वाले ने ले लिया। उसने सुझाव दिया कि नवीन का खाता उनके बैंक में खुलवा दिया जाये तो महीने के महीने किराया उसमें जमा हो जायेगा। मास्टर साहब को सुझाव पसन्द आया, उन्होंने यही किया। जब मनुष्य रहने लगे तो मकान में कुछ तरमीम भी करनी पड़ी। कुछ और पैसा लगाना पड़ा। इसी बीच बिजली आ गयी तो उसका कनेक्शन भी ले लिया। बैंक वाले ने ही सारी दौड़–भाग की उसका तबादला हुआ तो उसकी जगह जो आया, उसे दे दिया। फिर उसने कहीं और शिफ्ट किया तो वह एक जान–पहचान के लेक्चरर को दे गया। अब तो मास्टर साहब की जानकारी के बग़ैर भी किरायेदार बदलने लगे। ज़्यादा–से–ज़्यादा नवीन को बता दिया जाता। हाँ, किराया नियम से जमा हो रहा था। पर उसमें से भी काफ़ी तो मकान के रख–रखाव, मरम्मत आदि पर ही ख़र्च हो जाता और बाक़ी से ब्याज भरा जाता, मूल तो वहीं–का–वहीं बैठा था।

इस बीच मास्टर साहब का तबादला और दूर हो गया और मकान की सारी ज़िम्मेदारी नवीन पर आ गयी। तीन साल में डिप्लोमा पूरा हो गया और निकलते ही उसे वहीं फर्टिलाइज़र कम्पनी में जूनियर इंजीनियर की नौकरी भी मिल गयी। उसी कम्पनी में, जो उसके अपने मकान के पास बन रही थीं क़ायदे से अब तो उसे अपने मकान में रहना शुरू कर देना चाहिए था, लेकिन अब तक किराये का नियमित आना इतना अच्छा लगने लगा था कि नवीन को किराये पर कमरा लेकर रहना ही बेहतर लगा। मकान के संचित किराये से उसने आने–जाने के लिए एक मोपेड ख़रीद ली।

अगला किरायेदार लम्बे समय जमा रहा। उसने मकान में तोड़फोड़ भी काफ़ी कर डाली किराया बैंक में जमा होता था इसलिए यह भी नहीं कह सकते थे कि वह किराया नहीं देता। वैसे भी भाड़ाचिट्ठी लिखवायी नहीं थी, भरोसे पर मकान दे दिया था। किराया बढ़ाने और मकान को ढंग से रखने को लेकर उसकी नवीन से तकरार चल रही थी एक बार बात बढ़ गयी। नवीन गया तो वह नशे में था, मारपीट हो गयी। नवीन को भी चोटें लगीं। आख़िर जान–पहचान के कुछ पुलिसवालों को खिला–पिलाकर नवीन ने किसी तरह मकान खाली करवाया।

इस घटना की सूचना मिलते ही मास्टर साहब वहाँ नवीन के पास पहुँच जाना चाहते थे। लेकिन इलेक्शन में ड्यटी लग गयी थी कलेक्टर

से भी जाकर मिले, पर उसने छुट्टी देने से मना कर दिया। संयोग कुछ ऐसा रहा कि चार साल में एक बार भी "अपने" शहर जा नहीं पाये। इस घटना के पन्द्रह–बीस रोज़ बाद नवीन ख़ुद ही आया। उसने बताया कि सरकारी काम से भी इधर उसका आना होता रहेगा। उसी साल गर्मियों में फिर चुनाव हो गये। पहले लोकसभा, फिर अब विधानसभा अगले साल साथ के कुछ नौजवान अध्यापक टिहरी गढ़वाल जा रहे थे। मास्टर साहब भी साथ हो लिये। हिमालय दर्शन की पुरानी इच्छा थी फिर ऐसा मौका कब मिलता। फिर अगले साल नवीन दक्षिण भारत चला गया...सच यह है कि वह जाने से बच रहे थे। उन्हें लग रहा था नवीन अच्छी तरह सँभाल रहा है, वह जाकर हो सकता है कि गड़बड़ कर दें। आख़िर तो उसे ही सँभालना है।

इसी बीच मास्टर साहब का प्रमोशन भी हो गया। हेडमास्टर बन गये थे और तबादला और भी दूर जिला गंगानगर में हो गया था। पर सूचनाएँ मिलती रहती थीं। नवीन हर इतवार नियम से फ़ोन कर लिया करता था।

लेकिन अन्त में मास्टर साहब बेचैन होने लगे। नौकरी काटने लगी अपने मकान के लिए छटपटाने लगे। इन्तज़ार करने लगे कि कब कार्यकाल पूरा हो, सेवानिवृत्त होकर अपने घर में रहना आरम्भ करें और अपना छूटा हुआ लिखना–पढ़ना फिर से शुरू कर सकें। कुछ दिनों से उनकी इच्छा ऐसी पुस्तक लिखने की हो रही थी जो उनकी आत्मकथा जैसी भी हो और शिक्षा प्रणाली पर उनके विचार भी अपने अनुभवों का निचोड़ वह इस पुस्तक में उड़ेल देना चाहते थे। नोट्स तैयार थे। पर पुस्तक आरम्भ नहीं हो पा रही थीं जब रिटारयरमेण्ट का एक साल रह गया तो उन्होंने नवीन को लिखा कि वह नौकरी करते–करते और दूर तथा अकेले रहते–रहते बुरी तरह ऊब गये हैं।

"सोच रहा हूँ कि स्वैच्छिक सेवानिवृत्ति ले लूँ और सब कुछ छोड़–छाड़कर तुरन्त तुम्हारे पास आ जाऊँ। तुम्हारा घर भी अब बसना चाहिए। मैं तुम्हारे मामा जी पर सब छोड़ बैठा था, पर वह तो कुछ करते नहीं दिखते।"

प्रत्याशा के विपरीत नवीन का तुरन्त उत्तर आ गया कि "ऐसा निर्णय आप जल्दबाज़ी में हरगिज़ मत लीजिए। एक तो आप अपनी मैक्सिमम स्केल में हैं, सो सालभर की तनख़्वाह छोड़ने में कोई अक्लमन्दी नहीं है। दूसरे, यहाँ कोई असाइनमेण्ट आपका वेट भी नहीं कर रहा है।

आगे कोई जॉब करेंगे, मेरे ख़याल से इसकी आपने कोई योजना भी नहीं बनायी है। यहाँ तो आप बोर हो जायेंगे। टाइम पास करना मुश्किल हो जायेगा। इससे तो वहीं किसी तरह टाइम पास कीजिए और समय पर ही रिटायरमेण्ट लीजिए।"

"...दूसरी बात यह है कि मकान अभी खाली नहीं है। हमारी ही फैक्टरी के एक अधिकारी को किराये पर दे रखा है। तीन हज़ार रुपये महीना किराया आ रहा है। उसे मैं एकदम खाली करने को कह भी नहीं सकता। खाली भी करवाना हो तो उसके लिए दूसरा मकान भी मुझे ही ढूँढ़गा पड़ेगा। वह भी उसे पसन्द आ जाये तब है। इसमें समय लगेगा। वैसे भी बारह महीने के छत्तीस हज़ार होते हैं, मैं फिर लिखूँगा।"

पत्र ही नहीं आया, दूसरे दिन फ़ोन भी आ गया। पूछा सिर्फ़ यह कि मेरी चिट्ठी मिली? कहाँ–हाँ, मिल गयी–और बस, लाइन कट गयी, काट दी गयी। मास्टर साहब ने नवीन की चिट्ठी दोबारा और ध्यान से पढ़ी और पढ़कर सुन्न जैसे हो गये। यह किसकी चिट्ठी है? क्या उनके अपने बेटे की? नहीं, लगता है, किसी अजनबी की चिट्ठी है। सबसे पहले पत्र की जिस बात से उनका दिमाग़ ख़राब हुआ वह थी उसकी भाषा! मैक्सिमम स्केल, जॉब, वेट, असाइनमेण्ट, टाइमपास...यह क्या भाषा है? क्या नवीन की भाषा इस बीच इतनी ख़राब हो गयी है? कहीं से नहीं लगता कि यह वही नवीन है, मास्टर रामरतन वर्मा का लड़का, जो भाषा के पर्चों में सर्वोच्च अंक और भाषा के मामले में सर्वाधिक प्रशंसा पाया करता था।

फिर धीरे–धीरे ख़त के मजमून का सूक्ष्म अर्थ उन पर खुला। एक ही बेटा...नौकरी के कारण इतने वर्षों से जिससे अलग रहना पड़ रहा है...और जब उन्होंने लिखा कि वह आकर साथ रहना चाहते हैं, तो आने को मना कर रहा है। और मना ही नहीं कर रहा, घबराकर पुष्टि भी करना चाह रहा है कि कहीं उन्होंने स्वैच्छिक सेवानिवृत्ति ले तो नहीं ली अजीब तरह के ख़याल मन में आने लगे। क्या बात है? क्या नवीन नहीं चाहता कि मैं आकर उसके साथ रहूँ? क्या मेरे होने से उसकी आज़ादी में खलल पड़ेगा? क्या नवीन शराब तो नहीं पीने लगा है? उसने कोई औरत तो नहीं रख रखी है उस मकान में? किस अधिकारी को दे रखा है मकान? क्या नाम है उसका? छत्तीस हज़ार का ज़िक्र क्यों किया उसने? छत्तीस हज़ार बाप की जान से ज़्यादा हैं क्या?...कहीं–न–कहीं कोई भूल ज़रूर हुई है उनसे, कहीं–न–कहीं उनकी

प्राथमिकताएँ ज़रूर गड़बड़ाई हैं। वह अगर मकान बनाकर फँस नहीं गये होते तो यह भी हो सकता था कि...लेकिन क्या हो सकता था? क्या जीवन भर वह नवीन को अपने साथ रख सकते थे? क्या जिनका मकान नहीं होता, उनके बेटे उनके साथ ही रहते हैं? भाषा और भावनाएँ सिर्फ़ नवीन की ही बदली हैं या उसकी पूरी पीढ़ी की?

करते नहीं थे, पर इस बार उन्होंने नवीन को फ़ोन किया, "मैंने समय पूर्व सेवानिवृत्ति लेने का फ़ैसला कर लिया है, कल विभाग को लिख रहा हूँ। तीन महीने में मुक्त हो जाऊँगा। तुम, वह जो भी अधिकारी है तुम्हारा, उससे मकान खाली करवा लो। मैं सत्र समाप्त होते ही आ जाऊँगा।"

आशंका के विपरीत नवीन ने कहा, "ठीक है, जब आपने निर्णय कर ही लिया है तो बहुत अच्छा है। मकान की आप फ़िक्र न करें। मैं खाली करवा लूँगा। आ जाइए। लिखिए–पढ़िए। बहुत हो गयी नौकरी अब आराम कीजिए। यू डिज़र्व इट।"

सुखद आश्चर्य जैसा हुआ। इस बार नवीन का अंग्रेज़ी बोलना भी उन्हें बुरा नहीं लगा।

लेकिन खुटक थी मन में, सो कुछ रोज़ बाद फिर फ़ोन किया, "मकान खाली हो गया?"

"अगले हफ़्ते हो जायेगा, एक बार पुताई करवा लूँगा अन्दर–बाहर।"

"ठीक है।"

"आपके बेडरूम में कूलर लगवा रहा हूँ।"

"कूलर! क्यों? उसकी क्या ज़रूरत है?"

"जरूरत है। गरमी में तो और भी रहेग"

"क्यों भई? छत पर सोयेंगे।"

"मच्छर काटेंगे।"

"मच्छर? गर्मियों में? अब तो नीम के वे पेड़ भी बड़े–बड़े हो गये होंगे, जो हमने अहाते में लगाये थे!"

"एक तो सूख गया।"

"सूख गया?"

"कोई बीमारी लग गयी थी"

"और दूसरा?"

"उसे कटवाना पड़ा। उधर कुछ कंस्ट्रक्शन करवाना था।"

"क्या?"

....

"फिर और पेड़ नहीं लगवाये?"

"आप आयेंगे तो ख़ुद ही देख लीजिएगा।"

मास्टर साहब चक्कर में पड़ गये। नीम के पेड़ नहीं हैं? पहले तो कभी बताया नहीं इसने। नीम के पेड़ के बग़ैर कैसा मकान? और मच्छर? मच्छर क्यों? और कंस्ट्रक्शन का क्या मायना है? क्या बना दिया बाजू मे? मन किया अभी ही उठकर चले चलें। देखें तो सही हुआ क्या है? कुछ रोज़ बाद फिर नवीन का ही फ़ोन आया, "मकान खाली हो गया है। पुताई करवा दी है। मैं अपना सामान ले आया हूँ।"

"ठीक है।"

"आपके कमरे में एअरकण्डीशनर लगवा दिया है।"

"एअरकण्डीशनर? क्यों?"

"अच्छा रहेगा। एक सस्ता मिल रहा था किस्तों में।"

"क्या यार तुम भी...इन अप्राकृतिक आरामों की किसे आवश्यकता है?"

"नहीं, कूलर में फिर टेलीफ़ोन की घण्टी भी सुनायी नहीं देती है।"

इस बार नहीं पूछा मास्टर साहब ने कि टेलीफ़ोन कब लिया? और क्यों लिया? कुछ नहीं पूछा। हाँ–हूँ करके बात ख़त्म कर दीं उन्हें लगा–कुछ नहीं। अब सब ख़त्म है। जिस मकान में वह रहने जा रहे हैं वह उनका यानी मास्टर रामरतन वर्मा का है ही नहीं। वह नवीन का है। और जिसके लिए वह इतने विह्वल हो रहे थे। माया सचमुच महाठगिनी है। सिर पकड़कर बैठ गये, और बहुत तक देर ऐसे ही बैठे रहे।

पता साथ में था, याद तो था ही पर लगा ऑटोरिक्शावाले ने उन्हें बाहर वाला समझकर बेवकूफ़ बना दिया है। यह तो वह इलाक़ा नहीं, जहाँ उनका मकान है। कुछ दूर तक तो रास्ता पहचाना–सा लगा था जब तक शहर में थे, तब्दीलियों के बावजूद फिर एक चौराहे पर कुछ सम्भ्रम हुआ कि सीधे जाते हैं या बाये मुड़ते हैं।

ऑटोरिक्शा बायीं तरफ़ मुड़ गया। उस रास्ते में फैक्टरियाँ–ही–फैक्टरियाँ थीं, एकदम जैसे अनजान शहर, हारकर उन्होंने खुद को ऑटोवाले के भरोसे छोड़ दिया। इतने कारख़ाने, इतने बोर्ड, इतने होर्डिंग, सड़क पर इतने वाहन, इतना शोर, इतना प्रदूषण, इतना विकास कि आत्मा की सारी

प्रफुल्लता ट्रक के पहिये के नीचे आ गये किसी नाजुक फूल की तरह कुचल गयी। मास्टर साहब ने अपनी आँखें बन्द कर लीं। एक चौराहे पर आकर ऑटोरिक्शा रुक गया।

"कौन–से सेक्टर में जाना है?"

"सेक्टर का क्या चक्कर है? गोकुलनगर जाना है?"

"गोकुलनगर में कौन–सा सेक्टर?"

"पहले तुम गोकुलनगर तो चलो, हम बता देंगे कि कहाँ जाना है।"

"गोकुलनगर तो आ गया।"

मास्टर साहब को विश्वास नहीं हुआ। ऑटो से उतरकर इधर–उधर देखा और जगह पहचानने की कोशिश करने लगे चौराहे पर ऊँचे–ऊँचे साइनबोर्ड लगे थे जिनमें सूटिंग–शर्टिंग और चॉकलेट–कोल्ड्ड्रिंक के विज्ञापन क्रिकेट के माध्यम से जनशिक्षण में मुस्तैद थे। उनके नीचे एक तरफ़ साइकिल की, नाई की, चाय की दुकान और दूसरी तरफ़ सिगरेट–पान की कुछ गुमटियाँ थीं। मास्टर साहब सड़क पार करके पान की गुमटी के पास गये और एक पानवाले से "अपने" घर का रास्ता पूछने लगे। पानवाले के हिसाब से पता काफ़ी अस्पष्ट और अधूरा था। फिर भी मदद करने की भावना से उसने पूछा– "आपको किसके घर जाना है?"

"नवीन वर्मा के घर" मास्टर साहब कुछ सोचकर बोले।

"नवीन वर्मा...टण्डन साहब के मकान में? मतलब टंडन साहब रहते हैं जहाँ, वहीं?"

"टंडन साहब का तो भई...पता नहीं।"

पानवाले ने पड़ोसी पानवाले से पूछा। ताज्जुब कि नवीन को कोई नहीं जानता!

"वह स्कूल के बाजू वाला होगा। सेण्ट मेरी के बाजू वाला?"

मास्टर साहब पानवाले का मुँह देखते रहे।

"आपके क्या लगते हैं ये नवीन वर्मा?"

"हमारे जान–पहचान के हैं," कुछ सोचकर मास्टर साहब बोले। कैसे कहते कि...

पानवाले ने अन्दाज़ से दाहिनी तरफ़ मुड़ जाने और अगले चौराहे पर फिर किसी से पूछ लेने की सलाह दे दी रिक्शा फिर चला। चौराहे पर फिर पूछताछ। फिर मुड़ना। फिर पूछताछ। आधा घण्टा घूम–फिरकर

फिर उसी चौराहे पर आ गये। मास्टर साहब परेशान। ऑटोवाले ने पूछा। "पहली बार आये हो क्या बाबा?"

"बाबा!!" मास्टर साहब को झटका लगा। मरी–सी आवाज़ में बोले, "हाँ भई।" ऑटोवाला उतरकर दुकान के पीछे पेशाब करने चला गया। लौटा तो बोला, "चलो अबकी बायीं बाजू घूमकर ट्राई मारते हैं। आपका गुडलक होयेगा तो मिल जायेगा, नहीं तो वापस रेलवे स्टेशन छोड़ दूँगा।" ऑटो चला। खोये हुए–से मास्टर साहब सिर उचकाकर दाहिने–बाएँ देखने लगे कि कहीं तो अपने मकान जैसा कुछ दिखे। तभी एक जीप पीछे से तेज़ी से आयी, ऑटोरिक्शा को ओवरटेक किया और चूँ की आवाज़ के साथ ब्रेक मारकर ऑटोरिक्शा के आगे खड़ी हो गयी। जीप में से "बाउजी बाऊजी" करता नवीन कूदा। मास्टर साहब उतरे। नवीन ने पाँव छुए। मास्टर साहब ठीक से देख भी नहीं पाये नवीन को। मोटा हो गया था। बहुत अच्छी नीली कमीज़ और सफेद पतलून पहने था। स्मार्ट। एकदम आदमी जैसा लग रहा था। गाल–वाल भर गये थे। नवीन ने मास्टर साहब का सामान उठाकर जीप में रखा, ऑटोवाले को पैसे दिये (बग़ैर मास्टर साहब से पूछे कि कितने देने हैं) ऑटोवाले को थैंक्यू कहा, मास्टर साहब को जीप की आगे की सीट पर बैठाया, ख़ुद पीछे चढ़ा...और पाँच मिनट में मास्टर साहब अपने घर पहुँच गये।

अपना घर! अब यह एक सँकरी–सी गली थी, जिसकी दुकानों और मकानों के बीच फँसा हुआ–सा उनका छोटा–सा मकान था। भेड़ियों के बीच डरकर दुबके हुए छोटे–से खरगोश–सा। लगभग वैसा ही जैसा उन्होंने बनवाया था। किसी समय जो इलाक़े का एकमात्र और भव्य मकान हुआ करता था और जिसके लिए मास्टर रामरतन वर्मा ने अपनी जीवन भर की जमापूँजी, अपनी भविष्य निधि, सब कुछ लगा दिया था, अब इस क्षेत्र का सबसे छोटा और पुराना मकान था। किसी क्षमाप्रार्थी बूढ़े जैसा। हर तरफ़ भव्यता, रंगरोगन, संगमरमर, ग्रेनाइट, नये आकर्षक डिज़ाइन्स, गैराज, घर में दुकानें! कितना पैसा है लोगों के पास। और फिर भी उन्हें और चाहिए।

मकान का छोटा–सा अहाता बंजर पड़ा था। सामने नाली ख़ुद गयी थी, जिसमें दुनिया भर का कूड़ा–कचरा और काली कीचड़ भरी हुई थी एक पत्थर पर पाँव रखकर उसे पार करके घर में घुसना पड़ता था। दाहिनी तरफ़ एक टिन शेड लग गया था जिसमें कुछ स्कूटर–मोटरसाइकिलें खड़ी थीं।

बायीं तरफ़ सेप्टिक टैंक बनाया गया था और उसके साथ ही सटकर एक पक्की दुकान जैसी निकाल दी गयी थी जिस पर "एसटीडी" लिखा हुआ था और जिसके कुछ तार हवा में झूलते हुए अपने मकान की छत तक आ रहे थे। मकान के ठीक सामने एक पिंजारे की दुकान थी जिसके आगे रज़ाई–गद्दों का ढेर लगा था। नीचे नंगे–पुतंगे बच्चे खेल रहे थे और मुर्गे–मुर्गियाँ भाग–दौड़ रही थीं। उससे सटी एक इलेक्ट्रिक डेकोरेशन की दुकान थी जिस पर लाउडस्पीकर के भोंगे टँगे थे और जहाँ ऊँची आवाज़ में कोई चालू फ़िल्मी गाना बज रहा था। हवा में धूप का चिलका और गटर की बदबू तैर रही थी और पास में हीं कहीं सूअर चिंचिया रहे थे। घर के भीतर ठण्डक थीं उनके कमरे में एक शानदार डबल बेड पड़ा था जिस पर फोम के गद्दे बिछे थे। एक तरफ़ लिखने की मेज़ और कुर्सी थी, टेबल लैंप रखा था। खिड़कियाँ बन्द थीं और उन पर भारी परदे पड़े थे। टेबल पर टाइपराइटर जैसा कुछ रखा था।

"यह क्या है?" मास्टर साहब ने पूछा।

"पीसी है।"

"पीसी?"

"कम्प्यूटर।"

"किसका है?"

"अपना ही है। ऑफ़िस में डिस्पोजल हो रहे थे तब मैंने ख़रीद लिया था।"

मास्टर साहब को समझ में नहीं आया कि अभी कुछ ही वर्ष तो हुए हैं इसका कारख़ाना खुले, **अभी** से चीज़ें कबाड़ में कैसे जाने लगीं। नवीन शायद उनका प्रश्न समझ गया। बोला, "इसमें ऑब्सीलेन्स बहुत फास्ट है। हायर कॉनफ्यूग्रेशन के आ गये तो कम्पनी ने सोचा कि पुराने..."

"तुम पूजा कहाँ करते हो?" अब तक मास्टर साहब नवीन के कमरे में पहुँच गये थे, जहाँ बीच में एक तख़्त पड़ा था और चारों तरफ़ कपड़े–कागज़– किताबें–जूते–मोज़े–कबाड़ख़ाना।

"पूजा–वूजा का मुझे टाइम ही कहाँ मिलता है?" कुछ चिढ़ी–सी आवाज़ में नवीन बोला।

"फिर भी...घर में भगवान की एकाध फ़ोटो तो रखनी ही चाहिए।"

नवीन चाय बनाने रसोई में चला गया। फिर वहीं से बोला, "हाँ, बी सेक्टर में मन्दिर है। उसका पुजारी आ जाता है। उसे इक्यावन रुपये देता हूँ। वह मेरी तरफ़ से पूजा चढ़ा देता है।"

मास्टर साहब का दिमाग़ बौखला गया। लाउडस्पीकर पर चीखते गाने पहले ही दिमाग़ ख़राब किये थे, उस पर नवीन का ऐसा विचित्र जवाब! पैसे दे दिये, बस! कोई और तुम्हारे लिए मन की शान्ति और आत्मा की शुद्धि ला देगा भला? और "पूजा चढ़ाना" क्या होता है भई!

रसोई में प्लेटफॉर्म बन गया था। गैस का चूल्हा था। लगभग व्यवस्थित। कुछ ज़्यादा ही व्यवस्थित, जबकि इसका कमरा कबाड़ख़ाना हो रहा है। नहीं, यह इसका काम नहीं हो सकता।

"ख़ाना तुम ख़ुद बनाते हो?"

"नहीं। एक औरत को रख रखा है। वह बना जाती है। झाड़ू–पोंछा–बरतन भी वही माँजा करती है।"

मास्टर साहब को लगा, किसी और के घर में आ गये हैं। थके थे, लेट गये। नवीन को दफ़्तर जाना था। जीप बाहर ही खड़ी थी चाय पिलाकर चला गया। लेटने का मन था, पर सोचा इकट्ठे ही लेटेंगे। दाढ़ी बनाई, अनमने–से नहा–धोकर दो रोटी खा ली और सो गये।

अचानक आँख खुली गरमी लगी देखा तो पसीने से नहाये हुए हैं। पंखा बन्द था। शायद लाइट नहीं थी। हाँ, लाइट नहीं थी। हवा के लिए दरवाज़ा खोला तो ढेर सारी धूल अन्दर आ गयी। कुछ देर फर्श पर दरी बिछाकर लेटे रहे तो मक्खियाँ आ गयीं। सामने ही कहीं दो औरतें चीख–चीखकर लड़ रही थीं। गाली–गलौज। उनकी लड़ाई ख़त्म ही नहीं हो रही थी एक पल नहीं सो पाये। नवीन ने बताया पॉवरकट चल रहा है। दिन में दस बजे से पाँच बजे तक रोज़ बिजली चली जाती है।

इस कमरे से उस कमरे में डोलते रहे। नवीन की किताबें देखीं। ज़्यादातर अंग्रेज़ी की उसमें भी इंजीनियरिंग की कुछ चिकने पन्नों वाली पत्रिकाएँ। क्या करें? खाली बैठने की आदत नहीं थी बड़ी मुश्किल से शाम हुई। नवीन लौटा तो घर ज़रा घर जैसा लगा।

गर्मियों की आमद थी सूर्यास्त देर से हुआ। सूर्यास्त के साथ ही चारों तरफ़ बड़ी अजीब–सी बदबू फ़ैलने लगी जैसे पास ही कहीं कोई जानवर मर गया हो। बाहर जाकर देखा तो सब कुछ पीला–पीला जैसा लगा।

भीतर आकर नवीन से पूछा कि यह बदबू कैसी? शरमाते हुए नवीन ने बताया, "हमारी फैक्टरी से गैस रिलीज़ होती है।"

"रोज़?"

"आप आज ही आये हैं इसलिए आपको ज़्यादा लग रहा है। हमें तो पता भी नहीं चलता।"

"कोई शिकायत नहीं करता?"

"कौन करे? ज़्यादातर फैक्टरी के ही कर्मचारी हैं इधर।"

"लेकिन यह तो अपराध जैसा है।"

"अभी तो कुछ नहीं है। बरसात में देखना आप।"

"सरकार कुछ नहीं करती?"

"इण्डस्ट्री लगायेंगे तो कुछ–न–कुछ क़ीमत तो चुकानी ही पड़ेगी"

मास्टर साहब चुप हो गये। आधा घण्टा बाद बाहर निकले तो अपने अहाते में ढेर सारी मोटरसाइकिल और स्कूटर खड़े देखे। दो आदमी अभी–अभी अपनी गाड़ियाँ रखकर बग़ैर कुछ पूछे–कहे बाहर जा रहे थे। नवीन से उन्होंने पूछा कि ये लोग कौन हैं। और यहाँ क्यों गाड़ियाँ खड़ी कर जाते हैं, हमारे घर में?

"उनके मकानों में गाड़ियाँ खड़ी करने की जगह नहीं है।"

"तो?"

"......."

"तुम्हारी जान–पहचान के हैं?"

"हर आदमी गाड़ी खड़ी करने के तीस रुपये महीना देता है।"

"तो तुमने अपने अहाते में किराये का साइकिल स्टैण्ड बना दिया है?"

"यह तो टेम्परेरी मामला है। अपना कंस्ट्रक्शन एक बार शुरू हुआ तो यह अपने आप बन्द हो जायेगा।"

"कंस्ट्रक्शन!" मास्टर साहब ने बुदबुदाते हुए कहा।

रात को मास्टर साहब की ज़िद पर छत पर बिस्तर लगाये गये। मच्छर थे, पर कमरे की घुटन से तो फिर भी बेहतर था। कल ओडोमॉस ले आयेंगे। या कड़वा तेल। कहीं मिलता होगा तो।

अभी आँख लगी ही थी कि कहीं से चीखने–चिल्लाने, मार–पीट, गाली–गलौज की आवाज़ों से आँख खुल गयी। सुनते रहे। सोचा नवीन से पूछें, लेकिन वह तो खर्राटे भर रहा था।

सुबह नवीन ने बताया कि बद्री पहलवान होगा। कभी–कभी ज़्यादा पीकर आ जाता है और जो सामने मिला उसी को ठोक डालता है।

"कोई पुलिस में रिपोर्ट नहीं करता?"

"एक–दो बार की थी"

"करता क्या है?"

"ड्राइवर है हमारे यहाँ।"

"उसने कैसे मकान बनवा लिया यहाँ?"

नवीन को मास्टर साहब का सवाल अजीब–सा लगा। ड्राइवर है तो यहाँ मकान नहीं बनवा सकता? सोलह टन के डम्पर और पे लोडर खिलौनों की तरह चलाता है। ओवरटाइम मिलाकर मुझसे ज़्यादा तनख़्वाह पाता है। आड़े वक़्त पर सबके काम आता है। वह यहाँ मकान क्यों नहीं बनवा सकता? उसने कहा कुछ नहीं। फैक्टरी के लिए जल्दी–जल्दी तैयार हो रहा था।

नवीन के जाने के बाद मास्टर साहब ने पूरे मकान का ध्यान से मुआयना करना शुरू किया। कभी सोचा था, मकान बनवाया तो सबसे पहले आँगन में एक तरफ़ मरुआ और दूसरी तरफ़ तुलसी का पौधा लगायेंगे और प्रवेशद्वार पर जुही का गाछ! कैसा लिखा है निराला ने सोती थी *सुहाग भरी...सब्ज़ियाँ* घर में ही उगाया करेंगे। घर की ताज़ा सब्ज़ी की तो बात ही कुछ और है। बेडरूम की खिड़की के नीचे रातरानी या नागचम्पा ठीक रहेगी और छाया के लिए आँगन में कहीं एक गुलमोहर का पेड़ ज़रूर लगवायेंगे। दुष्यन्त ने कितनी शिद्दत से कहा है, *मरें तो अपने बगीचे में गुलमोहर के तले!* अहाते की ज़मीन बन्जर, कड़ियल और तेल पी हुई–सी काली जगह–जगह वाहनों से टपका तेल...सारा खुदवाकर नयी मिट्टी डलवानी पड़ेगी, गैंती–फावड़ा ख़रीदकर लाना पड़ेगा। हैण्डपम्प टूटा पड़ा था। उस पर धूल जमी थी पीछे की तरफ़ जंगली बबूल और आँकड़े के पौधे भरे थे। बगल के प्लॉट में दोमंज़िला मकान बन गया था जिसके पिछवाड़े की भद्दी दीवार और नाली अपने मकान से सट गयी थी पानी नल में कितना आता है, देखना पड़ेगा। ऊपर टंकी भी बनवानी पड़ेगी लेकिन कुछ भी करने से पहले क्या नवीन से पूछना नहीं पड़ेगा? तभी अख़बार आ गये। एक अंग्रेज़ी का, एक हिन्दी का। घण्टे भर में उन्हें पढ़ लिया। अब क्या करें? बिजली फिर चली गयी।

पद्रन्ह दिन होते–न–होते मास्टर साहब का जी उचाट हो गया। पन्द्रह दिनों में उन्होंने गोकुलनगर ही नहीं, आसपास का पूरा इलाक़ा अच्छी तरह घूमकर देख लिया। कहने को वहाँ सब था–स्कूल, सड़कें, गैस एजेंसी, शॉपिग सेंटर, अस्पताल, यातायात के साधन, मन्दिर, कम्युनिटी सेंटर...यहाँ तक कि पास ही एक शानदार स्टेडियम भी बना हुआ था। पर सबके बावजूद मन को प्रफुल्ल करने वाली कोई बात नहीं थी शुद्ध हवा और साफ़ पानी तक नहीं। फैक्टरी से छोड़ी जाने वाली गैस को बर्दाश्त करना मुश्किल था। उससे सिर चढ़ जाता और बदन पर खुजली होने लगती थी पेड़–पौधे बरबाद हो जाते थे। सुबह आँख चिड़ियों की चहचहाहट के साथ नहीं, कौवों की काँव–काँव के साथ खुलती सड़को पर फुटपाथ नहीं थे। कॉलोनी में कोई टहलता नज़र नहीं आता था। कुछ नौजवान ट्रैकसूट पहनकर स्कूटर पर बैठकर स्टेडियम ज़रूर जाते थे जॉगिंग करने; लड़कियाँ टेनिस खेलने या तैरने, कार में बैठकर। कॉलोनी की सँकरी गलियों में भी लड़के इतना तेज़ स्कूटर चलाते थे कि पैदल चलने वालों को बाजू की दीवार से छिपकली की तरह सट जाना पड़े। घर पर नवीन सुबह–सुबह तेज़ आवाज़ में संगीत बजाता, सो भी अंग्रेज़ी, जो मरा न समझ में आये, न मधुर लगे। और मास्टर साहब को लगता नवीन बातचीत से बचने के लिए ही संगीत बजाता है। अख़बार आता तो इकोनॉमिक टाइम्स, जिसमें मास्टर साहब के लिए सब कुछ अबूझ और नीरस होता। और ख़ाना बनाने जो औरत आती हालाँकि काम तो बहुत फुर्ती और सफ़ाई से करती पर पता चला मुसलमान है!

मास्टर साहब अपने घर में ऐसा कभी नहीं होने देते, क्योंकि कुछ भी कहो...लेकिन यह ऐसा मामला था जिसके बारे में वह नवीन से भी कुछ नहीं कह सकते थे। एक दिन दबे लफ़्ज़ों में उन्होंने कहा ज़रूर था कि ख़ाना इससे क्यों बनवाते हो? ख़ुद अपने आप ही बना लिया करेंगे, तो नवीन कुछ ऐसे आँखें तरेरकर बोला था "क्यों?" कि फिर मास्टर साहब से कुछ कहते न बना।

आसपास के कुछ रिटायर्ड लोग भी उनसे मिलने आये। लेकिन वे मास्टर रामरतन वर्मा से मिलने नहीं आये। वे इंजीनियर नवीन वर्मा के फ़ादर से मिलने आये। पहले हफ़्ते में उन्होंने विस्तार से और धीरे–धीरे अपना परिचय दिया और अपने–अपने दफ़्तरों के उनके हिसाब से दिलचस्प

क़िस्से सुनाये और दूसरे हफ़्ते तक वे अपने बेटे–बहुओं की बुराई पर उतर आये। अपने क्षेत्र, शहर और प्रदेश और यहाँ तक कि आपस में एक–दूसरे के प्रति भी उनकी राय अच्छी नहीं थी लेकिन उनकी राय किसके बारे में अच्छी थी?

मास्टर साहब को अपनी नौकरी के अभी–अभी छूटे दिन याद आने लगे। अपने सहकर्मी, अपने विद्यार्थी, अपना कार्यालय, अपना चपरासी! बच्चों के ताज़ा गुलाब जैसे चेहरे और मासूम बातें। अपने विद्यालय में मास्टर साहब लगभग सर्वेसर्वा थे। ज़िन्दगी जैसे पूरी तरह उनके नियन्त्रण में थी घोड़े पर सवार थे तो हाथ में लगाम थी और पाँव रकाब में। वे नौकरी छोड़ने के अपने निर्णय पर, जल्दबाज़ी पर, भावुकता पर पछताने लगे। नवीन सच कहता था–हड़बड़ी मत कीजिए।

नवीन जो भी कहता है, सच कहता है। पर वह कहता ही कहाँ है? बातचीत भी आजकल बाप–बेटे में बहुत कम होती है। बहुत अलग–अलग हैं उनकी ज़िन्दगियाँ बहुत ज़रा–सा एकसापन है उनमें। दोनों के बीच विचारों की आवाजाही के पुल की चन्द खपच्चियाँ ही बची रह गयी हैं। कभी एक चरमराती है, कभी दूसरी चटखती है। एक दिन मास्टर साहब ने उसकी शादी की बात निकाली, "गामा जी के यहाँ हो आता हूँ" तो साफ कह दिया कि अभी चार–पाँच साल शादी करने का मेरा कोई मूड नहीं है। एक दिन कहा कि सोच रहा हूँ कुछ काम शुरू करूँ तो बोला "आप लिखिए–पढ़िए और आराम कीजिए, काम तो बहुत कर लिया।" कुछ करने भी नहीं नहीं देता। एक दिन कुछ पुरानी कहानियाँ नये रजिस्टर में उतार रहे थे तो बोला, "इतनी मेहनत करने की क्या ज़रूरत है? मैं फ़ोटोकॉपी करवा देता हूँ या सीधे कम्प्यूटर में ही फीड कर देते हैं।"

मेहनत मत करो! परिश्रम से इतनी नफ़रत क्यों हो गयी है लोगों को? परिश्रम फ़ालतू क्यों लगता है? उस पल मास्टर साहब को अपना अन्तिम मकान मालिक याद आया था, जिसे मास्टर साहब का रजिस्टर में कहानी उतारना फालतू का काम लगता था। मास्टर साहब को लगा, नवीन और उस मकान मालिक में कोई खास फ़र्क़ नहीं है। मास्टर साहब को उषा प्रियंवदा की कहानी "वापसी" और कहानी के नायक जगाधर बाबू की दशा याद आने लगी उन्होंने अपने आपसे पूछा–क्या नवीन को भी यह लग रहा होगा कि हम दूर–दूर ही ठीक थे?

मास्टर साहब के जीवन पर उदासी, निष्क्रियता और मनहूसी तथा पश्चात्ताप की चादर धीरे–धीरे फैलने लगी और उनका जीवन एक मटमैली और धूसर जीवनसंध्या का रूप लेने लगा। नवीन अक्सर पूछता "आपको कोई असुविधा तो नहीं है?" जब भी कहीं जाता तो पूछता–"कुछ लाना है? आपको कुछ चाहिए?" और मास्टर साहब बुरी तरह झुँझला जाते। हमेशा सुख–सुविधा के बारे में क्यों पूछता है? कभी यह क्यों नहीं पूछता कि आप ख़ुश क्यों नहीं हैं?

लेकिन अगर किसी दिन पूछ ही बैठा यह, तो क्या कहेंगे? क्या कह पायेंगे कि क्यों बनवाया उन्होंने मकान? किसके लिए? क्यों सपने देखे एक आरामदेह, शान्तिपूर्ण और सुरुचिपूर्ण घर–मुहल्ले–समाज के? क्यों नहीं सोच पाये कि जब तक इस घर में रहने आ पायेंगे, ज़िन्दगी इस लायक बचेगी ही नहीं कि...या वह स्वयं ही ज़िन्दगी लायक नहीं बचेंगे।

कैसा बनाना चाहते थे वह नवीन को? क्या अपने जैसा? तो फिर वह जैसा बना है, उन्हें ठीक क्यों नहीं लग रहा है? नहीं, कहीं–न–कहीं कुछ भयंकर ग़लत ज़रूर हुआ है। और शायद उनसे ही हुआ है। ज़िन्दगी के इम्तिहान में अन्ततः वह तैंतीस प्रतिशत अंक भी नहीं जुटा पाये हैं।

सारा–सारा दिन उबासियाँ लेते ही बीत जाता। दाढ़ी तक रोज़ नहीं बनाते। टाल जाते। नया कुछ करने का जोश अपने भीतर पैदा नहीं कर पाते तो पुरानी–पुरानी कहानी–कविता की पुस्तकें और पत्रिकाएँ ही निकालकर पढ़ने लगते। उन्हीं को पढ़ लेते, उन्हीं से हवा कर लेते उन्हीं से बदन खुजला लेते और उन्हीं से मक्खियाँ मार लेते।

कोई तीन महीने बाद एक दिन शाम को ख़ाना खाते समय नवीन ने कहा, "बाऊजी, यहाँ से कोई दस किलोमीटर आगे माखूपुरा की तरफ़ प्लॉट कट रहे हैं। आठ रुपये स्क्वायर फुट में। अभी वहाँ कुछ नहीं है। अप्रोच रोड भी कच्ची है। पर वहाँ एक शानदार मकान बना हुआ है, जो चार साल पुराना है। और बिक रहा हैं। एक डॉक्टर ने बनवाया था, जो मिडिल ईस्ट जा रहा है। (यह वही डॉक्टर था जिसकी मार्फत नवीन ख़ुद चार साल के लिए मिडिल ईस्ट जाने की योजना बना रहा था। पर जिसके बारे में अन्त तक उसने मास्टर साहब को कुछ नहीं बताया) अपने जैसा ही मकान है। आरसीसी का कंस्ट्रक्शन है। चारों तरफ़ बग़ीचा लगा हुआ है। कुआँ है। आम के पेड़ हैं। एक पेड़ नीम का भी है।

ख़ूब बड़ा लॉन है जिसमें ऑस्ट्रेलियाई दूब लगी हुई है। मकान के तीन तरफ़ बरामदा है जिसमें लकड़ी की जाफरी और कवेलू की छत है। आपको बहुत पसन्द आयेगा। बारह लाख माँग रहा है, पर दस तक सौदा पट जायेगा। सोच रहा था कि आप कहें तो चलकर देख लें।"

"पैसे?"

"चार–पाँच तक तो यही निकल जायेगा। कुछ बैंक में हैं। कुछ फ़ैक्टरी से लोन मिल जायेगा और कुछ तो आपको भी मिले ही होंगे।"

मास्टर साहब कुछ नहीं बोले। चुपचाप ख़ाना खाते रहे। जैसे ज़्यादा ही चबा–चबाकर। नवीन भी चुप रहा। खाने के बाद कुल्ला करते समय अचानक मास्टर साहब बोले, "चाहे कहीं भी चले जायें–मैं तो मैं ही रहूँगा और तुम भी तुम ही रहोगे!" नवीन कुछ समझा नहीं। वह अपने कमरे में चला गया और कुछ पढ़ने लगा। मास्टर साहब हाथ पीछे बाँधे हॉल में टहलते रहे। अचानक नवीन के कमरे के दरवाज़े पर आकर बोले, "एक बात और है।"

"क्या बाऊजी?" नवीन ने पूछा।

"तुम कैसे कह सकते हो कि "आनन्दी" वहाँ भी नहीं पहुँच जायेगी?"

नवीन मास्टर साहब का मुँह देखता रह गया। उससे कोई जवाब देते नहीं बना। बनता भी कैसे? उसने मशहूर उर्दू कथाकार गुलाम अब्बास की अमर कहानी "आनन्दी" पढ़ी ही कहाँ थी?

छह महीने बाद इसी नये घर में मास्टर साहब को बसाकर इसी डॉक्टर के साथ नवीन दुबई चला गया।

और मास्टर रामरतन वर्मा गुलाम अब्बास को कोसते रह गये।

अकाल मृत्यु

बात तब की है जब मैं नवीं कक्षा में पढ़ता था। हमारी कक्षा में अमृतलाल नाम का एक लड़का था। प्यार से सब उसे "इम्मी" कहते थे। इम्मी फुटबॉल का बहुत अच्छा खिलाड़ी था। वह न सिर्फ़ स्कूल की फुटबॉल टीम में था बल्कि सम्भाग की टीम में भी खेल चुका था। उसकी आर्थिक स्थिति अच्छी नहीं थी। कई बार वह समय पर फ़ीस जमा नहीं करवा पाता था और उसे अक्सर अपनी फ़ीस माफ़ करवाने के लिए इस–उसके पीछे घूमते देखा जा सकता था। उससे कहा गया था कि जिस दिन उसका चयन राज्यस्तरीय टीम में हो जायेगा, उसकी फ़ीस माफ़ कर दी जायेगी। नतीजा यह कि स्कूल के बाद अँधेरा होने तक वह स्कूल के मैदान पर फुटबॉल खेलता रहता–चाहे अकेला ही, या दौड़ते हुए मैदान के चक्कर लगाता रहता।

एक दिन सुबह–सुबह पता चला कि इम्मी के पिताजी की मृत्यु हो गयी है। हमें बड़ा दुख हुआ। पूरी कक्षा पर जैसे पाला पड़ गया। आधी छुट्टी में जब बाहर निकले तो सड़क से इम्मी के पिताजी की शवयात्रा निकल रही थी। सबसे आगे एक आदमी इम्मी की बाँह थामे चल रहा था। इम्मी के हाथ में एक छींका था जिसमें एक धुआँती मटकी रखी थी। पीछे–पीछे उसके पिताजी की अर्थी और अर्थी के साथ चलते बीस–पच्चीस लोग।

तीसरे दिन हमारी कक्षा के बड़े छात्रों–बालकिशन और राधेश्याम ने आपस में कुछ बात की और हम सबको बुलाकर कहा कि हम लोगों को इम्मी के घर "बैठने" जाना चाहिए। तब तक मुझे पता नहीं था कि बैठने जाने का मतलब अफ़सोस ज़ाहिर करने जाना होता है। बालकिशन और राधेश्याम के सुझाव से सब सहमत थे।

लेकिन जब अमीर वकील कुटुम्बले के बेटे अशोक ने कहा कि सब सफ़ेद कपड़े पहनकर जायेंगे, तो मामला ज़रा उलझ गया। सबके पास तो सफ़ेद पैंट–शर्ट था भी नहीं, एक–दो के पास था भी तो धुला हुआ नहीं था या फटा हुआ था। दूसरी बात यह थी कि सफ़ेद कपड़े पहनने के लिए स्कूल की छुट्टी के बाद पहले घर जाना पड़ता, और फिर घरवाले पता नहीं आने देते या नहीं। अधिकांश बच्चों के लिए स्कूल की छुट्टी के बाद स्कूल से सीधे इम्मी के घर जाना ज़्यादा सुविधाजनक था। वैसे भी इम्मी का घर स्कूल से ज़्यादा दूर नहीं था।

तो अगले दिन हम लोग स्कूल से सीधे इम्मी के घर गये–बैठने। इम्मी का घर ख़ूब सारे पेड़ों से घिरा एक खँडहरनुमा, लेकिन हवादार एक–मंज़िला मकान था जो इस समय सूना पड़ा था। हम बाहर खड़े संकोच में पड़े ताकाझाँकी कर रहे थे। इतने में एक बड़ी उम्र की लड़की ने हमें देखा और पूछा, "कौन चाहिए? इम्मी? आओ आओ...आ जाओ। इम्मी...तेरे दोस्त आये हैं।" बोलते–बोलते लड़की मकान के पीछे कहीं चली गयी।

हम चुपचाप सरकते हुए भीतर घुसे और कमरे के नंगे–ठण्डे फ़र्श पर एक–दूसरे से सटे–सटे पालथी मारकर बैठ गये। चार–पाँच मिनट बाद इम्मी दिखायी दिया। अपने नाप से कहीं छोटा गुसा–मुसा सफ़ेद कुरता–पजामा पहने, घुटा हुआ सिर और पीछे छोटी–सी चोटी। पहचान में नहीं आ रहा था। इम्मी ज़ोर–ज़ोर से बोलता हुआ भीतर आया, "मैं सोच ही रहा था कि स्कूल से भी कोई–न–कोई तो आयेगा ज़रूर। और? क्या हाल है? कैसा चल रहा है? कल गणित का टेस्ट हुआ था क्या? और गहलोत सर के क्या हाल हैं? स्टेट में सिलेक्ट करवा देते मेरे को तो कम–से–कम जूता और जर्सी तो मिल जाती। पर उनकी तो फ़रमाइशें ही ग़ज़ब! अरे यार भार्गव आ रहा है क्या? मेरी गणित की कॉपी भार्गव के पास ही रह गयी है। ख़ैर, उससे कहना वही रख ले। अब मुझे उसकी ज़रूरत नहीं पड़ेगी!"

"तेरे पिताजी को क्या हुआ था इम्मी?" अशोक ने पूछा।

"उनको तो टीबी थी न! बहुत दिनों से थी।" इम्मी ने ऐसे कहा जैसे यह बात तो अन्य सभी की तरह हमें भी मालूम होनी चाहिए थी। इतने में ही वह बड़ी लड़की पीतल के एक लोटे में ठण्डा पानी ले आयी। साथ ही पीतल का एक गिलास भी। प्यास तो हम सबको लगी ही थी। सबने पानी पिया।

फिर कुछ शोर जैसा सुनायी दिया तो इम्मी उठकर पीछे गया, तुरन्त लौटकर आया तो हाथ में आठ–दस अमरूद थे। बोला–"अमरूद खायेंगे? अपने बग़ीचे के हैं। लो, खा लो। कुछ अमरूद तोतों के कुतरे हुए हैं। मालूम है न, तोतों के कुतरे हुए अमरूद बहुत मीठे होते हैं। लो..."वह एक–एक अमरूद फेंकता गया, हम कैच करते गये। समझ में नहीं आ रहा था खायें या न खाये, पर इम्मी ख़ुद खा रहा था। हमें सकुचाते देख उसने बेतकल्लुफी से कहा, "अरे खाओ खाओ। ऐसा कुछ नहीं। हमारे यहाँ चलता है।"

संकोच के मारे हम धीरे–धीरे खाने लगे। अमरूद मीठे थे। और भूख तो लगी ही थी। इम्मी बोला, "तोते हैं न! इत्ते आते हैं कि क्या बताऊँ! और खायें तो खायें, चलो कोई बात नहीं, पर साले कच्चे–कच्चे भी ज़रा सा कुतरकर नीचे गिरा देते हैं। हमने पेड़ पर जाली भी बिछायी, तो पट्ठे जाली को ही काट गये। और खाओगे? अरे यार, तुम लोग पीछे ही क्यों नहीं आ जाते? जक्कू को चढ़ा देंगे, वह तोड़–तोड़कर देता जायेगा। बाक़ी कोई मत चढ़ना। अमरूद की डाली बहुत कच्ची होती है।" बोलते–बोलते वह चल पड़ा। पीछे–पीछे हम...घर के पिछवाड़े अमरूद के दो बड़े–बड़े पेड़ थे। फलों से लदे हुए। कुछ छोटे बच्चे अमरूद तोड़ और खा रहे थे वे हमें देखकर भाग गये। हम लोग भी अमरूद खाने में लग गये और थोड़ी देर के लिए भूल ही गये कि हम यहाँ अमरूद खाने नहीं, बैठने आये थे।

कोई घण्टे भर बाद बाहर निकलने लगे तो मज्जू ने इम्मी से पूछा–"इम्मी! तू स्कूल कब आयेगा?" इम्मी बोला, "अब नहीं आऊँगा।"

राधेश्याम ने पूछा, "तो फिर क्या करेगा?"

इम्मी बोला, "सब्ज़ी का ठेला लगाऊँगा। जहाँ बाऊजी लगाते थे–भण्डारी मिल के सामने–वहीं लगाऊँगा। काका गाँव से सब्ज़ी लाते हैं। उनके दोनों बेटे हुकमचन्द मिल के आगे लगाते हैं। मैं इधर लगाऊँगा। दिन के पचास रुपये भी कमाऊँगा तो बहुत है यार! मैं हूँ और माँ है। और है कौन? एक बहन थी, उसकी शादी कर दी। वैसे आदमी पढ़–लिखकर भी क्या करता है? काम–धन्धा ही तो करता है।"

"और फुटबॉल?" किसी ने धीरे से पूछा। "फुटबॉल से रोटी नहीं मिलती। समझे? कोई कितना ही बड़ा प्लेयर हो जाये...? समझे? ये खेल–वेल सब भरे पेटवालों की बातें हैं।" इम्मी चिढ़ गया। "हो जाओ प्लेयर...लेकिन काम–धन्धा तो तुम्हें करना ही पड़ेगा।"

इम्मी की बात सुनकर हम लोग चुप और उदास हो गये। लग रहा था जैसे वह हमको नहीं ख़ुद को समझा रहा था। बोलते समय उसकी आवाज़ काँप रही थी और लग रहा था किसी भी पल वह रो पड़ेगा। राधेश्याम ने इम्मी को गले लगा लिया और कहा, "तेरे पिताजी की डेथ का बहुत अफ़सोस हुआ इम्मी।" इम्मी बोला, "सब लिखाकर लाते हैं भैया। जब ख़त्म हो जाती है तो हो जाती है। फिर रोओ चाहे छाती कूटो, चाहे जो भी करो।" इम्मी अपनी उम्र से बहुत बड़ा लग रहा था और एकदम आदमियों की तरह बोल रहा था। हम लोग चुपचाप और मुँह लटकाये बाहर निकल गये और चले आये।

चार–पाँच साल बाद एक शाम कुछ बच्चे स्कूल के मैदान पर फुटबॉल खेल रहे थे। तभी बारिश आ गयी। अँधेरा–सा हो गया, लेकिन खेल बन्द नहीं हुआ। कुछ बच्चे बारिश में तरबतर भीगते हुए भी खेल रहे थे। अचानक एक लम्बा–चौड़ा आदमी पता नहीं कहाँ से आया और बच्चों के साथ खेलने लगा। वह बच्चों को छका रहा था और उससे लटकने–चिपकने के बावजूद बच्चे उससे गेंद नहीं छीन पा रहे थे। घण्टे भर बाद वह आदमी अपने कपड़े निचोड़ता हुआ चुपचाप उधर चला गया जहाँ सड़क किनारे एक सब्ज़ी का ठेला तेज़ बरसात में लावारिस–सा खड़ा था।

बाबूलाल तेली की नाक

एक दिन एक अतिमहान देश के एक अतिसामान्य नागरिक श्री बाबूलाल तेली के साथ एक अजीब–सा हादसा हो गया। हुआ यह कि एक बलिष्ठ व्यक्ति ने बाबूलाल तेली की नाक पर ख़ामख़्वाह एक ज़ोरदार घूँसा जड़ दिया। बाबूलाल तेली उस व्यक्ति को जानते तक नहीं थे। यही उनके पिटने का कारण बना। बलिष्ठ व्यक्ति बीच सड़क पर एक टूटे–फूटे से अधेड़ आदमी को निर्दयता से पीट रहा था और भीड़ चुपचाप तमाशा देख रही थी बाबूलाल तेली के मुँह से "अरे–अरे" निकल गया और बस, बलिष्ठ व्यक्ति ने उनकी नाक पर ज़ोरदार घूँसा जड़ दिया। बलिष्ठ व्यक्ति सोचता था, बाबूलाल तेली जैसे हर व्यक्ति को उसे जानना चाहिए और उससे डरना भी चाहिए। बाबूलाल तेली को बलिष्ठ व्यक्ति को इस महत्त्वाकांक्षा की ज़रा भी ख़बर होती तो उसे जानते ही नहीं, उससे डरने में भी उन्हें कोई आपत्ति नहीं होती जहाँ इसने लोगों से डर रहे हैं, एक इनसे भी डर लेंगे, क्या फ़र्क़ पड़ता है। किसी को इसी में ख़ुशी मिलती है तो अपना क्या जाता है।

बाबूलाल तेली की नाक पर ज़ोरदार घूँसा जड़ने के बाद बलिष्ठ व्यक्ति अपने रास्ते चला गया। झगड़े की कोई गुंजाइश बनी ही नहीं। बनती भी तो बाबूलाल तेली क्या लड़ते। उन्होंने सोचा शुक्र है उनकी गरदन ही नहीं दबा दी गयी। शुक्र है एक घूँसे में ही बात ख़त्म हो गयी। शुक्र है...।

लेकिन उनकी नाक से ख़ून बह रहा था। कमीज़ ख़राब हो रही थीं कमीज़ ख़राब होते देखकर कमज़ोरी–सी महसूस होने लगी टाँगें काँपने लगीं। पीड़ा और जलन की लहरें नाक से खोपड़ी तक दौड़ने लगीं। तमाम कोशिशों के बावजूद जब ख़ून बन्द नहीं हुआ तो हारकर बाबूलाल तेली ने सोचा–अस्पताल जाना ही पड़ेगा।

सामने ही एक विशाल और शानदार अस्पताल था जो एक बड़े सेठ ने अपनी दिवंगत सेठानी की याद में बनवाया था। लिखा न होता अस्पताल तो वह पाँच सितारा होटल लगता। बाबूलाल तेली शहर के एक सामान्य–से कार्यालय में एक सामान्य–से क्लर्क थे और मज़ाक़ की भाषा में कहा जाये तो यह अस्पताल उनके स्टैण्डर्ड का नहीं था। पर इस समय अपने स्टैण्डर्ड का अस्पताल ढूँढ़ने निकलना भी आसान नहीं था। वह पता नहीं कितनी दूर हो और इसी स्थिति में टैम्पो–रिक्शावाले भी पता नहीं उन्हें बैठायें या नहीं। बाबूलाल तेली कोई पाँच मिनट तक असमंजस में पड़े रहे, फिर सोचा मुझे कौन–सा ऑपरेशन करवाना है, मरहम–पट्टी ही तो करनी है, दस–बीस रुपये लग भी गये तो क्या हो गया? वैसे भी कभी अपने पर कुछ ख़र्च करता नहीं। गन्ने का रस तक नहीं पीता। चलो चलते हैं, जो होगी देखी जायेगी तो बाबूलाल तेली रूमाल से नाक पकड़े–पकड़े रिसेप्शन पर पहुँचे। रिसेप्शन पर कुछ टेलीफ़ोन, एक कम्प्यूटर और एक सुन्दर–सी लड़की एक साथ कार्यरत थे।

बाबूलाल तेली की सारी बात धैर्यपूर्वक सुनने के बाद, और इस निमित्त बाबूलाल तेली के मन में अपार कृतज्ञता उपजाने के उपरान्त लड़की ने मासूम परेशानी से पूछा–इज़ इट इमरजेन्सी?

–मैं नहीं जानता। बाबूलाल तेली ने जवाब दिया।

लड़की ने कृपापूर्वक स्वविवेक का प्रयोग किया, एक पर्ची काटकर दी और बोली–पाँचवाँ माला।

बाबूलाल तेली लिफ्ट की लाइन में खड़े हो गये।

पाँचवें माले पर इमरजेन्सी थी। इमरजेन्सी ज़मीनी माले पर भी थी, पर वह इमरजेन्सी मरा चाहने वाले मरीज़ों के लिए थी, यह हमरजेंसी जिया चाहने वाले मरीज़ों के लिए।

पाँचवें माले के इमरजेंसी वालों ने दूर से ही बाबूलाल तेली को देखकर कहा–"आठवाँ माला।" जैसे हकाल रहे हों।

आठवें माले पर ईएनटी इनडोर था। उन्होंने बाबूलाल तेली को सुनकर कहा–"चौथा माला।"

चौथे माले पर ईएनटी आउटडोर था। उन्होंने बाबूलाल तेली को सूँघकर कहा–"सातवाँ माला।"

सातवें माले पर विशेषज्ञ था। उसने बाबूलाल तेली की नाक की सफ़ाई करवाई और बोला—मैं नाक विशेषज्ञ हूँ। लेकिन मैं दाहिने नथुने का विशेषज्ञ हूँ। आपकी चोट बायें नथुने में है। बायें नथुने के जो विशेषज्ञ हैं वे विकासशील देशों के नाक सम्बन्धी रोगों पर आयोजित एक सेमीनार में भाग लेने अमरीका गये हैं। परसों तक आ जायेंगे। बेहतर है आप पल्ले रोज़ आ जायें।

—पल्ले रोज़ फिर आना पड़ेगा? बाबूलाल तेली ने पूछा। वह इसके लिए तैयार नहीं थे।

—हाँ, और इसमें लापरवाही नहीं होनी चाहिए।

—और मेरी नाक?

—मीनवाइल...आप ख़ून की जाँच, छाती का एक्स—रे और खोपड़ी का स्कैनिंग भी करवा लीजिए। बेहतर तो यह होगा कि एक बार ईसीजी भी करवा ही लें। मैं लिख देता हूँ।

—लेकिन तक तब मेरी नाक?

—उसकी फिलहाल ड्रेसिंग करवाये देते हैं। मैं लिख देता हूँ। बाजू की बिल्डिग में चौथे माले पर हो जायेगी लेकिन पहले एचआईवी टेस्ट सर्टिफिकेट लाना होगा पैथेलॉजिकल लैब से।

सारा अस्पताल वातानुकूलित था। सारा काम कम्प्यूटर से होता था। पान खाने और धूम्रपान की सख़्त मनाही थी। मरीज़ काँच की दीवारों के पीछे जीवाणुमुक्त थे। सब कुछ अत्यन्त आधुनिक और वैज्ञानिक था। ऐसा कि देखकर तबीयत ख़ुश हो जाये। देश की प्रगति पर मन में वाह—वाह—सी होने लगे। पेट में ख़ामख़्वाह राष्ट्रप्रेम की मरोड़ उठने लगे। लेकिन बाबूलाल तेली को ऐसा कुछ नहीं हुआ। वह बुरी तरह थक और ऊब गये थे। लाऊंज में पड़े सोफ़े में धँस गये। ख़ून अपने आप ही बन्द हो चला था। साँस लेने के लिए मुँह खुला रखना पड़ता था। नाक से साँस लो तो खोपड़ी में बिजली दौड़ती थी बाबूलाल तेली को प्यास भी लगी थी पानी कहीं दिखता नहीं था।

हारकर वह बाहर निकलने को हुए। अपने आप ठीक हो जायेगा। घर जाकर आराम कर लेते हैं थोड़ा, बस।

रिसेप्शनवाली लड़की ने उन्हें जाते देखा तो एक आदमी भिजवाकर उन्हें बुलवाया और कम्प्यूटर से बना एक सुन्दर—सा बिल उन्हें पकड़ा दिया।

बिल की रक़म देखकर बाबूलाल तेली के होश उड़ गये। जेबों की झड़ती हो गयी। लगा जीवन में पहली बार इतनी बुरी तरह ठगे गये हैं।

बाहर निकले तो कुछ लट्ठमार क़िस्म के लोगों ने उन्हें सहानुभूतिपूर्वक घेर लिया।

–क्या हुआ?

–कुछ नहीं। डॉक्टर नहीं है।

–तकलीफ़ क्या है?

–नाक फूट गयी है?

–आप हिन्दू हैं?

बाबूलाल तेली को प्रश्न असंगत लगा। पर बहस करने की हिम्मत नहीं थीं बोले–हाँ। क्यों?

–कौन जाति?

फिर वही बेवकूफ़ी। बाबूलाल तेली को ग़ुस्सा–सा आया। लेकिन चुपचाप अपनी जाति बता दी–तेली, बाबूलाल तेली।

–आप ही हैं बाबूलाल तेली? अरे भई ये ही हैं। कोई बोला।

–हम आपको ही ढूँढ रहे थे। हम लोग तेली समाज से आये हैं। देखिए बाबूलालजी, ऐसा है कि यह धाँधली कोई पहली बार आपके ही साथ नहीं हो रही है। ऐसा–का–ऐसा ही चार रोज़ पहले हुआ था। अपने समाज के एक भाई की टाँग टूट गयी थी और वह भी ग़लती से यहीं आ गये थे, उनकी भी झड़ती करा ली गयी थी और आख़िर में कह दिया गया कि डॉक्टर नहीं है, सारी जाँच कराकर चार रोज़ बाद आइए। हो सकता है, वह बेचारे भी आज आयें।

–और यह धाँधली तभी ख़त्म होगी...दूसरा बोला...जब हमारा अलग अस्पताल होगा और उसमें हमारे समाज के डॉक्टर होंगे। और वह सिर्फ़ अपने समाज के लोगों के लिए होगा। ठीक है न? मानते हैं या नहीं?

–आज हुलिया बताओ उस साले का...तीसरा बोला...जिसने आपकी ये हालत की है। उस साले को तो हम देख लेंगे। आपके ही हाथ से उसकी नाक पर घूँसा मरवायेंगे। पर पहले आपको हमारे साथ डॉ. लालूराम तेली के पास चलना होगा। अपने समाज का डॉक्टर है। वही आपकी नाक का सही इलाज करेगा।

बाबूलाल तेली चक्कर खाकर गिर पड़े। उनकी नाक से फिर ख़ून बहने लगा।

लट्ठमार क़िस्म के समाजसेवकों ने देर नहीं कि वे फौरन बाबूलाल तेली को उठाकर डॉ. लालूराम तेली के दवाख़ाने तक छोड़ आये।

डॉ. लालूराम सरकारी चिकित्सालय से सादर–साभार निलम्बित होकर अब अपना प्राइवेट क्लीनिक चला रहे थे। वे गॉज–रुई–पट्टी ही नहीं, दवाइयाँ तक अपने समाज के निर्माताओं–विक्रेताओं द्वारा दी हुई इस्तेमाल करते थे। यहाँ तक कि वह अकल भी अपनी ही इस्तेमाल करते थे।

डॉ. लालूराम ने बाबूलाल तेली के चेहरे को ध्यानपूर्वक मुआयना किया। बाबूलाल जी का चेहरा और खासकर उनकी रक्तरंजित नाक उन्हें इस क़दर उत्तेजक, सेक्सी ओर ऑपरेशनीय लगी कि उन्होंने तुरंत–फुरत बग़ैर एक्स–रे–ब्लड़ टेस्ट वग़ैरह का झंझट किये उनका ऑपरेशन करने का निर्णय कर लिया। ख़ुद ही लोकल एनेस्थीसिया दिया और कार्रवाई चालू कर दी, नाक को काटा गया और "ठीक" करके अन्दर–बाहर से सी दिया गया और मरहम–पट्टी कर दी गयी। दुर्भाग्य से वहाँ "इनडोर" भी था और पैसे–वैसे पहले जमा करने की झंझट इसलिए नहीं थी कि मरीज़ अपने ही समाज का है भागकर जायेगा कहाँ?

घरवाले बेचारे पता लगाते–लगाते किसी तरह आये और तीमारदारी में जुट गये।

दफ़्तरवालों को पता चला तो दौड़े–दौड़े आये और बोले–कहाँ इस कसाई के यहाँ फँस गये? तुम्हें तो सरकारी अस्पताल जाना चाहिए था। पैसा जो भी ख़र्च होगा सरकार देगी। सरकारी नौकरी का यही तो फ़ायदा है कि पूरे परिवार की हारी–बीमारी सरकारी ज़िम्मेदारी हो जाती है। चलो उठो। हम लिये चलते हैं।

–एक–दो रोज़ और देख लेते हैं। बाबूलाल तेली ने कहा।

सहकर्मी उदास हो गये। देखो, कैसी मति मारी गयी हैं। भला–बुरा तक अपना नहीं सोच पा रहा।

–बात यह है...बाबूलाल जी बोले...मैं समाज को छोड़कर नहीं चल सकता। अभी मुझे अपनी बेटियों की शादियाँ करनी हैं। नाक का क्या है। आज नहीं तो कल, ठीक हो जायेगी।

सहकर्मी चले गये।

तीसरे रोज़ बाबूलाल जी की हालत यह हो गयी कि उन्हें न ठीक से सुनायी दे रहा था न दिखायी। नाक में मवाद पड़ गया था और चाय घुटकने में भी तकलीफ़ हो रही थी।

समाज के लोग देखने आ रहे थे।

आख़िर सातवें रोज़ डॉक्टर लालूराम ने हाथ खड़े कर लिये। बोला–केस बिगड़ गया है। मरीज़ को फ़ौरन बम्बई ले जाना पड़ेगा।

यह नहीं कहा कि यहीं किसी और डॉक्टर या विशेषज्ञ को दिखा दो। कहा कि फ़ौरन बम्बई ले जाना पड़ेगा। समाज के लोगों ने सिर जोड़े। अब यह एक गम्भीर समस्या थी। अब सवाल बाबूलाल तेली की नाक का नहीं, समाज की नाक का था। किसी ने इस बीच "डॉक्टर की लापरवाही" शीर्षक से एक स्थानीय समाचार–पत्र में ख़बर भी छपवा दी थी, जिससे डॉक्टर लालूराम भी परेशान जैसा दिखायी दे रहा था। शीघ्र कुछ करना ज़रूरी था।

तो समाज के लोगों ने बाबूलाल जी से कहा–तुम चिन्ता मत करो। तुम्हारी नाक अब तुम्हारी नाक नहीं, समाज की नाक है। चाहे जितना ख़र्च आये, समाज उसकी व्यवस्था करेगा। हम तुम्हारा अच्छे–से–अच्छा इलाज करवायेंगे। पर एक बात बताओ। हो तो तेली ही न? कोई और तो नहीं हो?

इस क़िस्म की सहानुभूति पाकर बाबूलाल तेली की हालत और बिगड़ गयी।

समाज के लोगों ने चन्दा किया और दो वॉलण्टियरों के साथ बाबूलाल तेली को इलाज के लिए सपरिवार बम्बई भिजवा दिया गया।

कोई महीने भर बाद बाबूलाल तेली बम्बई से लौटे तो एकदम चंगे होकर। बल्कि कुछ हट्टे–कट्टे भी होकर। चलते–फिरते, खाते–पीते। बस, एक ज़रा–सी बात थी, सूखी–सड़ी, बासी पकौड़े जैसी, कैसी भी सही, जाते समय चेहरे पर एक नाक थी, आते समय नहीं थी उसे काटकर फेंक देना पड़ा था। नाक की जगह सिर्फ़ दो सूराख रह गये थे।

बाबूलाल तेली को एक जुलूस के रूप में घर लाया गया। उनकी प्रशंसा में ख़ूब अच्छी–अच्छी बातें की गयीं। सीमा पर जवान जिस तरह अपनी जान देकर भी देश की आज़ादी की रक्षा करता है, भाई बाबूलालजी ने अपनी नाक देकर समाज के लिए अद्‌भुत और अनुकरणीय त्याग का उदाहरण पेश किया है। समाज उनकी इस कुर्बानी को कभी नहीं भूलेगा। आदि–आदि। और बाबूलाल तेली घर में अपने बिस्तर पर पड़े–पड़े सोच रहे थे– शुक्र है...!! शुक्र है उसने मेरी नाक पर ही घूँसा मारा।

ट्रैफ़िक

—हैलो! कौन शामलाल? कौन बोल रहा है? शामलाल?

—हाँ मैं शामलाल।

—तुम आ गये? अपने घर से ही बोल रहे हो? हलद्वानी से ही?

—तुमने कहाँ फ़ोन किया है? कानपुर का नम्बर मिलाया है क्या? घोंचू जोशी!

—कब आये?

—कल रात को।

—लेकिन इतनी जल्दी कैसे? तुम तो दीवाली के बाद आने वाले थे?

—वहाँ मन नहीं लगा।

—बेटा—बहू ने गाँठा नहीं क्या?

—नहीं यार, ये बात नहीं है। वे तो बेचारे पूरे टाइम मुझे पलकों पर बिठाए रहे। आने की बात की तो रोने तक लगे। लेकिन मैं नहीं रुका।

—क्यों? पोते ने घास नहीं डाली? यहाँ तो बड़े पोता—पोता करते थे। उसने पूछा भी नहीं होगा। इन यंग लोगों के पास कहाँ टाइम है हम बूढ़ों के लिए?

—नहीं यह बात भी नहीं है। सच पूछो तो उसने तो मुझे घुमाया ख़ूब। सबसे ज़्यादा कम्पनी उसने ही दी मुझे।

—फिर? मैं समझ गया। हवा—पानी माफ़िक नहीं आया होगा। हाज़मा बिगड़ गया होगा। दस साल यहाँ रहकर अस्सी प्रतिशत पहाड़ी हो गये हो तुम भी अब कहाँ यहाँ का झरनों—सोतों का पानी, कहाँ वहाँ का नल का पानी, कहाँ वहाँ की भट्ठी कारख़ाने की हवा और कहाँ यहाँ की बाँज—बुराँस की मीठी बयार।

हाँ कुछ गड़बड़ रहा था। पर शुरू–शुरू के दो–चार रोज़। फिर तो मैं वहाँ के हवा–पानी का आदी हो गया। मन्नू की बहू ख़ाना भी बहुत अच्छा बनाती है। पूछती भी रोज़ सुबह–शाम, बिला नागा, बाऊजी, क्या खाओगे? क्या बनाऊँ? तो बाक़ायदा कभी खिचड़ी, कभी थूली, हरी सब्ज़ियाँ, कम मसाला। बाक़ायदा टु द टेस्ट। ये नहीं कि तला, गला। घी में पराँठे ठोककर रख दे। पढ़ी–लिखी है भई। बुढ़ापे की ज़रूरत और लिमिटेशन्स को समझती है। मैं तो कहता हूँ ठाकुरजी उसे सदा सुखी रखें। ख़ूब लम्बी उमर दें। सब किसी को ऐसी गुणवन्ती बहू मिले।

–अरे भई तो भाग क्यों आये?

–सच बताऊँ?

–नहीं, पहले झूठ बोलने की ही कोशिश करो।

–वहाँ के ट्रैफ़िक से तंग आकर भाग आया।

–आयँ तुम क्या वहाँ ट्रक ड्राइवरी करने लगे थे?

–नहीं समझोगे। मैं जानता था। ऐसा करो शाम को आ जाओ। तब तफसील से बताऊँगा।

–कौन? घोंचू जोशी? हाँ बोलो।

–यार मुझसे शाम तक सब्र नहीं किया जा रहा। तुम क्या बता रहे थे ट्रैफ़िक के बारे में? ज़रा बताओ तो फटाफट?

–क्या बताऊँ? हुआ यह कि रात को पहुँची मेरी गाड़ी बेटा आ गया था स्टेशन पर अपनी मारुति कार लेकर। तो उसके साथ स्टेशन से घर के लिए रवाना हुए। तो भैया मेरी तो सड़कें देखकर ही तबीयत ख़ुश हो गयी क्या चिकनी–चौड़ी सड़कें। फ़ोर लेन। पेवर रोड्स। बीच में डिवाइडर। हर क्रॉसिंग पर ट्रैफ़िक सिगनल्स। बाक़ायदा टर्न वगैरह पर ट्रैफ़िक साइन्स, जेबरा पेंटिंग, केट्स पॉ। हमारे शहर में कब थीं ऐसी सड़कें? कोई गड्ढा–धचका नहीं। सर्र से सेवण्टी–एट्टी में घर पहुँच गये।

–चलो। वाह!

–दूसरे दिन बेटा तो चला गया दफ़्तर। पोता बोला चलिये दादाजी आपको बाज़ार घुमा लाऊँ। मैंने सोचा बाज़ार क्या घूमने की जगह होती है? पर सोचा, चलो चले चलते हैं, घर बैठे भी क्या करेंगे। दरअसल उसकी माँ ने कहा था हरा धनिया ले आ। दादाजी को चटनी अच्छी लगती है करके।

—वा वा!

—तो भैया बैठते ही...

—काहे में बैठते ही?

—कार में!

—धनिया लेने कार में? बेटा ऑफ़िस नहीं ले जाता कार?

—वो चार्टर्ड बस से जाता है, एसी बस से।

—वा वा!

—तो बैठते ही मेरे पोते ने क्या एक्सीलरेटर दबाया है कि मेरी तो पीठ गाड़ी की सीट से भचाक् से जा लगी तो मैं तनकर बैठ गया। खिड़की पकड़कर। अब कॉलोनी की छोटी–छोटी गलियों में भी वह ऐसे ड्राइव कर रहा था कि समझो पहले मोड़ पर तो मैं उसके ऊपर गिरते–गिरते बचा।

—वा वा!

—और बाहर निकले तो भई सड़क है, तो उस पर ट्रैफ़िक तो होगा ही पर उसने तो जो हॉर्न बजाना शुरू किया चीं–पों, चीं–पों, कि मुझे कहना पड़ा, बेटा! यह कोई सभ्यता की बात नहीं है। दूसरों को भी इस सड़क पर चलने का अधिकार है। तुम तो एकदम दमकल की गाड़ी बने हुए हो।

—बताओ!

—तो उस वक़्त तो कुछ नहीं बोला, लेकिन "सभ्यता" शब्द सुनकर कुछ चौंका ज़रूर। शायद यह शब्द उसने बहुत दिन बाद सुना होगा।

—वा!

—फिर दूसरे दिन जब मैंने उससे पूछा क्यों भई? कोई ज़रूरी है कि एकदम सिक्सटी में गाड़ी उठाओ और बार–बार खच्च से क्लच–ब्रेक दबाओ? और पूरे टाइम चीं–पों, चीं–पों! यह क्या है?

—तो? क्या बोला?

—बोला दादाजी, आप यहाँ के ट्रैफ़िक को नहीं जानते। आपकी सो कॉल्ड़ "सभ्यता" से गाड़ी चलाऊँ तो कोई मुझे सड़क पर न चलने दे। सभ्यता का ज़माना नहीं रहा अब। और वैसे भी इधर जो गाड़ियाँ आ रही हैं वह सब फास्ट चलाने के हिसाब से ही डिज़ाइन की जाती हैं। स्लो वाली तो बस विण्टेज कार रैली में देखने को मिलती हैं। और जिसे आप फास्ट कह रहे हैं, कोई अमरीकन–जर्मन सुन लेगा तो हँसेगा। वहाँ तो हन्ड्रेड से कम पर आप चल ही नहीं सकते। एण्ड आई थिंक दे आर राइट! वरना फ़ायदा क्या है कार रखने का?

—ऐसा बोला?

—हाँ! लेकिन यह तो दूसरे दिन की बात है। पहले दिन तो बेचारा कुछ बोल ही नहीं पाया।

—क्यों, क्यों?

—वह कुछ बोलता उससे पहले ही सामने एक स्पीड ब्रेकर आ गया। एकदम अन अनाउन्स्ड! न कोई सिगनल साइन्स न कोई जेब्रा पेंटिंग। और स्पीड ब्रेकर क्या, हेड ब्रेकर! छह इंच की पतली–सी मुँडेर! गाड़ी ऐसी उछली कि मेरा सिर गाड़ी की छत से टकरा गया। पाँव अधर में उठ गये और फिर धच्च से सीट पर पटका गया।

—तुम्हें गाड़ी रुकवाकर उतर जाना चाहिए था। भला पोतों को क्या हक़ पहुँचता है कि वे दादा की ऐतिहासिक या पुरातात्विक कमर से ऐसा क्रूर मज़ाक़ करें?

—कहाँ, कहाँ उतरता जोशी? सारा शहर ऐसे ही नाजायज़ और धोखेबाज़ स्पीड ब्रेकरों से भरा हुआ था। और गाड़ीवाले उन्हें अवॉइड करके बाजू की कच्ची जगह से धूल उड़ाते निकले–भागे जा रहे थे। फिर चलते–फिरते स्पीड ब्रेकर भी थे।

—चलते–फिरते? यानी?

—जैसे कि गाय! वह तो अम्मा है। उसे कोई क्या कह सकता है? किसी सिपाही ने छड़ी छुआ दी और अगल–बगल उसके, यानी गाय के किसी प्रेमी ने देख लिया तो बस हो गया! और कहीं ग़लती से सिपाही कोई मुसलमान हुआ, फिर तो पूछो मत। और गाय को बीच बाज़ार टहलने या पसरने का हक है तो डेमोक्रेटिकली भैंस, ऊँट, गधे, सूअर या कुत्ते को भी है। कोई भी, कभी भी आपकी गाड़ी के आगे आ सकता है। और अगर आप में ज़रा–सी भी अक्ल है तो गायपुत्र साँड़ को तो आप कुछ भी नहीं कहेंगे, भले वह बीच सड़क किसी कमसिन बछिया पर डोरे ही क्यों न डाल रहा हो।

—अह! क्या सच बात! पर यार, एक बात समझ में नहीं आई

—क्या?

—शुरू में तो तुम कह रहे थे कि बेटा जब स्टेशन से घर ले गया रात को, तब तो तुम्हें अपने शहर की सड़कें बहुत अच्छी लगी थीं। दिन और रात में इतना फर्क कैसे हो गया? रात के समय तो सड़कों पर और अधिक अम्माएँ होनी चाहिए थीं?

—बेटा मुझे दूसरे शहर से होता हुआ ले गया था।

—दूसरे किससे?

—अमीरों के इलाक़े से। हर शहर में आजकल दो शहर हो गये हैं। एक ग़रीबों का और एक अमीरों का।

—वा वा। क्या तुम्हारे ऑब्ज़र्वेशन्स हैं। पर एक बात बताओ, तुमने इतनी जल्दी सब भाँप कैसे लिया?

....

—आदरणीय?

—साले जोशी, तुम्हारी ऐसी की तैसी

—आँय!

—होल्ड़ करो।

....

—सारा दलिया जल गया। जब मर्ज़ी आती है बात करना शुरू कर देते हो। एक बार बोलना शुरू करते हो तो चुप होने का नाम ही नहीं लेते। मैं हीटर बन्द करना भूल गया और तुमसे बातें करने लगा।

—सॉरी यार। मुझे इतना नहीं बोलना चाहिए।

—सॉरी से क्या होता है? अब खाऊँगा क्या? खाक? तुम्हारे हाड़?

—वा शामलाल वा। क्या बात कही है? मज़ा आ गया। आ जाओ पाजामा पहन के। आज मैंने सीरी पाव बनाये हैं। चंपारानी दे गयी थी सुबह–सुबह। ब्रेड भी पड़ी है। कम पड़ी तो जल्दी से दो टिक्कड़ थेप लेंगे। आ जाओ।

—आना ही पड़ेगा।

—और सुनो! तुम्हारा जला हुआ दलिया भी लेते आना। मुर्गियों को डाल देंगे।

—शामलाल! क्या हुआ? तुम आये नहीं?

—हाँ यार!

—क्या हुआ? मठरी–शक्करपारे बाँध दिये थे क्या बहू ने?

—नहीं यार! हुआ यह कि पाजामे का नाड़ा नेफे के अन्दर घुस गया। और नाड़ा डालने की मशीन बहुत ढूढ़ँने पर भी नहीं मिली शायद मैं वहीं भूल आया।

—पुराने टूथब्रश को तोड़कर बनायी गयी नाड़ा डालनी को तुम "मशीन" कहते हो?

—अब हर चीज़ मशीन ही बन गयी ठहरी

—वा वा।

—ऐन वक़्त पर पेन–पेन्सिल, सेफ्टीपिन कुछ नहीं मिला। तो मैंने कहा छोड़ो।

—अरे तुम लुंगी में ही आ जाओ। कौन देखता है? पाजामा साथ लेते आना।

—अब तो मैंने दलिया ही खा लिया। दूध–शक्कर–इलायची डालकर।

—चलो कोई बात नहीं। शाम को मिलते हैं।

—ओके।

—हैलो जोशी!

—यस।

—माफ़ करना भैया, आज नहीं आ पाऊँगा।

—क्यों? क्या हुआ?

—घुटने पिरा रहे हैं यार।

—मैं ही आ जाता, पर आज एक साहब आने वाले हैं। तुम आते तो उनसे भी मिल लेते। ख़ैर चलो। हाँ तो, क्या बता रहे थे तुम ट्रैफ़िक के बारे में? हीटर न जल रहा हो तो फ़ोन पर ही बता दो।

—हीटर बन्द है।

—तो?

—तो यार बड़ी अजीब–सी बात है। हम लोग अब उस दुनिया के लिए सूटेबल बॉय नहीं रहे, ऐसा लगता है।

—क्यों, क्यों? क्या हुआ?

—एक चीज़ तो मैंने ये नोटिस की जोशी, कि ट्रैफ़िक तो सड़कों पर बहुत था, पर उसमें अब हथठेले नहीं थे, ताँगे नहीं थे, गधागाड़ी नहीं थी, भैंसागाड़ी नहीं थी, साइकिल के पहियेवाले ठेले नहीं थे। साइकिलें भी यदाकदा ही थीं।

—तो फिर था क्या?

—स्कूटर, मोटरसाइकिल, मोपेड, पिकअपवैन, जीपें, ट्रक, ट्रेक्टर, ऑटोरिक्शा और ढेर की ढेर मोटरें, तरह–तरह की छोटी–बड़ी, नीली–पीली कोई मेढक जैसी तो कोई माचिस जैसी पोता सारे रास्ते उन्हीं के चाल–चलन और चरित्र पर प्रकाश डालता रहा। लगता था सारा देश घोड़े पर सवार है। और क्या धुआँ, क्या पोल्यूशन। साँस लेना मुश्किल हो गया।

—अच्छा हुआ हम पहले ही इधर आ गये।

—और जोशी! कोई धीरे नहीं चलता। सब भागते हैं। ख़ूब तेज़। जिस देश को पता ही नहीं है कि कहाँ जाना है, उसके लोगों की हड़बड़ी और उतावली देखकर तो यही लगता है कि शायद कहा आग–वाग लग गयी है।

—आग ही लगी ठहरी

—और तरह–तरह के विचित्र वाहन।

—विचित्र यानी? महाभारत के रथ?

—रथ ही समझ लो। किसी ने ट्रैक्टर के पीछे ट्रॉली जोड़कर उसे छवा लिया है और उसमें उकड़ूँ सवारियाँ ठूँस ली हैं, तो किसी ने फटफटी के पीछे ताँगे जैसा जोत रखा है। किसी ने जीप के साथ ऊँटगाड़ीनुमा ट्रोला बाँध रखा है। बेचारे आरटीओ वालों को तो यह भी समझ में नहीं आता होगा कि इन्हें क्या कहकर पुकारा जाये?

—वा वा!

—कोई नहीं जानता किसमें कितनी सवारी अलाउड हैं और कौन कब उलट जाये! ज़िन्दगी की किसी को परवाह नहीं, मरने से कोई डरता नहीं।

—आत्मा अजर–अमर है पार्थ!

—क़ानून–क़ायदे को बुत्ता देना कोई हिन्दुस्तानियों से सीखे!

—ठीक बात है, ठीक बात है।

—और दूसरी चीज़ मैंने ये नोटिस की जोशी कि सड़कों पर कहीं फुटपाथ नहीं हैं।

—ऐं? फुटपाथ नहीं हैं? तो पैदल आदमी कहाँ चलेगा?

—जैसा तुम्हें हो रहा है, मुझे भी ताज्जुब हुआ। मैंने पोते से पूछा भी लेकिन उसने कोई जवाब नहीं दिया।

—हाँ। लेकिन तुम्हें कैसे पता चला संजय?

—पोते समझते हैं दादा सठिया गये हैं। इनकी बातों का जवाब देना टाइम वेस्ट करना है।

—पर यार! यह तो हद ही हो गयी अब किसी का घर ही सड़क पर हो और उसे चार मकान छोड़कर किसी से मिलने जाना हो तो वह पैदल ही तो जायेगा। लेकिन कैसे? चलेगा कहाँ? सड़क पर चलने का उसका अधिकार तो गाड़ीवालों ने ही छेंक लिया। किसी ने सोचा है इस बारे में? मतलब आओ–जाओ मत। खाली फ़ोन कर लो। आदमी को आदमी से मिलने–जुलने की क्या ज़रूरत है? इसी को विकास कहते हैं। हाँ, अपने यहाँ की बात और है। अब एक दिन हम नहीं मिल पायें तो तबीयत उदास हो जाती है। पर अपन तो पिछड़े हुए इलाक़े ठहरे।

—जोशी! तुम्हारा जनरल नॉलेज तो काफ़ी स्ट्राँग निकला!

—देखते जाओ! अब प्लस एट्टी वालों के लिए एक "कौन बनेगा करोड़पति" होने वाला है। उसमें मैं भी जाऊँगा। वाइफ तो रहीं नहीं। उनकी जगह तुम्हें साथ ले चलूँगा। लेकिन एक शर्त है! पैदल नहीं जायेंगे।

—हा हा हा हा!

—वैसे एक बात मन में आयी इसलिए कह रहा हूँ। शायद तुमने शहर की सिर्फ़ व्यस्त सड़कें देखी होंगी वहीं पोते कार लेकर हरा धनिया इत्यादि ख़रीदने जाते हैं। ठीक है न?

—नहीं नहीं, एक दिन पोता मुझे शहर के बाहरी घाघरे पर भी ले गया था। घुमाने।

—तो वहाँ का क्या हाल था?

—वहाँ का हाल थोड़ा बेहतर था। हाइवे के ट्रक ड्राइवर मुझे शहरियों की तुलना में ज़्यादा शरीफ़ और पढ़े–लिखे लगे। बाक़ायदा डिपर मारेंगे, हाथ देंगे, साइड जहाँ देना चाहिए ज़रूर देंगे, फ़ालतू की चीं–पों, चीं–पीं, नहीं करते रहेंगे। लेकिन एक–दो चीज़ें वहाँ भी मुझे काफ़ी डिस्टर्बिंग लगी।

—क्या, क्या?

—एक तो भैया कि आजकल गाड़ियों में जो हैडलाइट्स होती हैं, वे इतनी तेज रोशनी फेंकती हैं कि एकदम ब्लाइण्डिंग! चकाचौंध। बस अंदाज से ही आप निकाल लो।

—क्यों? ऊपर का हिस्सा काला नहीं करते?

—अरे राम का नाम लो जोशी वह ज़माना गया। लगता है ट्रैफ़िक के रूल्स बदल गये हैं। अब कोई ज़रूरी नहीं है कि आप सड़क पर दूसरे मुसाफ़िरों की सुविधा–असुविधा के बारे में भी सोचें। आपको सिर्फ़ अपने बारे में सोचना है। अपने कफन के बारे में भी नहीं। वह दूसरों का हेडेक है।

–यानी सरवाइवल ऑफ़ द फिटेस्ट?

–सरवाइवल ऑफ़ द रूडेस्ट! और लोगों ने इसका तोड़ क्या निकाला जानते हो? अगला एक लाइट लगाये तो आप दो लगा लो। वह छह वाट की हेलोजन लगाये तो आप बारह वाट की लगा लो। वह आपको अन्धा कर रहा हो तो आप उसे डबल अन्धा कर दो।

–वाह वा शामलाल! तुम्हारी बातों से भी मुझे कविता सूझने लगी देखो, गाकर सुनाता हूँ। नाऊ माइट इज राइट! लाइट इज माइट! लाइफ़ इज फाइट! फाइट इज टाइट! हे हे...माइट इज राइट! बेबी माइट इज नाइट! डॉर्क एज इज कॉल्ड़ सो, बिकॉज देयर वर लॉट्स ऑव नाइट्स इन इट! कैसी लगी?

–लास्ट लाइन थोड़ी सेंसिबल है क्योंकि वह प्रोज़ में है।

–शटप!

–भैया मैंने ज़िन्दगी भर पुलिस में नौकरी की सो भी ज़्यादातर ट्रैफ़िक पुलिस में। तुमने हाईस्कूल में। तुमसे कविता का मर्डर देखा जाता होगा, मुझसे तो ट्रैफ़िक की ऐसी हत्या नहीं देखी जाती रोज़ छाती में हूक उठती है कि क्या हो रहा है? बड़ी–बड़ी गाड़ियाँ, बड़े–बड़े हादसे! मल्टीनेशनल का कण्टेनर जहाज़ से उतरकर सीधा झुमरीतलैया तक, आसनसोल तक, गुड़गाँव तक पहुँच जाये बस! फिर चाहे सड़क ससुरी हो या न हो। मरो तुम तो मरो।

–देखो, देखो...

–समझ में नहीं आता इसका मतलब क्या है?

–शामलाल! बड़ी उम्र में इतना टेंशन लेना कोई अच्छी बात है क्या? दो–चार रोज़ भुगत कर आ गये बात ख़त्म हुई। रहो चैन से इस ठण्डी, शांत जगह में। नहीं आयेगा यहाँ कोई कण्टेनर–कैरियर, आश्वस्त रहो।

–क्या आश्वस्त रहूँ यार। रात को नींद में भी सड़क की चकाचौंध और शूँ–शूँ दिखायी–सुनायी देती है। लोकूला डाल–डालकर थक गया। आँखों के डेले दुखना बन्द नहीं करते। लगता है दोनों आँखों में ढेर सारे कंकड़ भर गये हैं। ऐसा भी क्या उदार होना यार कि सारी सड़कों की मट्ठ ही मार दी विलायती व्यापारियों की ख़ातिर। और सारी उदारता बाहरवालों के ही लिए? बाहरवालों के लिए जितने उदार, घरवालों के लिए उतने ही क्रूर! ये क्या माज़रा है भाई?

–शामलाल, तुम बड़ी जल्दी इमोशनल हो जाते हो। छोड़ो न यार! तुम साले कोई इस देश के प्राइममिनिस्टर तो हो नहीं! फिर एक बात और है। फिरंगी जायेंगे तो अपने साथ सड़कें थोड़ी न उठा ले जायेंगे! मेरे ख़याल से तो यह छोड़ जायेंगे! जैसे पिछली बार रेलें छोड़ गये थे। जाने दो इनको! फिर अपन इन्हीं सड़कों पर बग्घी में बैठकर सैर को चलेंगे। सोलर पॉवर वाली बग्घी में ख़रामाँ–ख़रामाँ! कैसा रहेगा?

–बग्घी की भली चलायी। सुपरसॉनिक शटल कही होती। सुनो एक वाकया। ये अभी चार रोज़ पहले की ही बात है। हम जा रहे थे हाइवे पर। पोता चला रहा था। अब हुआ क्या कि सामने आ गयी एक बैलगाड़ी अब भैया बैल तो बैल हैं, तुम्हारा हाइवे हो कि खाइवे, वो तो चारा खाते हैं, कोई पेट्रोल तो पीते नहीं। तो पोते ने क्या चीं–पों–चीं–पों मचायी है कि पूछो मत। जैसे उसका बस चले तो बैलगाड़ी को भस्म कर डाले। लेकिन बैलगाड़ी वाला भी पट्ठा मस्त था। उसने न साइड दी, न बैलगाड़ी उतारकर कच्चे में खड़ी की और जैसा बैलगाड़ी वाला वैसे ही बैल, निड़र और दबंग। हमारे ज़माने के होते तो बैलगाड़ी लिये–लिये खेतों में भाग छूटते। बैलगाड़ी वाला रस्सी खींचता ही रह जाता। लेकिन देखते–ही–देखते इधर भी लाइन लग गयी, उधर भी, और दोनों तरफ़ से चीं–पों–चीं–पों। हर कोई रॉंग साइड से ओवरटेक करके निकल जाना चाहता है। कान फट गये।

–वा वा!

–ख़ैर! ज़रा ही आगे चौड़ी सड़क थी पचास क़दम बैलगाड़ी को चल लेने दिया जाता तो सारा ट्रैफ़िक दस मिनट में क्लीयर हो जाता, लेकिन तभी हमारे पीछे से एक मोटरसाइकिल तेज़ी से आयी और हमें ओवरटेक करती हुई फ़िसलकर सीधी बैलगाड़ी के नीचे घुस गयी बैलगाड़ी हचमचा गयी और एक बैल का पैर रपट गया। वह पसरकर साइड में जा गिरा। वह तो बैलगाड़ी वाले की हिम्मत और सूझ–बूझ की दाद दो कि बैलगाड़ी उलार नहीं हुई। अब सब निकल आये अपने–अपने वाहनों से और लगे बैलगाड़ी वाले पर बमकने। जबकि उस बेचारे की तो कोई ग़लती ही नहीं थी मोटरसाइकिल वाले ने हेलमेट भी नहीं पहन रखा था। वह बेहोश पड़ा था और उसके सिर से ख़ून बह रहा था।

—अरे रे! फिर?

—अब मुझे लगा बैलगाड़ी वाला पिट जायेगा। घायल लड़के को कोई हाथ भी नहीं लगा रहा और बैलगाड़ी वाले पर सब शेर हो रहे हैं। कुछ ने उसे नीचे खींच लिया और उसकी पगड़ी उछालकर ज़मीन पर फेंक दी

—फिर तुमने क्या किया?

—दो मिनट तो मैं देखता रहा। फिर पता नहीं अचानक क्या हुआ जोशी, कि मेरे भीतर छुपा अपनी जवानी का पुलिसवाला छलाँग मारकर बाहर आ गया। मैंने गाड़ी से निकलकर सबसे पहले तो तमाशबीनों को तितर–बितर किया, दो लोगों की मदद से छोकरे को उठाकर खड़ा किया और एक गाड़ी में पटककर अस्पताल भेजा, मोटरसाइकिल निकलवाकर साइड में डलवायी और दो–तीन लोगों की मदद से गिरे हुए बैल को धीरज से खड़ा किया।

—वाह शामलाल वा! क्या मौके से जागी तुम्हारी जवानी!

—हाँ, समझो बस व्हिसल नहीं थी, बाक़ी सब तो वही था।

—लेकिन किसी ने तुम्हारी अथॉरिटी को चैलेंज नहीं किया?

—किया था एक बबुआ ने। मैंने उसे आँख दिखायी, और थप्पड़ भी मार देता ज़रूरत पड़ती तो। बात यह है जोशी कि लोग अथॉरिटी को पसन्द करते हैं। वे चाहते हैं कि कोई हो जो सारी व्यवस्था को ठीक कर दे। इसके लिए वे कुछ प्रायवेशन सहने को भी तैयार रहते हैं। वे सख्ती भी पसन्द कर सकते हैं, बशर्ते उन्हें अथॉरिटी पर भरोसा हो। लोग केऑस पसन्द नहीं करते। वे क़ायदे से गवर्न होना पसन्द करते हैं। लेकिन क़ायदा है कहाँ? और जब सब कुछ बेक़ायदा है तो ठीक है, सब कुछ बेक़ायदा है।

—अच्छा फिर क्या हुआ? पोता तो तुम्हें देखता रह गया होगा!

—फिर और भी डिस्टर्बिंग हुआ। पोते को लगा मैंने अपने बुढ़ापे का नाजायज़ फ़ायदा उठाया है।

—क्या–क्या? कैसे–कैसे?

—जब उसमें से निकल गये तो मैंने पोते से कहा कि अब क्यों दाँत पीस रहा है? अब तो आराम से चला। पोता बोला "सारी ड्राइव का मज़ा किरकिरा कर दिया। साला पग्गड़!" पहले तो मैं समझा यह मोटरसाइकिल वाले लड़के को कोस रहा है, पर जब उसने "साला पग्गड़" कहा तो समझ में आया कि बैलगाड़ीवाले को कोस रहा है। बुरा भी लगा।

क्योंकि पगड़ी तो मैं भी पहनता था। मैंने कहा, भैया! उसे कहीं जाना है तो वह कहाँ से जायेगा? क्या गाँववालों के लिए कोई अलग हाइवे बना रखा है तुमने? तो बोला इन लोगों को हाइवे पर अलाऊ ही नहीं करना चाहिए। मैंने कहा, क्यों भई? क्या इस चिकनी–चौड़ी–शानदार–ठाठदार सड़क को बनाने के लिए उन्होंने पैसा नहीं दिया? मुझे गुस्सा आने लगा। पोते ने पूछा उन्होंने पैसा दिया? अविश्वास से पूछा। मैंने कहा नहीं दिया? ग़रीब से गरीब आदमी ने दिया। फुटपाथ पर सोनेवाले और झुग्गी–झोंपड़ी में रहनेवाले तक ने दिया। पोते को ज़रा कौतुक हुआ। बोला कैसे? क्या वे टोलटैक्स देते हैं? मैंने कहा टोलटैक्स तो नहीं देते पर बेटा माचिस और नमक, ये दो चीज़ें तो ऐसी हैं जो ग़रीब से ग़रीब आदमी भी ख़रीदता है। मानते हो कि नहीं मानते?

–वाह शामलाल वा! क्या बात कही है! मज़ा आ गया। खुला का खुला रह गया होगा पोते का मुँह! जिसे कहते हैं हतप्रभ।

–हाँ, हुआ तो कुछ ऐसा है पर मुझे अच्छा नहीं लगा।

–क्यों?

–अब जोशी हम किस–किस का मुँह खुला का खुला रखेंगे? और कब तक? जैसा इन्हें सिखाया जाता है, ये सोचते हैं।

–सही बात है।

–अच्छा जोश बन्द करता हूँ अभी तो। तुम्हारी बेवाच में टाइम क्या हो गया?

–साढ़े तीन बजने वाले हैं।

–हाँ तो मेरा दवाई लेने का टाइम भी हो गया।

–ओके! शामलाल!

–ओके डीयर! गॉड ब्लेस यू।

(अगले दिन जोशी शामलाल के घर पहुँचते हैं। साथ में एक नौजवान। चिकनी खाल, तराशी हुई दाढ़ी, सुनहरी फ्रेम का चश्मा, खादी सिल्क का चकाचक हरा कुर्ता, सफ़ेद क्रीज़दार पतलून, बगल में प्योर लेदर का झोला और पैर में कोल्हापुरी चप्पल।)

–आप कौन?

–शामलाल! ये दिल्ली से आये हैं। डॉक्टरी पास की है। पर कहते हैं देशसेवा करेंगे। तुमसे भी मिलना चाहते थे। कल तुम देश के बारे में बता रहे थे न कुछ?

–देश के बारे में? मैं तो ट्रैफ़िक...

–जीवन इन्होंने समझो समर्पित कर दिया है देश की ख़ातिर। एक पला–पलाया एनजीओ पाँच लाख में ख़रीद लिया है।

–इनके सामने तो ऐसे मत बोलो यार! इन्हें बुरा लगेगा।

–नहीं लगेगा। इनको कुमाउँनी नहीं आती, जिसमें अपन बात कर रहे हैं। ये अंग्रेज़ी में देशसेवा करेंगे।

–और पैसा? पैसा कौन देगा?

–देगा कोई नार्वे–फार्वे। स्वीडन–फीडन। मैंने पूछा था इस बड़चो से। बताया नहीं। इसे लज्जा लग रही थी।

(शामलाल युवक से नमस्कार करते हैं, बैठने को कहते हैं और अपनी लुंगी कसते हुए चाय का पानी चढ़ाने भीतर चले जाते हैं। चाय की पतीली साफ करते हुए बड़बड़ाते हैं...)

–अब यह बुलड़ोज़र कहाँ से आ गया रॉंग साइड!

तीसरी चिट्ठी

वे चारों रोज़ शाम चौरसिया पान भण्डार पर मिलते थे। चलती सड़क थी, लेकिन पान के खोखे के पीछे काफ़ी जगह थी तिरपाल बँधा था। मुड्ढियाँ पड़ी रहती थीं। सामने से चाय मँगायी जा सकती थी। चौरसिया मूड में हुआ तो दारू की संक्षिप्त और त्वरित घुटकी भी मारी जा सकती थी।

चारों पढ़े–लिखे, खाते–कमाते नौजवान थे। उनका एक ही काम था सब पर हँसना। सबका मज़ाक़ उड़ाना। दुनिया में कोई ऐसी वस्तु–स्थान–व्यक्ति या भाववाचक संज्ञा या क्रिया या सर्वनाम या विशेषण नहीं था जिसका वे दिलचस्प और मौलिक मज़ाक़ न उड़ा सकते हों। आपस में एक–दूसरे को भी वे नहीं बख़्शते थे। यहाँ तक कि ख़ुद को भी नहीं। तो क्या कहा जाये उन्हें? चार हँसोड़, या चार ठट्ठाबाज़? उचक्के? निहिलिस्ट? क्या? आप ख़ुद तय कर लीजिएगा।

चार में से एक सिंचाई विभाग में था और उसे खिंचाई विभाग कहता था। उसका नाम निगम था, जिसकी व्याख्या यह थी कि इसे दुनिया का कोई गम नहीं व्यापता। दूसरा, कपूर शिक्षा विभाग में था और उसे निर्भ्रांत भाव से भिक्षा विभाग कहा जाता था। वह कपूर इसलिए था कि वह कक्षा में जो भी बोले, तुरन्त उड़ जाये, विद्यार्थियों के भेजे में न घुस पाये। तीसरे, जोशी के पास अपना कम्प्यूटर का अच्छा–खासा कारोबार, अतः अपनी मारुति कार थी उसके जोशी होने का जोश से कोई ताल्लुक नहीं था। वह जोशी इसलिए था कि यह साला जो भी "शी" दिखायी देगी, उसी के पीछे लग लेगा। चौथा एक कारख़ाने में अफ़सरी क़िस्म की कोई नौकरी करता था। वह काफ़ी मात्राा में मोटा, गोरा, अधबूढ़ा, अधगंजा और निस्सन्तान विधुर था और आजकल दोबारा शादी करने के मंसूबे बाँधने में लगा था। उम्र में तीनों से बड़ा था। उसे सब गुरु कहते थे। आजकल गुरु की यह

स्वयंवर अभिलाषा ही उन लोगों की चर्चा के केन्द्र में थी। वे रोज़ गुरु के आने से पहले एक–दूसरे को उसके नवीनतम किस्से सुनाते। "गुरु लड़की देख़ने गया कानपुर। चार घण्टे बैठ लिया, खा लिया, पी लिया, सारी बात हो गयी, उठने लगा तो सम्भावित सास बोली, "भाई साहब! अपने लड़के को भी साथ ले आते तो वह भी सरिता को देख लेता, आज ही बात पक्की हो जाती।" दूसरा सुनाता, "अरे गये हफ़्ते तो ग़ज़ब हो गया। गुरु गया नसीराबाद लड़की देखने...और लड़की की विधवा अम्मा पर इस बुरी तरह फ़िदा हो गया कि वहीं प्रणय निवेदन करने लगा, बाक़ायदा, घुटनों के बल बैठकर! लड़की समेत स्वीकार कर रहा है! यहाँ आकर इसने उसे सात पेज का एक प्रेमपत्र भी लिखा। अब फटके गुरु के गले में गुलाब की माला यों आ गयी कि अम्माजी राजी हो गयीं।"

ज़ाहिर है झूठे किस्से थे। सब जानते थे। पर हँसने के लिए क्या बुरे हैं?

आज भी यही बातें चल रही थी। तीन आ चुके थे। गुरु का इन्तजार था। चौरसिया मन–ही–मन मज़ा लेता था। ले रहा था।

–गुरु ने अख़बार में विज्ञापन निकाला है। सुना है चिट्ठियाँ आनी शुरू हो गयी हैं।

परसों तुम नहीं आये थे क्या? बता तो रहा था। उसने हमें पढ़वाई भी थीं दो।

–उम्र क्या लिखाई है गुरु ने अपनी?

–नॉटी फॉट्टी!!

–सब हँसे।

–गुरु को जँची क्या इस उम्र में शादी करने की?

–मैंने पूछा था...तो गुरु ने बड़े दुख से और गम्भीरता से एक क़िस्सा सुनाया। क़िस्सा कुछ यों है कि...चौरसिया, चायवाले को डण्डा मार दे!

चौरसिया ने सड़क पार चायवाले को ज़ोर से आवाज़ मारी और हवा में पंजा नचाया। अर्थात् पाँच चाय जल्दी ला। तीन ये, एक अपन और गुरु भी आता ही होगा।

क्या क़िस्सा है?

क़िस्सा यह है कि एक बार गुरु के श्रीलंका प्रदेश में एक फुंसी हो गय पीछे। बट्टीकलउवा से थोड़ा ऊपर। काफ़ी परेशान करने लगी।

गुरु गया डॉक्टर के पास। डॉक्टर ने कहा दिखाओ। तो गुरु ने दिखाया डॉक्टर क्या करता? उसने कुछ गोली दे दी खाने के लिए और ट्यूब दे दी कि रात को लगा लेना। अब गोली तो गुरु ने खा ली, रात को ट्यूब खोलकर दवा लगाने बैठा तो हाथ न इधर से पहुँचे न उधर से। कभी ऊपर लग जाये तो कभी नीचे।...हँसे सब। गुरु ने काँच में देखकर लगाने की कोशिश की। दिख तो गयी पर लगाने की कोशिश में मुड़े तो मुड़ते चले गये।...हँसी फिर।...काँच की तरफ़ पीठ हो गयी और हाथ वहीं–का–वहीं।...फिर हँस...अब गुरु परेशान। मुर्गा बनकर नीचे से हाथ डालकर लगाने की कोशिश की...तो कायको पोंचे हाथ वहाँ तक? भैया, भगवान किसी के श्रीलंका प्रदेश में फुंसी न पैदा करे।

–खासकर कुँवारों या रँडुओं के।

–सुनो तो सही अब गुरु ने सोचा कि क्या करें? तो एक टूथब्रश पर कपड़ा बाँधा, उस पर मलहम लगाया...और ले गये उस कूँची टाइप को श्रीलंका की तरफ़ ...तो...सुनानेवाला ख़ुद हँसते–हँसते लोट–पोट होने लगा।

–तो? घुस गया?

–ठहाकों में चौरसिया की तोंद थिरकने लगी कत्थे की डण्डी लोटे की किनोर पर मन्दिर की घण्टी की तरह टुनटुनाने लगी दूसरे के पतलून पर चाय गिर गयी। एक के गले में ठसका लग गया। सब आँखें पोंछने लगे और पानी माँगने लगे।

–अब रात को क्या करे? किसी दोस्त को टेलीफ़ोन करके बुलाये?

–उसमें रिस्क है बाबू!

–बस कर यार...ख़त्म कर।

–तो गुरु ने सोचा कि सबसे सीधा इलाज। इससे तो शादी ही कर लेते हैं।

–सही बात है। फुंसी का क्या है? कल फिर हो जाये तो?

–और इसे नहीं, उसे ही हो जाये तो?

–सब जी खोलकर हँस पड़े।

–अचानक सड़क पर सामने से एक महिला आती दिखी अच्छे कपड़े। प्यारी सूरत। तीनों हँसना स्थगित कर टकटकी लगाये महिला को देखने लगे। महिला कुछ तिरछा–तिरछा चल रही थी मानो एक पाँव में कील–सी चुभ रही हो। जब वह लगभग सामने आ गयी तो एक ने कहा इसकी चेसिस में कुछ डिफेक्ट है क्या?

–लोडेड है मेरी जान! दूसरा समझाता हुआ बोला।

–तब तो गुरु के लिए ठीक रहेगी पूछूँ क्या उससे?

–तुम क्या सोचते हो? गुरु की सांस्कृतिक कार्यक्रम में कोई रुचि नहीं है?

–रुचि क्यों नहीं होगी? पर अब पुरानी बात हो गयी न! दसवीं के कोर्स की बातें तुम्हें याद हैं क्या? गुरु से बिल्कुल नहीं बनेगा।

–जिसे कहते हैं राइज़िंग टु द ऑकेज़न!!

–फिर सब हँसे।

–तभी गुरु का स्कूटर आकर रुका। बग़ैर उतरे उसने बुरा मानते हुए पूछा–पी ली?

–अरे यार आओ तो सही और आ जायेगी उसमें क्या है?

–चौरसिया! यार एक डण्डा और मार दे।

–साले! तुम हमारी वेट नहीं कर सकते थे? हम कोई तुम्हारे बाऊजी की बरात में तो गये नहीं थे कि टाइम से लौट नहीं पाते!

–हम तो समझे तुम कारगिल की तरफ़ निकल गये।

–कारगिल तो सालों तुम सबको ले जाऊँगा अपने साथ। बुढ़ापे में। जैसे पाण्डव गये थे उस तरफ़। चौरसिया को भी ले चलेंगे। यह पान खिलाता रहेगा।

–पहले द्रौपदी तो ढूँढ़ लो धर्मराज!

–अबे चोप! मुर्गी के ढेंचू! द्रौपदी होगी तेरी ताईजी!

–अबे तो इतनी एयर क्यों ले रहा है यार! आ तो सही।

–स्कूटर खड़ा करके हँसते–फुदकते, कन्धों को और सारे शरीर को नचाते हुए "श्रीमान चौरसिया साहब को नमक खार" करने के बाद गुरु पीछे एक मुड्ढी पर आ बैठा मुड्ढी ने मरे स्वर में थोड़ी त्राहि–त्राहि की, पर गुरु ने इसकी परवाह नहीं की। सर्कस में हाथी भी तो स्टूल पर बैठता है। स्टूल तो कुछ नहीं कहता!

कुछ देर इधर–उधर की बातें होती रहीं। फिर एक ने कहा निगम ने अभी–अभी एक बहुत अच्छी लड़की देखी है तुम्हारे लिए।

कहाँ है? कहाँ है? करते गुरु ने दाहिने–बाएँ देखा बाँयें तो कुछ नहीं था, दाहिनी तरफ़ नेकर उचकाता छोकरा चाय का गिलास लिये आ खड़ा हुआ था। गुरु एक बार उसे आश्चर्य से देखता एक बार बाक़ी साथियों

को मुस्कुराते हुए। ऐसा उसने दो–तीन बार किया। मानो पूछता हो इसी की बात कर रहे हो क्या? सब हँसने लगे। छोकरा खिसियाने लगा। गुरु ने उससे चाय का गिलास ले लिया और उसे पुचकारते हुए विदा किया। जब वह जाने लगा तो गुरु बोला तुम्हारे बारे में हम बाद में विचार करेंगे।

सब हँसे।

कपूर ने पूछा और गुरु? आज कोई चिट्ठी आयी?

आज तो तीन आयी हैं। एक तो बड़ी भारी है। उसे तो मैंने अभी खोला ही नहीं। दरअसल आज दफ़्तर में ऐसा फँस गया...

किससे?

अबे चोप! लड्डू के तोते! हमारा कारख़ाना कोई तुम्हारी कन्या पाठशाला नहीं है। खड़े–खड़े रगड़वानी पड़ती है दिन भर, तब जाकर...

चिट्ठियाँ आती है माताओं–बहनों की, किसी ने लपका। सब हँसे।

तो निकालो यार, पढ़ें। भई कपूर, सीरियसली, मज़ाक़ नहीं। अब गुरु का घर बसाने के लिए हमें कमर कस लेना चाहिए।

उससे क्या होगा? कोई फुसफुसाया।

गुरु ने चाय पीकर गिलास परे रखा और खड़े होकर जेब से चिट्ठियाँ निकालीं। इस बीच जोशी पान ले आया। सबने अपने–अपने पान उँगली–अँगूठे की चिमटी में पकड़ मुखस्थ किये और सिर के बालों से हाथ पोंछ एकाग्र हुए!

पहली चिट्ठी नागौर से आयी थी कन्या का नाम था कमलादेवी बायोडाटा टाइप किया हुआ था। उम्र पैंतीस वर्ष। अध्यापिका। चिट्ठी कमलादेवी के बापू ने भेजी थी गृहकार्य में दक्ष...।

–गुरु! गृहकार्य में दक्ष है। कर लो।

"...सिलाई–कढ़ाई में निपुण है।"

गुरु! सिलाई–कढ़ाई में निपुण है। तुम्हारी सारी कमीज़ों पर उसका तुम्हारा नाम और तीर खाता दिल काढ़ देगी! मौका मत छोड़ो।

"...संगीत प्रभाकर है। हारमोनियम बहुत अच्छा बजाती है।"

इस पर सब ख़ूब हँसे।

–गुरु! ऐसा सुर निकलेगा पीऽ ईं ऽ ईं ऽ के सुनते रह जाओगे।

–और सोचते रह जाओगे कि कहाँ से निकला?

–स्कूटर पर बैठाकर ले जाओगे तो हॉर्न तक नहीं बजाना पड़ेगा।

—बस, डिसाइड हो गया। गुरु? डिसाइड हो गया न?

—तुम तो कल ही लिख दो गमला भाभी को...गमलादेवी भाभी को, कि मैं तैयार हूँ और आ रहा हूँ प ऽ ई ऽ ई ऽ

अरे रुको यार, दूसरी तो पढ़ लेने दो!

दूसरी चिट्ठी होशंगाबाद, मध्य प्रदेश से आयी थी। हिन्दी में थी। श्रीचरणों में सादर प्रणाम...

ईश्वर की असीम अनुकम्पा से...

गुरु! यह तो किसी चपरासी की एप्लीकेशन है लग रही है।

लिखनेवाला लड़की का मामा था। लड़की का नाम शशि था। वह मैट्रिक, सी.टी., बी.ए., बी.एड., एम.ए., और एलएलबी कर चुकी थी और अब पत्रकारिता में पत्राचार से डिप्लोमा कर रही थी उसकी शैक्षणिक अर्हताओं का विवरण पढ़कर सबने आँखें फाड़ीं और मुँह गोल–गोल किये और ऐसे चेहरे बनाए जैसे वे डर गये हों। उम्र चालीस वर्ष थी गृहकार्य में यह भी दक्ष थी, गोरी और सुन्दर तो ख़ैर थी ही, जैसी कि सब होती हैं। मामा जी ने लिखा था कि हम लोग ग्रामीण पृष्ठभूमि के हैं इसलिए लड़कियों से नौकरी कराना पसन्द नहीं करते। शशि की दो छोटी बहनें भी थीं, जो विवाह योग्य थीं और उनके पास भी काफ़ी शैक्षणिक योग्यता थी चिट्ठी के साथ लड़की का एक पासपोर्ट साइज़ ब्लैक एण्ड व्हाइट फ़ोटो भी था, जिसमें से बीस–बाईस साल की एक महत्वाकांक्षी किन्तु भीत ग्रामीण बाला दुनिया को अविश्वास और आशंका से घूर रही थी। पत्र में हँसने जैसा कुछ नहीं था। लेकिन पन्ना पलटकर देखा तो "पुनश्च" करके लिखा था "हम लोगों की आर्थिक स्थिति कोई बुरी नहीं है। गाँव में ज़मीन हैं, कुआँ है, भगवान की दया से अच्छी आमदनी हो जाती है। घर में दो गाय और तीन भैंसें भी हैं, जिनसे कुल मिलाकर दस–बारह किलो दूध रोज़ हो जाता है। यदि आप इस सम्बन्ध को स्वीकार कर लें तो आपका इस बिन बाप की बच्ची पर अत्यन्त उपकार होगा।"

बस, इस भैंसवाली बात पर उनमें हँसी के फव्वारे छूटने लगे। वे लोट–पोट होते हुए एक–दूसरे पर गिरने लगे। उनकी आँखों में आँसू आ गये। उनकी संक्रामक हँसी के प्रभाव से बग़ैर पूरी बात समझे चौरसिया की तोंद भी थिरकने लगी और कत्थे की डण्डी लोटे की घण्टी टुनटुनाने लगा।

अहाहा! दूध! शुद्ध दूध! मज़ा आ गया गुरु! कम से कम एक भैंस तो शीशी भाभी ले ही आयेंगी आपकी सेवा में।

–ज़रा सोचो! छह–छह थन! किसे कहते हैं। गुरु!

तुम तो भैंस को बाथरूम में ही बँधवा देना। मर्ज़ी आयी तो पी लिया, मर्ज़ी आयी तो नहाने लगे निकाल–निकाल के।

–गुरु! अब ज़्यादा सोचाविचारी की ज़रूरत नहीं है। गर्मी पड़ रही है। बाद में हरी–हरी घास भी नहीं मिलेगी आसानी से।

–इस केस में एक अच्छी बात यह है कि शूशू भाभी हारमोनियम नहीं बजातीं। ज़्यादा–से–ज़्यादा कभी–कभी रँभा लेंगी आप तो स्वीकार कर ही लो।

–अरे कन्या को स्वीकार करने को थोड़ी कह रहे हैं वह! वह तो भैंस को स्वीकार करने को कह रहे हैं!

ठहाकों पर ठहाके लग रहे थे।

जब हँसी की सारी लहरें थम गये तो गुरु ने कहा–अब आप लोग आज्ञा दें तो तीसरी चिट्ठी भी पढ़ ली जाये?

तीनों ने हाँ–हाँ कही और सिर जोड़कर बैठ गये।

तीसरी चिट्ठी काफ़ी लम्बी थी और सुगठित जनाना हस्तलेख में लिखी हुई थी बीकानेर से आयी थी इसका सम्बोधन था प्रिय...जी गुरु का नाम था। सम्बोधन देखकर ही सब चौंक गये। लगता था लड़की ने ख़ुद चिट्ठी लिखी थीं जैसे–जैसे चिट्ठी आगे बढ़ती गयी वे चारों गम्भीर होते गये। इसमें उनके हँसने के लिए कोई मसाला नहीं था। बल्कि जैसे हर पंक्ति के बाद चिट्ठी उनकी आत्मा को कुछ–कुछ भींचती जा रही थीं चिट्ठी यों थी–"...आपके विज्ञापन के प्रत्युत्तर में यह पत्र मैं स्वयं आपको लिख रही हूँ। आशा तो नहीं है कि आप इसे गम्भीरता से लेंगे और लिखनेवाले की भावनाओं का अन्दाज़ा लगाने की कोशिश करेंगे, क्योंकि बड़ी उमर की कुँवारी लड़कियाँ हमारे समाज में स्वतः ही हँसने की, चखने की या दया करने की चीज़ हो जाती हैं, फिर भी।

मेरा नाम रजनी शर्मा है। अगले महीने छत्तीस साल की हो जाऊँगा एक प्राइवेट स्कूल में पिछले ग्यारह साल से अध्यापिका हूँ जहाँ तीन हज़ार पर दस्तख़त करवाकर मुझे पन्द्रह सौ रुपये प्रति माह दिये जाते हैं। चुपचाप ले लेती हूँ क्योंकि इसके अलावा कोई चारा नहीं है।

बीएड अभी तक किया नहीं है। शायद करूँगी भी नहीं। उसके बग़ैर कहीं और नौकरी मिलेगी नहीं। ये लोग भी जब चाहे निकाल सकते हैं। दरअसल टीचर मैं कभी बनना ही नहीं चाहती थी मैं गृहस्थन ही बनना चाहती थीं शादी की बात चल ही रही थी सोचती थी इस साल नहीं तो अगले साल तो हो ही जायेगी

मेरे पिताजी की घड़ी की दुकान थी इतनी आमदनी तो हो ही जाती थी कि हम पाँच भाई–बहनों की परवरिश आराम से हो जात पिताजी कैसी भी घड़ियाँ ठीक कर लेते थे। खासकर दीवार घड़ियाँ। लेकिन धीरे–धीरे उनका धन्धा बैठता गया। अब जापान से नयी तरह की डिजिटल घड़ियाँ बाज़ार में आ रही थीं जो अव्वल तो ख़राब होती नहीं थीं और हो भी जायें तो बजाय मरम्मत कराने के उन्हें फेंककर नयी ख़रीद लेना ज़्यादा सस्ता पड़ता था। मैकेनिकल घड़ियों का ज़माना बीत गया था। पेण्डुलमवाली दीवारघड़ियाँ दिखायी देना ही बन्द हो गय। पिताजी ने कर्जा लेकर नयी तरह की घड़ियाँ रखीं। कुछ बिकीं, बाक़ी पड़ी रह गयीं। उनके डिज़ाइन रोज़ बदल जाते थे। परेशानी में पिताजी ने शराब पीना शुरू कर दिया। ख़ैर, थोड़ी बहुत तो पहले भी पीते थे...पर पहले पीकर आते तो हम लोगों के लिए खिलौने–मिठाई लाते थे और लाड़ करते थे, अब पीकर आते तो हम लोगों को कोसते...गालियाँ बकते और हाथ तक चला बैठते। कोई गिनती नहीं है कि कितनी बार हमें बचाने के लिए हमारे बदले हमारी माँ ने मार खायीं इस बीच जैसे–तैसे बड़ी बहनों की शादी हो गयी पिताजी पर ख़ूब कर्ज़ा चढ़ गया। पैसा माँगने वाले घर के सामने आकर चिल्लाते रात को, पिताजी घर में छिपे रहते और सारा मोहल्ला तमाशा देखता। दुकान पहले गिरवी रखी गयी और बाद में बिक गयी। माँ अब रोज़ और सीधे पिटने लगी। भाई घर छोड़कर चले गये। बेरोज़गार–बरबाद पिता और अभागी–बीमार माँ वाले उस घर में रह गयी उनकी सबसे छोटी लड़की यानी मैं।

मैंने पढ़ाई छोड़कर नौकरी कर ले। जैसे–तैसे प्रायवेट बीए कर लिया। शुरू–शुरू में मेरी तनख्वाह से घर चलाने में पिताजी–माँ को घोर कष्ट होता। लेकिन यह पापबोध जल्द ही ख़त्म हो गया और वे इसे अपना सहज अधिकार जैसा समझने लगे। फ़रमाइशें तक करने लगे। मेरा दिल रखने के लिए कह दिया जाता कि ये हमारी लड़की थोड़ई है, लड़का है।

शर्माहुजूरी में मेरी शादी की बात भी चलायी गयी, लेकिन अक्सर लड़कों को बग़ैर देखे ही रिजेक्ट कर दिया जाता। किसी की नाक टेढ़ी लगती, किसी की आमदनी कम लगती, किसी का ख़ानदान ढंग का नहीं होता, कोई दूर नौकरी कर रहा होता। "इतनी दूर कहाँ जायेगी हमारी बेटी! कोई दुख–दर्द हुआ उसको तो कैसे सँभालेंगे?" शुरू–शुरू में मैं इसे माँ–बाप का छोटी सन्तान के प्रति प्यार ही समझती थी, लेकिन इतना तो देखती ही थी जहाँ मेरी माँ मेरी शादी की चिन्ता में घुलती रहती है, पिता हर प्रस्ताव को टालने, या रिजेक्ट करने का बहाना ही ढूँढ़ते रहते हैं। मैं ऊपर से हँसमुख बनी रहती पर मन–ही–मन खीझती रहती क्योंकि सहकर्मी–सहेलियाँ ही नहीं, अब तो छात्राएँ भी टोकने लगी थीं मैडम! आप मिसेज़ नहीं बनेंगी क्या?

फिर लड़के देखने भी आये। अधिकांश घर की दुर्दशा देखकर बिदक जाते, कुछ अगर आगे बात बढ़ाने की कोशिश भी करते तो पिताजी का व्यवहार उन्हें भड़का देता। माँ उनसे भीख जैसी माँगने लगतीं मैं ख़ून के आँसू पीकर रह जाते।

फिर मैं ख़ुद अपने लिए योग्य वर ढूँढ़ने लगी इधर–उधर, स्कूल में, टाइप क्लास में, सड़क पर! और मैंने पाया कि बहुत सारे लोग मुझे स्वीकार करने के लिए तैयार हैं। लेकिन जीवनसंगिनी के रूप में नहीं, अंकशायिनी के रूप में। एक–दो विवाहित पुरुषों ने तो मुझसे इस तरह का प्रस्ताव करने की धृष्टता भी की लेकिन मैंने उन्हें झिड़क दिया। (क्या आप विश्वास करेंगे कि इधर कई बार अपनी निद्राविहीन काली रातों में मैंने अफसोस के साथ सोचा है कि मैंने उन्हें क्यों झिड़क दिया?) कई बार सोचती–दुनिया में जितनी औरतें हैं, उतने मर्द भी हैं, बल्कि कुछ ज़्यादा ही, तो फिर प्रॉब्लम क्या है? मेरा जोड़ीदार कहाँ है? वह मुझे मिलता क्यों नहीं? मैं ईश्वर पर बहुत ज़्यादा विश्वास नहीं करती, पर सोचती कि अगर वही यह सब कर रहा है तो मानना पड़ेगा कि वह कोई बहुत अच्छा मैनेजर नहीं है।

मन में यह ख़याल भी आता कि कहीं ऐसा तो नहीं कि माँ–पिताजी चाहते ही नहीं हों कि मेरी कह शादी हो जाये? क्योंकि मैं चली गयी तो उनका गुज़ारा कैसे चलेगा? कहीं अनुकूलता दिखानेवाले लड़कों से वे गुपचुप ऐसी शर्त तो नहीं लगाते कि हमारी बेटी से शादी करोगे तो हमें भी अपने साथ रखना होगा? मुझे लगता, नहीं ऐसा नहीं हो सकता।

कम से कम माँ इसमें शामिल नहीं हो सकतीं लेकिन जितनी ज़्यादा बार पिता मेरे सामने मेरी शादी की चिन्ता प्रकट करते और लम्बी उसासें भरते, उतना ही मेरा शक बढ़ता जाता। रात को पिताजी माँ से ज़रूर कुछ पैसे खसोटकर ले जाते, देसी दारू पीकर आते, घण्टे भर झींकते कि उन्हें बेटी की कमाई खानी पड़ रही है और कि कुँवारी बेटी छाती पर पहाड़ की तरह बैठी है और रोने लगते और फिर नाली पर बैठकर हड़ड़–हड़ड़ उल्टी करते और बग़ैर खाये–पिये सो जाते। रोज़ यही होता।

सब तरफ़ से हारकर मैंने भाइयों को लिखा कि मेरे सिर में सफेद बाल आने लगे हैं, क्या मैं उमर भर यूँ ही बैठी रहूँगी? सिर्फ़ महीने के महीने छोटा–सा मनीऑर्डर भेज देते हो। या तो मेरी कहीं ठीक–ठाक नौकरी लगवा दो, या शादी करवाओ या कोई कुआँ बता दो जिसमें डूब मरूँ। ख़ैर, मैं भाइयों को दोष नहीं देती जब पैदा करनेवालों ने ही परवाह नहीं की तो वे क्यों करें जिनकी अपनी घर–गृहस्थी, बाल–बच्चों की ज़िम्मेदारियाँ हैं।

यह तो बहुत बाद में मुझे समझ में आया कि माँ–पिताजी बरसों से मेरे साथ कैसा मीठा और ज़हरीला नाटक कर रहे हैं। वे सचमुच नहीं चाहते कि मेरी शादी हो जाये। डरते हैं कि कहीं मैं ख़ुद ही किसी के साथ छिपकर या घर से भागकर शादी न कर लूँ। मेरे पिताजी घर से स्कूल तक रोज़ मेरा पीछा करते हैं। पीठ पीछे मेरे कमरे की तलाशी लेते हैं। मेरी व्यक्तिगत चीज़ों को खँगाल डालते हैं। बग़ैर किसी अफ़सोस, अपराध बोध या क्षमायाचना के। कुछ उचक्के क़िस्म के लोगों को छोड़ रखा है कि मुझ पर नज़र रखें। इस घर में रही तो कोई ताज्जुब नहीं यदि किसी दिन वे मुझे बेच डालें या किराये पर देना शुरू कर दें।

इसलिए अब ख़ुद इस नरक से निकलने की कोशिश कर रही हूँ। ख़ुद ही अख़बार में विज्ञापन देखकर चिट्ठी लिख देती हूँ। सबको इतना नहीं लिखती, सिर्फ़ बायोडाटा भेज देती हूँ। आपको पता नहीं क्यों सारी बातें इतने विस्तार से लिख गयी पता नहीं क्यों, मुझे लगता है आप एक बार इसे पढ़ेंगे तो ज़रूर। वैसे भी परिचितों की बजाय अपरिचितों के आगे दिल खोलकर रखना ज़्यादा आसान होता है। अगर आपको लगे कि कोई चण्ट लड़की अपनी करुण कथा सुनाकर आपको ठगने या फँसाने की कोशिश कर रही है, तो प्लीज़, इस पत्र को तुरन्त फाड़कर फेंक दीजिएगा।

अगर आपको मेरी बातों में सच्चाई का एहसास हो और मेरे बारे में जानने की दिलचस्पी पैदा हो, तो आपका स्वागत है। मैं आपके बारे में उतना ही जानती हूँ जितना आपने विज्ञापन में लिखा है। पता नहीं हम एक–दूसरे के लिए उपयुक्त जीवनसाथी होंगे या नहीं। यह फ़ैसला तो मिलने के बाद ही होगा।

पत्र का उत्तर कृपया स्कूल के पते पर ही दें, और लिफ़ाफ़े पर लाल स्याही से "व्यक्तिगत" ज़रूर लिख दें।

तीन–चार साल देखती हूँ, वरना कुछ और सोचूँगी और कुछ नहीं तो सेल्फ़ोस और टिक ट्वंटी तो हमारे बीकानेर में भी बहुत मिलती हैं।

त्राुटियों के लिए क्षमायाचना।

रजनी शर्मा"

पत्र समाप्त होने के बाद भी कुछ पल सन्नाटा–सा खिंचा रहा।

तभी कपूर, मीना कुमारी की नकल बनाते हुए माथे पर अपने बालों की एक "लट" खींचकर थरथराती आवाज़ में बोला तुम्हारे बग़ैर में कहाँ ऽऽ जाऊँगी भूतनाथ!!

और सब ज़ोर से हँस पड़े।

नहीं, सब नहीं। जोशी नहीं हँसा। वह झटके से उठकर खड़ा हो गया और बोला, "बस ठीक है यार! हर टाइम क्या खी खी खी खी! जानवरों की तरह!"

शेष तीन जोशी को देखते रह गये।

बर्डे

बड़ी मुश्किल से फुर्सत निकालकर श्रीमती बैजल ड्रेसिंग टेबल के सामने बैठ पायी हैं। उन्होंने सुबह मेकअप किया था, और अब तीसरा पहर है। इस बीच एक बार भी आईने के समने नहीं बैठ पायीं। कोई और दिन होता तो बेस–फाउण्डेशन–फिनिश–टच की यह चिरप्रिय क्रिया कम–से–कम चार बार हो चुकी होती। आज स्वीटू का बर्डे है और उनके शब्दों में वे सुबह से "बैल की तरह" खटती रही हैं।

देह कुछ स्थूल हो चली है। पहले उस पर कसे वस्त्रों को वस्त्रों की शक्ति की सीमा तक कसेंगी बार–बार। बाल झर रहे हैं पर उन्हें सुलझाकर फिर उलझाकर फिर सेट करके फिक्स कर देने से चल जाता है। नहीं तो स्विच लगा लेती हैं। चेहरा–मोहरा सुन्दर है। ईयरिंग चेंज करने पड़ेंगे। कौन–से पहनेंगी, अभी तय नहीं हुआ। वह साड़ी तय होने के बाद तय होगा। और यहीं आईने के सामने ही तय होगा। मेक्सफेक्टर भी क्या रद्दी चीज़ें बनाने लगे हैं आजकल। पहले कस्टम वाले गुप्ता जी कितनी अच्छी इम्पोर्टेड कॉस्मेटिक्स ला देते थे!

अचानक ध्यान आया, कस्टर्ड के लिए दूध का भगोना गैस पर ही छोड़ आयी हैं। सीता को तो कुछ पता नहीं चलेगा और दूध जल जायेगा। केक पर आइसिंग भी अभी तक नहीं हुई। भँवर सिंह को स्ट्रॉ और पेपर नेपकिन के लिए भेजा था। पर्ची पर लिखकर दिया था। पर अभी तक लौटा नहीं है। पता नहीं इस गाँवड़े में कोई दुकानदार पर्ची का आशय समझेगा भी या नहीं। कहीं फुटपाथ पर बिकने वाले छींट के रूमाल न उठा लाये। कुछ नहीं कहा जा सकता।

उठीं। सीता को आवाज़ दी "भगोना उतार दे।" फिर बैठ गयीं। साड़ी बनारसी वाली ठीक रहेगी। पर इस मौसम में डॉर्क कलर?

इससे तो कांजीवरम वाली ही ठीक है। लेकिन ड्राइंगरूम के कॉर्पेट और कुशन के साथ बेहूदा लगेगी, और आजकल वैसे ही लेडीज़ को ज़रा–ज़रा–सी बात पर क्रिटिसाइज़ करने की आदत है। और वे नहीं चाहतीं कि कोई उन्हीं के यहाँ आकर उनकी इंसल्ट कर जाये।

अचानक ध्यान आया कि गुब्बारों में हवा भँवर सिंह ही भरेगा। और भरेगा तब जब आयेगा। और आयेगा तब जब उसे स्ट्रॉ और नेपकिन मिल जायेंगे या नहीं मिलेंगे। क्या मुसीबत है। एक ही नौकर, और वह भी चपरासी। न सुने, न समझे। न गाँठे। ज़रा–सा कुछ कह दो तो मुँह फुलाकर चल दे। और एक वह। इसकी पटरानी सीता! कहो खेत की सुने खलिहान की। कहो हरिद्वार सुने फर्रुख़ाबाद। कोई काम उसके भरोसे छोड़ा नहीं जा सकता। एक दिन सब्ज़ी बनवा लो, इतनी मिर्च झोंक देगी कि उसे खाओ या रो लो। चाय तक ठीक से नहीं बना सकती। कभी इतनी फीकी बनायेगी कि लगे, कब्ज़ से निबटने के लिए कुछ पी रहे हैं, और कभी इतनी मीठी कर देगी कि पीने के बाद मुँह में ब्रुश घुसेड़कर चिपके हुए होंठों को खोलना पड़े। खाने को ढेर चाहिए। नहीं, खाओ जी भर के। उनकी ऐसी आदत नहीं जो किसी की खुराक पर नुक्ताचीनी करें...पर मरे, काम के दिन ज़रा ज़्यादा ही सताते हैं।

उन्हें लगा, यहाँ कोई ब्यूटी पॉर्लर होता तो कितना अच्छा होता! चैन से जाकर पसर जाती। नेल्स, हेयर डू... आइब्रो... सब हो जाती...यहाँ तो मरी वेक्सिंग तक हाथ से करनी पड़ती है। ख़ैर, अब अगर प्योर सिल्क की साड़ी ही पहननी है तो नेलपॉलिश तो उसी शेड की लगा ही लें। उठायी...खोली...फिर सोचा...सर्व कौन करेगा? और इतनी चिल्लर–पिल्लर सँभालेगा कौन? सुधीर तो कुछ करेंगे नहीं, उन्हें ही करना पड़ेगा। कोई इधर से खींचेगा कोई उधर से, साड़ी का सत्यानाश हो जायेगा। ...चाशनी के हाथ तो ज़रूर लगेंगे। चलो, ऑरगण्डी की ही पहन लेते हैं। जो बम्बई से लाये थे। बस, झंझट ख़त्म। सेट, सेण्डल, लिपस्टिक, चूड़ियाँ ...सब हैं उसके साथ की। लेकिन ब्लाउज़? क्या वह छोटा तो नहीं हो गया होगा? क्या अब उसे खोलकर ठीक करने का वक़्त है?

श्रीमती बैजल रुँआसी हो गयीं।

उन्हें लगा, उनकी क़िस्मत ही ख़राब है। वरना क्यों सुधीर एन्फोर्समेण्ट इंस्पेक्टर की इतनी बढ़िया नौकरी छोड़कर लेक्चररशिप में आते।

अच्छे–खासे शहर में थे। ठाठदार मकान था। नौकर–चाकर थे। गिफ़्ट देनेवालों की लाइन लगी रहती थी। किसी को भी फ़ोन कर दो; गाड़ी आ जाती थी। इतने सिनेमा हॉल थे, कभी याद नहीं आता कि कहीं टिकट लेना पड़ा हो। सुधीर बताते नही...उन्हें तो अब भी शक़ है कि चिरंजीलाल बद्रीप्रसाद वाले केस में सुधीर फँस गये थे। फँस ही गये होंगे। वरना इतनी अच्छी नौकरी छोड़कर ये फटीचरी करने कौन आता?

सुधीर की यही बात उन्हें पसन्द नहीं है। एक दिन की छुट्टी नहीं ले सकते। इन्विजिलेशन ड्यूटी है तो क्या? सिक भी तो किया जा सकता है। उसमें मिलता ही क्या है? पर नहीं। अब आयेंगे ऐन चार बजे। मरती रहें श्रीमती बैजल अकेली। जैसे स्वीटू सिर्फ़ उनका बेटा हो। और उसे भी छुट्टी नहीं लेने दी। जैसे बर्डे साल में दस–बीस बार आता हो! बच्चा है। एक दिन नहीं जाता स्कूल तो क्या बिगड़ जाता?

हर बर्डे को ऐसा ही होता है। यह स्वीटू की पाँचवी बर्डे है। स्कूल जाने लगा है। पिछली बार तो दिनभर उसे हल्का बुख़ार भी था। झींक रहा था। उसे भी सँभालती जातीं और खटती भी जातीं। हालाँकि मदद के लिए चार आदमी थे, पर आदमियों से काम लेना क्या कम मुसीबत है? और फिर छोटी जाति के आदमी। ज़रा नज़र फेरो कि चीनी ही फाँक लें। मलाई ही चाट लें। बीड़ी पीने ही बैठ जायें। गन्दे–सन्दे हाथ इस–उसमें लगा दें। सारी बातों का ध्यान रखना पड़ता है। ख़ूब थकीं श्रीमती बैजल उस दिन, और थकने के बाद झुँझलाहट भी स्वाभाविक है। पर मजाल है एक भी नुक्स निकाल सका हो कोई! कितने बड़े–बड़े घरों के लोग आये थे। सबकी जबान पर एक ही बात थी कमाल कर दिया मिसेज़ बैजल! कितनी राहत मिलती है काम सफल होने पर! सारी मेहनत सकारथ हो जाती है।

कल्पनालोक में खो गयीं श्रीमती बैजल। मधुर यादों में। पार्टी ख़त्म हो चुकी है। सारे मेहमान उनके खाने और उनके इन्तज़ाम की तारीफ़ करते हुए जा चुके हैं। बिखरे हुए ड्राइंगरूम में...गुब्बारों के टुकड़ों में... पिचकी हुई टोपियों मे...इधर–उधर पड़ी रह गयी मिठाई की किसी अधखायी प्लेट में...फूलों की कुचली हुई पंखुड़ियों में हर चीज़ में बच्चों की मोहकता का अलस बिम्ब सुगन्धित है। और वह मीठी–मीठी थकान और तृप्ति में डूबीं। उपहारों का एक–एक पैकेट खोलकर देख रही हैं।

अच्छा! तो आहूजा साहब ने बैट्रीवाली ट्रेन दी है! और यह लाल पैकेट किसका है? भार्गवाज़ का? क्या है? हाय! कित्ता प्यारा सूटपीस है। स्वीटू पर ख़ूब फबेगा। और ये शेख़ साहब इतना भारी क्या उठा लाये? जापान का स्लाइड प्रोजेक्टर? ग़जब करते हैं और ज़रा वह बैंगनीवाला पैकिंग तो देखें। देखिए क्या ख़ूबसूरत एलबम है। यह भी इम्पोर्टेड है। लूथराज़ सचमुच बहुत फॉर्मेलिटीज़ करते हैं। लीजिए जितना ख़र्च हुआ इससे चार गुना तो वसूल हो गया।

यही बात है। यही बात है जो हर साल महिलाओं को बच्चों की वर्षगाँठ मनाने के लिए उत्साहित कर देती है। थकेंगी, खटेंगी, झुँझला लेंगी, सब कर लेंगी, लेकिन जब अपने व्यंजन दूसरों को खिलायेंगी और दूसरे वाह–वाह कर उठेंगे। कैसा सुख मिलता है। और खासकर जब वे महँगे–महँगे उपहार भी दे जा रहे हों! वैसे भी जेवर–कपड़े–डिनरसेट, क्रॉकरी और घर की सजावट किसी को दिखाने का मौक़ा कब–कब मिलता है।

लेकिन आज का तो दिन ही ख़राब था।

सुबह केक बनाने बैठीं तो दो अण्डे ख़राब निकल गये। केक में बेकिंग पाउडर की जगह ग़लती से ख़ाने का सोडा डाल बैठीं। सारा फेंककर दोबारा बनाना पड़ा। पति को क्रीम लेने भेजा तो वह बरतन ही ले जाना भूल गये, और दूसरे चक्कर में क्रीम लेकर आये तो ख़बर लाये कि आइसिंग सुगर कहीं नहीं मिली। फिर छोलों में नमक ज़्यादा हो गया और कस्टर्ड का दूध बचाते–बचाते भी जल गया। चार चक्कर स्कूटर पर बाज़ार के लगाकर पतिदेव बग़ैर ख़ाना खाये कॉलेज चले गये, क्योंकि कुकर का ढक्कन ठीक ढंग से बन्द नहीं हुआ था और समय पर दाल नहीं बन सकी थी। मेकअप जो सुबह हुआ था। शाम तक दोबारा नहीं हो सका था। पेपर नेपकिन लेने गया भँवर सिंह खाली हाथ हिलाता लौट आया और आते ही सीता से किसी बात पर उलझ पड़ा। सीता ने चाइना ग्लास की तश्तरियाँ तोड़ दीं और कुछ खास मेहमानों के निमन्त्रण–पत्र, जो पति कॉलेज जाते समय साथ ले जानेवाले थे टेबल पर पड़े ही रह गये। प्याज़ काटते समय श्रीमती बैजल की उँगली कट गयी और ऑरगण्डी की साड़ी के साथ का ब्लाउज़ वाकई छोटा हो गया निकला।

लेकिन श्रीमती बैजल के दुखों का यहीं अन्त नहीं था।

पति एकदम ऐन वक़्त पर कॉलेज से लौटे और स्वीटू तो मेहमानों का आना शुरू हो चुकने पर आया। वह सुबह से चिड़चिड़ा हो रहा था... उसने कपड़े बदलने से इनकार कर दिया और स्कूल ड्रेस ही पहने रहने की ज़िद करने लगा। बड़ी मुश्किल से उसे अच्छे कपड़े पहनने के लिए फुसलाया जा सका। मेहमान बहुत ही कम आये। निश्चित समय से एक घण्टा बाद भी ड्राइंगरूम में सिर्फ़ कुछ बच्चे और एक–दो अत्यल्प परिचित पड़ोसनें ही नज़र आ रही थीं। ऐन वक़्त पर रिकॉर्ड प्लेयर ख़राब हो गया और सुधीर उसे ठीक करने में लग गये। अनेक आमन्त्रितों ने ख़ुद न आकर सिर्फ़ अपने बच्चों को भेज दिया था जो लिपे–पुते–सहमे–सहमे से बैठे थे। न हँस–बोल रहे थे न उधम–धड़ाका कर रहे थे। वे ज़्यादातर निम्न–मध्यवर्गीय परिवारों के बच्चे थे जिन्हें शालीनता और तहज़ीब के नाम पर यही सिखाया गया था। श्रीमती बैजल बार–बार अन्दर–बाहर चक्कर लगा रही थीं और प्रफुल्ल मन होने की असफल और कठिन कोशिश कर रही थीं। उन्होंने नाश्ते और ख़ाने दोनों का इन्तज़ाम किया था। योजना यह थी कि खास–खास पाँच–सात परिवारों को ख़ाने के लिए रोक लिया जायेगा और बाक़ी को नाश्ता कराकर विदा कर दिया जायेगा। लेकिन मेहमानों की संख्या और उनके आगमन की सुस्तरफ़्तारी देखकर श्रीमती बैजल को अन्दाज़ा हो गया था कि बहुत–सा ख़ाना बचा रह जायेगा। दिनभर सचमुच खटती रहने और इस उपलक्ष्य में अपने पति की नाराज़गी बरदाश्त करने के बाद सीता अब एकदम निठल्ली खड़ी थी। श्रीमती बैजल के भावी आदेशों की प्रतीक्षा में। और उसका इस तरह खड़े रहना श्रीमती बैजल को और बुरा लग रहा था। रिकॉर्ड–प्लेयर ठीक करते सुधीर की उपस्थिति में आगन्तुक बच्चे आतंकित जैसे लग रहे थे और स्वीटू अकेला किस–किस से बात करता! एक छोटी–सी लड़की अपनी बड़ी बहन का फ्रॉक खींचकर अभी से "चलने" की ज़िद करने लगी थी और वह उसे इधर–उधर देखकर झूठा मुस्कराते हुए बरज रही थी। बड़ी अटपटी और कठिन स्थिति होती जा रही थी।

फिर ख़ैर सुधीर के कुछ दोस्त अपने–अपने बच्चों की उँगलियाँ पकड़े आये और सुधीर रिकॉर्ड–प्लेयर छोड़कर उनसे गपशप में लग गये। बच्चे भी कुछ खुले। सौभाग्य से कुछ बहुत बोलनेवाली और बोलती रहने वाली

महिलाएँ भी तभी आ गयीं और बात–बात पर ज़ोर–ज़ोर से हँसने लगीं। बच्चे भी माँ–बाप की अच्छी सीख और नसीहतें भूलकर आख़िर एकदम सहज हो गये। एकदम बच्चे। रोना–धोना, चिल्ल–पों, किलकारियाँ, हा–हा, हू–हू। लगा कि हाँ, घर में पार्टी हो रही है। श्रीमती बैजल अब सचमुच प्रफुल्ल थीं और सीता अब सचमुच व्यस्त। सीता पूड़ियाँ उतार रही थी, भँवर सिंह नाश्ते की प्लेटें लगा रहा था और सुधीर और उनके मित्र प्रिंसिपल और कॉलेज के क़िस्सों में डूबे थे। और बच्चों की आँखों में स्वीटू के खिलौनों के प्रति ईर्ष्या, उसके मालिकाना बघारने पर चिढ़ और खाने–पीने का इन्तज़ार दिखायी देने लगा था। आख़िर वह क्षण आ ही गया जिसे पार्टी की सफलता का शिखर बिन्दु कहा जा सकता है और जिसका श्रीमती बैजल इन्तज़ार ही कर रही थीं। बड़ी अदा और तकल्लुफ़ के साथ केक लाया गया, उस पर पाँच नन्ही–नन्ही मोमबत्तियाँ जलायी गयीं और स्वीटू बेटे को फूँक मारने को कहा गया। श्रीमती बैजल अकेली "हैप्पी बर्डे टू यू" गाने लगीं। क्योंकि और बच्चों को यह गाना नहीं आता था। वे हो ऽ ऽ करने लगे। छोटे क़द के नन्हे–मुन्ने जिन्हें न कुछ समझ में आ रहा था, न केक पर की जाती कोई हरकत नज़र आ रही थी, अपनी छोटी–छोटी हथेलियों से ताली बजाने लगे। एक ख़ूबसूरत रिबन बँधा चाकू स्वीटू को पकड़ाकर केक कटवाया गया और बच्चों के बहाने बड़ों से बैठने को कहा गया। नाश्ते की प्लेटें, फेंटा की बोतलें आने लगीं और बच्चे खाने–पीने में....छीना–झपटी में लग गये। सुधीर गुब्बारे उतार–उतारकर बच्चों में बाँटने लगे। तभी ध्यान आया कि टोपियाँ तो अन्दर कमरे में ही रखी रह गयीं। वे लायी गयीं और एक स्वीटू को पहनाकर बाक़ी बाँट दी गयीं। टोपियाँ कम थीं, बच्चे ज़्यादा। और स्वीटू ज़िद करके जो टोपी लेता, दो ही पल बाद उसे फेंककर दूसरी के लिए मचलने लगता, जो किसी और बच्चे ने लगा ली होती। वह जलसे का सबसे महत्त्वपूर्ण बच्चा था और आज बहुत सुविधापूर्वक ज़िद्दी और चिड़चिड़ा होने की आज़ादी ले सकता था।

ख़ैर, लोग खाने–पीने लगे और बग़ैर तारीफ़ किये खाते रहे। काफ़ी देर श्रीमती बैजल तारीफ़ों की प्रतीक्षा करती रहीं और फिर उन्होंने कवि सम्मेलनी तुक्कड़ों की तरह ख़ुद ही दाद माँगनी शुरू कर दी। "क्यों मिसेज़ गोयल? छोले कैसे बने? ...भाभीजी... आपने कचौड़ी को तो हाथ ही नहीं लगाया। अच्छी नहीं लगी क्या? भई सुमन... नमक–मिर्च तो सब ठीक है न?"

महिलाओं ने ठण्डी–ठण्डी अच्छा–अच्छा की, जिससे श्रीमती बैजल और बुझ गयीं। उधर पुरुषों को मरे प्रिंसिपल की चर्चा से अब तक फ़ुर्सत नहीं हुई थी कि जो भकोस रहे हैं उसके लिए मुँह से दो बोल भी निकाल दें कि भई ठीक है, ख़राब है, क्या है!

खा–पीकर सब जाने को हुए तब श्रीमती बैजल को पता चला कि उनका अन्दाज़ा कितना ग़लत था। इस बार पिछले साल की बनिस्बत मेहमान कम थे, पर ख़ाना सारा सफाचट हो गया था। नदीदों–मरभुक्खों को जैसे घर पर कभी देखने को नहीं मिलता हो ऐसा ख़ाना! वे खाते–पीते लोग थे जो अब तक स्वीटू की बर्थडे पार्टी में आते रहे। और ये! छोटे–छोटे बच्चों की ख़ुराक़ तो देखो! नहीं, वे किसी की ख़ुराक़ पर टोकाटोकी नहीं करतीं। उनका यह मतलब नहीं... आख़िर वे ख़ुद भी तो ऐसे ही साधारण परिवार से आयी हैं। उनके बाऊजी क्या थे? नगरपालिका में क्लर्क ही तो थे। ...जीमण वग़ैरह में कभी वे आठों बहन–भाई जाते तो किस कदर ठूँसते थे। और बाद में तीन दिन तक अफ़सोस करते थे कि कुछ मिठाई और क्यों नहीं खा ली? पर जीमण की बात और है। उसमें पता नहीं चलता। पर पार्टी में तो कम–से–कम क्या फ़ायदा... रातभर बच्चे लोटा ले–लेकर भागेंगे... क्या पता कोई अभी ही चड्ढी उतारकर न आ जाये। आण्टीजी हमें...

ख़ैर, किसी तरह पार्टी निबटी। मेहमान सुखी और सन्तुष्ट दाँत कुरेदते हुए और डकारें लेते हुए और सुपारी–इलायची के मुट्ठे भरते हुए चले गये। चलो। शान्ति मिली। सीता को चाय का पानी रखने को कहकर श्रीमती बैजल सुधीर के साथ उपहारों के पैकेट देखने–सँभालने बैठीं। कितनी तृप्ति मिलती है जब लेकिन इस बार उनकी आशा से एक–चौथाई उपहार भी नहीं थे। अब श्रीमती बैजल को पता चला और उन्हें यह जानकर धक्का लगा कि कई मेहमान बग़ैर कोई उपहार लाये खाली हाथ हिलाते हुए ही आ गये थे। और नहीं... न उन्होंने स्वीटू के हाथ में पाँच का नोट दिया... न सुधीर को... और खा–पीकर हाथ झाड़कर चले भी गये। ख़ैर, पर...जो लाये हैं, उन्हें तो देखा जाय।

अब श्रीमती बैजल छोटे–छोटे उपहारों के पार्सल खोल–खोलकर देखती जाती थीं और उनका दुख बढ़ता जाता था। उनकी बाँह पर रक्तचाप नापक लगा होता तो वह हर पैकेट के अनावरण के बाद नीचे–नीचे खिसक रहा होता। अधिकांश लोगों ने गोली–चॉकलेट या सस्ते प्लास्टिक

के खिलौनों से बला टाली थी। कुछ ने हैण्डलूम या पॉलिस्टर के सस्ते फुटपाथिया कटपीस भेज दिये थे। और कुछ गधों ने तो दो–दो ग्लूकोज़ बिस्कुटों के पैकेट ही पतंग के कागज़ में बाँधकर बच्चों के हाथ भिजवा दिये थे। हाय! कैसे असभ्य, टुच्चे, ज़ाहिल लोगों में आ फँसीं श्रीमती बैजल!

उन्हें अब भी अब भी यह पता नहीं चला कि वे कौन लोग थे जो पिछले वर्षों में स्वीटू के लिए महँगे–महँगे उपहार लाते थे? और क्यों?

सब छोड़–छाड़कर सोफे की पीठ से सिर लगा, बाल खोल श्रीमती बैजल पसर गयीं। आँखें बन्द कर लीं। सिर, दर्द के मारे फटा जा रहा था।

तभी बाहर से किसी ने आवाज़ मारी, "स्वीटू भाय!"

कोई भारी पुरुष स्वर। श्रीमती बैजल की त्यौरियाँ चढ़ गयीं। कौन है?

सुधीर "कौन है" कहकर उठे। और अभी उठ भी नहीं पाये होंगे कि भीतर के कमरे से सरपट दौड़ता हुआ "हो ऽ ऽ" चिल्लाता हुआ स्वीटू निकला और उनके सामने से पूरा ड्राइंगरूम दौड़कर पार करता हुआ बाहर निकल गया।

सुधीर उठे। बाहर गये। कुछ पल बाद वापस आये। बताया, "बन्ने है।"

"कौन बन्ने?"

स्वीटू का ताँगेवाला। स्वीटू के स्कूल का ताँगेवाला।

श्रीमती बैजल ने बग़ैर कोई प्रतिक्रिया व्यक्त किये फिर आँखें बन्द कर लीं।

सुधीर बाहर गये। फिर भीतर आये। सहमते हुए–से बोले एक प्लेट लगवा दो।

फुरती से उठीं श्रीमती बैजल और भौंहें चढ़ाकर बोलीं, "बाहर ही भिजवा देती हूँ।"

तभी बाहर से स्वीटू का उल्लास भरा "हो... ओ... ओ", बन्ने की पहलवानी हँसी... और दो बड़े हाथों तथा दो छोटे हाथों की सम्मिलित तालियों की आवाज़ सुनायी दी... जैसे पखावज–सन्तूर की जुगलबन्दी।...

श्रीमती बैजल किचन में गयीं। एक प्लेट उठायीं। देखा नहीं कि जूठी है या साफ़। क्या फ़र्क़ पड़ता है! मुसट्टा तो है! बिना बुलाये आ गया। एक–एक करके मरे मन से प्लेट में सारी चीज़ें रखीं। केक... वेफर्स...समोसा...गुलाब...गुलाबजामुन का मर्तबान खाली पड़ा था।

उन्होंने चखा तक नहीं जबकि। सुधीर ने भी नहीं। ज़रूर सीता ले गयी होगी भँवर सिंह के लिए। प्लेट खाली–खाली लग रही थी। समोसा कुचल गया था और काला पड़ गया था। वेफर्स में आधे से ज़्यादा चूरा था। इधर–उधर देखा। किसी बच्चे की छोड़ी हुई प्लेट में एक साबुत गुलाबजामुन पड़ा था। श्रीमती बैजल ने उसी को उठाकर प्लेट में धर लिया और प्लेट लेकर पल्ला सँभालती हुई बाहर निकलीं।

स्वीटू उस हट्टे–कट्टे दाढ़ीवाले ताँगेवाले की गोद में था और उसकी गरदन में गेंदे के फूलों की बड़ी–सी माला पड़ी हुई थी। दाढ़ीवाला डाकुओं की तरह सफ़ेद–सफ़ेद दाँत दिखाता हँस रहा था। इसने नमस्ते की। श्रीमती बैजल ने प्लेट बढ़ाई। डाकू ने स्वीटू को उतारकर प्लेट पकड़ी... और उसमें से गुलाबजामुन उठाकर...श्रीमती बैजल कुछ बोलें–बोलें उससे पहले ही...स्वीटू के खुले मुँह में रख दिया। स्वीटू ख़ुश होकर कुदकने लगा। श्रीमती बैजल भीतर आ गयीं और धम्म से सोफ़े पर गिर गयीं। आज जूठन भी खानी थी हमारे स्वीटू को।

घण्टे भर बाद स्वीटू घर में इधर से उधर धमाचौकड़ी कर रहा था। पापा को चौथी बार बता रहा था कि उसने सुबह ही बन्ने भाय से कह दिया था कि "शाम को ज़रूर–ज़रूर–ज़रूर आना, आज शाम को हमारी हैपी बर्डे होगी।" और उसकी गरदन में अब भी गेंदे के फूलों का बड़ा–सा हार पड़ा था जो बन्ने उसके लिए लाया था और जिसे पहनाते–पहनते वक़्त दोनों ने तालियाँ बजायी थीं–जैसे पखावज और सन्तूर की जुगलबन्दी।

और जूठे बरतनों के पहाड़ के सामने बैठीं श्रीमती बैजल सोच रही थीं कि उनकी तो क़िस्मत ही ख़राब है।

आदमी जात का आदमी

सु.बा.गो. तोदी महाविद्यालय में हिन्दी विभाग के अस्थायी व्याख्याता और यशःप्रार्थी कवि सुधीर रंजन उस दिन सिंघल भाई साहब के एक फ़ोनकॉल पर ही फतेहगंज के लिए रवाना हो गये। फ़ोन तीन बजे आया था। रात को कवि सम्मेलन है। अमुक जी, तमुक जी आ रहे हैं। अमुक भी आ रही हैं। तमुक भी हवाई जहाज़ मिल गया तो आयेगा। आपको भी आना है। ग्यारह सौ मिलेंगे।

तीन बजे के बाद फतेहगंज की एक ही बस थी। चार घण्टे का रास्ता था। घर गये, कविता की डायरी उठायी, एक कप चाय पी और रवाना हो गये।

सिंघल भाई साहब व्यापार संघ के अध्यक्ष हैं। और भी कई संस्थाओं से सम्बद्ध हैं। सज्जनों की भाषा में शहर के सम्पन्न और सम्भ्रान्त व्यक्ति और चालू भाषा में सटोरिये हैं। सिल्क का कुर्ता और झकाझक सफ़ेद पाजामा पहनते हैं। नहीं, पाजामा अब नहीं पहनते। एकाध साल से पाजामे का स्थान धोती ने ले लिया है। धोती इतनी महीन होती है कि उसमें से पट्टेदार जाँघिया दिखता रहता है। लहीम–शहीम काया और ख़ूब लहरदार चमकदार बाल जिन्हें उनकी अँगूठियों से भरी मोटी उँगलियाँ बड़ी अदा से पीछे ढकेलती रहती हैं। बैठक में झक सफ़ेद गद्दे और गावतकिये। दस–पाँच हँसमुख और प्रसन्न प्रशंसक–मित्र सदा साथ। पान पराग और तुलसी जर्दे और किवाम की सदाबहार महक। हर बार मिठाइयों के दौर पर दौर। गरम कचौड़ी, ताज़ा गुलाबजामुन, ठण्डी रसमलाई, तर मालपुए, कुछ–न–कुछ। ज़रूर। हर बार।

सुधीर रंजन को वहाँ घण्टों प्रसन्न रहना बहुत थकाने वाला लगता है। हँसमुख और ख़ुशमिज़ाज उपस्थितों के चेहरे क्रूर, भयप्रद और अश्लील लगते हैं। लेकिन ख़ुद पर कुढ़ने के अलावा कुछ नहीं कर पाते।

उनकी हैसियत वहाँ एक अयाचित या पालतू व्यक्ति की–सी हो जाती है कभी–कभी। उठने भी नहीं देते सिंघल भाई साहब। और सफलता के सारे रास्ते ऐसी ही बदबूदार गलियों से होकर जाते हैं। क्या करें!

बस में खिड़की के पासवाली सीट मिल गयी। दोपहर की इस लोकल बस में ज़्यादा लोग यात्रा करना पसन्द नहीं करते। सुधीर गुनगुनाने लगे, मानो रात कवि सम्मेलन में पढ़ी जाने वाली कविता का पूर्वाभ्यास कर रहे हों। फिर पता नहीं कब सिंघल भाई साहब के बारे में सोचने लगे। कुछ शब्द सिंघल भाई साहब को बहुत प्रिय हैं। जैसे अस्मिता, जैसे दिव्य, जैसे म्लेच्छ। अब यह म्लेच्छ शब्द किसी ज़माने में अंग्रेज़ों के लिए इस्तेमाल किया जाता था। आज अंग्रेज़ों को कोई म्लेच्छ नहीं कहता। सुधीर अख़बार नहीं पढ़ते थे। पढ़ते तो थे, लेकिन बहुत ध्यान से नहीं पढ़ते थे। मन से नहीं। उन्हें लगता था कि राजनीति एक गन्दी दलदल है और रचनाकार को इससे ऊपर उठे रहना चाहिए। सुधीर शुरू–शुरू में शृंगार रस के गीत लिखा करते थे और उन्हें बढ़िया तरन्नुम में सुनाया करते थे। महफ़िल जम जाया करती थी। तालियाँ बज जाती थीं। पर अब इनका ज़माना नहीं रहा। कवि सम्मेलन का मंच हास्य ने हड़प लिया। तुकबन्दी के गिलाफ़ में घुसेड़कर चुटकुले सुनाये जाने लगे। लेकिन इन्हें भी व्यंग्य ने आउट कर दिया। अब तो हास्य कवि भी व्यंग्य मारने लगे। यहाँ तक कि शृंगार के गीत पढ़ते–पढ़ते कवयित्रियों ने भी राजनीतिक व्यंग्य की छौंक बघारना शुरू कर दिया। तो सुधीर को भी लगा कि उन्हें ज़माने के साथ चलना चाहिए और वे ताज़ातरीन राजनीतिक घटनाओं पर कविताएँ लिखने की कोशिश करने लगे। सम्प्रति समाचार–पत्र उनकी सूचनाओं का एकमात्र स्रोत था और जो इकलौता अख़बार उनके क़स्बे में आता था वह सिंघल भाई साहब की ही विचारधारा का निभ्रान्त प्रचारक था।

सुधीर ने तय किया कि वह सबसे पहले अपनी रामजन्मभूमि वाली कविता ही पढ़ेंगे।

फतेहगंज पहुँचते–पहुँचते अँधेरा हो गया। सर्दियाँ शुरू हो गयी थीं। उनके जैसे एकहज़ारी तीन–चार कवि और थे सबके सब समान रूप से नर्वस और सिंघल भाई साहब द्वारा प्रायोजित। उनसे बातचीत होती रही। बड़े कवियों में से अभी तक कोई नहीं आया था। आठ बज गये। लगा, बड़ा कवि कोई नहीं आयेगा। इन लोगों को ही सँभालना पड़ेगा।

यदि उन्हें पसन्द कर लिया गया और चार–पाँच कविताएँ सुनानी पड़ीं तो कौन–कौन–सी सुनाना ठीक रहेगा?

निर्णय लेने के लिए डायरी देखना ज़रूरी था और डायरी देखने के लिए एकान्त, इसलिए वे एक ज़रूरी काम का बहाना बनाकर बाहर निकल लिये और एक होटल में चाय पीने के बहाने बैठ गये।

उठे तो शायद काफ़ी देर हो गयी थी। सोचा, पेशाब करके सीधे चलते हैं मंच वाले पण्डाल की ही तरफ़।

बस, उसी समय यह हुआ।

हुआ यह कि उनकी पतलून की चेन ख़राब हो गयी।

सुधीर रंजन की पतलून की चेन बग़ैर चेतावनी दिये ख़राब हो गयी। चेन का कुत्ता न ऊपर जाये न नीचे आये। और जिप पूरी की पूरी खुली। अब? क्या करें? ताक़त लगाकर कुत्ते को नीचे की तरफ़ खींचा। कोई असर नहीं हरामज़ादे पर। फिर ताक़त लगायी। एक बार खुल भर जाये तो फिर तरकीब से बन्द कर लेंगे। पर इस बार शायद ताक़त कुछ ज़्यादा ही लग गयी। कुत्ते का हत्था हाथ में आ गया। अब? और पेशाबघर में भी कितनी देर घुसे रहें?

निकले। शायद कोई मोची हो आसपास। उससे जम्बूर माँगकर, जम्बूर से कुत्ता पकड़कर नीचे या ऊपर खींचा जा सकता है। पर मोची अब कहाँ? दिन अस्त, मजूर मस्त। कोई औजारों की दुकान? औजारों की दुकानें बन्द हो चुकी थीं। सुधीर रंजन परेशान हो गये। जिप को बगल के झोले से ढके–ढके कभी इधर जाते कभी उधर। क्या करें? सोचा, चलो एक पतलून ही ख़रीद लेते हैं नयी। पर पैसे? उतने पैसे तो नहीं हैं। जेब में सत्तर–अस्सी रुपये थे। इतने में तो खादी का कुर्ता–पाजामा भी नहीं आता आजकल। कवि सम्मेलन के बाद तो ग्यारह सौ होंगे। पर अभी? सिंघल भाई साहब के पास जायें? पर कैसे? और वह मिलेंगे कहाँ? और सुधीर उनसे कहेंगे क्या? नहीं, ऐसा करते हैं, एक सेफ्टीपिन का पत्ता ख़रीद लेते हैं। एक ऊपर लगा लेंगे, एक नीचे। पर क्या ऐसा करना ठीक होगा? कविता पढ़ते समय कोई पिन खुल गयी तो?

परेशान हो गये। क्या किया जाये?

अचानक ख़याल आया कि क्यों न किसी दर्जी के पास जाकर चेन ही बदलवा ली जाये। लेकिन दर्जियों की दुकानें भी बन्द हो चुकी थीं। मेन रोड पर तो चाय–पान की दुकानों को छोड़कर अँधेरा ही अँधेरा था।

शटर गिर रहे थे। फल–फ्रूट–मनिहारियों के ठेले घरों को लौट रहे थे। सुधीर रंजन चलते रहे, निरुद्देश्य। कुछ दूर चलने पर एक दर्ज़ी की दुकान मिली, लेकिन वह इतनी आलीशान थी कि उससे कोई उम्मीद नहीं की जा सकती थी। सुनहरी फ्रेम के चश्मेवाला एक आदमी जो कहीं से भी दर्ज़ी नहीं लगता था शटर बन्द कर रहा था। सुधीर को दुकान के सामने ठिठके देखकर उसने पूछा कि वह सुधीर के लिए क्या कर सकता है? सुधीर ने बताया कि उसे पैण्ट की चेन ठीक करवानी है। इस पर उसने बहुत चुभने वाली सभ्यता के साथ जवाब दिया कि उसे अफ़सोस है, लेकिन वे मरम्मत का काम नहीं करते।

पहले की ही तरह निरुद्देश्य से भाव से सुधीर आगे चल पड़े और चलते–चलते एक मुख्य सड़क छोड़कर एक रौशन–सी गली में मुड़ गये। शायद इधर कोई दर्ज़ी की दुकान खुली हो। वहाँ रंग, पेण्ट और लोहे लक्कड़ की दुकानें थीं जो खुली थीं। एक स्कूटर मैकेनिक की दुकान खुली थी। ये लोग सुधीर के लिए क्या कर सकते थे? घड़ी देखी। नौ बज चुके थे। अब? एक राह चलते से पूछा, "भाई साहब! इधर कोई दर्ज़ी की दुकान है?" "सीधे चले जाओ।" सीधे चलते हुए उसने कहा और सीधा चल गया। सुधीर किधर सीधे चले जाते? जिधर से आये हैं उधर या विपरीत दिशा में?

विपरीत दिशा में चल पड़े। गली–दर–गली पार करते गये। पछताते हुए कि दर्ज़ी वाला आइडिया पहले ही क्यों न आ गया? और हताश–से होते हुए कि इतने बड़े–बड़े कवियों के सान्निध्य में काव्यपाठ का जो अवसर मिला था, वह भी गया हाथ से। और ग्यारह सौ रुपये भी। और सिर्फ़ इस पतलून की चेन के मारे। क्या उन्हें एक पतलून और साथ में लेकर आना चाहिए था?

चार–पाँच गलियों के बाद कच्ची दीवारें और टाट के पर्देवाली तहारतें और चिंचियाते सूअर और कचरे के ढेर पर चोंच मारती मुर्गियाँ और खुली नालियों पर लाइन से सजी टट्टी की ढेरियाँ और इन्हीं के बीच यूसुफ़ आज़ाद कव्वाल की विण्टेज आवाज़ के पसमंजर में उड़ाई जाती कोरमे–कीमे की ख़ुशबुएँ सामने आ गयीं। दर्ज़ी! दर्ज़ी लेकिन यहाँ भी नहीं था। हो सकता था कि हो। पर दर्ज़ी गले में फीता लटकाकर तो ख़ाना खाते नहीं कि होटल में भी कोई मुसीबतज़दा उनकी शिनाख़्त कर ले और अपनी मुसीबत का बयान।

पता नहीं सुधीर क्या कर रहे थे। शायद ख़ब्तुलहवास–से खड़े थे कि एक बुज़ुर्ग–से मुसलमान ने उन्हें पास से गुज़रते हुए देखा और पूछा, "किसके यहाँ जाना है। किसका मकान ढूँढ़ रहे हैं?"

"इधर कोई दर्जी की दुकान है क्या?" सुधीर ने डूबते आदमी की तरह सवाल का हाथ फहराया।

"कमीज़–कोट सिलवाना है?" शायद बुज़ुर्ग इस बात की खातरी कर लेना चाहते थे कि इस वक़्त जब सारी दुकानें बन्द हो रही हैं, इस जगह जो एक मरदूद गली से ज़्यादा कुछ नहीं, एक अजनबी उनसे दर्जी की दुकान के बारे में ही पूछ रहा है।

"पतलून की चेन ख़राब हो गयी है। ठीक करानी है। अर्जेण्ट।" सुधीर जी बोले।

"आप ऐसा करो, थोड़ा आगे चले जाओ। यूसुफ़ भाई की दुकान शायद खुली हो। हालाँकि उन्होंने काम छोड़ दिया है। यह हरी जाफरीवाला मकान देखते हैं? इससे ज़रा आगे जाकर बायीं तरफ़ जो गली मुड़ती है चलिये, मैं बता देता हूँ।"

वे आगे–आगे। सुधीर पीछे–पीछे।

थी। एक दर्जी की दुकान। उसे देखकर ऐसा भी नहीं लग रहा था कि वह बन्द होने के मूड में है। दुकान के आगे एक लोहे की कुर्सी पर दोनों पैर ऊपर चढ़ाये और दोनों घुटनों को बाँहों में समेटे यूसुफ़ भाई बैठे थे। पास में एक–दो और कोई भाई। फ़ुर्सत में गपियाते।

"यह है।" मार्गदर्शक ने बताया और बग़ैर रुके, बग़ैर शुक्रिया वग़ैरह का इन्तज़ार किये सीधे चला गया। सुधीर खड़े रह गये।

"क्या बात है?" यूसुफ़ भाई ने पूछा।

पतलून की चेन ख़राब हो गयी है। ठीक करानी है अर्जेण्ट है।"

"इस टैम?"

"......"

"अरे! ऐ बाबू ऐ सैफ़ू! ज़रा देखना उधर जमाल बैठा है क्या नन्हे के होटल में! हो तो भेज देना बेटा! अर्जेण्ट गिराक आया है एक बोलके। बोलना, अब्बू बुलाते हैं। कहाँ है? दिखाओ।"

सुधीर ने दिखाया।

दूसरे जो बैठे थे, इस "दिखाने" पर बग़ैर हँसे, उठ–उठकर चल दिये।

"उतारिए।" यूसुफ़ मियाँ कुर्सी से उठकर दुकान के भीतर जाते हुए बोले, "आइए।"

सुधीर असमंजस में खड़े रहे। ऊपर ज़रूर चढ़ गये। कैसे उतारें?

यूसुफ़ मियाँ ने इधर–उधर ढूँढ़ा–ढाँढ़ी की और एक कोरा लट्ठा निकालकर बढ़ाया, "उतारिए।"

सुधीर ने एक मशीन के पीछे स्टूल पर बैठकर जूते उतारे, पतलून उतारी और लट्ठा लपेट लिया। जी में आयी, जेबें खाली कर लें, फिर सोचा, जाने दो, फिर कर ही लीं।

यूसुफ़ मियाँ ने पतलून की चेन और उसके बीचोंबीच अटके टूटे कुत्ते को ध्यान से देखा और अपनी बड़ी–सी कैंची से उसे ऊपर या नीचे घसीटने की कोशिश की। कुत्ता टस–से–मस नहीं हुआ।

यूसुफ़ मियाँ ने पतलून को दोनों घुटनों के बीच दबा लिया और हाथ से कुत्ते को खींचा। इस बार कुत्ता नीचे सरका। पर ऊपर से आते समय फिर अटक गया। ज़बर्दस्ती करने पर आया भी तो पीछे चेन बन्द करता हुआ नहीं, खुली छोड़ते हुए।

"ऐ सैफू...! अरी जकिया...!" यूसुफ़ मियाँ ने बाहर मुँह करके आवाज़ मारी और चश्मा ठीक करते हुए बोले, "दाँते मर गये हैं चेन के। बदलनी ही पड़ेगी।"

"क्या चल नहीं रहे हो यूसुफ़ भाई?" कोई मोटा–सा आदमी दुकान के बाहर पता नहीं कब आकर खड़ा हो गया था।

सुधीर ने सोचा, कहे पहले मेरा काम कर दीजिए, फिर जाइएगा। लेकिन इसकी ज़रूरत नहीं पड़ी। यूसुफ़ भाई बोले, "चलो, आते हैं। ज़रा इन बाबू का काम कर दें। पाँच मिनट में आते हैं।"

मोटा झीना–सा मुस्कराया। धीमे से बोला, "कब्र में लटके हो! अब तो छोड़ो लालच।"

"अबे जा ससुर!" यूसुफ़ मियाँ ने मुस्कराकर झिड़का, "लालच के फूफा! चल। आ रहे हैं।"

मोटा चला गया।

यूसुफ़ मियाँ ने दुकान से बाहर निकलकर इधर–उधर झाँका। कहीं गये। पाँच मिनट बाद वापस आये और मशीनों की दराजें खोल–खोलकर कुछ ढूँढ़ने लगे।

"क्या हुआ?" सुधीर ने पूछा।

"चेन बदलनी पड़ेगी। सिन्धी की दुकान तो बन्द हो गयी। हमारे पास पता नहीं इस कलर की है या नहीं। पता नहीं लौंडा कहाँ रखता है। बात यह है, हमने काम छोड़ दिया है। अब बच्चे ही करते हैं।"

"किसी भी कलर की चलेगी।" सुधीर ने जल्दी से कहा उसे लगा, अब उसका काम बन जायेगा।

"सुबह आ जायें तो नहीं चलेगा?" यूसुफ़ मियाँ ने हाथ रोककर पूछा।

सुधीर सकुचाता हुआ बोला, "बात यह है कि हम यहाँ नहीं रहते। बाहर से आये हैं। कवि सम्मेलन में कविता सुनाने। बल्कि कवि सम्मेलन तो शायद शुरू भी हो चुका होगा। वे लोग ढूँढ़ रहे होंगे हमें।"

यूसुफ़ मियाँ ने भावशून्य चेहरे से सुधीर को ताका और फिर चेन ढूँढ़ने लगे, मानो कवि सम्मेलन की उन्हें कोई जानकारी न हो। न इससे कोई लेना–देना। सिवा इसके कि बाबू का काम हाथ–के–हाथ करना है।

एक बच्ची आयी। बोली, "नहीं है वहाँ पे जमाल चाचा। ऐ नानू। नहीं है वहाँ पे।"

"अच्छा ठीक है।" यूसुफ़ मियाँ बग़ैर सिर उठाये बोले।

माफ़ कीजिएगा, आपको दिक्कत में तो डाल रहा हूँ, पर क्या करूँ, काम ही कुछ ऐसा फँस गया है कि बल्कि आप चाहें तो यह भी कर सकते हैं कि फिलहाल मुझे कोई–सी भी पतलून–जो आपके यहाँ पड़ी हो दे दें, सुबह आकर मैं अपनी ले जाऊँ।" सुधीर यूसुफ़ मियाँ की परेशानी कम करने की भावना से बोले, बल्कि जल्दी कवि सम्मेलन में पहुँचने की भी भावना से।

"यह चलेगी?" जवाब में यूसुफ़ मियाँ ने एक चेन निकालकर दिखायी। चेन हरी थी, पतलून नीली।

"हाँ बेशक। कितना टाइम लगेगा?"

"बस, अभी किये देते हैं।"

यूसुफ़ मियाँ ने पन्द्रह मिनट में ख़राब चेन उधेड़ी, बीच में तीन गुज़रते हुए लोगों को वालेकुम कहा, एक बार बच्ची को जो ख़ाना खाने के लिए बुलाने आयी थी डाँटकर भगाया और एक बार सुधीर से पूछा, "कौन–कौन कव्वाल आ रहे हैं?"

सुधीर समझ नहीं पाया, क्या जवाब दे। चुप ही रहा।

यूसुफ़ मियाँ ने सिटिल का डोरा बदला। पाँच मिनट तक सूई में धागा पिरोने की असफल कोशिश की। सुधीर ने कहा, "मैं पिरो दूँ?" तो कहा कि नहीं, हो जायेगा और पाँच मिनट बाद हो भी गया। यानी धागा सूई के नाके में घुस गया। फिर मशीन चली।

और आख़िर आधा घण्टा बाद सुधीर की पतलून ने सुधीर से कहा, "अब आप चैन की साँस ले सकते हैं।"

सुधीर यूसुफ़ मियाँ के एहसान में दबकर गद्‌गद, विह्वल, भावुक और रोऊँ–रोऊँ हो रहा था। उसे लग रहा था, कुछ भी कहो, अभी दुनिया में इन्सानियत बाक़ी है। उसने यह भी सोचने की कोशिश की कि अभी इन यूसुफ़ मियाँ की जगह कोई माँगीलाल या झाऊमल होता तो भी क्या सारा काम छोड़कर उसका काम निपटाता ही? सुधीर तय नहीं कर पाया कि वैसा होता तो क्या होता! इस समय तो वह सिर से पाँव तक यूसूफ़ मियाँ के उपकार तले दबा जा रहा था।

पतलून पहन ली तो बोला, "कितने पैसे?"

यूसुफ़ मियाँ एक–दो मिनट जेब से बीड़ी–माचिस निकालने में लगे रहे, फिर चश्मा ठीक करते हुए बोले, "बारह रुपये।"

एक पल के लिए सुधीर को लगा कि बारह रुपये ज़्यादा हैं चेन बदलने के, पर दूसरे ही पल उसने ख़ुद को डाँटा "ज़्यादा! सौ भी लगते तो कम थे। अगला मना ही कर देता तो क्या कर लेते तुम?"

सुधीर ने पैसे दिये और बोला, "चाचा! बड़े सबाव का काम किया है आपने। समझिए, एक नंगे को कपड़े पहनाये हैं।"

चाचा पर पता नहीं इन शब्दों का क्या प्रभाव पड़ा, लेकिन अपने ही शब्दों की अनुगूँज से सुधीर रोमांचित हो उठा। उसका गला भर आया और आँखें भीगने लगीं। उसके भीतर जैसे मोहब्बत और इन्सानी प्यार का एक दरिया मचल उठा। उसके जी में आयी, इस मासूम आदमी को गले लगा ले, जिसे शायर और कव्वाल का अन्तर चाहे न मालूम हो एक मुश्किल में पड़े आदमी की मुसीबत का एहसास ज़रूर हो जाता है। कितना कठिन है और कितना वाहियात ऐसे आदमी को हिन्दू या मुसलमान समझना और कहना।

सुधीर तेज़–तेज़ क़दमों से कवि सम्मेलन की तरफ़ चला। लेकिन वहाँ उसने वह कविता नहीं सुनायी, "जन्मभूमि" वाली, जिसे सुनाने के लिए उसे सिंघल भाई साहब ने ग्यारह सौ रुपये देकर बुलवाया था।

अशोक और रेनु की असली कहानी

उन लोगों की शादी को तीन साल हो चुके थे।

पहला साल मित्रों–रिश्तेदारों, रीत, रिवाज़ों, परिवार की झकों–ज़िदों–परम्पराओं परेशानियों और एक दूसरे की पसन्दों–आदतों और शरीर से परिचित होने में बीत गया।

दूसरा साल सिर्फ़ उन दोनों का रहा। इसमें वे एक दूसरे पर पिछले बचपन की कारगुज़ारियों से कॉलेज की भज़ेदारियों तक की छोलदारी तानकर उसमें घुसते–निकलते रहे, और घर–गृहस्थी की छोटी–मोटी चीज़ें जुगाड़कर ख़ुश होते रहे, पडोसियों–परिचितों की मज़ेदार बातों पर हँसते रहे, प्यार के क्षेत्र में अन्वेषक और प्रयोगशील रहे और मित्रों के गुलगुले बच्चों को गोदी में उछालते रहे।

तीसरे साल पति अपने दफ़्तर की छोटी–मोटी तीसमारखाँई पत्नी को बताता रहा और पत्नी उसके स्वेटर, कपड़े, जज़्बात और मित्र सँहालती रही, अपनी भूतपूर्व सहेलियों को याद करती रही, मीठा–मीठा मुस्कुराती रही और पति की परछाई होती रही।

पति एक कम्पनी में इंजीनियर था। ठीक–ठाक–सा ख़ूबसूरत होने, माँ–बाप का इकलौता होने के अलावा उसका इंजीनियर भी होना इस बात के लिए काफ़ी था कि जो लड़की उसे देखे, उस पर मर मिटे। पत्नी ने एम.एस–सी के बाद बी. एड. की थी। वह काफ़ी चटपटी और चरपरी लड़की रही थी–और बेहद बातूनी, ख़ूब...और ख़ूब ज़ोर–ज़ोर से हँसने वाली। उसकी चपर–चपर और छतफाड़ हँसी उसकी माँ को चिन्ता में डाल देती थी कि री! तेरा क्या बनेगा?

पति का नाम अशोक और पत्नी का रेनु था।

आज कोई देखे तो यक़ीन न करे कि ये वही दो चुटिया मटकाती, नाक पर उँगली रखकर हँसती और ज़माने–भर की चपर–चपर में पड़ोसन आंटियों के यहाँ दोपहर से शाम करने वाली रेनु है। और यह वही अशोक है, जिसकी साबुत–सलामत पतलूनें भी इसलिए बेकार हो गयी हैं कि पीछे से खुलकर भी तंग हो गयी हैं और जिसकी तोंद और ठुड्डी ज़रा–सी हँसी में लहर–लहर हिल उठती है और जिस पर यदि कोई मरती भी रही होगी तो शुक्र मना रही होगी कि एकदम से ही नहीं मर गयी।

एम.एस.सी., बी.एड की यही उपयोगिता थी रेनु को अशोक मिल जाये। भेज रहे हैं स्नेह निमन्त्रण। अशोक के पिता ने मानस के राजहंसो को इसीलिए बुलाया था कि मां–बाप से सत्रह सौ किलोमीटर दूर अशोक बाबू अपने तीन कमरों के क्वार्टर में रेनुबाई के साथ अकेले रहें, हेरॉल्ड राबिन्स पढ़ते रहे, बैंगन की सब्जी बनाने की फर्माइश करें और 'ओऽम' की उकार लेकर चुप हो जायें, त्रिफला की फंकी लगाकर सो जायें या जेलुसिल कुतरते हेरॉल्ड रॉबिंस के हो जायें।

अब अक्सर ऐसा ही होता है। बातें... ख़त्म हो गयी है। लतीफ़े सुनाए जा चुके। परचर्चा–सुख एक निश्चित मात्रा में प्रतिदिन छक ही लिया जाता है। आसपास न कोई सिनेमा घर है न बाज़ार। बस कम्पनी कर्मचारियों की कॉलोनी, एक मन्दिर, एक सड़क और एकतान एकरस अलाप जैसे रात–दिन। मन करता है कोई तीसरा हो। और हरदम हो। इसलिए जब कोई मेहमान घर आकर जाये या ये किसी के घर होकर आये, तो दोनों एक दूसरे को कुछ अधिक अच्छे लगने लगाते है।

हल्की सर्दियों के दिन थे। अँधेरा हो चुका था। अशोक और रेनु धूमने जा रहे थें। कॉलोनी के क्वार्टरों के पास तक दोनों चुप–चुप। बच्चे घरों में...क्वार्टरों की खिड़कियाँ बन्द। कहीं कोई रेडियो बजता हुआ। सड़क पर सिर्फ़ जूतों के नीचे चरमराती नज़रों की आवाज़। दूर तक ठिठुरती–सी खड़ी ट्यूब लाइटें। जैसे वर्षों से दोनों इसी तरह चुपचाप चले जा रहे हों।

"देखो, बिल्ली!" अशोक ने कहा।

सड़क के किनारे दुबकी एक बिल्ली बुरा–सा मानकर एक तरफ़ चल दी।

"हाऽऽ"–रेनु ने कहा।

फिर दोनों चुप हो गये।

आगे जाकर एक सुनसान पड़े बगीचे के एक बेंच पर बैठ गये। तीन–चार फलांग दूर।

आज तुम्हारी नीलों क़मीज़ की जेब से एक रसीद निकली। रेनु ने कहा।

"नीली कमीज़?"

"धो रही थी।"

"रोल खरीदे थे टॉर्च के। बेकार है।"

फिर चुप।

"चलें?" कुछ देर बाद अशोक ने पूछा।

रेनु चुपचाप उठ गयी।

दोनों चल पड़े।

रोज़ के रास्ते। रोज़ की तरह ख़ामोश।

कॉलोनी में एक जगह दो क्वार्टरो के नीचे कुछ लोगों ने बैडमिंटन कोर्ट बना रखा है। शाम के बाद लाइट जलाकर खेलते हैं। कोर्ट खाली था। लाइटें जल रही थी। एक तरफ़ कुर्सी पर दो रैकिट रखे थे, चिडिया नेट में अटकी हुई थी। शायद अभी–अभी कोई खेलते–खेलते चला गया था।

"खेलती हो?" अशोक ने पूछा।

चलो। थोड़ा–सा रुककर रेनु ने कहा।

अशोक को यह आशा नहीं थी कि रेनु हाँ कह देगी कि उसे आता भी होगा। अशोक एक रैकिट से हवा में स्विंग मारकर, चिड़िया निकालकर उसे रैकिट से आसमान में उछालने लगा। रेनु ने पल्ला लपेटकर कमर में खोंसा और बायी टाँग पर की साड़ी को आगे से पेटीकोट समेत ज़रा–सा उठाकर कमर में उड़स लिया; और रैकिट को झारे की तरह पकड़कर खड़ी हो गयी।

अशोक ने सर्व किया और बड़े आराम से रेनु को सारे कोर्ट में नचाया। एक ट्रेनर के से अन्दाज़ में। उसने सोचा, वह हल्का–फुलका खेलेगा, ताकि रेनु एकदम से नर्वस न हो जाये और खेल कुछ जम सके। कुछ देर के वार्मअप के बाद रेनु थोड़ा उत्साह से नोती–"शुरू करो।"

गेम शुरू हो गया।

रेनु ने सर्व किया। अशोक ने बैकहैंड एक शानदार अदा के साथ उठायी। रेनु ने ड्रॉप कर दी। अशोक कवर नहीं कर सका। रेनु का पॉइंट बन गया। अशोक खुश हुआ जैसे बच्चों का अच्छा खेल देखकर। "अच्छा!" उसने मन ही मन कहा, "तो तुम्हें असली खेल दिखाना पड़ेगा।"

लेकिन कुछ देर में बाज़ी पलट गयी। रेनु के करारे शॉट अशोक के लिए चैलेंज बन गये। वह पॉइट पर पॉइट गँवाता रहा और खिजवाने लगा। पर नहीं। ऐसे नहीं चलेगा। उसने हिम्मत बटोरकर खेलना शुरू किया और एक दो करारे शॉट मारे, जो रेनु के बदन पर पड़े। वह उठा नहीं पाई। फिर अशोक ने बैक लाइन पर एक–दो प्लेसिंग की। लेकिन अब रेनु भी अशोक को बैक लाइन पर खिलाने लगी और बीच–बीच में क्रॉसकोर्ट ड्रॉप मारकर पॉइंट लेने लगी। अशोक सम्हले–सम्हले कि गेम हो गया। रेनु जीत गयी।

अरे, वाह! अशोक मुस्करा उठा। रेनु भी मुस्कुरा रही थी। दोनों हाँफ रहे थे। रेनु के गोरे माथे पर पसीने की बूँदें छलछला रहो थी। गाल लाल हो रहे थे। एक–दो लटें चेहरे पर गिर पड़ी थीं। कोर्ट की तेज़ रोशनों में हाथ में रैकिट उठाये, बाई टांग पर से साड़ी उठाकर कमर में उड़से, पल्लू कसे, मुस्कुराती और हॉफती रेनु...किस क़दर उत्तेजक लग रही थी।

अशोक एक गेम और प्रपोज़ करता करता रह गया। फिर हार जाये तो?

"नहीं भाई, अब दम नहीं है।"

तभी लाल साहब आ गये। अशोक के ही एक साथी इंजीनियर। वही जो अभी–अभी कोर्ट छोड़कर चले गये थे। लाल साहब इन्हें देखकर खुश हुए और बोले चलिए, एक गेम हमारे साथ हो जाये।

अशोक ने कहा–"नहीं, अब नहीं। रेनु तुम खेलो।"

रेनु खेलने लगी। अशोक उसे चीयर–अप करता रहा और सोचता रहा कि अमुक शॉट वह क्यों नहीं उठा पाया था? या अमुम ड्रॉप शार्ट कैसे रह गया? लाल साहब तो रोज़ खेलते थे। अशोक के चाहने के बावजूद रेनु ड्यूज़ पर हार गयी। पर ड्यूज़ तक तो खींच लायी!

दोनों लाल साहब से विदा लेकर चले।

रेनु ने अपनी साड़ी नीची कर ली थी, पल्लू खोलकर लटका दिया था और छोटी–सी रूमलिया से पसीना पोंछ, दोनों हाथों से माथे की लटों को पीछे ढकेल दिया था। वह इतनी उत्फुल्ल थी कि इतनी अस्त–व्यस्तता में भी बहुत दिलकश और तरो–ताज़ा लग रही थी।

क्या अशोक अपनी हार पर रेनु से खिजला रहा था? या इस बात पर चकित, गर्वित और प्रसन्न था कि रेनु इतना बढ़िया खेलती है? या पूछना चाह रहा था कि जब इतना इच्छा खेलती है, तो इतने दिनों से एक बार भी कहा क्यों नहीं कि वह बैडमिंटन खेलना चाहती है? तो इतने दिनों से एक बार भी कहा क्यों नहीं कि वह बैडमिंटन खेलना चाहती है? उधर से तो वे अक्सर घूमने जाते हैं। और कई बार कोर्ट ख़ाली भी रहता है। क्या अशोक रेनु के लिए एक बढ़िया–सा रैकिट नहीं मँगा देता? आप क्या सोचते हैं? क्या सोच रहा होगा अशोक?

लेकिन नहीं। अशोक इनमें से कुछ भी नहीं सोच रहा था। रेकॉर्ड की ख़राब सूई की तरह उसका दिमाग़ एक ही जगह अटका हुआ था। पिण्डली। रेनु की पिण्डली। जब वह खेल रही थी बायी टाँग पर से साड़ी उठाकर उसने कमर में उड़स ली थी। गोरी। पुष्ट। उत्तेजक। मादक। सुडौल। पागल कर देनेवाली। ललचाकर तड़पा देने वाली। क्या अशोक ने इसे पहले कभी नहीं देखा? फिर माथे पर छलछला आयी पसीने की बूँदें। तपे हुए गाल।

भर–भर प्यार किया उसने उस रात। लेकिन वह कहाँ थी? वह बैडमिंटन–कोर्ट में हाँफती श्रमक्लांत रूपसी लड़की कहाँ थी? यह श्रीहीन, निढाल, थकी, उत्तापशून्य देह क्या वही है?

अशोक को लगा, हो न हो, अनजाने में वह ज़रूर कोई अपराध करता रहा है, रेनु के प्रति। उसकी प्रफुल्लता–चंचलता को चूने की मानिंद सोखता रहा है। अब तक। लगातार पीला पड़ते चुपचाप देखता रहा है, एक चटख गुलाबी पंखुड़ी को। निरन्तर। मरते हुए।

रेनु सो गयी। अशोक जागता रहा।

लेकिन क्या उसने कभी, किसी भी कारण रेनु को आहत किया?

कोई भी ऐसा प्रसंग याद नहीं आता, जब वे असहमत होकर असहमत ही रहे हों, और हुआ वही हो जो अशोक ने चाहा हो। या अपनी इच्छा उसने रेनु पर थोपी हो। या रेनु की कोई भी फ़रमाइश यथाशक्य पूरी न की हो। या रेनु को कभी शिकायत का मौक़ा दिया हो। या रेनु उसे असन्तुष्ट और ऊबी हुई लगी हो। या रेनु उससे डरती हो!

अशोक के लिए लेटे रहना मुश्किल हो गया। मुँह में जेलुसिल डालकर बाहर आ गया। दरवाज़ा खोलकर बग़ीचे में। एकदम ठण्ड लगी। अच्छा लगा।

मोगरे की खुशबू से रात महक रही थी। मोगरा अशोक ने अपने हाथों से लगाया है। रेनु मोगरे के फूलों का गजरा बनाकर लगाती है कभी–कभी। अशोक को गजरेवाली स्त्रियाँ बहुत अच्छी लगती है। अशोक टहलने लगा।

नहीं...! शायद रेनु उससे डरती भी हैं। क्यों? वह डरावना और गुस्सैल है क्या? क्या वह गुमसुम और आज्ञाकारिणी पत्नी चाहता था? क्या वह सहचरी नहीं, दासी चाहता था? नहीं! सौ बार नहीं। लेकिन फिर उसने देखा क्यों नहीं कि घर मे क्या हो रहा है? रेनु को क्या हो रहा है? यदि वह मुरझा भी नहीं रहीं, तो भी, विकसित क्यों नहीं हो रही? पर क्या सचमुच उसे पति के साथ–साथ अभिभावक भी होना चाहिए था? क्यों?

इन नये सवालों ने अशोक को परेशान कर दिया। उसकी हालत ख़राब कर दी। वह जेलुसिल एक साथ चबा गया। उसकी इच्छा हुई कि इसी समय रेनु को झिंझोड़कर उठाए और उससे पूछे...लेकिन क्या पूछे?

वापस आकर लेट गया। हेरॉल्ड रॉबिन्स उठा ली। चौथे अध्याय में एक ख़ून दो मोहब्बतें एक दग़ा और एक शादी हो चुकी है। पाँचवें अध्याय में नायक को याद आता है कि जब–जब वह रेनु के साथ ससुराल गया है, रेनु उसे अधिक उत्साह से भरी हुई लगी है। और फिर भी हर बार उसकी पहले की सहेलियों ने उसे टोका है "री! तू तो बिल्कुल बदल गयी!" और रेनु निःशब्द मुस्कुराकर रह गयी है। इस ज़रा–सी औरताना टिप्पणी और उसकी प्रतिक्रिया का आशय अशोक कभी नहीं समझा। उसे यह भी याद आया कि जब–जब वह रेनु के साथ ससुराल गया है, सास उसे हर समय कुछ भयभीत लगी हैं। ससुर आप–आप करते हैं, लीजिए बैठिए कहते हैं। वह क्या खायेगा, कैसे पानी से नहायेगा, खाने के बाद पान तो नहीं खायेगा, आदि–आदि बातें सास ने सीधे उससे नहीं, रेनु से पूछी हैं, फुसफुसाहट वाले अन्दाज़ में। उसके वहां रहते सास–ससुर और रेनु के बीच खुसर–पुसरवाला अन्दाज़ ही बना रहता है। जैसे अभी वह वहां लड़की देखने ही आया हो। जैसे वह अभी भी 'लड़की' को 'रिजेक्ट' कर सकता हो। क्यों वह घुल–मिलकर परिवार का ही एक सदस्य नहीं हो गया? ये कौन–सी अदृश्य दीवारें हैं जो उसके चारों तरफ घिर जाती हैं? कौन खड़ा करता है उन्हें? रेनु चुलबुली और बातूनी थी...और यह चुलबुलापन और बातूनीपन शादी के बाद भी गाहे–बगाहे दिखायी दिया है, तो हमेशा रेनु ऐसे ही क्यों नहीं रहती? एक छोटा–सा बैडमिंटन का

गेम कितनी सारी बातें कुरेद गया। अब सुलझाने जाओ। सिर मिल जाये तो सो रहना आराम से।

अशोक को ध्यान आया कि वह कितनी बेतकल्लुफ़ी से बैंगन की सब्ज़ी की फ़र्माइश कर देता है। क्या अपने घर में भी तकल्लुफ़ करे? जब रेनु आयी थी, तो बैंगन छूती भी नहीं थी। पर अब खाने लगी है। क्यों खाने लगी है? और एक बार बड़ी मेहनत से उसने अपने पीहर की कोई चीज़ बनायी थी। पनौछा या अँगोछा या ऐसा ही कुछ। अशोक को नहीं पसन्द आयी। क्या घर में वह झूठी प्रशंसा करता? पर उसने झूठी प्रशंसा नहीं की। और वह चीज़ रेनु ने फिर कभी नहीं बनायी। पनौछा कि क्या...

अशोक का दिमाग़ ख़राब हो गया। क्या बकवास है? यह क्या हो रहा है? कैसे फँस गया वह? क्या यह लड़की लड़ नहीं सकती? अपनी बात ज़ोर देकर नहीं कह सकती? अपने घर में अपनी मर्जी नहीं चला सकती? घर की मालकिन कौन है? वो की मैं? अशोक की मूर्खताओं पर खुलकर हँस नहीं सकती? यह लड़की कहाँ से पढ़ी–लिखी हैं? यह क्यों दासी बनने पर उतारू है? नारी क्यों चाहे कि पुरुष–प्रधानता से मुक्ति भी उसे एक पुरुष ही दिलायेगा? ख़ैर, छोड़ो नारी–वारी। रेनु क्या चाहती है?

जेलुसिल बन्द। हेरॉल्ड रॉबिंस बन्द। खिड़की बन्द। बिजली बन्द।

वह–कितनी कोमल–सी...छरहरी–सी...गोरी भक्क....एक बच्ची...जिसका नाम रेनु है...घुटनों में पैर घुसेड़े सो रही है। एकदम मासूम। क्या अशोक उसके पैर सीधे करेगा?

अशोक ने यथासम्भव दोस्त ही रखा है रेनु को। कभी अपने अंडवियर–बनियान उसे नहीं धोने दिये। सर या पैर नहीं दबाने दिये। जूतों पर पॉलिश नहीं करने दी। खड़े–रहने या पैताने बैठने को नहीं कहा। मित्रों के सामने भीतर जाने का इशारा नहीं किया। रेनु ने कपड़े धोये तो उसने निचोड़कर फैला दिया। सब्जी–वब्जी कटवा दी। छोटे–मोटे बर्तन धो दिये। बीमारी में कोई काम नहीं करने दिया। थककर आये कहीं से तो हल्का–फुल्का खाकर सो रहने की सलाह दी। सहेलियों को हमेशा पत्र लिखने की ताक़ीद की। ससुराल के किसी सम्बन्धी के बारे में बुरी बात नहीं कही। कभी उसकी किसी कमज़ोरी का मज़ाक नहीं उड़ाया। आगे होकर कपड़े, गहने उपहार लाता रहा।

लेकिन व्रत–उपवास भी नहीं करने दिये। मन्दिर जाकर माथा कभी नहीं झुकाया। तस्वीरों के आगे दीया घुमाकर घण्टी नहीं बजाने दी। पण्डित को हाथ नहीं दिखाया। भिखारी को भीख नहीं देने दी। करवा चौथ पर पैर नहीं छूने दिये। शगुन–विचार नहीं किया। बर्थडे पर केक नहीं बनाने–काटने दिया। और बच्चे के मामले में जल्दबाज़ी नहीं की।

और सोचा कि दोनों सुखी और सन्तुष्ट हैं।

और अभी अचानक एक दिन पता चला कि शायद नहीं। क्यों? बन्धुत्व नहीं चाहती? फिर क्या चाहती है? सुरक्षा? समृद्धि? प्रजनन! एकदम औरत ही है क्या? शायद वह सोचती है कि मैं अब भी उसे तलाक दे सकता हूँ। या अब भी उससे ऊबकर किसी और से प्यार करने लग सकता हूँ। या बच्चा होने के बाद फिर मैं ऐसा नहीं कर सकूँगा। फिर वह सुरक्षित है। या हो सकता है उसकी माँ, या शादीशुदा सहेलियों या आंटियों में से किसी ने यह बात उसके मन में भरी होगी या पड़ोसियों–स्वजनों–सम्बन्धियों–परिचितों की निरन्तर जिज्ञासा से वह दुखी हो जाती होगी या स्कूल–कॉलेज में भाषण देने आयी किसी बेवकूफ़ लेखिका ने कह दिया होगा कि नारी–जीवन की चरम सार्थकता माँ बनने में ही है या माईगॉड! उसे अपनी या मेरी प्रजनन–क्षमता से सन्देह हो चला होगा।

अशोक क्या करेगा? वह रेनु के माँ और दासी बन जाने पर छुट्टी पा लेगा? या कुछ ऐसा करेगा, जिससे रेनु एक सार्थक जीवन की दिशा में प्रवृत्त हो सके? तो क्या ऐसा...?

यहीं से अशोक और रेनु की असली कहानी शुरू होगी।

क्या तुमने कभी कोई सरदार भिखारी देखा?

एक तारीख़ की शाम अजमेर से रवाना होकर हम दो की सुबह साढ़े पाँच बजे दिल्ली पहुँचे। हमें निजामुद्दीन से पौने सात बजे दूसरी गाड़ी पकड़नी थी और कुलियों ने बताया कि आज रिक्शा–टैक्सी कुछ नहीं चल रहे हैं, इसलिए हम छत्तीसगढ़ एक्सप्रेस से नयी दिल्ली तक आये। वहाँ रेल के ड्राइवर ने बताया कि यहाँ वह डीज़ल भरेगा और पौने सात बजे तक निजामुद्दीन नहीं पहुँच पायेगा। मैंने लपककर सारा सामान कुली से बाहर निकलवाया। बहुत कम टैक्सियाँ थीं, जो थीं उनके भी ड्राइवरों का कहीं पता नहीं था, जो ड्राइवर थे भी, वे इतनी सुबह निजामुद्दीन जाने के लिए तैयार नहीं थे। बड़ी मुश्किल से एक ऑटो रिक्शा पचास रुपये में तैयार हुआ, हम बैठे और ढर्रर्र।

सुबह की धुन्धभरी खुनकी में नयी दिल्ली उतनी ही ख़ूबसूरत लग रही थी जितनी हमेशा। दुनिया की सबसे ख़ूबसूरत राजधानियों में से एक। कनॉट प्लेस से गुज़रते हुए मुझे पल भर के लिए वही अनुभूति हुई जैसे किसी किशोर को किसी लड़की का उरियाँ जिस्म पहली बार देखकर होती है। दिल्ली के जिस्म पर उस सुबह कोई खरोंच, ज़ख्म या फफोला मुझे नज़र नहीं आया।

पहुँचे और हॉर्न हुआ। बच्ची को गोदी में टाँग बीवी पुल पर भागी। पीछे–पीछे कुली और मैं। भागते–दौड़ते गाड़ी पकड़ी। जो डिब्बा सामने आ गया उसी में घुस गये। यह पुरी कोच था। हमारा रिज़र्वेशन राउरकेला कोच में था। सोचा मथुरा में बदल लेंगे।

डिब्बा जो हमेशा खासा भरा रहता था आज लगभग खाली था। हमने सुविधानुसार बीच के कूपे की दो बर्थ ले ली–जिन्हें बख़्शने में कण्डक्टर को कोई खास तकलीफ़ नहीं हुई।

हमारे सामने की बर्थ पर एक सरदार जी थे। बूढ़े और फटेहाल। कोई सत्तर साल की उमर और बीमार। एक निहायत पुराने होल्डॉल को खोलकर उस पर चुपचाप चित्त लेटे थे। पगड़ी बदहाल और एक बेहद घिसी हुई मलेशिया की मुची हुई पतलून से निकलते दो मरियल काले पाँव। उन्होंने हमारी तरफ़ देखा तक नहीं। हमारी बच्ची ने किलकारियाँ मारीं, हाथ–पाँव उछाले, अण्डे की तरह गोल मुँह बनाकर "बाबा! बाबा!" कहा–उन्होंने बच्ची की तरफ़ भी देखा तक नहीं।

दायीं तरफ़ वाले कूपे में पाँच–छह आदमी चार–पाँच अख़बार बाँट–बाँटकर बदल–बदलकर पढ़ रहे थे। काले हाशिये वाला अख़बार। तस्वीरों, श्रद्धांजलियों और सदमे की सनसनी से भरा। बायीं तरफ़ वाले कूपे में एक भारी आवाज़ वाला सम्भ्रान्त व्यक्ति अपनी बेटी के साथ सफ़र कर रहा था और इस समय उसके साथ विदेशों में बसे अपने कुछ रिश्तेदारों के बारे में अंग्रेज़ी में बात कर रहा था। हालाँकि इसमें ताज्जुब की क्या बात थी, पर मुझे ताज्जुब हुआ कि ये लोग वही बात क्यों और कैसे नहीं कर रहे जो इस समय सब लोग कर रहे हैं।

मथुरा बहुत देर से आया। वहाँ कुछ नहीं था। न चाय, न नाश्ता, न सिगरेट, न अख़बार, न कुली, न मुसाफ़िर। जैसे स्टेशन पर कर्फ़्यू लगा हुआ हो। हमें बच्ची के लिए थर्मस में पानी भरवाना था। गरम। वह उसे दो दिन और एक रात के सफ़र में कहीं भी नहीं मिलना था।

घूम घामकर मैं वापस डिब्बे में आकर पत्नी को बताने लगा कि अच्छा हुआ राउरकेला कोच के रिज़र्वेशन की फिक्र नहीं की। फिर उतरकर टहलने लगा। अचानक पचास–साठ लड़कों की भीड़ नारे लगाती हुई स्टेशन में घुसी। कुछेक के हाथ में डण्डे भी थे। उन्होंने हर डिब्बे की खिड़की में ताकाझाँकी की और आख़िर रेलवे पुलिस के समझाने पर शोर मचाते हुए चले गये। लेकिन जाने से पहले एक लड़का हमारे कूपे के सामने आया और खिड़की से मुँह सटाकर सरदारजी को उसने गालियाँ दीं। उन्हें गद्दार और ख़ूनी कहाँ और कहा कि वह उनकी टाँगें चीर देगा। फिर चला गया। "ये छोकरे" मैंने सोचा। और फिर डिब्बे में आकर बैठ गया। बच्ची खिड़की में खड़ी खेल रही थी और नारे लगाने वालों की नकल में "हो ऽ हो ऽ" कर रही थी। हम पति–पत्नी उसकी बालसुलभ शरारतों का मज़ा लेने लगे।

"मैं लैट्रिन में बन्द हो जाता हूँ।" अचानक सरदार जी ने कहा मुझसे। वह भयभीत और परेशान लग रहे थे। मैंने उनके काले–झुर्रीदार चेहरे, धँसी आँखों और मैली दाढ़ी को देखा। उन्होंने जो कहा था, मेरे दिमाग़ में फिर बजा और मुझे ताव आ गया। मैंने ज़ोर देकर कहा कि "कुछ नहीं होगा सरदारजी, तुसी मजे से बैठो। हमारे होते आपका कोई कुछ नहीं बिगाड़ सकता। ये तो छोरे–छपाटे हैं। क्या फिकर करते हो। मजे से बैठो। कुछ नहीं होगा।"

वह अपनी मैली चादर ओढ़कर आँख मूँदकर चित लेट गये।

बस, यही एकमात्र वाक्य था, जो उस पूरे दिन में उन्होंने बोला था।

उन्हें आश्वस्त कर चुकने के बाद मेरे दिमाग़ में थोड़ा तनाव पैदा हो गया। क्यों किसी निर्दोष को लैट्रिन में ख़ुद को बन्द कर लेना पड़ेगा? क्यों?

लेकिन जैसे–जैसे ट्रेन आगे बढ़ी, तनाव भी बढ़ता गया।

आगरा में स्टेशन एकदम खाली था। ग्वालियर में कर्फ़्यू लगा हुआ था। बच्ची दूध के लिए रो रही थी। हमने सुबह से चाय नहीं पी थी। मेरी सिगरेटें ख़त्म हो रही थीं। और ख़ाना? हमने सोचा दिल्ली जैसे–जैसे दूर होती जायेगी सब कुछ शान्त व सहज होता जायेगा। लेकिन झाँसी पर मैंने दूर से ही कई जगह धुआँ उठते देखा और आउटर सिगनल पर एक भीड़ देखी और हवा में सनसनी। मैंने सरदार जी से कहा–"आप ऊपर की बर्थ पर जाकर ओढ़कर सो जाइए।" और एक को छोड़कर सभी खिड़कियाँ बन्द कर लीं।

लेकिन स्टेशन पर कोई तनाव नहीं था। वहाँ चाय भी मिल गयी। मैंने प्लेटफॉर्म पर ही खड़े–खड़े सरदार जी से कहा–"नीचे आ जाइए। कोई डर की बात नहीं है।" उनका सारा बदन सिर से पाँव तक चादर से ढका हुआ था, सिर्फ़ आँखें खुली थीं। जिनमें दहशत भरी हुई थी। जैसे किसी सुरंग में से झाँकती किसी भीत पशु की दो आँखें। वह हिले–डुले तक नहीं। नीचे तो नहीं ही आये। और अच्छा ही किया कि नहीं आये, क्योंकि थोड़ी ही देर बाद एक बड़ी भीड़ नारे लगाती हुई, शोर मचाती हुई और गालियाँ बकती हुई प्लेटफॉर्म पर दाखिल हुई। भीड़ में अधेड़ लोग भी थे, नौजवान भी और दस–बारह साल के छोकरे भी। उनमें से कइयों के हाथ में लाठियाँ थीं, कुछ के हाथों में कुल्हाड़ियाँ और एक–दो के हाथ में घासलेट–पेट्रोल के जरीकेन।

"सऽरऽदाऽर!! निकल बाहर तेरी...।" कोई डिब्बे की दीवारों को लाठी से पीटता हुआ चीख रहा था।

देखते ही देखते भीड़ दोनों तरफ़ से हमारे डिब्बे में घुस गयी और हर सीट पर, सीट के नीचे और इधर–उधर झाँकते हुए हरेक से पूछने लगी–कोई सरदार तो नहीं है? उन्होंने डिब्बे में घुसते ही पहला काम यह किया था कि सारे टॉयलेट चेक किये थे और सबकी भीतर की चिटखनियाँ तोड़ दी थीं। अब वे हमारे कूपे की तरफ़ आ रहे थे। ऐन मुमकिन था कि वे हमारे कूपे में ऊपर की बर्थ पर सिर से पाँव तक चादर ओढ़कर सोये सरदार जी को देख लेते और पकड़ लेते कि तभी रेलवे पुलिस आ गयी और उसने सबको गाड़ी से और प्लेटफॉर्म से बाहर खदेड़ दिया।

प्लेटफॉर्म से एकदम बाहर रेलवे वालों के क्वार्टर थे। बगीचे से घिरे लकड़ी की जाफरी वाले एक क्वार्टर पर भीड़ ने हल्ला बोल दिया। कुछ दरवाज़ा तोड़कर भीतर घुस गये, कुछ पीछे की तरफ़ लपके, कुछ खपरैलों पर पत्थर मारने लगे और कुछ ने जाफरी पर तेल छिड़ककर मकान में हमारे सामने आग लगा दी।

मुसाफ़िर तमाशा देख रहे थे और मन–ही–मन दुआ भी कर रहे थे कि जल्दी–से–जल्दी गाड़ी चल दे। और तभी गाड़ी चल दी।

सरदारजी अब भी वहीं, वैसे ही पड़े हुए थे। कुछ देर बाद कोई किसी से कह रहा था। बेचारे का हार्टफेल ही न हो जाये।

लेकिन अगले स्टेशन पर फिर वही नज़ारा था। आउटर सिगनल पर गाड़ी लगभग रुक गयी। सामने एक खपरैल के मकान से ख़ूब गाढ़ा काला धुआँ उठ रहा था। सामने से गाड़ी रेंगी तो सामान का ढेर जलता नज़र आया। सोफासेट, पलंग, कुर्सियाँ, बैडमिण्टन का रैकेट, गद्दे–बिस्तर, किसी बच्चे की ट्राइसिकल, हॉकी स्टिक...और दूर खड़े तमाशा देखते अनेक आदमी, औरत, बच्चे!

सारा दिन इसी वहशियत में गुज़रा। सारा दिन सरदार जी चुपचाप पड़े रहे, सारा दिन उन्होंने कुछ दवा की गोलियों के सिवा कुछ नहीं खाया, सारा दिन आतंक, उदासी और मनहूसियत का आलम डिब्बे पर तारी रहा।

लेकिन रात होते–होते हालत और ख़राब हो गयी। अब किन्हीं भी दो स्टेशनों के बीच गाड़ी रोक ली जाती, भीड़ का बेकाबू रेला डिब्बों में घुस आता, गालियाँ दी जातीं, डण्डे बजाये जाते..."भाई साब, कोई सरदार तो नहीं है"...पूछा जाता और पत्थर फेंके जाते।

मैंने कहा–हमें डिब्बे के चारों दरवाज़े एकदम बन्द कर लेना चाहिए।

दरवाज़े के नज़दीक दो सिन्धी लड़के बैठे थे। तमाशा देखने और मज़ा लेने की मुद्रा में। जब कि डिब्बे के शेष लोग उदास और परेशान थे। शायद शर्मिन्दा भी। सिन्धियों ने कहा–"दरवाज़ा नहीं खोलोगे तो उन्हें और डाउट होगा और वे पत्थर मारेंगे।" मैंने कहा–"मारने दो, पत्थर मारने से डिब्बा नहीं टूटेगा। खिड़कियाँ बन्द रखो।" उनमें से एक ने कहा–"वे खिड़कियों में आग भी लगा सकते हैं।" मैं चुप हो गया। हालाँकि आग कोई लगाता भी तो डिब्बा एकदम जल नहीं जाता, लेकिन जो भगदड़ आग के नाम से मचती... अपनी सोच की निरर्थकता पर मैं सिर धुनने लगा। लेकिन अगर सब मिलकर... क्या सब मिलकर? कैसे सब मिलकर?

बायीं तरफ़ वाले कूपे में सब लोग एकदम गुमसुम थे। और शायद ख़ैर मना रहे थे कि वे सरदार नहीं हैं। या शायद अब भी आशावान थे कि कुछ नहीं होगा, गाड़ी चलती रहेगी और वे सकुशल अपने गन्तव्य तक पहुँच जायेंगे। या पछता रहे थे कि वे घर से चले ही क्यों, या रेलवालों को कोस रहे थे कि ये जगह–बेजगह गाड़ी रोकते ही क्यों हैं? या डर रहे थे कि कुछ भी हो सकता है। उन्माद के विषैले धुएँ में वे खुद भी सुरक्षित नहीं हैं। गाड़ी रोकी जा सकती है, सरदारों को लूटने वाले उनका सामान उठाकर भी भाग सकते हैं, उन्हें भी पीट सकते हैं और डिब्बे से उतारकर आग में भी झोंक सकते हैं।

दाहिनी तरफ़ वाले कूपे में भारी आवाज़ वाला सम्भ्रान्त आदमी यूरोप की बातें अपनी लड़की और एक नौजवान सहयात्री को बता रहा था। कुछ देर में उन्होंने ठाठ से बोतल निकाली और शराब पीनी शुरू कर दी। लड़की ने अंग्रेज़ी में कहा कि गिलास एक ही है। तब उनका नौकर, जो हमारे कूपे में था, हमसे गिलास माँगकर ले गया। हमें पता होता कि किसके लिए ले रहा है और क्या पीने के लिए, तो हम नहीं देते। ख़ैर। अब लड़की ने अंग्रेज़ी में कहा–"इससे भूख खुल जाती है न?" और बाप ने बेटी से कहा–"तुम भी लो, मन हो तो।" और बेटी ने कहा कि "ड्रिंक्स का तो नहीं, स्मोक करने का मन है, पर यहाँ डिब्बे में सबके सामने नहीं पिऊँगी।" अब नौजवान सहयात्री उसे मनाने लगा कि ख़ाने–पीने में क्या शर्म! और वह सबकी इतनी परवाह क्यों करती है। और पेश करने लगा और कुछ देर की नखरेबाज़ी के बाद लड़की ने सिगरेट ले ली,

बाप ने मज़ाक़ में नौजवान से कहा कि ख़ूबसूरत लड़कियाँ बहुत "फसी" होती हैं और यूरोप के क़िस्से फिर चालू हो गये।

फिर किसी एक जगह जंगल में, अँधेरे में गाड़ी रुक गयी और दोनों तरफ़ से भड़–भड़ पत्थर फेंके जाने लगे। मैंने दौड़–दौड़कर खिड़कियाँ बन्द कीं। सिरहाने की खिड़की जाम थी और बन्द नहीं हो रही थी। पत्नी ने घबराकर बच्ची को चिपटा लिया और डर के मारे दोनों सीटों के बीच फ़र्श पर बैठ गयी। मैंने कहा—कुछ नहीं होगा, फिकर मत करो और अटैची खिड़की में अड़ाई और उससे पीठ सटाकर बैठ गया। पत्नी ने मुझे ऐसे देखा जैसे किसी गाय को कसाई ले जा रहा हो और वह अपने रक्षक की तरफ़ देखे। मैंने उसे डाँटा—"क्या पढ़ी–लिखी होकर घबराती हो। कुछ नहीं होगा। ऊपर बैठो।" मैं डाँट रहा था लेकिन मेरे मुँह से आवाज़ ऐसे निकल रही थी जैसे घिघिया रहा होऊँ या आजिजी कर रहा होऊँ।

सिन्धियों ने दरवाज़ा खोल दिया।

लाठियों–बल्लमों–कुल्हाड़ियों और बेंतों से लैस भीड़ डिब्बे में घुस आयी। आगे–आगे एक नौजवान लड़का था। पतलून–बनियान पहने। काला–तगड़ा और ख़ूँखार। पिये हुए। वह जैसे हिस्टीरिया में चीख रहा था। "माँ को मार डाला! सरदाऽऽर! निकल बाहर इसकी...।" और सीटों के नीचे से सामान हटा–हटाकर डण्डा फटकारता जा रहा था।

मुसाफ़िर कह रहे थे। "नहीं है। इस डिब्बे में कोई नहीं है।"

एक तूफ़ान की तरह पागलों की वह भीड़ एक तरफ़ से घुसकर दूसरी तरफ़ निकल गयी।

गाड़ी फिर भी नहीं चली।

फिर एक रेला भीड़ का आया। फिर ताकाझाँकी। डण्डे फटकारना और "नहीं है, नहीं है" सुनकर निकल जाना।

गाड़ी फिर भी नहीं चली।

मुझे बाद में पता चला कि एक बेवकूफ़ औरत ने ख़ुद खिड़की से सिर निकालकर किसी को बता दिया था कि एक है। सरदार। है इस डिब्बे में।

अब दुगुनी भीड़ डिब्बे में थी और वे सारे सोये–लेटे–बैठे मुसाफ़िरों के कपड़े हटा–हटाकर देख रहे थे।

और तभी एक गुण्डे ने हमारे सरदार जी को देख लिया।

"कौन है? ये कौन है? ये कौन है?" वह चिल्लाया।

सारे वहीं टूट पड़े। उनकी चादर खींची और नीचे गिरा दी। बिस्तरा खींचा और चीखते हुए गालियाँ बकते हुए उन्हें नीचे गिराने की गरज से उनकी टाँग मरोड़ने और खींचने लगे। एक मेरी सीट पर ही खड़ा हो गया और उनकी दाढ़ी खींचने लगा। पत्नी ने बच्ची को भींच रखा था और मेरी बाँह कसकर पकड़ रखी थी। मैं छूटने के लिए छटपटाया तो वह गिड़गिड़ायी "मेरा क्या होगा, इस बच्ची का क्या होगा, आप कहीं मत जाओ।" यहाँ तक कि भीड़ में से एक पत्नी से बोला–"घबराओ मत भेन्जी, आपको कुछ नहीं करेंगे।"

सरदार जी ने बर्थ की रॉड कसकर पकड़ी हुई थी और इतने लोगों की इतनी खींचातानी के बावजूद उन्हें नीचे नहीं गिराया जा सका। वह जिबह किये जा रहे बकरे की तरह चीख रहे थे, उनकी आँखें ख़ौफ़ से निकली पड़ रही थीं और शरीर पसीने–पसीने हो गया था। वे बुरी तरह काँप भी रहे थे। अब तक उनका बिस्तरा, अटैची, चादर, जूते, पगड़ी सब पता नहीं कहाँ जा चुके थे। भीड़ में से तरह–तरह की आवाज़ें उठ रही थीं। "नंगा कर दे साले को, मारो साले को, छोड़ना मत गद्दार को..." की चीख–पुकार मची हुई थी और इतने लोगों के सामूहिक हमले के सामने पड़ा वह अकेला निहत्था, बूढ़ा और बीमार आदमी फटी आवाज़ में "आऽआऽ" चिल्ला रहा था। उनकी पतलून–कमीज़ फाड़ डाली गयी और उन्हें एकदम नंगा कर दिया गया। पलक झपकते यह सब हो गया। इस बीच दो गुण्डे सामने की ऊपरी बर्थ पर चढ़ गये थे और उन्हें लकड़ियों से मारने लगे। एक उन्हीं की बर्थ पर चढ़ गया और उन्हें अपनी मोटी लाठी से गोदने लगा। उनके पास बचाव के लिए कोई जगह या तरीक़ा नहीं था। सिवा अपने दो हाथों के कोई ढाल नहीं थी। और दो हाथ उन्हें कितना बचाते! बहुत सारे वहशी उस निहत्थे पर एक साथ टूट पड़े थे। एक मुसाफ़िर ने बीच–बचाव करने की कोशिश की। गुण्डों में से एक बोला–"तू भी इसके साथ है क्या?" वह चुप हो गया। आख़िर सब मुसाफ़िर गुण्डों के आगे गिड़गिड़ाये कि "बस बहुत हो गया। अब छोड़ दो। बुड्ढा आदमी है। मर जायेगा बेचारा।" गुण्डों में से भी कोई बोला–"अबे मर जायेगा। माल मार लो माल।" इसी समय बाहर से कई लोगों के भागने, दौड़ने और चिल्लाने की आवाज़ें आयीं। कोई किसी से कह रहा था–"उतार! दूसरे को भी उतार साले को। अबे पकड़ो–पकड़ो भाग रहा है..."कि एक–एक कर सारे उतर भागे।

बाहर हमारे सरदार जी के सामान की होली जल रही थी और कई सारे आदमी एक नंगे सरदार को आग की तरफ़ धकेलने की कोशिश कर रहे थे। अँधेरे में सारे मुसाफ़िर खिड़कियों से चिपके बाहर देखने की कोशिश कर रहे थे और किसी को कुछ साफ़ दिखायी नहीं दे रहा था।

तभी गाड़ी ने रेंगना शुरू कर दिया।

सरदार जी की दाढ़ी छितरी हुई थी और बाल बिखरे हुए थे। ऊपर की बर्थ के कोने में वह गरदन लटकाये बैठे थे और हाँफ रहे थे। उनके सिर पर जो थोड़े–बहुत बाल थे। वे गुच्छा–गुच्छा ख़ून में भीगे हुए थे। कपाल ख़ून से तर था। दाढ़ी–मूँछों से ख़ून इस तरह टपक रहा था जैसे अभी ख़ून में नहाकर आये हों। भौंहें ख़ून में सनी हुई थीं। और नाक की नोक पर ख़ून की एक बूँद लटक रही थी। बाँहों पर, छाती पर, शरीर के किसी हिस्से पर कोई जगह ऐसी न थी जो लाल नहीं हो, जहाँ मार के निशान न हों।

और मैं बेवकूफ़ मैं, सुबह कह रहा था–"हमारे रहते आपका कोई कुछ नहीं बिगाड़ सकता। आप मजे से बैठिये। मजे! इस मुल्क में मजे!"

पत्नी ने मेरी लुंगी निकालकर सरदार जी को पकड़ायी और फफक–फफककर रोने लगी। कूपे के एक और आदमी ने कमीज़ दी। और पहनायी भी। अब डिब्बे के और मुसाफ़िर उन्हें देखने आ रहे थे। आख़िर क्यों न आते? इतने आदमियों के बीच बीसियों आदमियों द्वारा पीटा गया एक अकेला बूढ़ा कमज़ोर आदमी क्या कम रोमांचक दृश्य होता है!

अब दाहिनी तरफ़ का सम्भ्रान्त व्यक्ति हरकत में आया। "क्या हुआ? बहुत मार लगी? देखें। कोई खास नहीं लगी। कोई गहरी चोट नहीं है। फिकर न करो। कोई इसकी पल्स देखो। ऐसी हालत में इन लोगों को घर से बाहर ही नहीं निकलना चाहिए। डिब्बे में कोई डॉक्टर है? कोई डॉक्टर?...सेफ्रोमाइसिन है किसी के पास?" वह अपनी भारी रोबदार आवाज़ में बोल रहा था। उसकी लड़की नौजवान सहयात्री के पास उधर ही बैठी रही। किसी के पास कोई माइसिन निकल आयी। जैसे–जैसे दूसरों ने बताया, सरदार जी माइसिन लगाने लगे। लेकिन ज़ख्म इतने ज़्यादा थे और मरहम इतना कम कि उसका लगना नहीं लगना बराबर ही था।

मैं सोच रहा था कि आज फ़र्ज कर लो इस सरदार की जगह मैं होता तो क्या करता? फूट–फूटकर रो पड़ता या प्रार्थनाएँ करने लगता या

पता नहीं क्या करता। लेकिन सरदार जी की आँख में एक भी आँसू न था, न आँसू, न बदहवासी, न हताशा। मानो बस यह हुआ हो कि उँगली किसी भारी पत्थर के नीचे आ गयी हो।

सारा डिब्बा अब उन्हें सलाह दे रहा था। कोई कह रहा था–"तुम तो बाल खोल लो और माथे पर तिलक लगाकर बाबाजी बन जाओ। कोई पूछे तो कह देना बनारस जा रहे हो! राम–राम बोलना। और हिन्दी में बात करना, पंजाबी में नहीं।" कोई कह रहा था–"अगले स्टेशन पर उतर जाओ और पुलिस स्टेशन में बैठ जाओ।" इस सुझाव का कई लोगों ने स्वागत किया। क्योंकि उनके डिब्बे में रहने से सबको ख़तरा था। सही बात तो यही थी कि वे उतर जाते तो सब चैन की नींद सोते। लेकिन हालत यह थी कि उनकी आँखों में मौत का आतंक इस क़दर नुमाँया था कि लाख टीके–तिलक लगाने पर भी वह छुप नहीं पाते। और थाने में जाने से उन्होंने मना कर दिया क्योंकि इन्होंने कम–से–कम जिन्दा तो छोड़ दिया। थानेवाले तो...

उन्होंने सबकी सुनी और आख़िर में फ़र्श की तरफ़ देखकर बोले–"मेरा टिकट था पैंट की जेब में।" लोगों ने कहा–"कोई बात नहीं, टिकट कौन पूछता है इस हालत में। कोई पूछेगा तो हम बता देंगे।" उन्होंने कहा–"पैंट में मेरे पैसे थे। पौने तीन सौ।" लोगों ने कहा–"कोई बात नहीं। पैसों का क्या है? हाथ का मैल है। शुकर करो जान बच गयी।" उन्होंने ज़मीन की तरफ़ देखते हुए अपनी करारी आवाज़ में बड़ी मुश्किल से कहा–"अब जैसे पहुँच जायेंगे, पहुँच जायेंगे। बिलासपुर ही तो जाना है। सुबह तो आ ही जायेगा। आप तो मुझे बस चा–चू के पैसे दे दो। बिलासपुर में वापस कर दूँगा। फिर जो होगा देखेंगे।"

यह आदमी अब भी, इस हाल में भी सिर्फ़ चाय के पैसे माँग रहा है! मेरी रीढ़ तक एक सर्द झुरझुरी दौड़ गयी। उसका सत्तर साल का तजुरबा हम हकीरों से सिर्फ़ चाय के पैसे माँग रहा था!

मुझे घबराहट होने लगी और रुलाई–सी छूटने लगी और जी मितलाने लगा। मैं उठकर पानी के छींटे मारने टॉयलेट की तरफ़ चला गया।

लौटते में देखा कि तीनों सम्भ्रान्त सिगरेटें पी रहे हैं और ठाठ से ताश खेल रहे हैं।

पार्टीशन

आप कुर्बान भाई को नहीं जानते? कुर्बान भाई इस क़स्बे के सबसे शानदार शख़्स है। क़स्बे का दिल है आज़ाद चौक और ऐन आज़ाद चौक पर कुर्बान भाई की छोटी–सी किराने की दुक़ान है। यहाँ हर समय सफ़ेद कमीज़–पाजामा पहने दो–दो, चार–चार आने का सौदा–सुलुफ माँगती बच्चों की भीड़ में घिरे कुर्बान भाई आपको नज़र आ जायेंगे। भीड़ नहीं होगी तो उकडूँ बैठे कुछ लिखते होंगे। बार–बार मोटी फ्रेम के चश्मे को उँगली से ऊपर चढ़ाते और माथे पर बिखरे आवारा, अधकचरे बालों को दायें या बायें हाथ की उँगलियों में फँसा पीछे सहेजते। यदि आप यहाँ से सौदा लेना चाहें तो आपका स्वागत है। सबसे वाजिब दाम और सबसे ज़्यादा सही तौल और शुद्ध चीज़। जिस चीज़ से उन्हें ख़ुद तसल्ली नहीं होगी, कभी नहीं बेचेंगे। कभी धोखे से दुकान में आ भी गयी तो चाहे पड़ी–पड़ी सड़ जाये। आपको साफ़ मना कर देंगे। मिर्च? आपके लायक नहीं है। रंग मिली हुई आ गयी है। तेल मज़ेदार नहीं है। रेपसीड मिला है। दीया–बत्ती के लिए चाहें तो ले जायें।

यही वजह है कि एक बार जो यहाँ से सामान ले जाता है, दूसरी बार और कहीं नहीं जाता। यों चारों तरफ़ बड़ी–बड़ी दुकानें हैं। सिन्धियों की, मारवाड़ियों की। पर कुर्बान भाई का मतलब है ईमानदारी। कुर्बान भाई का मतलब है उधार की सुविधा और भरोसा।

लेकिन एक बात का ध्यान रखिएगा। जो सामान आप ले जा रहे हैं, उसका लिफ़ाफ़ा या थैली बगैर देखे मत फेंकिएगा। मुमकिन है उस पर कोई खुद्दार या खूँखार शेर लिखा हो। न जाने कितने लोग कह–कहकर हार गये कि गल्ले में एक कॉपी रख लें, शेर होते ही फ़ौरन उसमें दर्ज कर लें। कुर्बान भाई सुनते हैं, सहमत भी हो जाते हैं, जो चीज़ें खो गयीं उन पर दुःखी भी होते हैं, पर करते वही हैं।

मेरा भी इस शानदार आदमी से इसी तरह परिचय हुआ। दफ़्तर से लौटते हुए कुर्बान भाई की दुकान से कोई चीज़ लेकर आया। लिफ़ाफ़े पर लिखा था–

फ़क़त पासे–वफ़ादारी है, वरना कुछ नहीं मुश्किल।
बुझा सकता हूँ अंगारे, अभी आँखों में पानी है।।

और यह आदमी आज भी चार–चार आने के सौदे तौल रहा है! और क्यों तौल रहा है, इसकी भी एक कहानी है।

कुर्बान भाई के पिता का अजमेर में रंग का लम्बा–चौड़ा कारोबार था। दो बड़े–बड़े मकान थे। हवेलियाँ कहना चाहिए। नया बाज़ार में ख़ूब बड़ी दुकान थी। बारह नौकर थे। घर में बग्घी तो थी ही, एक "बेबी ऑस्टिन" भी थी जो "सैर" पर जाने के काम आती थी। संयुक्त परिवार था। पिता मौलाना आजाद के शैदाइयों में से थे। बड़े–बड़े लीडर और शायर घर आकर ठहरते थे। कुर्बान भाई उस वक़्त अलीगढ़ यूनिवर्सिटी में पढ़ रहे थे। न भविष्य की चिन्ता थी न बुढ़ापे का डर। मज़े से ज़िन्दगी गुज़र रही थी। इश्क़, शायरी, हॉस्टल, ख़्वाब!

तभी पार्टीशन हो गया। दंगे हो गये। दुकान जला दी गयी। रिश्तेदार पाकिस्तान भाग गये, दो भाई क़त्ल कर दिये गये। पिता ने सदमे में खटिया पकड़ ली और मर गये। नौकर घर की पूँजी लेकर भाग गये। बचे–खुचों को लेकर अपनी जान लिये–लिये कुर्बान भाई नागौर चले गये। वहाँ से मेड़ता, मेड़ता से टौंक। कहाँ जायें? कहाँ सिर छिपायें? क्या पाकिस्तान चले जायें? नहीं गये। क्योंकि जोश नहीं गये, क्योंकि सुरैया नहीं गयी, क्योंकि कुर्बान भाई को अच्छे लगने वाले बहुत–से लोग नहीं गये। तो कुर्बान भाई क्यों जाते?

धीरे–धीरे घर की बिकने लायक़ चीज़ें सब बिक गयीं और कहीं कोई काम, कोई नौकरी नहीं मिली, जो उस दौर में मुसलमानों को मिलना बेहद मुश्किल था। तिस पर हुनर कोई जानते नहीं थे, तालीम अधूरी थी। आख़िर एक सेठ के यहाँ हिसाब लिखने का काम करने लगे, लेकिन अपनी आदर्शवादिता, ईमानदारी, दयानतदारी, शराफत आदि दुर्गुणों के कारण जल्द ही निकाल दिये गये...। लेकिन मालिक होने का ठसका एक बार टूटा तो टूटता चला गया। स्थिति यह थी कि हिन्दुओं में निभने की कोशिश करते तो शक–शुबहे की बर्छियों से छेद–छेद कर दिये जाते और मुसलमानों में खपने की कोशिश करते तो लीगियों के धार्मिक उन्माद का

जवाब देते–देते टूक–टूक हो जाते। उतरते गये। मज़दूरी तक, हम्माली तक... छुटपुट कारीगरी तक... इन्सानियत तक। नये–नये काम सीखे। मजबूरी सिखा ही देती है। साइकिल के पंचर जोड़े, पीपों–कनस्तरों की झालन लगायी, ताले–छतरियाँ–लालटेनें ठीक कीं,... चूनरी–बन्धेज की रँगाई में काम किया। हाथीदाँत की चूड़ियाँ काटीं। शहर–दर–शहर। अब हमला साम्प्रदायिक उन्माद का नहीं, मशीन का हो रहा था,... जो चीज़ पकड़ते धीरे–धीरे हाथ से फिसलती लगती। धक्के खाते–खाते पता नहीं कब/कैसे यहाँ इस क़स्बे में आ गये और एक बुज़ुर्ग नमाजी मुसलमान से पचास रुपये उधार लेकर एक दिन यह दुकान खोल बैठे...कुछ पुड़ियों में दाल–चावल माचिस–बीड़ी–सिगरेट–गोली–चॉकलेट। क्या बताऊँ? किस तरह बताऊँ? एक आदमी के दर्द और संघर्ष की तवील दास्तान को सिर्फ़ अपनी सुविधा के लिए चन्द अल्फाज में निबटा देना न सिर्फ़ ज़्यादती है, बल्कि उस संघर्ष का अपमान उसका मज़ाक़ उड़ाने जैसा भी है। पर क्या करूँ, कहानी जो कहने जा रहा हूँ–दूसरी है।

दुकान के ज़रा जमते ही कुर्बान भाई ने अख़बार ख़रीदना और पत्रिकाएँ मँगाना शुरू कर दिया। ठीया हो गया, पहनने को दो जोड़ी कपड़े हो गये, रोटेशन चल गया, गिराकी जम गयी तो आगे ख्वाहिश कौन–सी थी? बच्चे कोई जिये नहीं थे, शौक़–मौज, सैर–सपाटा भूल ही चुके थे, मियाँ–बीवी दो जनों के लिए अल्ला का दिया बहुत था पत्रिकाएँ क्यों न मँगाते? और उस समय कोई पत्रिका आती तो बुकपोस्ट हो या वी.पी.। उसे लेने कुर्बान भाई ख़ुद पोस्ट ऑफ़िस पहुँच जाते, पत्रिका को बड़े जतन से सँभालकर रखते और उसका पन्ना–पन्ना, हर्फ–हर्फ चाट जाते। कई–कई बार। जैसे किसी भूखे–प्यासे को छप्पन भोग मिल गये हों। अदब से अब भी इसी तरह मोहब्बत करते हैं। पत्रिकाएँ मँगाकर, ख़रीदकर पढ़ते हैं और उनकी फ़ाइल हिफ़ाज़त से रखते हैं।

इसी सिलसिले में उनके संस्कार बोलने लगे। लोगों ने देखा, यह शख़्स कभी झूठ नहीं बोलता। ठगी–चार सौ बीसी नहीं करता, कम नहीं तौलता, अबे–तबे नहीं करता, गन्दे मज़ाक़ नहीं करता। अदब से बोलता है और आड़े वक़्त पर हरेक के काम आता है हर काम में इसके एक नफासत एक संस्कारिता छलकती है। इसलिए धीरे–धीरे क़स्बे में प्रतिष्ठा बनने लगी। अच्छे लोगों के साथ उठना–बैठना होने लगा। प्रतिश्ठित लोग दुआ–सलाम करने लगे। व्यापारियों के यहाँ शादी–ब्याह कुछ होता।

उनके कार्ड आने लगे। आकर्षित होकर खग के पास खग भी आने लगे। अब कुर्बान भाई उन्हें चाय पिला रहे हैं और ग्राहकी छोड़कर ग़ालिब पर बहस कर रहे हैं।

आहिस्ता–आहिस्ता कुर्बान भाई की दुकान पढ़े–लिखों का अड्डा बन गयी। लेक्चरर, अध्यापक, पत्रकार, पढ़ने–लिखने वाले। शाम होते ही कुर्बान भाई की दुकान ठहाकों और बहसों से गुलजार हो जाती। कुर्बान भाई आदाब–अर्ज करते चायवाले को चाय के लिए आवाज़ लगाते और टाट की कोई बोरी निकालकर चबूतरे पर बिछा देते। ग्राहकी भी चलती रहती, बहसें भी, ठहाके भी, और बीच–बीच में वह इसमें भी संकोच नहीं करते कि किसी को छाबड़ी पकड़ाकर दूर रखे थैले से किलो–भर साबुत मिर्च भरने या फलाँ कनस्तर से पिसे नमक की थैली निकाल देने या दस चीज़ों को टोटल मिला देने जैसा काम पकड़ा दें। बड़ा मज़ेदार दृश्य होता कि अंग्रेज़ी साहित्य का व्याख्याता सड़क पर खड़ा फटक–फटककर लहसुन के छिलके उड़ा रहा है या प्रान्तीय अख़बार का संवाददाता उकड़ूँ बैठकर चबूतरे के नीचे रखी बोरी से मुल्तानी मिट्टी निकाल रहा है या इतिहास के वरिष्ठ अध्यापक...।

हम लोगों के सम्पर्क से कुर्बान भाई बदलने लगे। उन्हें पहली बार महसूस हुआ कि उनकी एक अदबी शख़्सियत भी है। हमने उनसे उर्दू सीखी, उनकी लाइब्रेरी (जो काफ़ी समृद्ध हो गयी थी) को तरतीब दी, रिसालों की जिल्दें बनवायी और उस लाइब्रेरी का ख़ूब लाभ उठाया। हम लोग कुर्बान भाई को पकड़ पकड़कर मुशायरों–नशिस्तों में ले जाने लगे। हमने उन्हें ऐसी पत्रिकाएँ दिखायी जैसे उन्होंने पहले कभी नहीं देखी थीं ऐसे लेखकों–कवियों के बारे में बताया जो सिर्फ़ उनकी कल्पना में ही थे ऐसे शायरों की रचनाएँ सुनायी जो साकी–शराब वग़ैरह को कब का अलविदा कह चुके थे और ऐसी राजनीति से उनका परिचय कराया, जिसके बारे में उन्होंने अब तक सिर्फ़ उड़ती–उड़ती बातें ही सुनी थीं। उनके दिमाग़ में भी काफ़ी मजहबी कबाड़ भरा हुआ था, शुरू से प्रबुद्ध होने के बावजूद; हम झाड़ू लेकर पिल पड़े। हमने उन्हें अख़बार और विचार का चस्का लगा दिया, जैसा पहले किसी ने करना ज़रूरी नहीं समझा था।

नतीजा यह निकला कि वह हफ़्ते में एक रोज़ छुट्टी रखने लगे, रात को खाने के बाद हमारे साथ घूमने जाने लगे। अपने अतीत के बारे में सोच–सोचकर गुस्से में भरे रहने की बजाय भविष्य की तरफ़ देखकर

कभी–कभी चहकने भी लगे और हमारे नज़दीक से नज़दीकतर होने लगे। एक नये क़िस्म का लौण्डपन उन पर चढ़ने लगा। उन्हें हमारी लत पड़ने लगी। वह हमारा हर शाम इन्तज़ार करते और हम नहीं पहुँच पाते तो वह ख़ुद हमारे घर आ जाते।

अब हुआ यह कि क़स्बे के शरीफ़ और प्रतिष्ठित व्यक्ति होने की कुर्बान भाई की ख्याति से चाहे हमें लाभ न हुआ हो, हमारी बदनामी की लपेट में वह भी आने लगे। जिस परिमाण में कुर्बान भाई का जो समय हमें मिलता, उसी परिमाण में वह उनके पुराने दोस्तों लतीफ साहब, हाजी साहब, इमाम साहब वग़ैरह के हिस्से से कम हो जाता। नमाज पढ़ने वह सिर्फ़ शुक्रवार को जाते थे, अब वह भी बन्द कर दिया। वाज़ वग़ैरह में चलने को कोई पहले भी उनसे नहीं कहता था, अब भी नहीं कहता। मदरसे को पहले भी चन्दा देते थे, अब भी देते। हाँ, कभी–कभी होने वाली राजनीतिक सभाओं में जाने को और क़स्बे की राजनीति में दिलचस्पी लेने को उनके लिए ख़तरनाक समझकर बिरादरी वाले उन्हें टोकने ज़रूर लगे। पॉलिटिक्स अपन लोगों के लिये नहीं है, समझे? चुपचाप सालन–रोटी खाओ और अल्ला का नाम लो। चैन से जीना है तो इन लफड़ों में मत पड़ो। बेकार कभी धर लिए जाओगे। हमें भी फँसवाओगे। अब यहाँ रहना ही है तो पानी में रहकर मगरमच्छों को मुँह चिढ़ाने से क्या फ़ायदा?

लेकिन अपनी मस्ती में मस्त थे हम लोग। न हमें पता चला न ख़ुद कुर्बान भाई को कि कब उन्हें इमामबाड़े वाले ही नहीं, शाखा वाले भी घूरते हुए निकलने लगे हैं। शाम को उनकी दुकान पर आने वाले कुछ देशप्रेमी क़िस्म के लोगों की सतत अनुपस्थिति का गूढ़ार्थ भी हमने नहीं समझा। इसलिए आख़िर वह घटना हो गयी...। जिसने इस कहानी को एक ऐसे अप्रिय मुकाम तक पहुँचा दिया जो मन को कड़वाहट से भर देता है।

एक दिन दोपहर की बात है। एक बैलगाड़ी वाले ने ठीक उनकी दुकान के सामने गाड़ी रोकी। बैल खाले और गाड़ी का अगला हिस्सा कुर्बान भाई के चबूतरे पर टिका दिया। गाँव से आने वाले इसी चौक में गाड़ियाँ खड़ी करते हैं, बैल खोलते हैं, और उन्हें चारा डालकर अपना काम–काज निपटाने चले जाते हैं। शाम को लौटते हैं और जोतकर चले जाते हैं। लेकिन वे गाड़ी किसी की दुकान के ऐन सामने खड़ी नहीं करते और किसी के चबूतरे पर रखने का तो सवाल ही नहीं उठता। इस शख़्स ने तो इस तरह गाड़ी खड़ी की थी कि अब कोई ग्राहक कुर्बान भाई की

दुकान तक पहुँच ही नहीं सकता था। बल्कि वह ख़ुद भी पड़ोसी के चबूतरे पर से हुए बिना नीचे नहीं उतर सकते थे। गाड़ीवाला वकील ऊखचन्द का हाली था और कुर्बान भाई को मालूम था कि अभी यह गाड़ी खड़ी करके गया तो शाम को ही लौटेगा। कुर्बान भाई ने उससे गाड़ी ज़रा बाजू में करने और बैलों को किनारे बाँध देने को कहा उसने अनसुनी कर दी। कुर्बान भाई ने फिर कहा तो एक नज़र उन्हें देखकर अपने रास्ते चल पड़ा। कुर्बान भाई ने ख़ुद उठकर चबूतरे पर टिके उसकी गाड़ी के अगले छोर को उठाया और गाड़ी को धकाकर...लेकिन तभी उस आदमी ने कुर्बान भाई का गरेबान पकड़ लिया और गालियाँ बकने लगा और कुर्बान भाई का चश्मा नोच लिया और धक्कामुक्की करने लगा। ठीक इसी समय कोर्ट से लौटते वकील ऊखचन्द उधर से गुजरे और उन्होंने आवाज़ मारकर पूछा–क्या हुआ रे गोम्या? गोम्या बोला–म्हनै कूटै! यानी मुझे मार रहा है। वक़ील ऊखचन्द ने पूछा–कौन? गोम्या बोला–ये मींयों!

कुर्बान भाई सन्न रह गये। बात समझ में आते–आते भीतर तक हचमचा गये। आँखों के आगे तारे नाचने लगे। वहीं ज़मीन पर उकड़ूँ बैठ गये और सिर पकड़ लिया। अँधेरे का एक ठोस गोला कलेजे से उठा और हलक में आकर फँस गया। बरसों से जमी रुलाई एक साथ फूट पड़ने को ज़ोर मारने लगी।

यह क्या हुआ?...कैसे हुआ? क्या गोम्या उन्हें जानता नहीं? एक ही मिनट में वह "कुर्बान भाई" से "मियाँ" कैसे बन गये? एक मिनट भी नहीं लगा! बरसों से तिल–तिल मरकर जो प्रतिष्ठा उन्होंने बनायी। हर दिन का हर पल जैसे एक अग्नि परीक्षा से गुजरकर, जो सम्मान, जो प्यार अर्जित किया। हर दिन ख़ुद को समझाकर...कि पाकिस्तान जाकर भी कोई नवाबी नहीं मिल जाती...जैसे हैं यहीं मस्त हैं। अल्ला सब देखता है...जाने दो जोश को, डूबने दो सुरैया का सितारा... भुला देने दो दोस्तों को... लुट जाने दो करोबार को... झूठे बदमाशों के कब्ज़े में चली जाने दो हवेलियाँ... गुमनाम पड़ी रहने दो भाइयों की कब्रें...दफना दो भरे–पूरे घर का सपना...शायद कभी फिर अपना भी दिन आये... तब तक सबर कर लो...क्या–क्या क़ीमत रोज़ चुकाकर क़स्बे में थोड़ा–सा अपनापन, थोड़ी–सी सामाजिक सुरक्षा...थोड़ा–सा आत्मविश्वास...थोड़ी–सी सहजता उन्होंने अर्जित की थी...और कितनी बड़ी दौलत समझ रहे थे इसको...और लो! तिल–तिल करके बना पहाड़ एक फूँक में उड़ गया!

एक जाहिल आदमी...लेकिन जाहिल वो है या मैं? मैं एक मिनट–भर में "कुर्बान भाई" से "मियाँ" हो जाऊँगा, यह कभी सोचा क्यों नहीं? अपनी मेहनत का खाते हैं। फिर भी ये लोग हमें अपनी छाती का बोझ ही समझते हैं। यह बात कभी नज़र क्यों नहीं आयी? पाकिस्तान चले जाते...तो लाख गुरबत बर्दाश्त कर लेते...कम–से–कम ऐसी ओछी बात तो नहीं सुननी पड़ती। हैफ़ है! धिक्कार है! लानत है ऐसी ज़िन्दगी पर!

अल्लाह! या अल्लाह!!

वकील ऊखचन्द गोम्या हाली को समझाते–बुझाते साथ ले गये। गाड़ी बैल वहीं छोड़ गये। अड़ोसियों–पड़ोसियों ने कुर्बान भाई को सँभाला। उनकी बतीसी भिंच गयी थी और होंठों के कोनों से झाग निकल रहे थे। लोगों ने गाड़ी–बैल हटाये। कुर्बान भाई को चबूतरे पर लिटाया! हवा की। मुँह पर ठण्डे पानी के छींटे दिये। वकील ऊखचन्द को गालियाँ दीं। कुर्बान भाई को आश्वस्त करने का प्रयत्न किया। उन्हें क्या मालूम था, कुर्बान भाई के भीतर क्या टूट गया? अभी–अभी। जिसे उन्होंने इतने बरस नहीं टूटने दिया था। अन्दर की चोट दिखायी कहाँ देती है?

लोग इकट्ठे हो गये। सारे क़स्बे में ख़बर फैल गयी। जिस–जिस को पता चलता गया, आता गया। हम लोग भी पहुँचे। अब बीसियों लोग थे और बीसियों बातें। काफ़ी देर फन्नाने–फुफकारने के बाद तय हुआ कि यह बत्तमीजी चुपचाप बर्दाश्त नहीं करना चाहिए। थाने में रपट लिखानी चाहिए।

लिहाजा चला जुलूस थाने। ...पर रास्ते में किसी को पिशाब लग गया, किसी को हगास। थाने पहुँचते–पहुँचते सिर्फ़ हम लोग रह गये कुर्बान भाई के साथ!

थानेदार नहीं थे। अभी–अभी मोटर साइकिल लेकर कहीं निकल गये। मुंशी था। मुंशी ने रपट लिखने से साफ़ इनकार कर दिया। क्यों न करता? थानेदार के पास पहले ही वकील ऊखचन्द का टेलीफ़ोन आ चुका था। वकील ऊखचन्द सत्ता पार्टी के जिलामन्त्री थे। कुर्बान भाई कौन थे? हम लोग कौन थे?

आधे घण्टे तक हुज्जत और डेढ़ घण्टे तक थानेदार की प्रतीक्षा करने के बाद अपना–सा मुँह लेकर लौट आये। शाम को फिर आयेंगे। शाम को हम लोगों के सिवा दुकान पर कोई नहीं पहुँचा। और हम लोगों के साथ थाने चलने का ज़रा भी उत्साह कुर्बान भाई ने नहीं दिखाया।

दुकानदारी ने उन्हें जैसे एकदम व्यस्त कर लिया। जैसे हमसे बात करने का भी समय नहीं।

एक अपराध बोध के तहत हम भी कुर्बान भाई से कटे–कटे रहने लगे। हालाँकि घटना इतनी बड़ी नहीं थी जिसे तूल दिया जाये। थानेदार तो क्या...कोई भी होता...ख़ुद पुलिस–उलिस के चक्कर में पड़ने की बजाय जो हो गया उसे एक जाहिल की मूर्खता मानकर भूल जाने को तैयार हो जाता। पर हम... हमें लग रहा था... हमारे दोस्त पर हमला हुआ और हम कुछ नहीं कर सके। किसी काम नहीं आ सके। यह भी लग रहा था कि ज़्यादा उत्साह दिखाया तो कुर्बान भाई के लिए और मुसीबतें खड़ी हो जायेंगी, हम कुछ नहीं कर पायेंगे। यह भी लग रहा था कि जो हुआ, उसमें पुलिस हस्तक्षेप और सहायता की उम्मीद बेकार है, इसका मुकाबला राजनीतिक स्तर पर ही किया जा सकता है, जिसके लिए जल्दी से जल्दी अपनी शक्ति बढ़ानी चाहिए। पाँच से पचास हो जाना चाहिए।

लेकिन यह सब बहानेबाजी थी। सच तो यह है कि हमने कुर्बान भाई को एकदम अकेला छोड़ दिया था। शायद हम उनकी तकलीफ़ को शेयर कर ही नहीं सकते थे। पर हमें कोशिश ज़रूर करनी चाहिए थी।

कुर्बान भाई की दुकान पर कई दिन, पहले का–सा रंगतदार जमावड़ा नहीं हुआ। वह बुझे–बुझे से रहते थे, बहुत कम बोलते थे और हमें देखते ही दुकानदारी में व्यस्त हो जाते थे। वह घुट रहे थे और घुल रहे थे। पर खुल नहीं रहे थे हम उन्हें नहीं खोल पाये। एक दिन जब मैं पहुँचा, मेरी तरफ़ उनकी पीठ थी, किसी से कह रहे थे, "आप क्या ख़ाक हिस्ट्री पढ़ाते हैं? कह रहे हैं पार्टीशन हुआ था! हुआ था नहीं, हो रहा है, जारी है" और मुझे देखते ही चुप होकर काम में लग गये।

इस कहानी का अन्त अच्छा नहीं है। मैं चाहता हूँ कि आप उसे नहीं पढ़ें। और पढ़ें भी तो यह ज़रूर सोचें कि क्या इसका कोई और अन्त हो सकता था? अच्छा अन्त? अगर हाँ तो कैसे?

बात बस यह बची है कि कई दिन बाद जब एक दोपहर मैं आज़ाद चौक से गुज़र रहा था। जिसका नाम अब संजय चौक कर दिया गया है और वह शुक्रवार का ही दिन था मैंने देखा कि कुर्बान भाई की दुकान के सामने लतीफ़ भाई खड़े हैं...। और कुर्बान भाई दुकान में ताला लगा रहे हैं...और उन्होंने टोपी पहन रखी है...और फिर दोनों मस्जिद की तरफ़ चल दिये हैं।

गौरी का ग़ुस्सा

यह एक सुहाना दिन था।

नन्दी पर आरूढ़ शिव–पार्वती आकाशमार्ग से विचरण कर रहे थे। धराधाम की शोभा निहारते। मगन और मुदित। कहीं बर्फ़ ढँके पहाड़, कहीं नीलम–सा समुद्र, कहीं मूँगे–से मैदान, कहीं सोने–सी फसलें, कहीं चाँदी–सी धूप। कहीं बाग़ों में बहार तो कहीं कलियों पर निखार।

सहसा पार्वती की नज़र रतनलाल अशान्त पर पड़ी जो पंचरतन टॉकीज के सामने फत्तू नाई की केबिन के बाहर बैठा अपनी फूटी क़िस्मत को कोस रहा था। उसके हाथ में स्थानीय चारपेजी अख़बार "फसलाँचल टाइम्स" था जिसे वह सुबह से अब तक पाँच बार पढ़ चुका था। पहले उसने समाचार, सम्पादकीय और विज्ञापन पढ़े, फिर किराये पर देना है, अदालती सूचना, सौ तालों की एक चाभी वग़ैरह और अन्त में उठावणा, तुम्हारी पुण्यतिथि पर और श्रद्धांजलि आदि। फिर उसने धराधाम से अभी–अभी या पहले कभी कूच कर गये भाग्यशालियों की तस्वीरें ध्यान से देखीं और फ़िल्म अभिनेताओं–अभिनेत्रियों के चेहरों से उनका मिलान किया। पेन में रिफिल ख़त्म हो गयी थी वरना वह दो–चार दिवंगत महिलाओं के चेहरों पर दाढ़ी–मूँछ ज़रूर बनाकर देखता कि पुरुष–स्वरूप में वे कैसी लगती हैं। पंचरतन टाकीज़ में शाहरुख ख़ान की नयी पिक्चर लगी थी, लेकिन रतनलाल अशान्त पोस्टर देखने के अतिरिक्त कुछ नहीं कर सकता था। इसलिए भी अब वह अपनी फूटी क़िस्मत को कोस रहा था।

रतनलाल अशान्त जन्म से अशान्त नहीं था। अशान्ति का पहला बोध उसे तब हुआ जब अपने ग़रीब घर की आर्थिक असलियत उसे समझ में आयी फिर भी असली अशान्त तो वह सरला गर्ग के प्रेम में पड़कर ही हुआ। फिर इस उपलक्ष्य में जब वह बी.ए. फाइनल में फेल हुआ तो काफ़ी

मात्रा में अशान्त हो गया और अन्ततः बी.ए. किसी तरह पास कर लेने के बावजूद जब न कहीं नौकरी मिली न बीएड में एडमिशन, तो वह लगभग स्थायी रूप से अशान्त हो गया। पिछले दो साल से स्थायी अशान्ति की यह स्थिति चल रही थी इसके लिए सरला गर्ग की सात पीढ़ियों के अलावा वह नौकरी दे सकने वाले तमाम विभागों की आठ–आठ पीढ़ियों का भी अच्छी तरह तर्पण कर चुका था और अन्ततः उसके भविष्य के सारे सम्भावित प्रकाश का "प्र" निकल गया था और "काश" रह गया था। काश! वह दस–बीस साल पहले पैदा हुआ होता जब बग़ैर बीएड किये भी मास्टरी मिल जाती थी। काश! वह किसी अमीर घर में पैदा हुआ होता! काश! कोई उसे घरजमाई बना लेता! काश! वह एससी–एसटी होता! काश! किसी एससी–एसटी ने उसे गोद ही ले लिया होता! क्या विडम्बना है कि आप पसन्द के माँ–बाप को गोद नहीं ले सकते। एक बार तो यह सन्ताप यहाँ तक बढ़ गया कि रतनलाल अपने मोहल्ले की बूढ़ी जमादारिन से ही निवेदन कर बैठा–काकी! तू मेरे को गोद ले ले! काकी बोली तो कुछ नहीं, बुरा–सा मुँह बनाकर चली गयी शायद वह बात की लक्षणा को नहीं समझ पायी थी, निहितार्थ तो ख़ैर क्या समझती! या कहीं ऐसा तो नहीं कि वह निहितार्थ भी समझ गयी थी? क्या पता!

अब हालत यह है कि रतनलाल अशान्त को परिवारवाले अपने दुश्मन लगते हैं और घर काटने को दौड़ता है। सुबह–सुबह तैयार होकर जैसे–तैसे चाय की एक प्याली सुड़ककर घर से निकल जाता है और फिर कहाँ जाये? तो यहाँ फत्तूनाई की दुकान पर आ बैठता है। क्या पता किसी दिन कोई फाइनान्सर–डिस्ट्रीब्यूटर या डायरेक्टर पंचरतन टॉकीज के सामने से गुज़रे, उसकी नज़र रतनलाल अशान्त पर पड़ जाये, वह सामने आकर खड़ा हो जाये और रतनलाल अशान्त से पूछे "मेरी फ़िल्म में काम करोगे?" क्यों नहीं हो सकता? इस दुनिया में कुछ भी हो सकता है बॉस! सिर्फ़ लक चाहिए। काश!

डिस्ट्रीब्यूटर–फाइनेंसर–डायरेक्टर की तो नहीं, पार्वती की नज़र ज़रूर रतनलाल अशान्त पर पड़ गयी, जो उस सुहाने दिन शिवजी के साथ नन्दी पर आरूढ़ धराधाम की शोभा निहारती आकाशमार्ग से विचरण कर रही थी। रतनलाल उन्हें बेचारा बड़ा दुखी लगा। बेचारे को घरवाले तक दुत्कारने लगे हैं! कहाँ जाये! पार्वती से उसका दुख देखा न गया। वे रतनलाल के सामने प्रगट हो गयीं और बोलीं, "तुम्हें क्या चाहिए बेटा?"

रतनलाल ने सोचा पुराने फैशन की सीधे पल्ले की साड़ी पहने ये कौन बाई है और क्यों चलते रास्ते उससे पंगा ले रही है? चाहिए तो थी उसे एक छोटी–मोटी कैसी भी नौकरी पर इस समय उसे पता नहीं कैसे एक टीवी सारियल "कहने में क्या हर्ज़ है" याद आ गया और उसने तत्काल जवाब दिया, "क्या चाहूँगा? यही कि मेरा ख़ूब ठाठदार मकान हो, ढेर सारा पैसा हो और लड़कियाँ मुझ पर मरें। और क्या?"

पार्वती काफ़ी आगे निकल गये नन्दी–शिव की तरफ़ लपकीं और शिवजी से लिपटकर बोलीं, "जल्दी से बोलिए तथास्तु!" महादेव झीना–सा मुस्कराये और उन्होंने तथास्तु बोल दिया।

पलक झपकते रतनलाल अशान्त ने अपने–आपको एक अत्यंत ठाठदार फ्लैट के आलीशान बेडरूम में एक आलीशान डबलबेड पर पड़ा पाया। यह फ्लैट एक आलीशान इमारत के दसवें माले पर था और इसकी आन्तरिक साज–सज्जा उतनी ही भव्य थी जितनी हिन्दी फ़िल्मों के हीरो या हीरोइन जो भी अमीर हो के मकान की होती है। फ़र्श पर कालीन, छप पर झाड़–फानूस आदि। और तो और वहाँ कुछ आलीशान सुन्दरियाँ भी थीं जो बारी–बारी या एक साथ, जैसे रतनलाल चाहे, उस पर मरने को प्रस्तुत थीं। अलमारियाँ, कबर्ड, अटैचियाँ, सूटकेस नोटों से भरे हुए थे और पैसे से जो–जो सुख–सुविधा ख़रीदी जा सकती है उसका वहाँ अम्बार लगा हुआ था। रतनलाल अशान्त को पहले तो यक़ीन ही नहीं आया कि यह सब वास्तविक भी हो सकता है। यक़ीन आया तो घरवालों की याद आयी और उन्हें ले आने की इच्छा हुई, पर मरने को उत्सुक सुन्दरियों के रहते अभी वैसा करना ठीक न रहता, इसलिए वह घरवालों को लाने के विचार को टाल गया और कुछ घण्टे ख़ूब मज़े मारता रहा।

अचानक हवा चलने लगीं तो खिड़कियाँ खुल गयीं और परदे उड़ने लगे। हवा के साथ बड़ी गन्दी–सी बदबू आयी और कुछ ही देर में पूरा कमरा भीषण बदबू से भर गया। कुछ देर तो रतनलाल सहन करता रहा, पर कब तक सहन करता? मितली आने लगी थी। बदबू इतनी भीषण थी कि बावजूद डियोड्रेंट्स, पर्फ्यूम्स, रूमफ्रेशनर्स के रतनलाल को उबकाई छूटने लगी और बाथरूम में जाकर उल्टी करनी पड़ी। रतनलाल ने बालकनी की तरफ़ का दरवाज़ा खोलकर देखने की कोशिश की कि माज़रा क्या है?

नीचे झोंपड़पट्टी थी, एक–दूसरे में फँसी–फँसी आड़ी–टेढ़ी काली–कलूटी सैकड़ों झोंपड़ियाँ! काई, कीचड़ और गन्दगी में धँसी हुई। झोंपड़पट्टी के पीछे कुछ जंगली झाड़ियाँ और उसके पीछे नदी। वहाँ लोग–लुगाई लाइन से बैठे टट्टी फिर रहे थे। नदी का पानी काली कीचड़ जैसा था और उसमें सैकड़ों बल्कि हज़ारों मरी हुई मछलियाँ सड़ रही थीं। हवा के हर झोंके से वे आगे–पीछे होतीं और बदबू छोड़तीं। पता नहीं वहाँ लोग कैसे रहते थे। दूसरी तरफ़ की बालकनी से झाँका तो देखा इमारत के ठीक सामने एक क़तलख़ाना और चमड़े का कारख़ाना है। क़तलख़ाने में बछड़े काटे जो रहे हैं। मरे जानवरों की खाल सूख रही हैं। दूसरी तरफ़ कुछ कुण्डों में नमक के पानी में कच्ची खालें पड़ी हैं, जिन्हें मज़दूर लोग पाँवों से खूँद रहे हैं और खालों पर चिपके मांस के छीछड़े निकाल–निकालकर बाहर फेंकते जा रहे हैं, जिन पर चील–कव्वे, गिद्ध और कुत्ते एक साथ झपटे पड़ रहे हैं।

रतनलाल भागकर भीतर आया और मरती सुन्दरियों को अकेले मरने के लिए छोड़ उल्टियाँ करता और अपनी ही उल्टी में रपटता–ल्हिराड़ता भागकर पूजाघर में बन्द हो गया। उसने आँखें बन्दकर हाथ जोड़ फत्तू की दुकान पर मिली सीधे पल्ले की साड़ी वाली बाई का ध्यान किया और रोते हुए मानो गिड़गिड़ाया, "बाई! इत्ता अच्छा मकान दिया था तो कम–से–कम मोहल्ला भी तो ढंग का देती! यहाँ तो मैं साँस भी नहीं ले सकता। ऐसा भीषण मज़ाक़ कायको किया तून मेरे साथ, बोल?"

पलक झपकते रतनलाल अशान्त ने ख़ुद को एक दूसरे शानदार मकान के शानदार ड्राइंगरूप में एक शानदार सोफे पर बैठा पाया। अटैचियों में ठुँसे कड़क नोट और मरने वाली सुन्दरियाँ यहाँ भी थीं, हालाँकि अलमारियों के नोट बैंकों की पासबुकों और लॉकरों की चाभियों में बदल गये थे और सुन्दरियाँ भी यहाँ तमीज़ से मर रही थीं।

यह शानदार मकान एक शानदार कॉलोनी में था जिसमें मकान, गाड़ियाँ, सड़कें, पेड़ सब कुछ विलायत जैसा था–सिवा नाम के, जो संस्कृत का था विलास कुंज। यहाँ के लोग एकदम अपटुडेट थे और बच्चे तो ऐसे गुलाबी और गबदुल्ले कि पूछो मत। एकदम विलायती जैसे। सिर्फ़ उनके नाम संस्कृत से लेकर रखे हुए थे।

कुछ रोज़ रतनलाल अशान्त ने वहाँ ख़ूब मजे किये। जी भरकर खाया–पिया, विलायती शराबें पीं, विलायती पिक्चरें देखीं, विलायती चॉकलेटें चबायीं और सुन्दरियों को टर्न बाई टर्न अपने पर मरने का मौक़ा दिया। फिर घर में पड़े–पड़े जी ऊबने–सा लगा तो तय किया कि आज अपनी विलायती गाड़ी लेकर थोड़ा बाहर निकला जाये। एक सुन्दरी को भी साथ ले लिया।

विलास कुंज से बाहर निकलते ही रतनलाल अशान्त ने पाया कि शहर की सारी दुकानें बन्द हैं और सारी सड़कें सूनी पड़ी हुई हैं।

कुछ ही आगे वीभत्स दृश्य दिखायी देने शुरू हो गये।

आजू–बाजू की इमारतें–दुकानें–गोदाम जले हुए थे। कहीं–कहीं से अब भी धुआँ उठ रहा था। सड़कों पर जले हुए टायर, लुढ़की हुई जीपें, उलटे हुए हाथठेले और जाने क्या–क्या काठ–कबाड़ पड़ा था। एक जगह अनाज का एक लूटा हुआ गोदाम आया। लगता था लूटने के बाद वहाँ भी आग लगा दी गयी थी। कुछ ही दूर चले होंगे कि देखा एक फटेहाल आदमी जान बचाकर भागा जा रहा है। तभी गली में से एक भीड़ निकली और उस आदमी का पीछा करने लगी। आदमी बचते–बचते भी भीड़ के हत्थे चढ़ गया। भीड़ ने लाठियों–चेनों–सरियों–हॉकी स्टिकों से उस आदमी की धुनाई शुरू कर दी। किसी तरह वह फिर उठकर लड़खड़ाता हुआ भागा तो एक आदमी ने उसकी पीठ में चाकू घोंप दिया। उसी समय पुलिस जीप का सायरन सुनायी दिया। भीड़ भाग गयी, घायल आदमी सड़क पर पड़ा रह गया। पुलिस ने उसे कूड़े के ढेर की तरह अपनी गाड़ी में पटका और चलते–चलते रतनलाल अशान्त की गाड़ी रोककर उससे पूछा, "इधर कहाँ जा रहे हो? पास कहाँ है?"

"काहे का पास?"

"कर्फ्यू का, और काहे का?"

"कर्फ्यू?"

"बाहर से आये हो क्या? पता नहीं शहर में कर्फ्यू लगा हुआ है? टीवी नहीं देखते? कभी–कभी दूरदर्शन भी देख लिया करो। कहाँ से आ रहे हो?"

"विलास कुंज से।"

विलास कुंज का नाम सुनकर पुलिसवाले की जबान कुछ नरम पड़ी। बोला, "आगे मत जाइए। घर लौट जाइए। ख़तरा है। वारदातें हो रही हैं।"

रतनलाल ने पुलिसवाले की बात मानकर गाड़ी घुमा ली, पर पूछे बग़ैर रहा नहीं गया कि माज़रा क्या है? क्यों लगा है कर्फ़्यू? पुलिसवाले ने कहा, "आपको कुछ नहीं पता? शहर में भयानक दंगा हो गया है। पन्द्रहपन्थी और सोलहपन्थी एक–दूसरे के घर–मकान–दुकान जला रहे हैं, एक–दूसरे की हत्या कर रहे हैं और एक–दूसरे को लूट रहे हैं–जबकि दोनों चौदहपन्थियों की औलाद हैं।"

रतनलाल अशान्त की गाड़ी वापस विलास कुंज लौट आयी। विलास कुंज में भी सन्नाटा था। सारे घर भीतर के बन्द। बात करने के लिए मरनोत्सुक सुन्दरियों के सिवा कोई नहीं। और उन्हें कुछ भी नहीं पता कि दुनिया में क्या हो रहा है। मरने से फ़ुर्सत मिले तब ना! रतनलाल दुनिया की ख़ोज–ख़बर लेने के लिए टी.वी. चलाता तो उस पर ऐसे भयानक दृश्य दिखाये जाते कि घबराकर टी.वी. बन्द कर देता। करते–करते एक महीना हो गया। रतनलाल बुरी तरह ऊब गया। उसका हाजमा ख़राब रहने लगा। न कुछ ख़ाने की इच्छा होती न पीने की सुन्दरियाँ भी बोर करने लगी थीं।

तंग आकर एक दिन वह इस नये मकान के पूजाघर में बन्द हो गया और आँखें मूँदकर दोनों हाथ जोड़कर फत्तू की दुकान पर मिली बाई का ध्यान करने लगा। बाई दिखायी दी तो दुखी स्वर में बोला, "माताराम! मैं तो घबरा गया हूँ। अरे! इत्ता अच्छा मोहल्ला दिया था तो शहर भी कोई अच्छा–सा देना था न माताराम! तूने तो मेरे को जेहल में डाल दिया। कायको करती तू ऐसा?"

इस बार रतनलाल अशान्त ने अपने आपको एक शानदार महानगर के शानदार मोहल्ले के शानदार मकान की शानदार स्टडी में पाया। वहाँ सब कुछ शानदार था। इमारतें, सड़कें, गलियाँ, गाड़ियाँ, स्कूल, अस्पताल, सिनेमाघर, तरणताल यहाँ तक कि धरती, आसमान, पंछी और मौसम तक हर चीज़ आलीशान–ही–आलीशान। सारा काम यन्त्र करते। रुपयों के स्थान पर क्रेडिट कार्ड चलते। सारा व्यापार टेलीफ़ोन पर हो जाता, सारी ख़रीददारी इण्टरनेट पर। हर चीज़ घर बैठे हाज़िर। कहीं जाने की ज़रूरत ही नहीं। घूमने का मन हो तो इण्टरनेट पर ही घूम लो। किसी चीज़ की हाय–हाय, दाँता–किलकिल, कुत्ताफजीती नहीं। अहा! जीवन हो तो ऐसा हो।

दो–तीन महीने रतनलाल अशान्त ने वहाँ। ख़ूब मज़े किये। ख़ूब चैनल सर्फिंग की, सायबर दोस्तियाँ की, सारी दुनिया की सैर की, समुद्रतल से ध्रुवों तक के पशु–पक्षियों, कीड़े–मकाड़ों के जीवन का नज़ारा किया और तरह–तरह से सुन्दरियों को अपने पर मरने का मौक़ा दिया।

रतनलाल अशान्त की मौज–मस्ती चलती रहती, लेकिन तभी सरकार बदल गयी और नयी सरकार ने पहला काम यह किया कि इण्टरनेट के सारे कनेक्शन काट दिये और सारे बड़े बैंक खाते सील कर दिये। नयी सरकार ने फरमान जारी किया कि सभी पुरुषों को दाढ़ी रखनी पड़ेगी, सारी महिलाएँ घर के भीतर रहेंगी और सारी सिगरेट–शराब की दुकानें बन्द। चोरी करने वालों के हाथ काट लिये जायेंगे और व्यभिचार में लिप्त स्त्रियों को सरेआम संगसार किया जायेगा!

अब सरकारी क़ानून तो महानगर को भी मानना पड़ता है। लिहाजा सारे पुरुषों ने दाढ़ी बढ़ानी शुरू कर दी, सारी कारें–बसे–स्कूटर–साइकिलें–ताँगे हथठेले हरे रंग में रँगे जाने लगे–बच्चों की ट्राइसाइकिल तक, और सारी औरतें घरों में दुबक गयीं। पहले ही हफ़्ते एक सौ सत्ताइंस चोरों के हाथ काट दिये गये और पाँच सौ पचपन व्यक्ति सिगरेट–शराब की चोरबाज़ारी में धर लिये गये।

रतनलाल अशान्त ने भी दाढ़ी बढ़ानी शुरू कर दी। सुन्दरियों को दिनभर पूजाघर में बन्द करके रखना पड़ता। बग़ैर इंटरनेट करें तो क्या करें? बैंकखाता भी सीज हो गया था।

लेकिन अगले महीने फिर सरकार बदल गयी। इस सरकार ने पिछली सरकार की सारी व्यवस्थाएँ उलट दीं। इसका कहना था कि जिसकी मर्जी आये दाढ़ी रखे, जिसकी मर्जी आये सफाचट रहे, स्त्रियाँ मर्जी आये जो करेंगी, वाहनों के एक जैसे रंगों का क्या मतलब? और कि सरकार कौन होती है यह बताने वाली कि आदमी क्या खाये क्या पिये? चोरी जैसे छोटे–से अपराध के लिए हाथ काटना तो अमानवीय है। जब तुम किसी के हाथ लगा या उगा नहीं सकते तो उन्हें काटने का तुम्हें, यानी हमें, यानी सरकार को क्या हक़ है?

लो साहब! अब फिर गाड़ियाँ रँगी जा रही हैं, शराबें पी जा रही हैं, चोरियाँ की जा रही हैं, सुन्दरियों को किलकारियाँ मारने के लिए छोड़ दिया गया है और दाढ़ियाँ घुटवाई जा रही हैं। जिन चोरों के हाथ कट गये थे। उन्हें नये हाथ लगवाने सरकारी ख़र्च पर विदेश भेजा जा रहा था।

लेकिन यह सरकार ज़्यादा नहीं चली। उन्नीसवें दिन ही सरकार का तख़्ता पलट दिया गया। अब जो नयी सरकार आयी, उसने आते के साथ ही घोषणा की कि सब पुरुषों को शिखा रखनी पड़ेगी, सभी वाहनों का रंग भगवा होगा, सारी महिलाएँ सन्तोषी माता का व्रत रखेंगी और नित्य पुरुषों के जूते और चरण धोकर पियेंगी, सभी सौभाग्यवतियों के लिए अपने पति के साथ सती होना अनिवार्य होगा और चोर अपने चौर्यकर्म के लाभ का एक निश्चित प्रतिशत शासकीय कोष में जमा करेंगे। व्यभिचार की सार्वजनिक भर्त्सना की जायेगी, लेकिन यदि दुर्भाग्य से किसी व्यभिचारी की मृत्यु हो गयी तो उन सभी स्त्रियों के लिए उसके साथ ससम्मान सती होना अनिवार्य होगा जो उसके व्यभिचार में शामिल थीं।

अर्थात्? अर्थात् हवाई जहाज, रेल, ट्रक, कार, स्कूटर–साइकिल, ताँगे–ठेले, बच्चों की ट्राइसाइकिल तक अब भगवे रंग में रँगे जा रहे हैं, रतनलाल अशान्त शिखा उगाने में जी–जान से जुटे हुए हैं, सुन्दरियाँ साध्वीवेश धारण कर विलाप किये जा रही हैं, उनका विलाप रुकने गें ही नहीं आ रहा है और चोरों के बड़े–बड़े अन्तर्राष्ट्रीय सिण्डिकेट बन रहे हैं।

फिर वही हुआ कि बार–बार के इस तख़्तापलट से जनता तंग आ गयीं। गाँवों–जंगलों–पहाड़ों–घाटियों के लोग गोलबन्द हो गये। उन्होंने बार–बार बदलते क़ानूनों को चिन्दी–चिन्दी कर हवा में उड़ा दिया और चारों तरफ़ से महानगर को घेर लिया। सारे महानगरों को, राजधानियों को, व्यापार–उद्योग–वाणिज्य केन्द्रों को घेर लिया। उन्होंने शहर को अनाज–सब्ज़ी–चारा–लकड़ी–ईंधन की सप्लाई एकदम रोक दी, बिजली की लाइनें काट दीं और नदियाँ–बाँधों–नहरों–जलाशयों से आते पानी की पाइपलाइनें तोड़–फोड़ डालीं।

वे कह रहे थे कि जंगल–जोत–ज़मीन सब हमारा है, तुम लोग होते कौन हो हमारी मेहनत पर मजे मारने वाले? अब हमारे इलाक़े में हम सरकार और तुम्हारी तुम जानो।

फलस्वरूप त्राहि–त्राहि मच गयीं न बिजली न पानी अँधेरा ही अँधेरा। सेना आ गयी, पर वह भी दो फाँट हो गयीं शहर की सारी बाइयाँ–दाइयाँ–दर्ज़ी–धोबी–नाई–दूधिये–मालिशिये–कसाई–हलवाई –झल्लीवाले–रेहड़ीवाले–हम्माल–कारीगर गाँव भाग गये। क्रेडिट कार्ड से दूध नहीं निकलता, गैस भी नहीं, उसे निचोड़ो तो एक बूँद पेट्रोल न

निकले और चबाओ तो एक गेहूँ जितना स्वाद भी न आये। शहर भिनभिन करने लगा। सुन्दरियाँ सूखने लगीं।

रतनलाल ने जब तक सहा गया तब तक सहा, अन्त में पूजाघर में घुस गया और आँखें बन्द करके बाई का ध्यान करने लगा।

बाई बड़ी देर बाद और बड़ी मुश्किल से दिखायी दीं। बाई को देखते ही रतनलाल फफक–फफककर रोने लगा और बोला, "मातेश्वरी! ये क्या खेल है तुम्हारा? इससे तो मैं वहाँ फत्तू की दुकान पर ही ठीक था। कम–से–कम रोज़ नहा तो लेता था। पाँच रोज़ ने नहाया नहीं हूँ। लेटरीन तक में पानी नहीं है। चाय के लिए तरस गया। माते! घर दिया, मोहल्ला दिया, शहर भी दिया तो क्या ढंग का देश नहीं दे सकती थीं? कायको दरटेम अइसाइच फालतू मज़ाक़ करतीं तुम मेरे साथ? मज्जा आता क्या?"

इस बार रतनलाल अशान्त की आँख खुली तो उसने अपने आपको एक शानदार देश के शानदार शहर के शानदार मोहल्ले के शानदार मकान शानदार के बगीचे में पाया।

लेकिन बात को ख़ामख़ाह लम्बा क्यों किया जाये? तो रतनलाल वहाँ भी अशान्त ही रहा। वहाँ सब कुछ था, लेकिन कुछ नहीं था। भोजन था, लेकिन भूख नहीं थी प्यास थी और पेय पदार्थ भी थे, लेकिन तृप्ति नहीं थी। नींद थी लेकिन सपने नहीं थे। भोग था, लेकिन तुष्टि नहीं थी। बच्चे थे, लेकिन बचपन नहीं था। यौवन था, लेकिन अल्हड़पन नहीं था। सूचनाएँ अपार थीं, बोध ग़ायब था। समुदाय थे, लेकिन सामाजिकता नदारद थी। संगीत था, लेकिन सुरीलापन नहीं था। चित्र थे, लेकिन सुन्दरता ग़ायब थी। फूल ढेरों थे, ख़ुशबू ज़रा भी नहीं। पंछी अनेक थे, लेकिन चहचहाहट का पता नहीं था। हताशा थी, सांत्वना नहीं थी। दर्दनाशक बहुत थे, हमदर्द एक भी नहीं। सम्पर्क था, लेकिन संवाद नहीं था। मनुष्य थे, लेकिन मनुष्यता ढूँढ़नी पड़ती थी। बस्तियाँ थीं, लेकिन बसावट नहीं थी। लोग थे, लेकिन लगावट ग़ायब थी।

इस बार रतनलाल जो पूजाघर में घुसा तो सात रोज़ तक बाहर नहीं निकला। सात साल–पूरे सात साल उसने इस हृदयहीन परिवेश में किस तरह निकाले, उसका दिल जानता था। इधर सुन्दरियाँ रो–रोकर हलकान हो रही हैं उधर रतनलाल आँखें मूँदे हाथ जोड़े बैठा है

और बाई है कि दर्शन ही नहीं दे रही। सुन्दरियाँ पूजाघर का दरवाज़ा पीटे जा रही हैं और रतनलाल समाधि से उठने को तैयार नहीं। होते–होते यह हुआ कि रतनलाल को सुन्दरियों पर और अपने–आप पर ही नहीं, बाई पर भी ग़ुस्सा आने लगा। रो–धोकर सुन्दरियाँ चुप हो गयीं, बल्कि डर गयीं। उन्होंने मानसिक शान्ति की गोलियाँ गटकीं, वेलफेयर सर्विस को फ़ोन कर रतनलाल की आंशकित मृत्यु की सूचना दी और तैयार होकर अपने–अपने मित्रों के साथ बाहर चली गयीं।

आठवें रोज़ बाई ने दर्शन दिये। बाई यानी कौन? तो पार्वती।

रतनलाल चिढ़कर बोला, "अम्मा! क्यों मुझे हलकान करती हो? मेरी परीक्षा ले रही हो क्या? तुम्हारे झाँसे में आकर मेरी तो ज़िन्दगी ही बरबाद हो गयी।"

"क्यों? क्या हुआ?" पार्वती ने पूछा, "जो तुमने माँगा वही मिला न?"

चूँकि यह बात सच थी, इसलिए रतनलाल और चिढ़ गया। चिढ़कर बोला, "तुम मेरे को इत्ता अच्छा घर दिये, अच्छा मोहल्ला दिये, अच्छा शहर दिये, अच्छा देश भी दिये, तो अच्छी दुनिया देने में मौत आती थी क्या? हर चीज़ के लिए बोलना पड़ेगी क्या?"

पार्वती को बुरा लगा। ऐसे कह रहा जैसे दुनिया हमने ही ऐसी ख़राब बनायी हो! संयत स्वर में बोलीं, "दुनिया में क्या ख़राबी है?"

"क्या ख़राबी नहीं है?" रतनलाल बहस करने लगा।

"ठीक है, कुछ ख़राबी नहीं है तो ठीक कर लो। बदल दो दुनिया को। इतने सारे काम हमने तुम्हारे किये, क्या यह एक काम तुम अपने–आप नहीं कर सकते?" पार्वती ने पूछा।

पार्वती की इस बात का रतनलाल ने बड़ा अजीब–सा जवाब दिया। लापरवाही से बोला, "अम्मा! तू तो ऐसे बोलती जैसे मैंने दुनिया को बदलने का ठेका ले रखा हो!"

इस बार पार्वती को सचमुच ही बहुत बुरा लगा। यह मूर्ख सोचता है कि दुनिया ठेके पर बदली जाती है? ठेकेदार दुनिया बदलते हैं? या कहीं ऐसा तो नहीं कि यह नालायक दुनिया बदलने की कोशिश करने वालों को ही ठेकेदार कह रहा है?

वे तत्क्षण अन्तर्ध्यान हो गयीं। तमतमाती हुई शिवजी के पास पहुँचीं और बोलीं, "प्राणनाथ! उसे जो कुछ दिया है तुरन्त वापस ले लीजिए।"

"क्यों, क्या हुआ?"

"वह नालायक है। वह आपकी दया का पात्र नहीं है। एकदम नालायक। नालायक कहीं का!"

महादेव सब जानते थे। पार्वती की आदत का भी उन्हें पता था। पहले दयार्द्र होकर किसी को भी कुछ भी दिलवा देंगी, बाद में पश्चाताप करेंगी लेकिन इस बार नया यह था कि पार्वती क्रोध में थीं। पार्वती का क्रोध उन्होंने पहली बार देखा था। क्रोध में पार्वती और भी सुन्दर लग रही थीं। महादेव के जी में आयी, इसी समय पुकारकर गणेश–कार्तिकेय को बुलाएँ और कहें–देखो, ज़रा अपनी माँ को!

महादेव थे, मुस्कराकर रह गये और "तथास्तु" कह दिया।

रतनलाल अशान्त वापस फत्तू नाई के खोखे पर पहुँच गये।

जिसे कहते हैं "लौट के बूद्धू घर को आये" या "पुनर्मूषको भव" यानी वापस चूहा बन जा और चूहा दौड़ में घुस जा।

कहानी ख़त्म।

लेकिन इस लोक में। उस लोक में नहीं।

जैसी कि देवताओं की आदत थी, वे एक–दूसरे की निजी बातों की पूरी ख़ोज–ख़बर रखते थे। उन्होंने भी पार्वती का ग़ुस्सा पहली बार देखा था। वह उन्हें अच्छा लगा, और वह मुद्दा भी, जिस पर पार्वती को ग़ुस्सा आया। उन्होंने सिर जोड़े और–जैसी कि उनकी आदत थी–पुष्पवर्षा की।

जैसी रतनलाल अशान्त के साथ बीती, किसी के साथ न बीते।

बोलो गौरी मैया–महादेव बप्पा की...

अगले जनम

सुमि को समझ में नहीं आया कि जब वह अच्छी–खासी चल–फिर सकती है तो उसे स्ट्रेचर पर लेटाकर लेबररूम की तरफ़ क्यों ले जाया जा रहा है? लेकिन अस्पताल का यही क़ायदा था शायद। स्ट्रेचर पर वह सीधे नहीं, करवट लेकर लेटी थी। उसे लगा था, ज़रूर कोई कहेगा कि सीधे लेटो, पर किसी ने नहीं कहा तो ऐसा ही हो गया जैसे वह अपने पलँग पर सो रही हो और पलँग दौड़ना शुरू कर दे।

लेकिन वह लेबररूम नहीं था। ऑफ़िस–जैसा था। स्ट्रेचर रुक गया तो वह पहले बैठ गयी और फिर खड़ी हो गयी। स्ट्रेचर लेकर आये दोनों वार्डबॉय चले गये। वहाँ दो नर्सें थीं। बातें करते हुए काम करने में व्यस्त। भीतर से आहों–कराहों से लेकर चीख़ों तक की आवाज़ें आ रही थीं।

–हाँ, शाम को डॉक्टर मेनन के राउण्ड के बाद...दर्द होता है?... उदरीच। जाने का टाइम नहीं। क्या करेगी?

यह पूरा वाक्य एक नर्स ने दूसरी से कहा था, सिर्फ़ बीच का "दर्द होता है" सुमि के लिए था। पूछा भी ऐसे था जैसे पूछा नहीं हो, कहा हो। और बग़ैर जवाब की प्रतीक्षा किये उसे लिटाकर साड़ी नीचे खिसकाकर कमर में एक इंजेक्शन घोंप दिया था।

तभी एक–वार्डबॉय एक हरे रंग का गाउन ले आया था और नर्स ने बॉय से गाउन लेकर उसे देते हुए कहा था–"चेंज कर लो!" और बीच का परदा लापरवाही से थोड़ा–सा खींच दिया था।

सुमि ने बाहर के खुले दरवाज़े की तरफ़ देखा कि कहीं सास तो नहीं आ रही है और जैसे–तैसे साड़ी उतारकर गाउन पहन लिया। पेटीकोट–ब्लाउज़ नहीं उतारा और लेटने लगी। नर्स बातें छोड़कर फिर उससे मुख़ातिब हुई और बोली, "पेटीकोट भी खोलो।

बच्चा क्या पेटीकोट में निकालोगी..." और हँसी थोड़ा–सा। उसके पेशे की सभ्यता के हिसाब से जितना ज़रूरी था। मशीनी। सुमि को अच्छा नहीं लगा। क्या ये भी मज़ाक़ की बात है? पेटीकोट उतार दिया।

नर्स फिर इंजेक्शन लेकर आ गयी। इस बार मोटा–सा।

–"कपड़े?" सुमि ने पूछा।

–"अभी इदर रख दो। कोई घरवाला होगा उसको दे देने का।" इस बार नर्स नरमी से बोली, लेकिन उसने सुमि को लगभग नंगा कर दिया और हाथों से चमड़ी हटाकर बड़े निर्लिप्त भाव से एनीमा ठूँस दिया।

–"घबराने का नई। बाजू में तट्टी है। ख़ूब ज़ोर लगा के निकालना। जायेगा? के मैं आयेगी?"

सुमि ने ज़िन्दगी में न कभी एनीमा लगवाया था, न कभी सोचा था कि उसे इसकी ज़रूरत पड़ेगी। लेकिन अब जबकि एनीमा लग चुका था उसे टॉयलेट की हाजत महसूस हुई और इसी समय पेट में मरोड़–जैसी भी उठने लगी। इधर उधर की दीवाल का सहारा लेते वह एकदम पास ही बने टॉयलेट में घुसी जो सौभाग्य से ज़्यादा गन्दा नहीं था। यथासम्भव उसने नर्स की हिदायत का पालन किया, लेकिन पेट में जिस तरह दर्द की लहरें चल रही थीं, उसे डर लगा कि कहीं बच्चा यहीं निकलकर न गिर जाये।

लौटकर आयी और स्ट्रेचर पर निढाल पड़ गयी। इस बार चित्त। थोड़ी–थोड़ी देर बाद पेट में एक हल्के से दर्द की लम्बी मरोड़ उठती थी और लेटे रहना भी मुश्किल हो जाता था।

–"शायद होने वाला है।" वह फुसफुसायी।

नर्स ने ध्यान से उसकी बात सुनी और हँसकर ज़ोर से बोली "अबी से? पहला टाइम है क्या? अबी तुम्हारा नम्बर नहीं आयेगा। दिखाओ तो?" गाउन उठाकर देखा "अबी बहुत टाइम है। रात को आयेगा। नईं तो कल आयेगा।"

नर्स के इस निर्णय से सुमि हताश हो गयी। चिन्तातुर भी। क्या इसी तरह पड़े रहना पड़ेगा और छटपटाते रहना पड़ेगा रात तक? नहीं–नहीं, शायद इसे कुछ मालूम नहीं। यह कोई डॉक्टर थोड़ी है। डॉक्टर ही देखकर बतायेगी कितनी देर है?

नर्सों की आपसी बातचीत अनवरत जारी थी। भीतर से आती आह–कराह आदि भी, जिनका नर्सों के आने–जाने, फुर्ती से काम करते जाने और अपनी बातों का सिलसिला बनाये रखने पर कोई फ़र्क नहीं पड़ रहा था।

"इनका तो रोज़ का काम है। इन पर क्या असर पड़ेगा?" सुमि ने सोचा।

इसी समय फिर एक दर्द की लहर उठी और सुमि कराह उठी। अचानक उसे लगा, उसकी आँखों के सामने उसकी सास का चेहरा आ गया है। वह वाकई उसकी सास का ही चेहरा था जो जाने कब भीतर जाकर उसके स्ट्रेचर से सटकर खड़ी हो गयी थीं और मुस्करा रही थीं और उसके माथे पर हाथ फेर रही थीं।

–"मम्मी!" लगभग रोते हुए सुमि बुदबुदायी।

–"घबराना नहीं बेटी! सब ठीक हो जायेगा।"

नर्स ने इस बीच सास को सुमि के कपड़े उठा लेने को कहा, सुमि के हाथ की चूड़ियाँ उतारकर सास को पकड़ाई और कड़क स्वर में कहा–"गले की चीज़ भी खोलो, कान की चीज़ भी खोले। इदर फालतू कुछ नहीं माँगता।" सास ने सुमि के कान के टॉप्स खोलो लिये। "मंगलसूत्र भी?" सुमि ने प्रतिरोध–सा करते हुए पूछा। सास ने "हाँ" में गरदन हिलाई। सुमि ने अपनी गरदन ज़रा–सी ऊँची कर दी। सास–बहू की बातों पर कान लगाये नर्स कोने की दीवार से बोली–"बाद में बोलेगा हमारा सोने का दागीना चोरी हुआ करके। सिस्टर लोग चोरी किया करके। नईं बाबा! पेशेंट की स्किन के अलावा कुछ नई चलेगा।"

मंगलसूत्र भी खुल गया।

सास ने सारी चीज़ें सुमि के ब्लाउज़ में बाँध लीं और ब्लाउज़ को ब्रा समेत गोलमोल लपेटकर साड़ी में रख गठरी–सी बना काँख में दबा लिया।

–"बिन्दी साफ़ करो।" नर्स ने पास आते हुए कहा।

सुमि की आँखें छलक आयीं।

सास ने सुमि के माथे से बिन्दी उखाड़ी और कहा–"भगवान का नाम लो, सब ठीक होगा।"

–"चलो माताजी, अब तुम बाहर।"

सास बाहर चली गयी।

नर्स के हाथ में गरम पानी का मग और रेज़र था।

उसने परदा खींचा, सुमि का गाउन हटाया, पैर फैलाये और बाल साफ़ करना शुरू किया। सुमि को डर लगा कि ज़रूर कहीं काट देगी... दर्द की लहरें न होतीं तो देख न पाने पर भी वह अपना ध्यान यहीं केन्द्रित रखती। नर्स होशियार थी। सुमि को एक बार भी "सी" नहीं करना पड़ा।

यह निपटा ही था कि दूसरी नर्स आ गयी। उसने सुमि का टेम्प्रेचर लिखा, ब्लड़प्रेशर नापा, नाड़ी देखी, पूछा–"बच्चा हिलता है?"

इससे पहले कि सुमि कोई उत्तर दे पाती, भीतर से डॉक्टरनी बाहर आयी–"सुमि कौन है? तुम हो? क्या ड्यू डेट है? पर्ची दिखाओ। एनीमा दिया? दर्द होता है? मेमरेन रप्चर हो गया? पेंस आ रहे हैं? बीपी कितना है?" प्रश्न भी चल रहे हैं, उत्तर भी चल रहे हैं, स्टेथेस्कोप भी कान पर चढ़ रहा है, हाथ भी पेट को टटोल–टटोलकर देख रहे हैं।

डॉक्टर की उपस्थिति में नर्स उसी तरह चुप और सन्नद्ध, जैसे प्रधानाध्यापिका के आगे कक्षा आठ की छात्राएँ।

–"इतना लेट क्यों किया? तुम लोगों को लास्ट मूवमेण्ट पर डॉक्टर की याद आती है? केस बिगड़ गया तो कौन रिस्पॉन्सिबल होगा? किसने दी थी ये डेट?" डॉक्टरनी डाँट रही थी।

सिवाय डरने के सुमि क्या कर सकती थी? क्या ग़लती हुई उनसे? कल ही तो वे गाँव से आये हैं। आते ही डॉक्टर को दिखाया है। उसने कल बुलाया था। आज सुबह फिर दोबारा। उसने कहा, भर्ती हो जाओ तो आकर भर्ती हो गये। क्या हुआ? क्या हो गया? क्या बच्चा पेट में मर गया है? लेकिन अभी थोड़ी देर पहले तक तो लात चला रहा था। क्या सीज़ेरियन करना पड़ेगा? पेट काटकर बच्चा निकालना पड़ेगा? आख़िर बात क्या है?

एकाएक सुमि को लगा, नीचे से कुछ गरम–गरम पानी–जैसा निकल रहा है, जिससे उसका गाउन भी भीग गया है, स्ट्रेचर भी और...दर्द कुछ कम–जैसा हुआ है, लेकिन...

–"डॉक्टर!" सुमि बुदबुदायी।

डॉक्टर ने सुमि का गाउन हटाकर ध्यान से देखा और गम्भीर होकर बोली–"ठीक है। अन्दर ले लो।" और फिर भीतर चली गयी।

सुमि ने आँखें बन्द कर लीं। शायद अब उसका केस बिगड़ ही गया है। देखा नहीं डॉक्टरनी का चेहरा? सुनी नहीं उसकी बुझी हुई आवाज़?

अब कोई फिर उसके स्ट्रेचर को ठेल रहा था।

एक पल के लिए सुमि ने आँखें खोलीं। सिर्फ़ यह जाँचने के लिए कि वह गिर तो नहीं जायेगी? उसी एक पल में एक आवाज़ सुनायी दी, "सेप्टिक", और सामने से एक फटेहाल–सा देहाती जवान गुजरता दिखायी दिया। हाथों में नयी चटाई...चटाई में कोरा लाल कपड़ा। कपड़े में क्या होगा? बेशक उसके सद्यजात बच्चे की लाश, जिसे यह श्मशान ले जाकर गड्ढा खोदकर गाड़ आयेगा।

क्या यह कोई दुःस्वप्न है? या मेरा ही भविष्य? नौ महीने से जो मेरी कोख में पल रहा है, लातें चला रहा है, क्या वह इसी तरह एक लोंदे के रूप में बाहर निकलेगा...जिसे रवीन्द्र चटाई में उठाकर ले जायेंगे और कहीं गड्ढा खोदकर ज़मीन में गाड़ आयेंगे?

पीड़ा और अवसाद से सुमि सन्न हो गयी।

भीतर की दुनिया बिल्कुल अलग थी। यह एक बड़ा और अँधेरा बन्द कमरा था, जिसमें छह अलग–अलग मेजें थीं और हरेक के ऊपर एक–एक तेज प्रकाश वाला हण्डा। सुमि ने ऐसा कमरा पहले कभी नहीं देखा। फ़िल्मों में ऑपरेशन थियेटर देखे हैं। यह वैसा भी नहीं है। ऐसा था जैसे टेबल हॉल...या किसी नाइट क्लब का वह कमरा जिसमें अलग–अलग टेबलों पर बैठकर कई लोग एक साथ कैरम खेलते हैं।

सुमि को उठाकर एक खाली बेड पर लिटा दिया गया।

कुछ देर तक सुमि को कुछ दिखायी नहीं दिया। उसने देखने की कोशिश भी नहीं की। बन्द आँखों से अपना गाउन ठीक किया और उस गन्ध की अभ्यस्त होने की कोशिश करती रही जो अस्पतालों की एक खास गन्ध होती है। कार्बोलिक और फार्मेलिन...दवाएँ और फिनाइल... आवाज़ें अब आक्रान्त कर रही थीं। दर्द की लहरें बैठ चुकी थीं। दाहिनी तरफ़ से एकतान–एकरस कराहें सुनायी दे रही थीं, तो बायीं तरफ़ से कुछ–कुछ देर बाद चीखकर तड़प उठने की बावाज़ें...जैसे कोई किसी को थोड़ी–थोड़ी देर बाद एक लात लगा देता हो या हाथ मरोड़ देता हो। सामने की तरफ़ कहीं से लगातार चीखें, कोसने, बड़बड़ाने और गालियाँ

बकने की आवाज़ें आ रही थी। बीच–बीच में नर्सों, डॉक्टरों की हिदायतें और बातचीत के टुकड़े कानों में पड़ रहे थे।

आँख खुली तो डरावना दृश्य था। उसके पैरों के ठीक ऊपर एक तेज रोशनी की फ्लड़ लाइट टँगी हुई थी। दाहिनी तरफ़ एक गर्भवती महिला ऐसी ही तेज़ रोशनी के नीचे अलिफ नंगी पड़ी हुई थी। उसकी टाँगें मुड़ी हुई थीं और दोनों बाजू भी खुली हुई। दो नर्सें उसके दोनों तरफ़ खड़ी थीं। एक नर्स उसके घुटने पकड़े दोनों टाँगें खुली रखने की कोशिश कर रही थी और दूसरी उसका पेट बाजू से सहला रही थी। कहती भी जा रही थी–"ज़ोर लगाओ। ज़ोर लगाओ!" यह सारा नज़ारा एकदम सुमि की आँखों के सामने पड़ता था। महिला की खुली टाँगें... अनावृत्त गुप्तांग और "ज़ोर लगाओ, ज़ोर लगाओ" के आदेश की पालना में फूलता–सिकुड़ता–सा पेट और पुट्ठे। महिला दर्द से चीख–चीख पड़ती थी और उसने अपने दोनों हाथों से पलँग का सिराहना भींच रखा था। उसकी गर्दन भी दायें–बायें हिचकोले खा रही थी, लेकिन बच्चा था कि निकल नहीं रहा था।

इतना सब सुमि ने जैसे एक ही पल में देख लिया। न भी देखा हो, उधर नज़र पड़ते ही उसकी पहली प्रतिक्रिया यह हुई कि दोनों हाथ अपने–आप गाउन सँभालने लगे। कहीं वह भी ऐसी ही नंगी तो नहीं पड़ी हुई है रोशनी के इस झरने के नीचे! बार–बार इधर से नज़र हटाना चाहती...लेकिन हटा नहीं पाती। हे भगवान! यह क्या है? क्यों है? क्या और कोई तरीक़ा नहीं हो सकता था? वह मन–ही–मन मनाने लगी कि उसे इतना बेपर्द, इतना उरियाँ, इतना बेशरम न होना पड़े।

लेकिन उसकी बायीं तरफ़ भी इसी से मिलता–जुलता दृश्य था। अन्तर यह था कि रोशनी उसकी टाँगों के बीच टॉर्च से डाली जा रही थी और रबड़ सफ़ेद दस्ताने पहने डॉक्टरनी वहाँ कुछ कर रही थी।

सामने की तरफ़ से फिर कुछ चिल्लाहट और कोसने सुनायी दिये–"ओ, माँऽरीऽ..., अरे मरी रे...ओ गूखाण्या! लाकड़याका! भोसड़ीचोदारा! अरे मार्‌याऽरे! अरे मार नाख्यो रे!! अरे माँ रेऽऽ!"

और एक मिडवाइफ उसे फटकार रही थी–"जब अन्दर ले रही थी तब नहीं सोचा था कि कुछ बाहर भी निकलेगा? उस वक़्त तो टिचकारियाँ मार रही होगी! और जायेगी मरद के पास!"

अपनी अपार पीड़ा में सचेतन लुगाई तुरन्त वादा कर रही थी "मरेई नी जाऊँ! बाई! पण म्हारी साँसत छुड़ाव! म्हने बचाव! अरे मरी रेऽऽ!..."

"छिः छिः!"...सुमि को वितृष्णा-सी हुई। यह वैसा बीभत्स प्रदर्शन है पीड़ा का। नहीं...वह कभी ऐसा नहीं करेगी।

–"दर्द होता है?" तभी किसी ने पूछा और तभी दर्द की एक लहर-सी उठी। छाती तक और फिर-फिर उठी। नर्स ड्रिप लगा रही थी, ड्रिप एडजस्ट कर रही थी। उसमें तरह-तरह के इंजेक्शन मिला रही थी और बार-बार पूछ रही थी "कैसा लग रहा है, बच्चा हिल रहा है या नहीं", वग़ैरह-वग़ैरह।

सुमि को प्यास लगी। नहीं, सुमि को गर्मी लगी। नहीं, सुमि को डर लगा। नहीं, अकेलापन लगा। नहीं, घर की याद आयी। नहीं, माँ की याद आयी। काश! माँ पास होती! क्या उसने भी इतनी ही तकलीफ़ उठाकर सुमि को जना होगा? इतनी ही बेपर्दगी झेलकर?

लाज! शर्म! हया! परदा! ये सारे शब्द अब और यहाँ बेमानी हो गये थे। माना कि यहाँ सिर्फ़ औरतें ही थीं, पर इससे क्या? क्या मर्द मर्दों के सामने इतनी ही सहजता से नंगे हो जाते हैं? आख़िर सबके सामने अपनी नंगई की नुमाइश करना किसको अच्छा लगता है? और क्या भरोसा? क्या अभी-अभी कोई मर्द डॉक्टर या वार्ड-बॉय भीतर नहीं आ सकता? हॉल का दरवाज़ा बन्द नहीं है। वहाँ सिर्फ़ परदा पड़ा है। ये मटके की तरह फूले पेट, पेट पर चमड़ी फटने से बनी सफ़द धरियाँ, पतली-पतली टाँगें और बिखरे बाल...केवल देह...क्या यही देह पुरुष को आकर्षित कर उन्मत्त बनाती है? कोई यहाँ आकर दर्द से छटपटाती इन बेडौल देहों को देख ले तो वह स्त्री को कभी कमनीय न माने...दिमाग़ से सारी कविता एकदम रफूचक्कर हो जाये! क्या इसीलिए प्रसूति गृह में पुरुषों का प्रवेश वर्जित रखा गया है?

"आह!..." कुछ ज़ोर से शायद उसके मुँह से निकला होगा। भीतर कोई चीज़ थी, जिसे कोई मरोड़ रहा था। सारी कमर दर्द के मारे हिल-सी गयी थी। एक गहरी लहर दर्द की उठी थी और बैठ भी नहीं रही थी।

सुमि की आह से आकर्षित हो पास की मेज़ से डॉक्टरनी और नर्सें उसके पास आयी थीं और उसे घेरकर खड़ी हो गयी थीं।

एक नर्स एक तेज़ टॉर्च का प्रकाश उसकी टाँगों के बीच डाल रही थी और डॉक्टरनी अपना दस्ताने वाला हाथ उसकी योनि में घुसेड़कर

इधर–उधर टटोल रही थी। उनका दूसरा हाथ ऊपर से पेट को जगह–जगह दबा रहा था और अपना काम करते–करते वह सुमि से बातें भी करती जा रही थी

"क्या नाम है?"

"सुमि।"

"उमर?"

"पच्चीस...नहीं छब्बीस।"

"पहला है?"

"हाँ।"

"डेट क्या थी?"

"चार रोज़ पहले की।"

"दर्द होता है?"

"हाँ।"

"पिसाब आता है?"

"...।"

"आये तो यहीं करना। रोकना मत। अभी बच्चा नीचे नहीं आया। टाइम लगेगा। घबराना नहीं। बॉडी को ढीला रखना। अच्छी–अच्छी बात सोचना।"

"ब्लड़ प्रेशर?"

"नॉर्मल।" नर्स ने कहा।

"सुगर?"

"नॉर्मल।"

"ओवरड्यू हुआ है। ज़रूरत पड़ने पर ऑपरेशन करेंगे। पर डरने की बात नहीं है। रोज़ पचासियों औरतें बच्चा पैदा करके जाती हैं। जस्ट रिलेक्स। ओके?"

इससे पहले कि सुमि कुछ पूछ सके, सामने की तरफ़ से आती चीख–पुकार गालियों और दाहिनी तरफ़ से आती कराहें चीखों में बदल गयीं। सुमि ने दाहिनी तरफ़ देखा। नंगी पड़ी औरत का योनिद्वार खुल गया था और भीतर एक काला–भीगा नारियल–सा दिखायी दे रहा था। उसके दोनों तरफ़ नर्सों ने स्टील के चिमटे–से डाले हुए थे और ऊपर–नीचे ख़ून–ख़ून दिखायी दे रहा था। नर्सें चिल्ला–चिल्लाकर कह रही थीं "ज़ोर लगाओ, शाबाश!"

और ऊपर से पेट को दबा रही थीं और नीचे से चिमटों से पकड़कर काले नारियल को बाहर खींचने की कोशिश कर रही थीं। योनिद्वार के चारों तरफ़ ख़ून की मात्रा बढ़ती जा रही थी। एक और डॉक्टरनी आ गयी थी। फिर कैंची लेकर डॉक्टरनी ने ऊपर की चमड़ी थोड़ी काट दी... चीख–चीखकर औरत का बुरा हाल था। वह उछल पड़ रही थी और डॉक्टरनी कभी पेट सहलाती, कभी हाथ घुसाने की कोशिश करती, कभी टाँगें चौड़ी करती, कभी चिमटा घुसाने की कोशिश करती...कभी कैंची रुई से ख़ून साफ़ करती...

...तीन औरतों की मशक्कत से आख़िर वह काला नारियल थोड़ा और बाहर सरका। योनिद्वार अविश्वसनीय हद तक खुल गया और बमुश्किल तमाम वह काला नारियल आधा बाहर निकला। अब उसे हाथ से पकड़कर खींचा जा सकता था। उसे हाथ से पकड़कर खींचा गया और देखते–ही–देखते पूरा बच्चा बाहर आ गया। ख़ून और गन्दगी से सना...किसी बन्दरिया के बच्चे की तरह काला और छोटा–सा। लेकिन उसकी बारीक और दमदार कुआँ–कुआँ ने सारे कमरे का माहौल एकदम से बदल दिया। फुर्ती से डॉक्टरनी ने उसकी नाल खोली और उसे दोनों टाँगें पकड़कर उलटा हवा में झुला दिया। औरत की चीख–पुकार शान्त पड़ गयी। मटके की तरह फूला पेटा पिचक गया। औरत निढाल होकर बेसुध हो गयी। डॉक्टरनी ने बच्चे की नाल काटी और बच्चा नर्स को दे दिया। नर्स बच्चे का वज़न करने, नहलाने, टाइम वग़ैरह नोट करने के लिए ले गयी। दूसरी नर्स ने औरत के निचले हिस्से की सफ़ाई की, डॉक्टरनी ने टाँके लगाये, शेष काम निबटाया और चली गयी।

सुमि इस पूरे दौरान अपनी सारी पीड़ा, सारी तकलीफ़ भूले रही। वह तो अपनी स्थिति तक जैसे भूल गयी थी। वह केवल एक चमत्कारिक और अभूतपूर्व दृश्य की साक्षी थी और टकटकी लगाये देख रही थी। उसे भान ही नहीं था कि यही सब या सम्भवतः इससे भी अधिक भयानक कुछ अभी थोड़ी देर बाद उसके ख़ुद के साथ होने वाला है।

किसी ने किसी से नहीं पूछा कि क्या हुआ है? लड़का या लड़की? काश! कोई पूछता या बताता। सुमि को उत्सुकता थी।

दाइयाँ और नर्सें ख़ुश थीं। सफलतापूर्वक उनका एक काम पूरा हो गया था। अब बाहर जाकर ख़बर देनी थी और बख़्शीश लेनी थी।

लेकिन ख़ुशी का कारण ख़ुश नहीं थी। ख़ुशी के कारण अपना काम और ठीक से पूरा हो जाना था। बच्चा मर जाता या औरत दम तोड़ देती तो वे सब दाइयाँ और नर्सें और डॉक्टरनियाँ अपने–आपसे चिढ़ जातीं और घण्टों झुँझलाई हुई रहतीं और जीवन के प्रति दार्शनिक होने के लिए उन्हें बहुत प्रयत्न करना पड़ता।

जिसके अभी बच्चा हुआ था, वह औरत सुमि की कौन थी? सुमि तो उसे जानती तक नहीं थी। लेकिन फिर भी उसे ख़ुशी–जैसी हो रही थी कि हालाँकि बेचारी को तकलीफ़ तो बहुत हुई, लेकिन चलो बच्चा ठीक–ठीक से हो गया। कहीं–न–कहीं उसके मन में विश्वास–सा जमने लगा कि उसका भी ठीक–ठीक से हो जायेगा। प्रसूति गृह में घुसते समय एक सद्यजात बच्चे की लाश देखकर यहाँ के डॉक्टरों के प्रति उसकी जो आस्था सहसा कुचल गयी थी, एक नये बच्चे की रुलाई सुनकर मानो वह आस्था फिर से खिल गयी। वह दाइयों–नर्सों–डॉक्टरनियों की कद्र–सी करने लगी। मेहनत तो बहुत करते हैं बेचारे। अब किसी की किस्मत ही ख़राब हो तो ये भी क्या करें?

कुछ देर बाद नयी माँ को बताया गया है कि उसके लड़का हुआ है। उसके श्लथ चेहरे पर एक झीनी–सी मुस्कान उभरी। वह शरमाने–सी लगी। उसे अच्छी तरह ढँक–ओढ़ाकर स्ट्रेचर पर डालकर वार्ड में भिजवा दिया गया।

कॉफी पीने के लिए डॉक्टरनी के अपने कमरे में जाते ही सारे कमरे का वातावरण जैसे आज़ाद और हल्का हो गया था। कुछ इधर–उधर की बातें भी होने लगी थीं। दाइयाँ और नर्सें उन पेशेंट्स और केसेज की बातें एक–दूसरे को बताने लगी थीं जो कल या परसों या पिछले सप्ताह आये थे और जो अपने किसी हास्यप्रद या जटिल पहलू के कारण उल्लेखनीय थे।

अपने दर्द को एक अनिवार्य प्रक्रिया मानकर चुपचाप झेलते हुए सुमि इधर–उधर की बातों पर ध्यान लगाने की कोशिश कर रही थी और डॉक्टरनी के अनुदेश के अनुसार "अच्छी–अच्छी बातें सोचने" और "तनावमुक्त" होने की कोशिश कर रही थी। उसे अपनी माँ और मायके का ख़्याल आया, अपने माँ–बाप और भाई–बहनों के चेहरे याद आये...कितना ख़ुश होंगे वे यह जानकर कि सुमि के लड़का हुआ है। और पिता तो आदत के अनुसार तुरन्त भाई को बधाई तार देने के लिए भेजेंगे और फिर

तत्काल इस चिन्ता में डूब जायेंगे कि भाई को क्या–क्या लेकर भेजना पड़ेगा और कितना ख़र्च आयेगा और कहाँ से इन्तज़ाम किया जायेगा? फिर सुमि को अपनी सास का ख़्याल आया, जिसने शादी के दूसरे ही दिन से उठते–बैठते उसे पुत्रवती होने की आसीसें दी थीं और "पोता दे दे, पोता दे दे" कह–कहकर बराबर उसकी नाक में दम कर रखा था। हर महीने उसकी माहवारी पर मुँह फुलाया था। बार–बार उसके और रवि के सम्बन्धों में अनैतिक–अनधिकार–अश्लील ताक–झाँक की थी, बार–बार पति को रिझाने और किसी भी तिकड़म से गर्भवती हो जाने की तरकीबें सुझाई थीं और जब शादी के बाद दो साल तक सुमि की गोद हरी नहीं हुई थी; जो कि रवि–सुमि की योजनानुसार ही था, तो सुमि को लेकर मन्दिर जाना, मनौती मानना, तावीज़ बाँधना और भभूती चटवाना शुरू कर दिया था। अन्त में तो वह उसे देखकर लम्बी उसाँसें भरने लगी थीं! कितनी ख़ुश होंगी सास कि आख़िर उन्हें पोता मिल गया।

सुमि अपने पति के बारे में सोचने लगी। उसके कसरती बदन और शारीरिक स्फूर्ति के बारे में...उसकी निरन्तर जाग्रत यौनाकांक्षा और उसके खर्राटों के बारे में...नींद में उठती–गिरती उसकी छोटी–सी तोंद के बारे में और उसके सिर के घने बालों के बारे में...लेकिन अभी–अभी देखे गये दृश्य का प्रभाव था कि उसे पति की देह की कल्पना प्रफुल्लित नहीं कर पायी। वह जैसे बुख़ार में थी और देह जैसे बिस्तर पर कभी नहीं...हमेशा स्ट्रेचर पर या अस्पताल के पलँग पर...डॉक्टर के दस्ताने वाले हाथ में चमकते नश्तर के नीचे...इधर से, उधर ख़ून बहाते हुए...दर्द की छटपटाहट और दूसरों की दया और कौशल के भरोसे ...बेबस और हाथ–पाँव में पिन ठूँसे बेहोश मेंढक के तुल्य।

सुमि को अजीब लगा कि मनुष्य के शरीर की सारी असुन्दरता और कुरूपता देखने के बाद भी, काटने–फाड़ने और सीने के बाद भी रक्त–माँस–मज्जा के अनवरत अवलोकन के बाद भी आख़िर डॉक्टर लोग कैसे अपने पति या पत्नी से प्यार कर पाते होंगे? कैसे उनका शरीर एक–दूसरे को उत्तेजित या उत्तप्त कर पाता होगा? कैसे देह के उत्सव में वे आतुर या आक्रामक हो पाते होंगे? कैसे जीव के आदिम राग में बेसुध और बेसाध हो पाते होंगे। बज पाते होंगे? झंकृत हो पाते होंगे या वह जो सामान्य–जन के जीवन में एक रहस्यभेदन और चमत्कार की तरह घटित होता है,

उनके लिए एक औसत जैविक क्रिया। "एक मैटर ऑफ़ फेक्ट" ही रह जाता होगा? क्या अपने पेशे के लिए उन्हें इतना बड़ा बलिदान करना पड़ता है? या यह केवल उसकी ख़ामख़याली है? यदि रवि डॉक्टर होता तो क्या वह सुमि की नाभि के नीचे स्थित तिल को इस तरह बार–बार चूमता? या वह केवल एक फिज़िकल सिम्टम ही समझता इसे? फिर हिचकी का क्या अर्थ होता उसके लिए? और आँख फड़कने का? और सपनों का? और ड़र का? सुमि के उससे डरकर लिपट जाने का?

सास को पोता चाहिए था और पोते से कम कुछ नहीं। एक सुन्दर–सुशील सुशिक्षित बहू से उसे तसल्ली नहीं थी। उसने चार बच्चे पैदा किये थे। चारों लड़के। सुमि का पति रवीन्द्र छोटा बेटा था। छोटा, इसलिए लाड़ला। बड़े तीन भाइयों में से एक की असमय मृत्यु हो चुकी थी। बाकी दोनों के दो–दो बेटे थे। दोनों दूर शहरों में बसे हुए थे। शादी के समय ही सुमि ने उन्हें देखा था। चिट्ठियाँ कभी–कभी आती थीं।

ससुर को भी पोता चाहिए था। उनके लड़के ही हुए, इस बात का उन्हें गर्व जैसा था। वह इसे अपने ख़ानदान की ख़ासियत मानते थे। कहते थे हमारे ख़ानदान में बरातें आती नहीं हैं, बरातें जाती हैं।

पति लापरवाह क़िस्म के आदमी थे। मस्तमौला। उन्हें कोई फ़र्क नहीं पड़ता था। प्रकट में माँ–बाप की मूर्खता का मज़ाक़ उड़ाते–से, पर मन–ही–मन उन्हें सही जैसा मानते–से। इसी से सुमि को डर लगता कि कहीं ये भी बेटा होने को फख़्र की बात और बेटी होने को शर्म की बात तो नहीं मानते?

यहाँ से लौटकर गाँव जाते जहाँ पति की नौकरी थी, एक बैंक में तो अक्सर सुमि की बाँह पर कोई ताबीज़ या कमर पर कोई काला धागा रवि को नज़र आता और वह पहला काम यह करता कि इस ताबीज़ या धागे को खींच या काटकर फेंक देता। सुमि डरकर पूछती "अब मम्मी पूछेंगी तो मैं क्या कहूँगी?"

"कह देना रवि ने काटकर फेंक दिया।"

भला सुमि ऐसा कह सकती थी?

पर वह मन–ही–मन ख़ुश होती। ऊपर से बनकर पूछती "पता है, बेटा होने के लिए था। अब बेटी हो गयी तो?"

"चलता है।" रवि कहता और अपने मतलब की बात में लग जाता।

इससे सुमि फिर आशंकित हो उठती। रवि ने यह भी कहा होता कि "क्या फ़र्क़ पड़ता है" तो वह मान लेती कि बेटी होने पर कम–से–कम रवि इसे सुमि का कसूर नहीं मानेगा। लेकिन "चलता है" का क्या मतलब? क्या यही नहीं कि इस बार बेटी हो गयी तो कोई बात नहीं, अगली बार बेटा हो जायेगा। आख़िर "ख़ानदान की ख़ासियत" है।

असल में पूछा जाये तो सुमि माँ बनना ही नहीं चाहती थी।

बचपन में उसकी एक विधवा मौसी प्रसूति में एक बेटी को जन्म देकर चल बसी थी। मौसी की लाश सुमि के आँगन से ही उठी थी। बाद में वह बच्ची बड़ी दुर्गति में पली। आस–पास कोई दूध पिलाने वाली माँ थी नहीं। वह बच्ची घण्टों पड़ी रोती रहती। दूध में पानी मिलाकर उसके मुँह में रुई से डाला जाता। मक्खियाँ उसके चेहरे पर भिनकती रहतीं। टट्टी कर देती तो उसी में पड़ी रहती। सरकने लगी तो डाँट खाने लगी। सरकते–सरकते कहीं भी पहुँच जाती। कभी खटिया के नीचे, कभी चौकी–पलँग–अलमारी के पीछे। छोटी–सी उसकी नाक हरदम बहती रहती और पेट फूला रहता। बच्चों वाले धर की व्यस्त माँ बीच–बीच में उसकी सार–सँभाल करती, कभी–कभी लाड़ भी...पर बहन–भाई उसे कभी हाथ भी नहीं लगाते। पिता भी उससे चिढ़े–से रहते। आख़िर एक दिन चल बसी तो सारे घर को जैसे शान्ति मिली।

स्कूल में एक बार एक सहेली से सुमि ने पूछा था–"मान लो डिलीवरी में कोई केस बिगड़ जाये और माँ तथा बच्चे में से किसी एक को ही बचाया जा सकता हो तो डॉक्टर किसे बचायेगे? माँ को या बच्चे को?"

सहेली को ठीक से पता नहीं था। उसने सोचकर कहा–"मेरे ख़्याल से बच्चे को।"

तो क्या मौसी के मामले में भी ऐसा ही हुआ होगा?

बाद में सुमि कुछ उत्साही देशभक्त छात्रों में सम्पर्क में आयी और महत्त्वाकांक्षी होने लगी। जीवन में कुछ करना है। कुछ बनकर दिखाना है। औसत ज़िन्दगी जीकर मर नहीं जाना है। उस वक़्त नीली आँखों वाला एक लड़का बड़े पवित्र जोश में भरकर कहा करता था–"कॉकरोच। कॉकरोच से ज़्यादा क्या है औसत हिन्दुस्तानी? ...क्या करते हैं धापकर खाने और लम्बी मूँछें मटकाने के अलावा? अगर एक पीढ़ी निश्चय कर ले कि...नहीं करने पैदा बच्चे..."

लेकिन ससुराल में आकर सुमि को पता चला कि उसे बच्चा पैदा करना है या नहीं, यह तो उसकी स्वेच्छा का प्रश्न है ही नहीं। यह निर्णय तो उसके पति को करना है। और वह कर भी चुका है। शादी से पहले ही। तो प्रसूति उसका निर्णय या संकल्प या इच्छा नहीं...मात्र एक धर्म है... जैसे आग का धर्म जलाना और पानी का धर्म गलाना है। लेकिन उसने यह तो किया ही कि पति को इस बात के लिए राजी कर लिया कि दो साल तक बच्चे पैदा नहीं करेंगे, इन्ज्वॉय करेंगे...इस बीच उसका बी.एड. भी पूरा हो जायेगा और पति की नौकरी भी पक्की हो जायेगी। जब दोनों हो गये तो उसके पास कोई बहाना नहीं रहा।

रात ग्यारह बजे तक सुमि दर्द से कराहती–छटपटाती रही। इस बीच वार्ड की सभी औरतों के डिलीवरी हो चुकी थी। सामने वाली देहातिन के जुड़वाँ सन्तान हुई थी। अब वहाँ सुमि अकेली थी। नर्सों की ड्यूटियाँ बदल चुकी थीं। शामवाली जा चुकी थीं, रातवाली आ चुकी थीं। ये नयी थीं। पहलेवालियों के कम–से–कम चेहरे तो परिचित थे। वे भी सुमि को परिचित–जैसा ही मानकर व्यवहार कर रही थीं, क्योंकि उन्हीं के सामने सुमि लायी गयी थी। उनके व्यवहार में एक नरमाई जैसी थी। रात की ड्यूटी वाली केवल ड्यूटी करने आयी थीं। सुमि उनके लिए कोई लड़की नहीं, कोई व्यक्ति नहीं, महज़ एक केस थी। उनके चेहरे कठोर और भावशून्य थे। रात के इस पहर जब सन्तुष्ट गृहिणियाँ अपने घर पर गुदगुदे बिस्तर पर बच्चों को खिला–पिला–सुलाकर, पति के आगोश में निद्रानिमग्न हैं। वे यहाँ ड्यूटी पर हैं। अस्पताल में–बस, यही बात उनके चिढ़े होने के लिए काफ़ी थी। वे सुमि पर बहुत कम ध्यान दे रही थीं। वे उस हॉल में उपस्थित रहना भी ज़रूरी नहीं समझ रही थीं। वे थोड़ी–थोड़ी देर बाद सुमि के पास चक्कर लगा जातीं–रस्मी "कैसा है?" या "कैसी हो?" पूछ जातीं और बाहर अपने कमरे में जाकर आराम से बैठ जातीं। उनके बातें करने की आवाज़ें आती रहतीं। उनमें से एक तो बीच–बीच में स्वेटर भी बुनने लगती। सुमि को उन्हें बुलाने के लिए पुकारना पड़ता। "दर्द बहुत हो रहा है?" या "और कितना टाइम लगेगा" कहने के लिए बुलाने पर डाँट खाने का डर लगता।

सुमि का केस शायद सचमुच बिगड़ गया था। अब तक तीन डॉक्टरनियाँ आकर देख गयी थीं। वे अलग जाकर खुसपुस करतीं। सुमि को कुछ भी बताना ज़रूरी नहीं समझा जाता। यह ज़रूर पूछा गया कि तुम्हारे साथ कौन है? "इसके साथ कौन है। घरवाला?" इसका सुमि के पास या बाहर कोई जवाब नहीं था।

बच्चा उलट गया था। या शायद उसकी गरदन में नाल फँस गयी हो। अस्पताल आने के बाद से अब तक पेट में बहुत कम हरकत हुई थी रोज़मर्रा से बहुत कम। सुमि की घबराहट पूरी तरह से डर में बदल गयी थी। कहीं बच्चा पेट में ही मर तो नहीं गया है? वह साँस रोककर भाँपने की कोशिश करती। कभी लगता है, हिला है, कभी लगता, नहीं, कुछ हरकत नहीं है। डॉक्टरनियाँ तो आला लगाकर देखती हैं। इन्हें तो पता चल ही जाता होगा। अगर मर ही गया है तो ये लोग उसे निकालते क्यों नहीं? कुछ बताते क्यों नहीं? ऑपरेशन करके ही क्यों नहीं निकाल देते? कितने घण्टे तो हो गये। ...और कब तक तड़पना पड़ेगा?

नर्सें, दाइयाँ और डॉक्टर जो पहले उसे सहृदय, मेहनती और चुस्त लग रहे थे, अब एक नम्बर के बेइमान और लापरवाह मालूम हो रहे थे। उसे मालूम था, कुछ गड़बड़ हो गयी तो सास उसे जीने नहीं देंगी। पर सास हैं कहाँ? क्या अब भी बाहर खड़ी हैं? या घर चली गयीं? हैं, तो भीतर क्यों नहीं आयीं–एक भी बार? बोली क्यों नहीं, अब पूछा गया कि कौन है–इसके साथ? क्या एक बार भी उन्हें भीतर नहीं आने देते ये लोग?

किसी डॉक्टर मलिक को बुलाने की बात की जा रही थी। ब्लड़ बैंक से उसके ग्रुप का ख़ून मँगवाया जा रहा था। उसका बी.पी. देखा जा रहा था। ड्रिप में नये–नये इंजेक्शन घुस रहे थे। उसे किसी चीज़ से एलर्जी तो नहीं है? पहले कभी एबॉर्शन तो नहीं हुआ है? सौ बार पूछा जा चुका था कि ड्यूडेट क्या थी और किसने दी थी? डॉक्टर मलिक को टेलीफ़ोन किया गया था। वे घर पर नहीं थे। किसी शादी में गये थे। बार–बार उसकी टाँगों के बीच तपासा गया था। बार–बार उसे धीरज रखने को कहा गया था।

सुमि बुरी तरह झुँझलाई हुई और डरी हुई थी। उसकी कराहटें चीखों में बदल गयी थीं। पेट में जो दर्द पहले लहरों की तरह उठता–गिरता था, अब लगातार हो रहा था। उसे लग रहा था जैसे पेट में एक लोहे

की नोकदार मथानी घुसा दी गयी है और बार–बार उसे घुसाया जा रहा है। उसके कपड़े पसीने से भीग चुके थे और गला बुरी तरह सूख रहा था। उसकी टाँगों में दर्द हो रहा था और वे काँप रही थीं। उसने सोचा था कि वह अपने दर्द की अश्लील नुमाइश नहीं करेगी और इसे बहादुरी के साथ, शालीनता के साथ सहन करेगी। वह प्रतिज्ञा परिस्थिति के आगे धरी–की–धरी रह गयी थी। सुमि चिल्ला रही थी, चीख रही थी और कोस भी रही थी। दाइयों को, नर्सों को, डॉक्टर को और खुद अपने–आपको।

अभी कुछ देर पहले उसने डॉक्टर की कसकर बाँह पकड़ ली थी। सच बताओ, क्या हुआ है? कुछ नहीं हुआ है, सब ठीक हो जायेगा। कब हो जायेगा? इतना टाइम तो हो गया? बस, अभी हो जायेगा। आप ऑपरेशन कर दो। जल्दी से ऑपरेशन कर दो। अब सहन नहीं होता, मुझसे। जल्दी कुछ करो। मैं मर जाऊँगी। आह!! घबराओ मत, सब ठीक हो जायेगा।

"सब ठीक हो जायेगा।" –सुमि को लगा इससे अधिक खोखले और निस्सार शब्द वह अपने पूरे जीवन में कभी नहीं सुनेगी।

थोड़ी देर में सुमि के गिर्द नर्सों–डॉक्टरों का झुण्ड था। तरह–तरह के औजारों और दवाइयों की ट्रालियाँ थीं। और दो डॉक्टरनियों की आपसी बातचीत थी। "एक्स्टेण्डेड ब्रीच डिलीवरी..." यह शब्द उसके कानों ने अपनी चीखों से ज़ोर के बीच भी ग्रहण कर लिए थे, लेकिन वह इनका ठीक–ठीक अर्थ अपने–आपको नहीं समझा पायी थी।

दो नर्सों ने उसकी टाँगें पकड़कर फैला दी थीं। एक डॉक्टरनी ने उसकी योनि में अपना दस्ताना वाला हाथ घुसेड़ दिया था। इससे एक भयानक दर्द का झोंका चढ़कर सुमि की छाती तक, माथे तक आकर उसे झनझना गया था। ज़ोर लगाओ, ज़ोर लगाओ की आवाज़ें आ रही थीं। ज़ोर वह लगा भी रही थी पूरी ताक़त से, लेकिन डॉक्टरनी के हाथ फिसल रहे थे। सविता...इट शुड नॉट बी डेमेज्ड...बी केयरफुल!

एक डॉक्टरनी ने दूसरी से कहा था–ज़ोर लगाओ! फिर नारा लगा था। उसने ज़ोर लगाया भी था...ऊपर उठ–सी गयी थी...और कितना ज़ोर लगाती? कुछ देर बाद उन्होंने फोरसेप लगाने की कोशिश की, लेकिन आख़िर ये सब चली गयीं।

यही की यही क्रिया थोड़ी देर बाद फिर हुई। लेकिन नतीजा यह निकला कि नतीजा कुछ नहीं निकला।

अब सुमि को इस बात से कोई मतलब नहीं था कि लड़का है या लड़की? साबुत–सलामत है या विकलांग? काला है या गोरा? ज़िन्दा है या मुरदा? पीड़ा की घनीभूत परतों ने उसकी सारी चेतना को मथकर रख दिया था। वह छुटकारा चाहती थी। अभी, और तत्काल। किसी भी क़ीमत पर। यह जो कुछ भी है पेट में और जो इस क़दर बड़ा हो गया है कि निकल नहीं रहा है और जानलेवा तकलीफ़ का कारण है–यह बाहर निकले किसी तरह, बस! बस्स!

आख़िर डॉ. मलिक आये। एक अधेड़ उम्र, दुबले–पतले डॉक्टर। इस मेटरनिटी वार्ड में शाम के बाद आने वाले पहले मर्द। और उनके सामने नंगी सुमि दोनों टाँगें पूरी चौड़ाई में खोले चित पड़ी थी। देख लो, सब देख लो, पर मुझे इस यातना से छुटकारा दिलाओ।

डॉ. मलिक ने काफ़ी देर मुआयना किया, काफ़ी सारे प्रश्न पूछे और दूसरी तरफ़ से सुमि के पास आकर उसके चेहरे पर झुककर नरमाई से कहा, "चिन्ता मत करो। बच्चा उल्टा हो गया है और उसने अपने पैर फैला लिए हैं। हम लोग नॉर्मल डिलीवरी की एक बार और कोशिश करेंगे, नहीं तो सीज़ेरियन कर देंगे।"

सुमि को थोड़ी–सी शान्ति मिली। इसलिए नहीं कि बच्चा ठीक–ठाक है, इसलिए भी नहीं कि पहली बार सारी बात उसे साफ़–साफ़ बताई गयी, बल्कि इसलिए कि आख़िर कोई तो है जो पूरी बात को ठीक–ठाक समझ रहा है और इसलिए भी एक बार की और खींचातानी के बाद भी अगर बात नहीं बनी तो पेट काटकर बच्चे को निकाल दिया जायेगा।

आख़िर डॉ. मलिक के ही सत्प्रयत्न से रात को एक बजकर बीस मिनट पर सुमि ने एक कन्या को जन्म दिया और निढाल होकर बेसुध हो गयी।

सास ने सुना तो हाथ की माला छोड़ी और बग़ैर किसी को कुछ दिये–लिए पीछे मुड़ीं और सीधी घर जाकर नहाकर खाट पर पड़ गयीं।

रवि ने घर जाकर बाप को बताया, "बेटी हुई है" तो बाप ने उसकी पीठ पर हाथ रखकर कहा, "कोई बात नहीं" और सोने चले गये।

रवि ने अपने बिस्तर पर जाकर अपने बदन पर चारों तरफ़ से चादर कसी और सिर के नीचे बाँहों का तकिया लगाते हुए सोचा–"ये साली किसी और के पास तो नहीं जाती थी?"

अगली सुबह सुमि एक वार्ड में थी। सफ़ेद चादर में लिपटी हुई और अकेली। उसके पास उसका बच्चा नहीं था। उसे कुछ पता भी नहीं था कि उसके बच्चा हुआ है या नहीं, ज़िन्दा हुआ है या मुरदा? लड़का है या लड़की? गोरा है या काला? सलामत है या विकलांग? पर कोई नहीं था। न सास न पति।

पास से गुज़रती एक नर्स को बुलाकर उसने पूछा "सिस्टर! मेरा बच्चा?"

"अबी लायेगा सिस्टर सुशीला। इंक्यूबेटर में रखेला है।" और चली गयी।

कोई नहीं था जिससे सुमि पूछती कि उसके क्या हुआ है? और कोई नहीं था वहाँ जो जानता हो कि इसके क्या हुआ है और उसे बता पाता।

कोई आधे घण्टे की कठिन प्रतीक्षा के बाद सुमि ने देखा कि दरवाज़े से एक नर्स गोद में चार एक जैसे छोटे–छोटे बच्चों को उठाकर लायी और सबको बाँटते–बाँटते आख़िर में एक बच्चे को उसके पास लेटा गयी "लो, सँभालो, तुम्हारी बेटी!"

सुमि ने बच्चे को ध्यान से देखा। सफ़ेद कपड़े में अच्छी तरह लिपटी बच्ची की आँखें बन्द थीं...छोटे–छोटे होंठ...नाक...कान...घने बाल...हाथ पर एक सफ़ेद टेप जिस पर नम्बर लिखा था।

"मर जा!" सुमि ने कहा और दूसरी तरफ़ गरदन घुमा ली।

उसकी आँखों से टप–टप आँसू बहने लगे।

मंजू फालतू

मंजू धूपिया और नितिन रस्तोगी एक निजी कम्पनी के कम्प्यूटर विभाग में काम करते थे। मंजू डाटा एण्ट्री ऑपरेटर थी और नितिन सिस्टम ऑफ़िसर। कम्प्यूटर आया ही आया था। उसके बड़े नखरे थे। कोबोल प्लेटफार्म पर काम होता था। सप्लाई न मिले तो विद्युत विभाग के लोगों को बुलाना पड़ता था। यूपीएस भी बैठ जाये तो ट्रंककाल बुक करके दो सौ किलोमीटर दूर से उस कम्पनी के सर्विस इंजीनियर को बुलाना पड़ता था जिन्हें सिस्टम के वार्षिक अनुरक्षण का ठेका दिया हुआ था। डाटा, फ्लॉपी, हार्ड डिस्क, मेमोरी, कमाण्ड आदि बड़े अबूझ लेकिन चमकदार शब्द थे। कम्प्यूटर विभाग तब कम्प्यूटर विभाग ही कहलाता था, आईटी वगैरह नहीं। इंटरनेट और विंडो वगैरह की तो कोई कल्पना ही नहीं थीं प्रोग्राम लिखना एक चमत्कारिक काम माना जाता था। इन लोगों की बड़ी पूछ थी। जनरल मैनेजर भी इनके काम के बारे में ज़्यादा कुछ नहीं समझता था। दूसरों की ईर्ष्या के लिए तो यही पर्याप्त था कि ये दिन भर एसी में बैठकर ऐश करते हैं जबकि हम धूप–धूल–गर्मी और पसीने मे हलकान होते रहते हैं।

काम के सिलसिले में अक्सर शाम को देर तक रुकना पड़ता था। कैन्टीन से समोसे–कचौरी मँगा लेते थे। दूसरा सारा स्टाफ जा चुका होता था। हाथ पड़ी समस्या को सुलझाने में जुटे रहते थे। मंजू नितिन की कुशाग्रता की मूक प्रशंसक थी और नितिन मंजू की लगन, मेहनत, कभी न थकने और कभी किसी की शिकायत न करने जैसे गुणों का प्रशंसक था। जिस दिन स्टाफ की गाड़ी उपलब्ध नहीं हो पाती, नितिन उसे घर तक ड्रॉप कर जाता था लेकिन कभी उसने बॉस और मातहत की पतली–पारदर्शी दीवार में सूराख बनाने की कोशिश नहीं की मंजू को कभी नहीं लगा कि वह नितिन की उपस्थिति में असुरक्षित है।

फिर जैसा कि हो सकता है और होता है, दोनों एक–दूसरे को पसन्द करने लगे और प्यार करने लगे और एक दिन मंजू के स्क्रीन पर नितिन का प्रस्ताव आ गया "मुझसे शादी करोगी?" और उसने एकदम सहज भाव से जवाब दे दिया "ओके!" और मित्रों–सहकर्मियों की ऊष्मा भरी उपस्थिति में एक दिन दोनों की शादी हो गयी मंजू श्रीमती रस्तोगी बन गयी और नितिन की कार की डिक्की में रखकर उसका सामान नितिन के घर आ गया। नितिन के माँ–बाप जम्मू में थे। बाप रिटायर्ड ब्रिगेडियर। वह छह बहन–भाइयों में सबसे छोटा था। शादी के मामले में ऐसे एडवेंचर उसके एक बड़े भाई और एक बड़ी बहन पहले ही कर चुके थे, इसलिए वहाँ यह कोई पहाड़ गिरने जैसी बात नहीं थीं ट्रंककाल से सूचना दे दी गयी और आशीर्वाद माँग लिया गया। माँ की "पुत्तर, बताना तो था, फ़ोटो तो भेज देता" नुमा ख़लिश के बाद उधर से "ओके" मिल गया। मंजू के माँ–बाप नहीं थे। मामा मामी ने पाला था। मामा को लगा कही उनकी परवरिश फेल तो साबित नही हो रही? जाने कैसा लड़का है? मामी ने सोचा अपने बच्चों की फिक्र करें या इसकी? अब जैसा भी है, इसकी पसन्द है तो शिकायत तो नहीं करेगी, ख़ुद भुगतेगी जैसा भी होगा। दान–दहेज का भी ख़र्चा बचा। इधर से भी इस तरह "ओके" हो गया और यों करीब पौने दो महीने की तैयारी में मंजू और नितिन पति–पत्नी हो गये।

नितिन ने एक दो बेडरूम का फ्लैट किराये पर ले रखा था जो घर जैसा ही लगता था, कुँवारों के अड्डे जैसा नहीं। न फर्श पर सिगरेट के टुकड़े, न पलंग पर कपड़ों का ढेर, न अलमारियों में कॉकरोच, न रसोई में पुड़ों–पुड़ियों में दाल–मसाले। हर चीज़ व्यवस्थित और करीने से। वाशिंग मशीन थी तो उसके पास ही दीवार से लटका एक बन्नी रेबिट जिसकी तोंद में मैले कपड़े रखे जाते। डबल बेड था तो उस पर बैडकवर भी था। डाइनिंग टेबल थी तो वहाँ डोंगे–बरतनों को ढकने वाली जालियाँ भी नल की टोंटी पर कपड़े की थैली सिली हुई। टॉयलेट में ब्रश और मॉप तो बाथरूम में एड़ी घिसने का पत्थर भी लेकिन ड्रेसिंग टेबल नहीं थीं जाले साफ़ करने या पोंछा लगाने की व्यवस्था नहीं थी कपड़े सुखाने की रस्सी नहीं थी अचार–चटनी–जेम–जेली नहीं थीं फूल नहीं थे। अगरबत्ती नहीं थीं ठाकुरजी का कोना या आला नहीं था। पलंग के नीचे पाँवपोश नहीं थे।

बीच के दरवाज़ों में परदे नहीं थे। लेकिन नहीं थे तो हो सकते थे। मंजू ने स्वरूप की बजाय सम्भावना पर गौर किया और ख़ुशी–ख़ुशी "ओके" कर दिया।

पर कुछ अजीब–सा ही रहा। दोनों ख़ुश तो थे, पर कभी–कभी ऐसा लगता था जैसे दफ़्तर ही उठकर घर तक चला आया हो। एक बार तो सम्भोग के दौरान ही नितिन को दफ़्तर की कोई आपात् समस्या याद आ गयी और दोनों उसी की चर्चा करने लगे और ...और उन्हें ख़ुद पर हँसी तक नहीं आये दोनों जल्दी उठते, तैयार होते, जल्दी–जल्दी नाश्ता करते और दफ़्तर भागते। शाम देर से लौटते। चाय पीने के बाद मंजू बरतन साफ़ करने लगती तो नितिन सब्ज़ी काट लेता या पास की दुकान से ब्रेड–अण्डे ले आता। मंजू ख़ाना बनाने में लगती तो नितिन सलाद तैयार कर लेता या कल के लिए कपड़ों पर प्रेस कर डालता। खा–पीकर एक–दूसरे को बाँहों में बाँधे दोनों नींद में गुड़प हो जाते। टीवी था पर कई–कई रोज़ तक नहीं चलता। अख़बार यदि सुबह पलटे नहीं गये होते तो अक्सर उनकी तह तक नहीं खुल पाती रविवार और भी व्यस्त होता। मंजू झाड़ू–पोंछा करती तो नितिन दोनों के कपड़े धो डालता। घर की सफ़ाई होती, राशन ख़रीदा जाता, ख़ाना खाकर पूरी दोपहर डटकर सोया जाता और शाम को कोई आ जाता या किसी के घर चले जाते। दूसरे दिन से फिर वही।

मंजू कभी–कभी सोचती शादी से क्या फ़र्क़ पड़ा? सिवा इसके कि मामा के घर नहीं नितिन के घर पर रह रही है। दफ़्तर वहाँ भी जाती थी, यहाँ भी जाती है। घर का काम वहाँ भी करती थी यहाँ भी करती है। बड़े–बड़े सपने न वहाँ थे न यहाँ हैं। उसके जैसी लड़की गरम दाल–भात या आरामदेह चप्पल जैसी चीज़ के आगे क्या सपने देखे? लेकिन नितिन का घर? तो क्या यह उसका घर नहीं? यह घर उसने नहीं बनाया। रेडीमेड कपड़े या खाने जैसा है। उसे मिल गया है। फिट भी नहीं है। कहाँ से ढीला है कहाँ फँसता है। अल्टर करने का टाइम भी नहीं है। करेगी कभी टाइम मिला तो।

नितिन को ज़रूर लगता है कि शादी के बाद ज़िन्दगी कुछ बदल गयी है। मसलन ख़ाना गरम मिलता है, बिस्तर शेयर करना पड़ता है, हर समय ध्यान रखना पड़ता है कि घर में कोई और भी है। लेकिन और? बाक़ी सब तो वही है, वैसा ही है।

लेकिन हाँ, एक बात ज़रूर थी लगता था कि वे एक नयी शैली के दाम्पत्य की दागबेल रख रहे हैं। एक ऐसा घर बना रहे हैं जहाँ पति–पत्नी दोनों काम करते हैं, दोनों कमाते हैं और हर जिम्मेदारी को बराबरी से शेयर करते हैं। दोनों बराबरी के हक़दार होते हैं। ऐसा ही तो होना चाहिए।

लेकिन एक दिन मंजू ने बताया कि वह प्रेग्नेण्ट है। डॉक्टर ने भी कन्फर्म कर दिया है।

फिर सब कुछ बदल गया।

ताज्जुब कि नितिन को पहली चिन्ता मंजू की या घर की नहीं, अपने विभाग की हुई। मंजू दफ़्तर में नहीं हुई तो काम कैसे होगा? क्या प्रबन्धन उसके स्थान पर किसी और को नियुक्त करेगा? इसकी जगह जो आया क्या उसमें भी मंजू जैसा समर्पण, निष्ठा, बग़ैर थके मेहनत करने और कभी किसी की शिकायत न करने का स्वभाव और माद्दा होगा? नितिन को नये सिरे से लगा मंजू उसके लिए अपरिहार्य है। मंजू के बग़ैर उसका काम नहीं चलेगा। मंजू जैसा दूसरा कोई हो ही नहीं सकता।

अब भी मंजू दफ़्तर आ रही थी और पहले की तरह काम भी कर रही थी, लेकिन नितिन न उसे काम बता पा रहा था न दिये गये काम को आज ही पूरा कर देने का आग्रह कर पा रहा था। वह उसके हिस्से का काम भी दूसरों को देने या अपनी तरफ़ खीचने की कोशिश कर रहा था। जैसे मंजू विभाग की कर्मचारी नहीं, विभाग की मेहमान है, शौकिया काम कर रही है, जब मन उचट गया, चली जायेगी वह रह–रहकर मंजू के चेहरे को ध्यान से देखता। कह थक तो नहीं गयी? बार–बार पूछता थकान तो नहीं लग रही है? मंजू सहज भाव से काम कर रही होती तो भी उसे लगता उसे थकान लग रही है, लेकिन यह बता नहीं रहे कई बार शाम पाँच बजे ही काम छोड़कर उठ जाता। चलो चलें, बाक़ी कल हो जायेगा। कभी जूस मँगा लेता। पूरे स्टाफ के लिए नहीं, अपने लिए भी नहीं, सिर्फ़ मंजू के लिए। मंजू को अजीब–सा लगता। नितिन की देखादेखी स्टाफ के दूसरे लोग भी नज़ाकत से पेश आते। मंजू कभी–कभी झुँझला जाती क्या दुनिया में पहली बार कोई औरत किसी बच्चे को जन्म देने जा रही है? यह तो रोज़ होता है। हर पल। पशु–पक्षियों में भी। इसे भावुक होने की बजाय पढे–लिखों की तरह वैज्ञानिक दृष्टि से नहीं देखा जा सकता?

और तो और बीच–बीच में मामी भी घर आने लगीं। सँभालने। उसे और घर को सँभालने। हालाँकि उनका सँभालना! जब तक वह रहें उन्हें सँभालो, और फिर उनके सँभाले को सम्हालो।

बच्चा होने के बाद नौकरी छोड़ने का मंजू का न इरादा था न मन, वह तो डेढ़ महीने की प्रसवपूर्व मेटर्निटी लीव में भी भयंकर रूप से बोर हो गयी थी, लेकिन बेटी को जन्म देने के छह महीने बाद बहुत दुखी मन से उसे नौकरी छोड़नी पड़ी बच्ची अण्डरवेट पैदा हुई थीं और चौथे ही रोज़ उसे निमोनिया हो गया। मंजू की छातियों में दूध नहीं उतर रहा था। घर पर बच्ची की देखभाल करने के लिए कोई नहीं था। बच्ची रात भर जागती थी और रोती रहती थी अब इस माहौल में नितिन भी उसकी ज़्यादा मदद नहीं कर पाता था। मंजू की नींद कब से पूरी नहीं हो पायी थी। सास या ननदें अपने पति और गृहस्थी को छोड़कर कुछ रोज़ के लिए भी आने को तैयार नहीं थीं। मामी पर मंजू को ही भरोसा नहीं था। प्रसव के डेढ़ महीने बाद भी स्थिति ज्यों की ज्यों थी और तीन महीने बाद भी मंजू की अनुपस्थिति में दफ़्तर के काम का हर्जा हो रहा था और जहाँ ये लोग रहते थे, कोई ढंग की बाई भी नहीं मिल पा रही थी। नियम और क़ानून के बावजूद दफ़्तर में पालनाघर नहीं था और मंजू कुछ तय नहीं कर पा रही थी कि क्या करे। अच्छी–खासी नौकरी छोड़कर घर बैठ जाना...सारी पढ़ाई–लिखाई का एकदम फालतू हो जाना उसे गवारा नहीं था, लेकिन बच्ची को छोड़कर या लेकर दफ़्तर भी नहीं जाया जा सकता था।

हारकर उसने नौकरी छोड़ने का फैसला लिया।

तो जैसे नितिन को भी राहत मिली।

और फिर छह महीने मंजू तरह–तरह के झूठे–सच्चे तर्कों से "अच्छा ही किया" कह–कहकर ख़ुद को दिलासा देती रही। नितिन का प्रमोशन हो गया। उसके दफ़्तर में मंजू की जगह किसी और लड़की को रख लिया गया। यह मंजू को विचलित करनेवाला था। वह तो वैसे ही इस उत्सुकता से भरी रहती थी कि दफ़्तर में उसके पीछे क्या–क्या हो रहा है, और अब उसके स्थान पर किसी लड़की की नियुक्ति? लेकिन लड़की ही क्यों? क्या किसी लड़के को नियुक्त नहीं किया जा सकता था? वह खोद–खोदकर

उस लड़की के बारे में नितिन से पूछताछ करने लगी आख़िर एक दिन नितिन उसे घर ही ले आया। नाम मालती। बड़ी ख़ुशमिजाज़। पर मंजू यही देखकर आश्वस्त जैसी हुई कि लड़की नाटी है, मोटी है, माइनस फोर का चश्मा लगाती है और हो सकता है दिमाग़ तेज़ हो, अन्यथा कहीं से भी मंजू से अधिक आकर्षक नहीं है।

खुटक लेकिन बनी रही और बच्ची के बड़े होने के साथ–साथ बढ़ती भी रही।

लेकिन इससे पहले कि बच्ची प्रेप स्कूल जाना शुरू करे और मंजू नौकरी पर जाने की सोचे, वह दोबारा प्रेग्नेण्ट हो गयी अब इसकी शिकायत तो वह भगवान से ही कर सकती थी कि उसने गर्भधारण और बच्चों को जन्म देने का काम औरतों को ही क्यों सौंपा!

बच्ची के आते ही घर–गृहस्थी का काम कुछ इस तरह बढ़ा कि मंजू को दिन में चौबीस घण्टे भी कम पड़ने लगे। एक बच्चा सारे दिन माँ को इस क़दर व्यस्त रख सकता है, यह मंजू ने कभी सोचा भी नहीं था। उसका रोना, उसके दाँत, उसके दस्त, उसके पोतड़े, उसकी भूख, उसकी बोतल, उसकी नींद, उसका मचलना...वही थी अब घर की सारी गतिविधियों का केन्द्र और कुछ इस कदर कि नितिन भी उपेक्षित होने लगा। न उसकी टाई समय पर मिल पाती न मोजे धुल पाते न ख़ाना रुचि का बन पाता न काग़ज़ व्यवस्थित रह पाते। मंजू को समझ नहीं आता क्या करे, कैसे करे, कब करे। बार–बार लगता, काश! घर में कोई बुजुर्ग महिला होती। नौकरानी रखी तो काम घटने की बजाय और बढ़ गया। बच्ची को सुला लेती तब तो नहा पाती और रात नितिन आकर उसे सँभालते तब जाकर खाना बन पाता। जो भी। जैसा भी मंजू का जी दुखता कि दिन भर खटने के बाद घर आकर ठीक से कपड़े बदलने से पहले ही नितिन बच्ची को सँभालता है और फिर भी उसे मनपसन्द ख़ाना नहीं खिला पाती लेकिन खाना ही क्यों, रात को बिस्तर पर पहुँचती तो अंग–अंग टूट रहा होता, आँखें जल रही होती और थकान और नींद इस क़दर कि...नितिन समझदारी से बरदाश्त करता जाता। क्या यह ठीक था? क्या ऐसा लम्बे समय तक चलते जाना ठीक था?

नितिन का काम, जिम्मेदारी और जवाबदारी निरन्तर बढ़ती जा रही थीं नये–नये सिस्टम आ रहे थे। नये मैन्युअल...नयी ट्रेनिंग...। दफ़्तर की हर बात को जानने को घोर उत्सुक मंजू को वह इसकी सरसरी सूचना भी देने की कोशिश करता तो वह "कौन माथुर?", "कौन सा प्रोग्राम?" करने लगती या वह पाता कि मंजू सो ही गयी है...नाक धीरे–धीरे बज रही है।

और इस पर दूसरा बच्चा!

सबसे मुश्किल साल वही पाँच साल थे। सोचती है तो लगता है बाप रे! क्यों करते हैं लोग शादी? क्यों पैदा करते हैं बच्चे? क्या मिलता है? पाँच साल में जैसे एक किशमिश के पाँच सौ टुकड़े किये गये हों। मंजू जैसे किशमिश। मधुर–यादगार पल भी कम नहीं, लेकिन दाम्पत्य? व्यक्तित्व? जीवन? क्या इन बच्चों को बड़े होकर याद भी रहेगा कि इन्हें बैठना... चलना–ख़ाना–खड़े होना–आबदस्त आदि सिखाने में इनकी माँ के व्यक्तित्व का कितना चूरा हुआ था?

आख़िर बच्चे स्कूल जाने लगे। पहले एक। फिर दोनों।

तब जाकर मंजू ने फुर्सत से ख़ुद को आईने में देखा और हलकान हो गयी। कैसी भारी टूट–फूट! क्या यह वही है? क्या यह वही मंजू है जिसने कभी नितिन को आकर्षित किया था? पुरानी तस्वीरें निकालकर देख। क्या इतने पीछे छूट गयी वह मंजू जो मामा–मामी के आसरे पली थी और फिर भी जो दुनिया की छाती पर चढ़कर चहलक़दमी करने का हौसला रखती थी? जिसने तब कम्प्यूटर सीखा था जब अधिकांश लोग कम्प्यूटर को केलकुलेटर का ही बड़ा भाई समझते थे। जिसने निरंतर साधना से अपने लिए छोटी ही सही, लेकिन एक मुकम्मिल जगह बनायी थी। जिसे लगता था हाँ, मैं हूँ निर्णय लेनेवाली। मैं ही तय करूँगाँ अपनी शर्तों पर। फिर नितिन की नज़रों से ख़ुद को देखने की कोशिश की मालती का ध्यान आ गया। डर गयी। और अपने शरीर की झाड़–पोंछ, सार–सम्हाल में जुट गयी।

शाम को लेकिन नितिन ने उसकी तरफ़ देखा तक नहीं। उसे रात की गाड़ी से बेंगलौर जाना था एक सेमिनार में। और मालती भी साथ जा रही थी।

बच्चे स्कूल चले जाते तो मंजू के पास दो घड़ी की फुर्सत होती। बैठने–लेटने अख़बार पढ़ने, टीवी देखने, ख़ुद के बारे में सोचने या अपनी बीती ज़िन्दगी को याद करने के लिए। लेकिन तत्काल ढेर सारे काम याद आ जाते, और वह फिर घर गृहस्थी में डूब जाती।

कभी सोचती कहीं ऐसा तो नहीं कि ख़ुद को व्यस्त रखने के लिए उसने कामों को ही इतना फैला लिया है कि उनसे सारा दिन भर जाये? नौकरी करती थी तब भी तो सारे काम करती ही थी फटाफट। अब वैसा क्यों नहीं हो पाता? क्या ख़ाना बनाने के लिए दो घण्टे, कपड़े धोने के लिए दो घण्टे और घर साफ़ करने के लिए दो घण्टे लगाना सचमुच ज़रूरी है? फिर नौकरी करनेवाली औरतें कैसे करती होंगी? क्या ऐसा नहीं हो सकता कि ये सारे काम वह घण्टे भर में निबटा ले और बच्चों को स्कूल भेजने के बाद ख़ुद भी नौकरी पर चली जाये?

करके देखेगी हो गया तो फिर नितिन से इस बारे में बात करेगी बड़ी आयी मालती! क्या मंजू बेंगलोर कॉन्फ्रेंस में नहीं जा सकती थी?

कभी नितिन पीसी लाये थे। रात को उस पर काम करते थे। उन्होंने चाहा था कि मंजू भी सीख ले और इससे उनकी भी बहुत मदद हो जायेगी, और मंजू भी अपडेटेड रहेगी

वह पीसी पर बैठी और आधे घण्टे की मशक्कत के बावजूद उससे अपनी फाइल तक नहीं खोली गयी यह घबरा देनेवाला था। नितिन लौटा तो पता चला पीसी ख़राब पड़ा है।

नितिन के तनाव निरन्तर बढ़ रहे थे। ट्रेनिंग, सेमिनार, कॉन्फ्रेंस, लेक्चर, प्रेजेण्टेशन, प्रोजेक्ट, डेडलाइन...। क्या चल रहा है कम्पनी में? पहले तो ऐसा नहीं था।

जैसे–जैसे लड़कियाँ बड़ी होती गयीं मंजू उनके लिए फालतू होती गयी अब बेटियाँ उससे काम तो नहीं ही करवातीं कभी वह आगे होकर कर देती तो वहीं उन्हें ज़रा भी पसन्द नहीं आता। उन्हें लगता मम्मी उन्हें डिस्टर्ब कर रही हैं, उनके मामले में इण्टरफीयर कर रही हैं, उनकी प्राइवेसी में दखलन्दाजी कर रही हैं और उन्हें परेशान कर रही हैं। बड़ा अजीब था उनका तरीका और सलीका। उनके कमरे में महँगे–महँगे कपड़े–जूते–किताबें–कॉस्मेटिक्स–कैसेट्स–सीडी और मैग्जीन्स चारों

तरफ़ बिखरे रहते, लेकिन कभी मंजू कमरा व्यवस्थित कर देती तो वे बुरी तरह चिढ़ जातीं। वे ख़ाना ढंग से नहीं खातीं। एक पढ़ते–पढ़ते खाती तो दूसरी टीवी देखते–देखते...और मंजू टोकती तो बजाय ठीक से खाने के वे ख़ाना छोड़कर उठ ही जातीं। मंजू चाहती उनकी पसन्द के खाने पकाए, लेकिन उसे पता ही नहीं चलता कि उन्हें पसन्द क्या है? उनकी पसन्द की कुछ चीज़ें मसलन नूडल्स, फ्रेंकी–पिज्जा–पास्ता मंजू पूछ–पाछकर, सीख साखकर बनाती भी तो तारीफ़ करना तो दूर वे मुँह चुराकर हँसत उन्हें मंजू के बनाये सारे ख़ाने "ऑयली" और "स्पाइसी", अतः हेय और त्याज्य लगते...जबकि दोनों की हड्डियाँ निकल रही थीं। कभी मंजू को लगता यह हेल्थ कॉन्शसनेस और फिगर कॉन्शसनेस अच्छी चीज़ है तो कभी लगता यह एक ख़तरनाक है। कैसे ये गृहस्थी सँभालेंगे या बच्चे जनेंगी या उन्हें पालेंगी यही हाल रहा तो।

नितिन लेकिन लगभग हमेशा बेटियों के पक्ष में रहता। वे अपनी शॉपग करने नितिन के साथ ही जाते और ऐसे–ऐसे कपड़े–जूते–कास्मेटिक्स–जूलरी–पोस्टर–अण्डरगारमेण्ट्स ख़रीद लातीं कि मंजू आँखें फाड़े देखती ही रह जाते उन्होंने अपने कमरे के दरवाजे पर एक पोस्टर लगा रखा था जिस पर लिखा था भीतर घुसो तो अपनी जोख़िम पर, और सफ़ाई की कोशिश न करना। अक्सर उनकी सहेलियाँ या बॉयफ्रेण्ड आ जाते और वे ऊँची आवाज़ में अंग्रेजी गाने सुनते जिनका मतलब लाख सिर मारने पर भी मंजू की समझ में नहीं आता। एक बार उसने नितिन से कहा, क्या बेटियों को इतनी छूट देना ठीक है? आख़िर रहना तो इसी समाज में है। कहीं ड्रग्स लेने लगीं या शराब–सिगरेट पीने लगीं या गाली बकने लगीं भले ही अंग्रेज़ी में या और कुछ उल्टा–सीधा...मंजू से कहा भी नहीं जा रहा था। नितिन ने उसे समझाया, और अच्छे से समझाया कि ये स्वतन्त्र ज़रूर हैं, कुछ–कुछ स्वच्छन्द भी, लेकिन गैर–जिम्मेदार या बहके हुए नहीं। नये ज़माने के हिसाब से चलेंगे, तुम्हारे–हमारे बचपन के नियमों के तहत नहीं। मंजू समझ भी गयी। लेकिन शाम को नितिन ने मंजू की सारी चिन्ताएँ बेटियों के आगे ज्यों की त्यों परोस दी और फिर तीनों देर तक उस पर हँसते रहे।

बेटियों और नितिन की सोच में समानता का एक कारण तो मंजू को यह लगता था कि तीनों बाहर जाते हैं, बाहर की दुनिया से अच्छी तरह वाकिफ़ हैं,

जबकि मंजू घर के बाहर जाती भी है तो सिर्फ़ सब्ज़ी–भाजी ख़रीदने। यह सच भी था। मंजू को सचमुच पता नहीं था कि पिछले दस–बीस सालों में हमारे स्कूल–कॉलेज–दफ़्तर और सामाजिक–धार्मिक–सांस्कृतिक मिलन स्थल किस क़दर बदल गये हैं। मंजू के लिए तो अपने ही बच्चों की दुनिया आश्चर्यलोक बनती जा रही थी लेकिन नितिन बेटियों के बदलाव जिसे वह ग्रोथ कहते थे, को इसलिए भी आसानी से समझ पाते थे कि खुद उनके धन्धे में उनका सामना रोज़ ऐसे ही बदलावों से हो रहा था। आज यह प्रौद्योगिकी तो कल दूसरी आज यह मॉडल है तो दो साल बाद इसका कोई नामलेवा भी नहीं है। आज यह "स्टेट आफ आर्ट" है तो साल भर बाद वह मात्र "स्टेट ऑफ़ क्राफ्ट" ही बचेगा जिसे गली–कूचों में सड़कछाप मिस्त्रियों के पास देखा जा सकेगा। आज ये "लेटेस्ट" या "इन" है तो छह महीने बाद इसकी बात करना भी अपनी हँसी उड़वाने जैसा। पता नहीं इतनी जल्दी–जल्दी चीज़ों को कौन बदल रहा था और ऐसा करने के पीछे उसका क्या स्वार्थ था, लेकिन हो ज़रूर रहा था और एकदम निष्प्रतिरोध। बल्कि स्वागत भाव से! सामूहिक सराहना के हाँके और हुंकारे के साथ। डरते–डरते, लेकिन अपने डर को छिपाते और दूसरों के डर का मज़ाक़ उड़ाते हुए। बार–बार नितिन कहते कि इस फील्ड़ में "ऑब्सलेन्स" बहुत फास्ट है। डिक्शनरी में देखा मंजू ने "ऑब्सलेन्स" का अर्थ, और चिन्तित हो गयी नितिन भी मन ही मन डर रहे हैं?

और वास्तव में ऐसा ही हुआ। और देखते–देखते हो गया। बहुराष्ट्रीय कम्पनियाँ देसी उत्पादकों को पछाड़ने के लिए जो तरकीबें काम में लाती हैं उनमें एक यह भी थी कि जाओ, पहले उस आदमी का सर्टिफिकेट लेकर आओ जिसने...। पश्चिम प्रमाण पत्र देने लगा कि कौन अच्छा है कौन बुरा और देसी उद्योगों में ऐसे तथाकथित अन्तर्राष्ट्रीय प्रमाणीकरण प्राप्त करने की होड़ जैसी लग गयी आइएसओ फलां और आइएसओ ढिंका। उत्पाद और प्रक्रिया ही नहीं, स्कूल–कॉलेज–रेलवे प्लेटफॉर्म और गधे–घोड़े तक अंतर्राष्ट्रीय प्रमाणीकरण लेने दौड़ पड़े। और फिर शुरू हुआ मजदूरों और कर्मचारियों का ऑब्सलेन्स। हर दफ़्तर–कारख़ाने और कम्पनी में कम्प्यूटर पर कर्मचारियों–मज़दूरों की सूचियाँ बनने लगी गुण–ज्ञान–योग्यता–क्षमता या अनुभव के आधार पर नहीं सिर्फ़ और सिर्फ़ उम्र के आधार पर। व्यापक तौर पर बग़ैर शोर मचाये यह मान लिया गया कि चालीस साल की उम्र

में आदमी निकम्मा–नाकारा और निकाल दिये जाने लायक हो जाता है। चालीस पार के लोगों को वीआरएस ले लेने की सलाह दी जाने लगी या उन्हें अपने बेटों की उम्र के मातहतों के अण्डर में काम करने को कहा जाने लगा या उन्हें गोदाम में पड़ी फाइलों के पन्ने गिनने या एक दिन में पूरे शब्दकोश का अनुवाद करने का काम पकड़ाया जाने लगा या और तरीकों से ज़लील किया जाने लगा। उन्हें जता दिया गया कि अब उनकी उपस्थिति वांछित नहीं है।

मंजू का जी धक से रह गया। नितिन चालीस पार कर चुके हैं। किसी दिन नितिन भी ऑब्सलीट घोषित कर दिये गये तो?

कोई देख नहीं रहा था लेकिन दिन भर खाली और फालतू बैठी रहने वाली मंजू ने ख़ुद को पुनरविष्कृत करने की चेष्टा गम्भीरता से चालू कर दी। कम्प्यूटर–इंटरनेट– कुकरी–फैशन– हर्बल--योगा–वास्तु–ड्राइविंग–अंग्रेजी जो भी "इन" था अब उसमें उसे महारत चाहिए थी। भिड़ी रहती अक्सर। या निकल जाती, बदलता शहर कैसे बदल रहा है...बाज़ार का मिजाज़...दफ़्तरों में घुस जाती...इस–उस जुगाड़ से...कैसे काम हो रहा है...युवक–युवतियों की चाल ढाल...। पुराने सम्बन्ध खोदे, साफ–सूफ किये...कुछ नये भी बनाये...क्या होती है स्मार्टनेस? ब्लडी स्मार्टनेस! ब्लडी स्ट्रीट स्मार्टनेस! मंजू के हौसले की पहुँच से बाहर कुछ नहीं हो सकता।

लेकिन उम्र और संस्कार साथ नहीं दे रहे थे। बदलते चलन की चिकनी रस्सी पर दो हाथ चढ़ती तो चार हाथ फिसल जाती उसकी कोशिशें घरवालों से भी छिपी न रह सकी। लड़कियाँ दीदे फाड़कर देखते। नितिन कौतुक से भरे लगते। मंजू के मन की कड़वाहट बढ़ती जाती। न ख़ाना पकाना सार्थक लगता न घर को चमकदार रखना। वह उदास और अकेला करनेवाले निष्कर्षों तक पहुँच जाती। मन में गालियों की पीब के फव्वारे छूटते। ब्लडी हैल। कोई अपना नहीं होता। न घर, न पति, न बच्चे। अन्त में अपनी अकल और अपने हाथ–पैर ही काम में आते हैं।

लेकिन जो लड़ाई मंजू लड़ने की कोशिश कर रही थी, वह सिर्फ़ नफ़रत या हौसले के बूते पर नहीं लड़ी जा सकती थीं खासकर जब ज़माने के मैयार इस क़दर बदल चुके हों। वह अख़बार या नेट पर देखकर इधर–उधर अप्लाई करती और कहीं से जवाब नहीं आता।

"नो थैंक्स" या "सॉरी" तक नहीं। रिज़्यूमे भेजती तो पता नहीं किस अतल कुएँ में चला जाता। वॉक इन में जाती, घण्टों उसे बैठाकर रखा जाता। फ़ोन पर समय लेकर मिलने जाती, मुलाक़ात नहीं हो पात एचआर का कोई निहायत जूनियर अफ़सर आकर लॉबी में ही सूचित कर जाता कि जिन साहब से वह मिलने आयी है उन्हें ज़रूरी काम से बाहर जाना पड़ गया है। रिसेप्शनिस्ट अपनी कॉस्मेटिक विनम्रता और सिंथेटिक सज्जनता से रिज़्यूमे छोड़ जाने और अपने कॉल की प्रतीक्षा करने को कह देती। एकाध जगह तो उसे सलाह दी गयी कि उसे नौजवानों को मौका देना चाहिए और ख़ुद को सोशल सर्विस में बिजी रखने की कोशिश करनी चाहिए। उसकी सहायता और मार्गदर्शन के लिए कुछ सामाजिक संस्थाओं के पते भी दिये गये। वह किसी को कन्विन्स नहीं कर पाती कि इस उम्र में नौकरी करना उसके लिए आख़िर क्यों ज़रूरी हो उठा है? क्या वह विधवा है? पतिपरित्यक्ता है? डेस्टीट्यूट है? क्या वह दो हज़ार प्रतिमाह में कर लेगी? तो क्यों नहीं किसी प्राइवेट स्कूल में टीचरशिप के लिए कोशिश करती?

कभी–कभी वह ख़ुद भी उलझ जाती क्यों ढूँढ़ रही है वह नौकरी? लाखों बेरोज़गारों के इस मुल्क में उसके जैसी ख़ाती–पीती महिला के लिए किसी की जगह रोकना क्यों ज़रूरी है? क्या और किसी तरह से वह अपना खोया व्यक्तित्व नहीं ढूँढ़ सकती? वह ज़िद जैसी करती। छोड़ दूँगी। एक बार कर लेने दो। मैं कर सकती हूँ या नहीं। मुझे सिद्ध कर लेने दो कि मैं कर सकती हूँ।

एक जगह तीसरे चक्कर में कार्यालय प्रमुख ने बुलाया।

–मैं कर चुकी हूँ। मैं कर सकती हूँ। मैंने कम्प्यूटर पर काम करना तब शुरू किया था जब कोई जानता भी नहीं था कम्प्यूटर क्या होता है। मैं सी प्लस प्लस, जावा, लाइनेक्स तीनों में काम कर सकती हूँ। शिफ़्टों में भी रात में भी मुझे सात साल का अनुभव भी है...

–सात साल! क्या मैंने ठीक सुना? सात साल तक आप एक ही ऑर्गनाइजेशन में काम करती रहीं? क्यों? क्या इस दौरान आपको कहीं जम्प नहीं मिला?

–और अनुभव की बात तो आप ना ही करें। किसे ज़रूरत है आपके अनुभव की? वह अब किसके काम आ सकता है? चीज़ें तो बदल गयी हैं।

और बदलेंगे मैं ख़ुद ग्यारह–बारह घण्टे की नौकरी के बाद तीन–चार घण्टे ख़ुद को अपडेट करने पर ख़र्च करता हूँ। होली–दीवाली भी छुट्टी नहीं लेता, रिश्ते–नाते छोड़िये, मैं तो यह तक भूल गया हूँ कि गृहस्थी क्या होती है? मेरी बेटी क्या करती है या बेटा कहाँ रहता है? थिंग्स आर चेंजिंग फास्ट। अ–नु–भ–व!!

–हम तो फ्रेशर्स को लेते हैं, जिनमें सीखने की सलाहियत और खटने का माद्दा हो। फिर तीन या मेक्सिमम चार साल बाद यानी इससे पहले कि उन्हें ज़्यादा पे करना पड़े या उन पर हमारी डिपेन्डिबिलिटी बढ़ जाये या तो वे ख़ुद हमें छोड़कर चले जाते हैं या हम ख़ुद उन्हें किसी–न–किसी प्रीटेक्स्ट पर निकाल देते हैं। और फिर फ्रेशर्स ले लेते हैं जो और कम पैसे में और ज़्यादा खटेंगे।...और माफ़ कीजिएगा मेम... इफ आई में कॉल यू सो...सात साल तक एक ही आर्गनाइजेशन में काम करना आजकल गुण नहीं अवगुण माना जाता है। तो ख़ैर...हम तो फिलहाल आपको नहीं ले पायेंगे...आपके भी कुछ रीजन्स होंगे जॉब करने के लिए ऑब्वियसली...लेकिन मेरी एक एडवाइज़ है...प्लीज डोण्ट मेन्शन योर अनुभव एनीह्वेयर। ओके?

–ओके। थैंक्यू। नाइस मींटग यू।

क्या ओके? क्या ख़ाक ओके?

मंजू को लगा वह एक हारी हुई लड़ाई लड़ रही है। समय उसके पक्ष में नहीं है। उम्र शत्रु बन गयी है। उसका दिल बुझने लगा। डिप्रेशन रहने लगा। वह इतनी जल्दी बूढ़ी और कमज़ोर और पराश्रित नहीं होना चाहती थी। उसे निकम्मा और निठल्ला होकर जीना मंजूर नहीं था। वह अपने ही घर में अपने ही पति और बच्चों की उपेक्षा और दया और उपहास की पात्र नहीं बनना चाहती थी। वह चीज़ें रखकर भूलने लगी। सनकने लगी। घुटने लगी। टूटने लगी।

एक दिन एक बहुराष्ट्रीय कम्पनी के भारतीय फ्रेंचाइज़ के दफ़्तर में कार्मिक विभाग के दो बाबू काम करते हुए आपस में बातें कर रहे थे।

–ये रस्तोगी कौन होते हैं? बनिये?

–हाँ।

–इनमें कुछ अजीब–अजीब सरनेम भी होते हैं क्या?

–हाँ होते हैं न! गेलड़ा, भूतड़ा। सबमें होते हैं।

–"फालतू" भी होता है क्या?

–"फालतू?" क्यों, क्या हुआ?

–हज़बेण्ड तो रस्तोगी लगाता है। पर इस केण्डीडेट ने अपनी एप्लीकेशन के हर कॉलम में क्या लिखा है देख! मंजू फालतू...मंजू फालतू... मंजू फालतू...!!

–दिखा।...एज देखी?...फेंक।

ढलान पर

शुरुआत शायद उसी दिन हो गयी थी जिस दिन सिर में पहला सफ़ेद बाल दिखायी दिया था। नहीं, शुरुआत शायद उस दिन हुई थी जब बस में एक बड़ी–सी लड़की ने अंकल कहा था और उसके साथ वाला लड़का उन्हें सीट देने के लिए उठ खड़ा हुआ था। नहीं, शुरुआत शायद उस दिन हुई थी जब उन्हें लगा था कि ड्राइवर गाड़ी बहुत तेज़ चला रहा है, देखना अभी एक्सीडेण्ट करेगा। सभी महत्त्वपूर्ण चीज़ें ऐसे ही बे आवाज़ शुरू हो जाती हैं, उनका जन्मदिन नहीं मनाया जा सकता। काल की कुल्हाड़ी काटती तो है पर आवाज़ नहीं करती।

शुरू–शुरू में यह मज़ा लेने की बात थी। अच्छा, तो अब मैं आदरणीय हो गया हूँ! अच्छा, तो अब मेरी इज़्ज़त की जायेगी, लिहाज़ किया जायेगा! कन्सेशन्स दिये जायेंगे!

फिर बहुत दिनों बाद आईना देख, इतने ध्यान से। बाल पतले पड़ गये हैं। कनपटियों पर हिमपात। आँखों के नीचे झाँई। चेहरे की रंगत में पकाव। दाँत लम्बे हो रहे हैं मसूढ़े कट रहे हैं। अन्नकण फँसते हैं। अब माउथवाश। खुद की हथेली मुँह के आगे आती है और "हा" की बदबू सहती है। दाढ़ी की खुँटियाँ सख्त। माथे पर सलवटें। होंठों के दोनों तरफ़ मजबूर मुस्कराहटों की खरोंच! फिर यह एक कभी न रुकनेवाले सिलसिले–जैसा बन गया था। हरी सब्ज़ियाँ...प्रचुर मात्रा में सलाद...नींबू... प्राकृतिक जीवन...कम चाय...कम सिगरेट...अधिक चीनी नहीं, अधिक गर्म या ठण्डा नहीं, मिर्च–मसाला नहीं। क्यों? किसलिए विधि–निषेध? क्यों अब तक जिनकी परवाह करना कभी ज़रूरी नहीं लगा, अचानक महत्त्वपूर्ण लगने लगे? क्यों हर समय अपनी शक्ति, क्षमता, सीमा, सामर्थ्य की परीक्षा करने का मन होने लगा?

लेकिन वह आ रहा था और अपने आने को तरह–तरह से अभिव्यक्त कर रहा था। चिढ़ाने के लिए नहीं, उसकी भी मजबूरी थी। अपना आना वह छिपा ही नहीं सकता था।

कमउम्र दोस्तों के साथ घूमने जाने में अब ऊब लगती। वे ठिलवई करते। बगैर सिर–पैर की नीरस बातें। अबौद्धिक। या नौजवानों के बीच वे स्वयं उपदेशात्मक या संस्मरणात्मक होने लगते। दूसरी तरफ़ बुजुर्गों को उनकी सोहबत अच्छी लगने लगी। एक दिन बुजुर्ग उनकी सोहबत में रसिकता की बातें करने लगे। बुजुर्गों को बिल्कुल संकोच नहीं हुआ, बल्कि एक बुजुर्ग के मुँह से तो गाली भी निकली, जिससे उन्हें बड़ा आश्चर्य हुआ।

फिर कुछ और भी परिवर्तन हुए। फ़िल्मों में उनकी रुचि ख़त्म हो गयी। गानों या ग़ज़लों की जगह शास्त्रीय संगीत ज़्यादा अच्छा लगने लगा। फिक्शन यानी कथा–कहानी की जगह विश्लेषणात्मक लेख अधिक आकर्षित करने लगे। पर्वतारोहण और अन्य जोख़िम–भरे खेल पागलपन लगने लगे। यात्रा के नाम से डर लगने लगा। स्वाद की तुलना में पौष्टिकता ज़्यादा महत्त्वपूर्ण लगने लगी। नौकर पर कई बार चोर होने का सन्देह हुआ और भुलक्कड़पन बढ़ने लगा।

ऐसा ही होता है। तो क्या ऐसा ही होता है? तो क्या ऐसा ही होता जायेगा? एक दिन घर आये और आईने के सामने खड़े हो गये और लगभग सारे कपड़े उतार डाले और अलग–अलग कोणों से अपने प्रतिबिम्ब को निहारने लगे। और आश्चर्य कि उसमें बहुत ही कम आकर्षण था। और जिस मात्रा में वह छवि आकर्षक थी, उसी मात्रा में जुगुप्साजनक भी। धड़ किसी और का लग रहा था, सिर किसी और का, बदन पीला और चेहरा कत्थई। तोंद आगे निकली हुई और नीचे को लुढ़की पड़ रही। टाँगें बगुले की तरह पतली–पतली...बाजू सूखी हुई लौकी की मानिन्द...गाल पिचके हुए...त्वचा कांतिहीन...सीने के बालों में सफेदी...सीना कॉलरबोंस के लिए जगह बनाता हुआ...पीठ ज़रूर सुतवाँ थी, पर पीठ का क्या करें?

क्या यही वह शरीर है जिस पर उन्हें नाज था? जिसकी मालिश की गयी थी? जिसके लिए वर्जिश की गयी थी? जो सु. या रे. के लिए आकर्षण का अखट स्रोत था? वह बॉडीबिल्डर या पहलवान कभी नहीं रहे, पर सुगठित जरूर थे। कुछ–कुछ सुकुमार भी। उस समय के नायक भी ऐसे ही होते थे, लेकिन इस देह का नमक कहाँ गया?

कुछ नहीं। झटक दो ...झटक दो यह पस्ती का ख़्याल। बस, ज़रा व्यायाम। बस, ज़रा शीर्षासन। बस, ज़रा योगा। फिर देखना लहक उठेगा स्टेमिना। दीप्त हो उठेगा प्रच्छन्न यौवन। देह में आचरण में भाव में धारणा में। शायद वह शारीरिक श्रम से कट गये हैं। दिन–भर दफ़्तर में कुर्सी में बैठे रहते हैं, शाम घर आकर आरामकुर्सी में बैठकर अख़बार पढ़ने लगते हैं। दीवान पर पसरकर फ़ोन करने लगते हैं या टीवी देखने लगते हैं। खाने के बाद फर्लांग दो फर्लाग फाग टहलते भी हैं तो जैसे ख़ुद को लुढ़काते हुए से, और फिर आकर सो जाते हैं–एक पनीली, बेस्वाद नींद। नहीं, ऐसे नहीं चलेगा। उन्हें व्यायाम करना चाहिए। जॉगिंग करना चाहिए। रस्सी कूदना चाहिए। ख़ूब पैदल चलना चाहिए। बस, यही बात है। बस, इतनी–सी बात है।

उस रात उन्होंने सपना देखा कि वह कैनवस के जूते और सफ़ेद टीशर्ट–निकर पहले मॉर्निंग वॉक पर जा रहे हैं...तेज–तेज...खट–खट...और कुछ बूढ़े उनके साथ लग लिये। लाठियाँ ठुकठुकाते। अपनी नौकरियों के दिनों के क़िस्से दोहराते... अपनी पोतियों के लिए योग्य वर का सुराग सूँघते...पीली बलगम थूकते... और जितना चलते उससे ज़्यादा थक जाने पर पुलिया पर बैठ जाते"...ये लोग रोज़ दाढ़ी क्यों नहीं बनाते? उन्होंने सोचा और बूढ़ों को छोड़कर भाग लिये...और सब्ज़ी मण्डी पहुँच गये और लौटते समय एक बड़ी–सी लौकी उठा लाये और घर आकर बी.बी.सी. सुनने लगे।

जागे तो बेचैन! सपने में जो दिखायी दिया वह कौन था? वह ख़ुद? या उनके बाप? या दोनों का मिला–जुला कोई तीसरा रूप?

उस दिन सुबह कमर में कुछ दर्द था। कमर–दर्द में वर्जिश नहीं की जा सकती, अतः उस दिन वर्जिश रद्द हो गयी और रोज ऐसे ही किसी कारण से रद्द होने लगी।

दिनचर्या बदलने के पूरे एक असफल महीने के बाद आख़िर उन्होंने ख़ुद को इस निष्कर्ष पर पहुँचाया कि मामला शारीरिक नहीं, दरअसल मानसिक है। आदमी बूढ़ा तभी होता है जब वह सोचता है कि वह बूढ़ा हो रहा है। जिसका मन जवान, उसका तन जवान। उन्हें टीवी का एक विज्ञापन याद आया–साठ साल के बूढ़े या साठ साल के जवान! तो वह अपने मन को जवान रखेंगे, बालों में ख़िज़ाब लगायेंगे, दाढ़ी ख़ूब ध्यान से बनायेंगे, दिनचर्या नियमित रखेंगे नहीं, दिनचर्या नियमित रखना तो

बूढों–जैसा हो जायेगा...हाँ, बस मस्त रहेंगे, खेलेंगे, खायेगे, ख़ूब हँसेंगे, हँसायेगे, जोक्स की बुक लाएँगे...।

उस दिन मालिश की, बाल रँगे, दाढी चिकनी बनायी, ठण्ड में ठण्डे पानी से नहाया, रंगीन टीशर्ट पहनी, गले में चटख रंग का स्कार्फ बाँधा, क्रीजदार सफ़ेद पतलून और ब्लेज़र पहना, कैनवस जूते डाटे और दफ़्तर गये। देखा कि कितने प्रशंसा भाव से देख रहे हैं सब... महिलाएँ भी...लड़कियाँ भी...बल्कि लड़कियाँ तो बात करते–करते थोड़ा इतरायी भी उन्हें बहुत अच्छा लगा। शाम को क्लब गये, एक गेम बैडमिण्टन का खेल खेलकर थक गये। फिर कुछ यंग लोगों के साथ बैठकर दारू पी...ठहाके लगाये। दूसरों के साथ मिलकर एक सीधे आदमी को बली किया...ख़ूब चटपटा ख़ाना खाया और देर रात वापस आये।

वापस आये तो टाँगों में थोड़ी थरथराहट महसूस की, जैसे सिर घूम रहा हो। सीढ़ियाँ चढ़ने में कुछ थकान लगी। लेटे तो आँखें बन्द करते ही सारा कमरा तेज़ी से, धुमने लगा। घबराकर आँखें खोल ली। थकान के मारे आँखें ख़ोले रखना भी मुश्किल हो रहा था हालाँलि। उठे, पानी पिया, मुँह धोया, सिगरेट जलाई, टीवी चलाया। टी. वी. पर कुछ था...पता नहीं क्या था...खाँखें खुल नहीं रही थी। आख़िर उल्ट आ गयी। हड़ड़–हड़ड़। हाथ–मुँह धोकर कटे पेड़–से बिस्तर पर गिरे और पता नहीं कब नींद से गुड़क गये।

सुबह उठे तो सिर में भयंकर दर्द। पेट में गुड़गुड़। पतले दस्त छाती में जलन और टाँगों में कँपकँपाहट। छुट्टी लेनी पड़ी।

छुट्टी ले ली और ख़ूब बोर हुए। एक समय था जब छुट्टी बहुत सारे बकाया काम निबटाने और बहुत दिनों बाद बहुत–से भूले–बिसरे शगल दोहराने का दुर्लभ अवसर होता था। कार साफ़ की, पुरानी किताबों की धूल झाड़ी। मित्रों को पत्र लिखे, भूतपूर्व प्रेमिकाओं को याद किया, डटकर नहाया, पुराने ज़माने के पसन्दीदा रिकॉर्ड सुने, रसोई में कुछ प्रयोगशील–प्रगतिशील पकाया, नौकर को छुट्टी दे दी...ख़ामख़्वाह ख़ुश हुए, निरुद्देश्य घूमने निकल लिये,...मौसम का मजा लिया...फूल...चिड़िया... गिलहरी... पतंग... बच्चा... कितनी सारी ख़ूबसूरत चीज़ें होती हैं–यहीं कहीं आसपास दिनचर्या की भगदड़ में जिन पर नज़र नहीं ठहरती। छुट्टी इस निरन्तर अहर्निश अविराम 'मेरी गो राउण्ड' का ठाठदार विश्राम होता है।

लेकिन आज क्या था? यह था कि बार–बार सोच रहे थे कि एक पेग बना लें. एक और एनासिन खा लें...एक बार और टॉयलेट हो आयें... कमज़ोरी सिरदर्द...मुँह का बकटापन...और ऊब! व्यायाम नहीं किया जा सकता, क्योंकि कमर में दर्द रहता है। गिज़ा नहीं खा सकते, क्योंकि हाज़मा ख़राब है। दिनचर्या में कोई भारी परिवर्तन सम्भव नहीं, क्योंकि वर्तमान दिनचर्या बहुत सुविधाजनक है। सुविधा...अभ्यास...सुविधा का अभ्यास...अभ्यास की सुविधा...न घुटनों में रस है, न मन में लोच। काश, सु. या रे. या उन जैसी कोई होती जीवन में, अब भी। सब हो जाता। अब क्या हो? क्यों हो? होकर भी क्या होगा? नहीं हुआ तो भी क्या फ़र्क़ पड़ जायेगा? चलने दो जैसे चल रहा है। जैसे चल रहा है वैसे ही चलता रहेगा। कुछ भी कर लो... बुढ़ापा स्थगित भले हो जाये, निरस्त तो नहीं ही होगा। दिक़्क़त यह है कि आप अकेले बूढ़े नहीं होते... आपके साथ आपके विचार, आदर्श, मूल्य... एक पूरी दुनिया बूढ़ी होता चलती है। इसके लिए क्या व्यायाम है?

याद करने की कोशिश की कि उनकी उम्र क्या हो गयी? बहुत दिनों से यह किया। हिसाब लगाया, जाने–बूझे को फिर से जानने की कोशिश की। हो सकता है एकाध साल का घपला रह गया हो, एकाध साल मुफ़्त में मिल जाये देश की आज़ादी के दो साल पहले, पैदा हुए थे। यानी? कितने साल के हो गये अड़तालीस? जैसे किसी ने छाती में मुक्का मारा।

अगर मैं अड़तालीस का हो गया तो सेवानिवृत्त होने में कितने साल रह गये? उसके बाद क्या करूँगा? किसके घर जाऊँगा? कौन मेरे घर आयेगा? किसको टेलीफ़ोन करूँगा? कौन मुझे टेलीफ़ोन करेगा? लेकिन घर और टेलीफ़ोन भी तो सरकारी है! सेवानिवृत्त हो जायेगा। सेवानिवृत्ति के साथ ही छिन जायेगा, हद से हद छह महीने में। फिर?

ये प्रश्न असुविधाजनक थे। पहली बार उठे हों मन में, ऐसी बात नहीं, पर जब–जब भी ऐसे सवालों ने सिर उठाया, उन्होंने इन सवालों को टाल दिया। क्या करना है? अकेले आदमी का क्या है? कहीं भी रह लिया, कुछ भी खा लिया। सभी तो इसी भाषा में सोच रहे हैं। लोन लेकर मकान बनवा रहे हैं... पी. एफ. का पैसा प्लॉट में घुसा रहे हैं... कम उम्र में बेटियों की शादियाँ कर रहे हैं... अपने सपने अपने बच्चों पर थोप रहे हैं उन्हें अपनी जाति और पसन्द की लड़की से शादी करने पर मजबूर कर रहे हैं।

दहेज लेकर ख़ुश हो रहे हैं. नातेदारी और मोहल्लेदारी के नाम पर बुसे हुए, बदबूदार बुरादा–भरे भेजे हर दिन बर्दाश्त कर रहे हैं। किसी अच्छी कला–संगीत–फिल्म–किताब या लड़की के लिए उनके जीवन में कोई जगह नहीं बची है। बीवी से भी वस्तुओं की, दफ़्तर की, अख़बार की बातें करनेवाले ये लिलिपुट नॉनएंटिटी... जठरजीवी! क्या वह भी इन्हीं की जमात में शामिल हो जाये? कभी नहीं।

सवाल टालने का एक कारण और था। इस सवाल के साथ एक सवाल और जुड़ा हुआ था। शादी नहीं करके उन्होंने कोई ग़लती तो नहीं की? क्या सु. या रे. उनके अच्छी तरह चाहने–भर से आज उनके बच्चों की माँ नहीं होती? लेकिन क्या करें! जीवन की शुरुआत हुई थी एक चिथड़ा–चिथड़ा बचपन से। वह नहीं चाहते थे कि जिसे सबसे अधिक प्यार किया, उसे भी अपने दलिद्दर में घसीट लें और एक ठीक–ठाक–सी सम्मानित–सी जिन्दगी हासिल करने में आधी उम्र बीत गयी। उन्होंने सोचा था कि वह दिखा देंगे कि बग़ैर नेता या उद्योगपति का पुत्र हुए और बगैर आई. ए. एस. पास किये भी सिर्फ़ अपनी लगन, मेहनत, प्रतिभा और ईमानदारी के बल पर वह कुछ बन सकते हैं। उन्होंने दिखा भी दिया। लेकिन सिर्फ़ एक हद तक। और उसे भी देखने वाला अब कौन है? सिर्फ़ उपन्यासों या फिल्मों में इतने लम्बे समय तक प्रतीक्षा करती हैं नायिकाएँ, उस दुनिया में नहीं जिसमें सु. या रे, रहती है।

फिर ऐसा होने लगा कि वे, जिन्होंने शादी नहीं की, मकान नहीं बन बीमा नहीं करवाया, किसी सहकर्मी या रिश्तेदार को कभी कोई भाव नहीं अचानक यह सोचने लगे कि उन्हें ग्रेच्युटी का कितना पैसा मिलेगा? बैंक में कितना पैसा है? फिक्स्ड डिपॉज़िट कितने हैं? एन. एस. एस. और एन. एस.सी. में कितना है? इस सबका ब्याज़ क़रीब कितना प्रति माह हो सकता है? क्या.. या उन्हें तो यह भी याद नहीं कि उन्हें तनख़्वाह कितनी मिलती है। हर बस यह जानते हैं कि जब जितनी जरूरत होती है, चेक काटकर दे देते हैं पैसा आ जाता है... आज तक कोई चेक उनका बाउंस नहीं हुआ। क्या उन्होंने ठीक नहीं किया? परेशान होकर सोचा–क्यों न कुछ रोज़ छुट्टी लेकर कहीं घूमने चले जाये? दिन–भर यही सोचा–विचारी चलती रही। किसी काम में मन नहीं लगा।

शाम को घर लौटे तो अचानक और शायद पहली बार उन्हें लगा कि उनका घर काफ़ी से ज़्यादा बड़ा है। एक–एक कमरे में गये। नौकर है, जो पूरे घर को झाड़ता–पोंछता है, पर **सच बात** तो यह है कि कम–से–कम दो कमरों का कोई इस्तेमाल नहीं होता। दरअसल वे ख़ुद कई दिनों बाद उन कमरों में गये थे। ड्राइंगरूम, बेडरूम, बॉलकनी और किचन... इतने में ही पसरा है उनका बोरिया–बिस्तर। घर का बाकी हिस्सा सन्दूक में अवेरकर रखी गयी जरी–गोटेवाली भारी साड़ियों की तरह निष्काम और अनुपयोगी है। उन्हें यह भी लगा कि घर काफ़ी सूना–सूना है। जहाँ बहुत सारे लोग नहीं रहते वहाँ भी जीवन की कुछ–न–कुछ हलचल तो होती ही है। चिड़िया तिनका–तिनका लाकर घोंसला बनाती हैं... चींटियाँ पंक्तिबद्ध आती हैं और सामने से आती पंक्ति के नायक से गले मिल बाजू से निकल जाती हैं। भँवरे गुनगुनाते हैं... मक्खियाँ भनभन करती है... कॉकरोच अपनी लम्बी मूँछों से टोह लेते आते हैं... चुहिया कहीं से झाँकती है, सामने आती है और आहट पाते ही छिप जाती है... बिल्ली दबे पाँव आकर दूध पी जाती है... कुत्ता पूँछ हिलाता है, इस अपेक्षा से कि आप उसे प्यार करेंगे। उनके यहाँ तो कुछ नहीं। किसी को इस घर में कुछ मिले तो वह आये। उन्होंने सोचा, कल से एक खिड़की ख़ुली छोड़ जायेंगे और डाइनिंग टेबल पर कुछ ब्रेड का चूरा या शक्कर के दाने बिखरा जायेगे।

आईने के सामने गये और ख़ुद को निहारा। कपड़े नहीं उतारे। शायद डर के मारे। टाई तक नहीं खोली। दाहिने–बाये मुड़े नहीं। कपड़े पहनकर तो अब भी स्मार्ट दिखते हैं। एक हद तक दिलफरेब। कम–से कम कमउम्र विधवाएँ तो आकर्षित हो सकती हैं। काश! कोई विधवा अभी दरवाजा खटखटाती। अभी परीक्षा हो जाती।

किचन में जाकर चाय का पानी चढ़ाया और टाई–कोट खोल हाथ–मुँह धोने लगे। तभी दरवाजे की घण्टी बजी। दरवाजा खोला तो देखा कि–विधवा!!

स्थूलकाय मोटी महिला... सफ़ेद साड़ी, सफेद ब्लाउज़, हाथ में बैग, कलाई में प्लास्टिक की चूड़ियाँ, माथे पर पसीने की बूँदें। ख़ूब तेल डली कस्सी चोटी... चन्देरी बाल, नहीं, ऐसा मज़ाक़ नहीं करना चाहिए। कैसे कह सकते हो यह विधवा ही होगी।

"नमस्ते।"

"कहिए?" मेमसाब नहीं हैं?" महिला ने उनके आजू बाजू की हवा में नजर से छेद कर भीतर झाँकते हुए पूछा।

"मैं अकेला ही रहता हूँ।"

महिला दुविधा में पड़ गयी। कुछ–कुछ निराश मानो।

"आपको कोई काम है?"

"जी, मैं सोहराब सोप कम्पनी की तरफ़ से आयी हूँ। हमारे नये डिटर्जेंट पाउडर का डिमांसट्रेशन देने।"

"आइए बैठिए!" वह भीतर आये। महिला को भीतर आने का इशारा किया और किचन में चले गये। उबलते पानी को केतली में निकालते हुए सोचा, यह भी तो चाय पियेगी! "आप चाय पियेंगी?" कहते हुए लौटे तो देखा महिला अभी तक दरवाज़े पर ही खड़ी है। "आइए न!"

"नहीं, थैंक्यू!" महिला ने वहीं खड़े–खड़े नम्रता से कहा और खड़ी रही। वह भी खड़े रहे। जा रही है या आ रही है? किचन की तरफ़ मुड़ने लगे तो महिला ने कहा, "अंकल! एक गिलास पानी मिलेगा?"

चौंक गये। चिढ़ गये। चुपचाप किचन में आ गये। पानी का गिलास ले जाकर उसे दिया। उसने पिया। गिलास लौटाया। नमस्ते करके, थैंक्यू करके चली गयी। दरवाजा बन्द किया। वापस किचन में आ गये। साली विधवा! गिलास कैसे पकड़ रही थी, जैसे उँगलियाँ छू गयीं तो मैं उसे वहीं दबोच लूँगा! गधी! सौ बार विधवा!

डाइनिंग टेबल पर अकेले बैठे चाय पीने लगे। गोदी में अख़बार था। उसे अभी कुछ देर बाद पढ़ेंगे। बॉलकनी में बैठकर। ख़्याल आया कि अभी जो औरत उन्हें जूता मार गयी, उसकी उम्र क्या रही होगी? शायद पैंतीस से चालीस के बीच। सु. की उम्र क्या हो गयी होगी? क्या सु. भी...ठहरो...सु. की उम्र उन्हें याद है।

सु. उनसे तीन साल छोटी है। यानी? पैंतालीस? और, रे. छह साल छोटी। यानी बयालीस? क्या रे. की कमर पर भी इतनी ही चर्बी चढ़ गयी होगी, जितनी इस विधवा की कमर पर थी? क्या उसकी आँखों के नीचे भी जाले पड़ गये होंगे? गरदन पर झुर्रियाँ? बालों में चन्देरी लकीरें? स्तन बेडौल? बाल पूँछड़ी? हथेलियाँ ख़ुरदरी? नाख़ूनों में मैल? एड़ियों में बिवाइयाँ? कोहनियों पर काले घट्टे? साँस में बदबू?

लेकिन क्यों? लेकिन क्यों नहीं? लेकिन क्या ज़रूरी है? लेकिन दूसरी सम्भावना भी क्या है? लेकिन हो सकता है उसने ख़ूब व्यायाम किया हो, नियमित आहार रखा हो, मेण्टेन किया हो ख़ुद को? हाँ, हो सकता है। बालों में ख़िजाब शरीर पर उबटन, चमड़ी पर क्रीम, नाख़ूनों पर पॉलिश, मुँह में माउथवाश...सब हो सकता है...लेकिन मांसपेशियों का तना हुआ नियन्त्रण? गरम ख़ून की गर्दिश? मन का छलछलाता हुआ उत्साह? कुछ पूरा का पूरा पा लेने की अदम्य आकांक्षा? कुछ पहली बार जानने की उत्कष्ठा...कुछ छककर भोग लेने की प्यास...कुछ शिखर छू जाने का रोमांच...कुछ नया हो जाने का असमंजस...कुछ अशरीरी...अव्याख्येय रचा जा चुकने की पुलक? क्या वह भी वहाँ शेष होगी? क्या इसकी कोई सम्भावना भी वहाँ शेष होगी? बल्कि...हक़ीक़त का तक़ाजा तो यह है कि क्या इसकी कोई स्मृति भी वहाँ शेष होगी? और स्मृति हो भी...तो क्या उस स्मृति के लिए कोई सम्मान भी शेष होगा? या उन अलौकिक क्षणों की स्मृति भी पछतावे और आत्मघृणा और पाप और "गन्दी बात" और गोपनीय की कीचड़ में सन गयी होगी? उन्हें लगा, जानना ही चाहिए हक़ीक़त क्या है? क्या झाग है, और क्या तलछट? वह अकेले ही डूब रहे हैं या उनके साथ एक पूरी दुनिया भी?

सिर झटक, अख़बार ले बाहर बॉलकनी में आ गये और अख़बार पढ़ने की जगह नीचे गली में चल रहा बच्चों का फुटबाल का खेल देखने लगे। बच्चे शोर मचाते हुए खेल रहे थे। आनन्द में आकण्ठ डूबे। न कहीं डी थी, न सेण्टर लाइन, न बाउण्ड्रीलाइन, न गोलपोस्ट। यह तक पता नहीं चल रहा था कि कौन खिलाड़ी किस तरफ़ है। अभी–अभी जो गोलकीपर होता, दूसरे ही पल फॉरवर्ड लाइन में पहुँच जाता। हा–हू। पर खेल मज़े से चालू था। उन्हें अपना बचपन याद आया। महाराजा शिवाजीराव स्कूल के ग्राउण्ड पर वे लोग भी इसी तरह खेलते थे। बल्कि कई बार तो फुटबॉल भी नहीं होती थी, टेनिस बॉल से ही खेलते थे। कुछ जूते उधर, कुछ इधर रखकर मान लिया जाता था कि यह गोलपोस्ट है। खिलाड़ियों की संख्या का कोई बन्धन नहीं था। कुल बच्चे छह हुए तो तीन इधर, तीन उधर और मैदान कुछ छोटा। कुल बच्चे तीस हुए तो पन्द्रह इधर, पन्द्रह उधर और मैदान कुछ बड़ा। क्या मज़ा था!

खेल देखते पता नहीं कितना समय बीत गया। अचानक दरवाज़े की घण्टी बजी। पर गाउन डालते हुए दरवाजा खोलने गये। कहीं विधवा दोबारा न आ गयी हो।

जे था, "हलो अंकल!"

"हाय! कमॉन!"

"मे आइ डिस्टर्ब यू फॉर अ मिनिट?"

"प्लीज डू। बैठो ज़रा" मैं आया एक मिनिट।"

जे यानी जयकिशन उनके एक सहकर्मी का चौबीस वर्षीय बेटा। सब उसे जेही कहते हैं। वह ख़ुद भी। किताबें माँगने आया था। किसी काम्पिटीशन की तैगारी कर रहा है और सबसे कठिन विषय लगता है उसे हिन्दी साहित्य। "पता नहीं क्यों जी. के. में भी चार–पाँच क्वेश्चन्स हिन्दी साहित्य के घुसेड़ देते हैं ये लोग? देखना तो पड़ेगा ही अंकल! और आपसे ज़्यादा इस बारे में कौन हेल्प कर सकता है?"

वह बैठ गये और विस्तार से पूछने लगे कि कौन–सी परीक्षा है, कौन–सा प्रश्नपत्र, किस काल के साहित्य के बारे में जानकारी चाहिए? पुस्तकें पढ़नी हैं या सिर्फ़ उनके बारे में जानकारी ही चाहिए? या सिर्फ़ नाम और लेखकों के नाम आदि। जे के पास यह सब बताने का समय नहीं था। धैर्य नहीं था। उसे पता ही नहीं था कि उसे क्या पता करना है। "एनीथिंग अंकल! इन जनरल। यू नो। समथिंग अबाउट एवरीथिंग।"

उन्हें समझ में नहीं आया कि इस तरह हिन्दी साहित्य के बारे में क्या बताया जा सकता है? या कौन–सी ऐसी पुस्तक हो सकती है जो किसी विषय के बारे में ''समथिंग अबाउट एवरीथिंग'' इन जनरल, बता सके! यथासम्भव मिज़ाज को ठण्डा रखते हुए उन्होंने पूछा, "तुम जल्दी में हो क्या, जे?"

जे ने शरमाते हुए जवाब दिया कि नीचे कुछ दोस्त खड़े हैं उसके। उन्हें बहुत बुरा लगा, गुस्सा आया कि यह साला उन्हें और हिन्दी साहित्य को समझता क्या है? यह क्या कोई चना–मूँगफली ख़रीदना है कि दोस्तों को नीचे खड़ा रहने को कहा कि दो मिनिट में आता हूँ हिन्दी साहित्य लेकर! और ले गये!

मुस्कराकर उन्होंने पूछा, "किसी खास जगह जाने का कार्यक्रम है क्या?"

"नहीं अंकल! बस यूँ ही ज़रा। इन जनरल।"

"शाम गुजारने? सम कोजी रेस्तराँ? ऑर डिस्कोथे मे बी ऑर अ बीयर शॉप?"

"हाँ अंकल, ऐसा ही समझ लीजिए।"

"तो अपनी शाम यहीं क्यों नहीं गुज़ारते? हमारे साथ? वी विल हैव अ लॉट ऑफ म्यूजिक एंड अ लॉट ऑफ़ चिल्ड बीयर एंड अ लॉटॉफ फन! व्हाट डू यू से?"

"ओके अंकल, थैंक्यू!"

क्षण के लिए उन्हें यह सन्देश भी हुआ कि शायद जोक उनका सुना हुआ है और वे सिर्फ़ उनका दिल रखने के लिए हँसे हैं। पर वे उठ गये और भीतर आ गये और गिलास और बीयर की बोतलें ले जाकर मेज़ पर रख दीं। काजू और नमकीन की प्लेटें भी। किचन में आकर बॉटल ओपनर उठाया और लड़की के लिए लेमोनेड बनाने लगे। अचानक ड्राइंगरूम से फुसफुसाहट की आवाज़ें आयी और किसी ने कहा, "अंकल! एक गिलास कम है।"

हाथ ठिठक गये उनके। तो क्या लड़की भी बीयर पियेगी? फिर मुस्कराये। क्यों नहीं? क्या उनके ज़िद करने पर सु. नहीं मार लेती थी दो–चार घूँट? फिर ख़ुद को आगाह किया, नो कंपेरिज़न प्लीज़! खाली गिलास और बॉटल ओपनर लेकर बाहर आये, क्लिफ रिचर्ड की रेकॉर्ड चालू कर दी...बोतलें खोलकर गिलास भरे और अपना गिलास उठाकर बोले, "सो? चीयर्स फॉर द ब्रेव न्यू वर्ल्ड!"

कुछ देर तक संचालन के सूत्र उन्हीं के हाथ में रहे। वह जोक सुनाते... क़िस्से...बहस चालू करते...घुमाते...बीयर लाते...और नमकीन लाते... रेकॉर्ड्स बदलते...बार–बार उठते, बार–बार भीतर जाते... बार–बार बाहर आते... अपने नौजवान मेहमानों की कंपनी को एंजॉए करते रहे। हालाँकि एक बार उन्हें लगा कि काश! कोई कहता कि अंकल, हम कुछ हेल्प करें? लड़की ही कहती! उनके दोस्त आते हैं तो...और अगर दोस्त की पत्नी भी साथ हुई तब तो उन्हें कुछ करने ही नहीं दिया जाता, लेकिन...नहीं, तुलना नहीं।

चलता रहा। मज़ा आ रहा था। लेकिन कुछ देर बाद उन्होंने लक्षित किया कि वे लोग आपस में ही बातें करने लगे हैं और उनसे सिर्फ़ 'अंकल, पानी प्लीज़' या 'अंकल, सम मोर बीयर प्लीज़' ही कहा जा रहा है। पहले वे लोग सिर जोड़कर खुसफुस बातें करते रहे...फिर पसरते गये... उनकी आवाज़ें खुलती गयीं...और उन्होंने औपचारिकता के लिए भी अपने

मेज़बान की तरफ़ देखना बन्द कर दिया। अब वे सिर्फ़ ''अंकल, थोड़ा नमकीन और उठा लाइए...'' या ''अंकल, मेरा गिलास भर दीजिए...'' जैसे हुक्म झाड़ रहे थे। बीच में एक लड़का अचानक किसी बात पर गुस्सा हो गया और चिढ़कर बोला, ''स्टॉप दैट जंक प्लीज़!'' उसका इशारा क्लिक रिचर्ड की तरफ़ था।

उन्होंने उठकर रेकॉर्ड प्लेयर बन्द कर दिया और चुपचाप अपनी जगह पर आकर बैठ गये।

लड़की भाँप गयी। वह उठकर उनके पास आ बैठी। उसने पैकेट में से एक सिगरेट निकालकर उनके होंठों में दबायी और सुलगा दी। फिर लाड़ से मुस्कराने लगी। यह क्या नर्स है? यह क्या मुझे अपाहिज समझ रही है?

जे उठकर चला गया। वह अपनी चतुराई पर सन्तोष से मुस्कराए। देखें क्या है इनमें जो उनमें ख़ुद में नहीं? किस तरह ये लोग उनसे ज़्यादा नौजवान हैं?

वह उत्साह से थोड़े चंचल हो गये। सारी चीज़ें चेक करने लगे कि पर्याप्त हैं या नहीं? बीयर, बर्फ, नमकीन, अण्डे, काजू, पानी...था। सब था। बहुत दिनों से था। अच्छा होगा कि आज काम आ जायेगा।

इससे पहले कि बच्चे ऊपर आते, उन्होंने ड्राइंगरूम में फ्रेशनर छिटक दिया...हल्की–हल्की रोशनी कर दी। अपनी पसन्द की क्लिफ रिचर्ड की कुछ रिकॉर्ड्स छाँटकर अलग रख लीं...और बैठ गये। फिर सिगरेट जला ली। मन ही मन कुछ सूत्र दोहराने लगे। नयी चीज़ को ग्रहण न कर पाने की सामर्थ्य खो देना बुढ़ापा है। हर पुरानी चीज़ को अच्छा और नयी को बुरा समझना बुढ़ापा है। नयी चीज़ों से तालमेल नहीं बिठा पाना और परिप्रेक्ष्य को माइनस कर हर नयी चीज़ की पुरानी से तुलना करने लगना बुढ़ापा है। अपनी परम्परागत पसन्द–नापसन्द को छोड़ने, बदलने की लचक खो देना बुढ़ापा है। सिखाने का उतावलापन और न सीखने का अड़ियलपन बुढ़ापा है...वगैरह।

लेकिन उन लोगों को ऊपर आने में काफी समय लगा। मानो जे को उन्हें इसके लिए तरह–तरह से मनाना पड़ा हो। जे समेत तीन लड़के थे और एक लड़की। बाद में एक लड़का और आ गया। वे लोग झिझकते हुए आये। उन्होंने बहुत अदब से अभिवादन किया और वे बहुत तमीज़ से बैठ गये। जे ने परिचय कराया तो सिर्फ नाम बताये। दिस इज़ सुधीर... शी इज़ मीरा। पर ख़ैर। बाकी बातें उन्होंने ख़ुद एक–एक से पूछ लीं।

वे क्या करते हैं, किस–किस कक्षा में पढ़ते हैं, क्या बनना चाहते हैं, क्या–क्या उनकी रुचियाँ और शौक हैं...उन्हें क्या अच्छा लगता है...घर में कौन–कौन हैं, वगैरह।

सारी बातें अंग्रेज़ी में ही हो रही थीं। लेकिन उन्हें अच्छा लग रहा था। बच्चे स्मार्ट हैं। आँखों में आँखें डालकर बात करते हैं। आत्मविश्वास के साथ बात करते हैं। ठोस पसन्द–नापसन्द रखते हैं और उसे प्रकट करने में भी झिझकते नहीं। इनकी आँखें चमकदार हैं...दाँत साफ़–सफेद और मज़बूत। कपड़े चुस्त और फबते हुए। बातचीत का तरीक़ा शालीन, लेकिन घिघियाहट नहीं...हकलाहट नहीं...चिपचिपाहट नहीं...स्वाभिमान की लहर पर लहर। सब निम्न–मध्यवर्गीय परिवारों के बच्चे हैं। ज़रा कपड़े हटाकर देखो तो एकदम घरेलू। क्या वह स्वयं इस उम्र में किसी से भी इतने ढंग से बात कर पाते थे? नहीं...तुलना नहीं। नो कंपेरिज़न प्लीज़!

फिर उन्होंने बातों में से निकलता हुआ एक सन्दर्भ उठाकर एक जोक मारा ज़रा करारा–सा। वे सब हँसे। माहौल ख़ुशनुमा बना देने वाली हँसी।

लेकिन इससे पहले कि वह ठीक से नाराज हो पाते, लड़की ने उनके कन्धों पर बाज़ू फैला दिया और बोली, "कैन वी प्ले अ कैसेट ओवर हीयर?"

"श्योर!" उन्होंने कहा।

लड़की ने फुर्ती से अपने पर्स में से एक कैसेट निकाला और बोली, "हे! कम ऑन! लेट्स डांस! आई हैव गॉट द म्यूज़िक। द लेटेस्ट फ्रॉम टीना टर्नर!"

सेण्टर टेबल वगैरह हटायी गयीं, कैसेट ऊँची आवाज़ में बजा दिया गया और वे सब नाचने लगे। उसे नाच ही कहना पड़ेगा, क्योंकि उस नियमहीन, अनुशासनहीन, व्याकरणहीन शारीरिक हरकत के लिए अभी कोई और नाम ईजाद नहीं हुआ है।

कुछ देर बाद लड़की ने हाथ पकड़कर उन्हें उठाया और डांस करने लगी। वह यथासम्भव भद्रता के साथ लड़की की कमर पर हाथ लपेट संगीत की तेज ताल से क़दम मिलाते हुए नाचने लगे और अपने नथुनों में लड़की के बदन से फूटती कच्चे दूध की बास महसूस करने लगे। उन्हें अच्छा लगने लगा। उन्हें बीस साल पहले की रे. याद आने लगी और वह रोमाण्टिक होने लगे। बल्कि वे डूबने लगे।

तभी अचानक एक लड़का बड़ी ज़ोर से हँसा। हँसते–हँसते गिर पड़ा। हँसते–हँसते बोला, "अंकल! यू डोण्ट डान्स प्लीज! फॉर गॉड्स सेक!

प्लीज डोण्ट ट्राय टु डान्स!" और फिर हँसने लगा। हँसते–हँसते उसकी आँखों में आँसू आ गये। जे ने उसे आँखें दिखायी तो पड़ा–पड़ा ही बोला, "ही लुक्स सो फनी यार!" और फिर हँसने लगा आँसू पोंछ–पाँछकर।

वह सकपकाकर बैठ गये। लड़की ने टेप बन्द कर दिया। बाकी लोग जैसे खड़े थे, वैसे ही खड़े रह गये। हँसने वाला लड़का भी सकपकाकर खड़ा हो गया।

"लेट्स गो!" जे बोला। सब अपना सामान उठाने लगे।

टेप बन्द होते ही सन्नाटे–जैसा हो गया था। वह कुछ कहना चाहते थे, पर उनकी समझ में नहीं आ रहा था कि वह क्या कहना चाहते हैं, चुपचाप जो हो रहा था, उसे देख रहे थे।

थैंक्यू अंकल! थैंक्स अंकल! थैंक्यू अंकल! वी हैड ए वण्डरफुल इविनिंग! अंकल, अवर रिटर्न ट्रीट इज़ ड्यू। एक बार आपको भी हमारे साथ आना होगा" आदि बातें जाते समय उन्होंने कहीं। हँसने वाला लड़का "इट वाज फन ओल्ड़मैन, कहकर लड़खड़ाता हुआ सीढ़ियाँ उतर गया। लड़की ने उनका नाम लेकर मिस्टर"... कहकर धन्यवाद दिया और गाल पर चुम्बन देकर मुस्कराती हुये चली गयी।

जब सब चले गये तो उन्होंने देखा कि उनके ड्राइंगरूम का लगभग सत्यानाश हो चुका है। कालीन पर नमकीन और पानी और बीयर और गिलास ही नहीं सिगरेट के मसले हुए टुकड़े भी पड़े हैं...जिनमें से एक अब तक सुलग रहा है।

ताजा ख़बर

सोम काका चुनाव हार गये। हार क्या गये, बुरी ही हुई। उनका तीसरा स्थान रहा जमानत ज़ब्त होते–होते बची। पचास साल के सार्वजनिक जीवन में लगातार छह बार अपने क्षेत्र का प्रतिनिधित्व करने के बाद, दो बारियों में कुल साढ़े आठ वर्ष प्रदेश का मुख्यमन्त्री रहने के बाद, राष्ट्रीय स्तर के नेता होने की ख्याति के बाद, अपने चुनाव–क्षेत्र की कायापलट कर उसे स्वर्ग बना देने के बाद, उनहत्तर वर्ष की आयु में ऐसी पराजय, एक स्थायी–सी कसैली खिन्नता मन में छोड़ जाती है। सोम काका से हर किसी को सहानुभूति होगी। यहाँ तक कि उनको पराजित करने वालों को भी।

क्या कोई सोच सकता था कि सोम काका हार भी सकते हैं? और वह भी नगरपालिका–स्तर के एक अनजान भाजपा कार्यकर्ता के हाथों? ऐसे आश्चर्यजनक उलटफेर राजनीति में होते हैं, पर सच पूछिये तो शुरू–शुरू में तो मुझे भी विश्वास नहीं हुआ। फिर मैंने अपनी लम्बी और पुरानी पहचान का वास्ता देकर ख़ुद से कहा– 'तुम्हें सोम काका से मिलने जाना चाहिए, बावजूद इसके कि किसी समय तुम उनसे भविष्य में कभी भी न मिलने का निर्णय कर चुके थे और उनकी विजयों में कभी भी उन्हें बधाई देने नहीं गये थे।' तो मैं गया। जैसे–जैसे सोम काका का चुनाव–क्षेत्र पास आता गया, मुझे उनके हारने का कारण समझ में आने लगा और उनके शहर और घर तक पहुँचते–पहुँचते तो मुझे महसूस होने लगा कि यदि वह अब भी नहीं हारते तो कब हारते?

लेकिन रुकिये! पहेली–जैसी न हो जाये, इसलिए कहानी शुरू से ही सुनाना ठीक रहेगा।

सोम काका आज़ादी के बाद की पहली पीढ़ी के नेता थे। यूँ उन्हें स्वतन्त्रता सेनानी भी कहा जाता है। सचिवालय ने उनका परिचय बनाते

समय भी ऐसा ही लिखा था, लेकिन इसकी हक़ीक़त मैं जानता हूँ। स्वतन्त्रता–संग्राम से उनका ताल्लुक सिर्फ़ इतना था कि एक बार एक अंग्रेज घुड़सवार को घोड़े से गिरते देख ये हँस दिये थे। नतीज़तन सुबह धर लिये गये थे और शाम को छोड़ भी दिये गये थे। बाद में जब सब स्कूल कॉलेजों का बहिष्कार कर रहे थे, पिता जी ने इन्हें इलाहाबाद भेज दिया था, जहाँ से ये एम. ए. एल, एल, बी, करके लौटे। पर बहरहाल, अपने स्वतन्त्रता सेनानी होने की डींग सोम काका ने कभी नहीं मारी, इसलिए इस बात को यहीं छोड़ दिया जाये।

इलाहाबाद से लौटते ही सोम काका कांग्रेस में शामिल हो गये और विधानसभा का चुनाव लड़े। इलाहाबाद ने हिन्दी और अंग्रेज़ी में अच्छा भाषण देना तो सिखा ही दिया था; बेकन, बेंथम, लॉक, ब्स, डार्विन, आइंसटाइन, मार्क्स वगैरह के नामों और विचारों से भी परिचित करा दिया था, और उस समय इतनी बात कौन जानता था? फिर पिता जी का भी रसूख था। जीत गये। विधानसभा में पहुँचे ती इनकी अलग ही ढब। न कुरता–धोती न गाँधी टोपी। न चरखा–तकली न प्रभातफेरी। नौ बजे सोकर उठते, डबलरोटी–मक्खन का नाश्ता करते, अंग्रेजी का अख़बार पढ़ते, रंग–बिरंगे पैंट–बुशर्ट पहनते, बेशक़ खादी के, धूप का चश्मा लगाते और सदन में विधि तथा व्यवस्था के सवाल उठाते। नेहरू जी का ज़माना था जो ख़ुद मन से अंग्रेज़ थे और हालाँकि गाँधी टोपी लगाते थे, पर गाँधीवादियों से कुछ डरते–से थे। कुटीर उद्योग और ग्राम स्वराज और बुनियादी तालीम और गाय और हिन्दी और ऐसी दकियानूसी चीज़ें उन्हें बहुत ज़्यादा पसन्द नहीं थीं। नतीज़तन उनके मन्त्रिमण्डल में भी धीरे–धीरे नंगे सिरवालों की तादाद बढ़ती गयी। सोम काका अपने पहले टर्म में मन्त्री तो नहीं बन सके पर उन्होंने अपनी अंग्रेज़ी और अपनी वक्तृता और अपनी प्रगतिशील जीवनदृष्टि और अपने विधि–सम्बन्धी ज्ञान से सबको प्रभावित जरूर किया और एक ज़हीन तथा होनहार नेता समझे जाने लगे। उन्होंने सदन के नंगे सिरवाले विधायकों का एक मित्रमण्डल भी बना लिया, जिन्हें और दकियानूसी चीज़ों की तरह शराबबन्दी भी नापसन्द थी और यह मित्रमण्डल आगे चलकर सोम काका को सफलता की सीढ़ियाँ चढ़ते जाने में बहुत मददगार साबित हुआ।

दूसरी बार चुने गये तो उपमन्त्री बना दिये गये। अपने कैबिनेट मन्त्री को इन्होंने उचकाया कि यह फटीचर महकमा आप–जैसे तपोनिष्ठ नेता की

प्रतिष्ठा के हिसाब से बहुत तुच्छ है और पार्टी के अनुशासन के नाम पर यह अन्याय आप जैसा तपःपूत कैसे बर्दाश्त कर सकता है? नतीज़तन वह गया और इनके पास स्वतन्त्र प्रभार। महकमा था उद्योग मन्त्रालय। सोम काका ने सरल तरकीब अपनायी। आगे बढ़ना है तो बॉस से कभी दोस्ती मत करो। बॉस के बॉस से दोस्ती करो। वह आये दिन दिल्ली चले जाते और लौटकर बताते कि "वे" चाहते हैं कि... कौन हर बार उनसे पूछने जाता कि आप चाहते हैं कि नहीं... मगर अगली बार उन्होंने वाकई चाह लिया कि सोम काका सी. एम. बनें और सोम काका सी. एम. बन गये।

उस समय सोम काका का, दिल्ली का, पण्डितजी का सबका एक ही तय था। एक ही सपना। देश को जल्दी से जल्दी आत्मनिर्भर बनाना है, समृद्ध बनाना है, सम्पन्न बनाना है, विकास करना है, आगे बढ़ना है। जर्मनी–जापान–अमरीका जैसा आधुनिक देश बनाना है। किसी से पीछे नहीं रहना है।

और इसके लिए क्या करना होगा? बेशक़, औद्योगीकरण। और प्रदेश में औद्योगीकरण की शुरुआत करने के लिए सोम काका के चुनाव क्षेत्र से बेहतर जगह, कौन–सी हो सकती है? पर वहाँ बिजली नहीं बनायी जा सकती। और बिजली के बगैर औद्योगीकरण कैसे हो सकता है? कोई बात नहीं, बिजली आसपास कहीं बन जाये। जहाँ बन सकती हो, बन जाये, यह जरूर रहे कि बिजली की हर लाइन सोम काका के चुनाव–क्षेत्र से होकर गुजरे, ताकि औद्योगीकरण में बाधा न आये। वैज्ञानिकों को काम पर लगाया–हाँ जी, बताओ, यहाँ कौन–कौन–से उद्योग लग सकते हैं? काफ़ी खोजबीन के बाद उन्होंने बताया कि हुज़ूर, जो आप चाहें। सोम काका को लगा, सब साले लफ़ंगे हैं। उन्होंने वैज्ञानिकों को महीने भर के लिए विदेश भिजवा दिया और लौटने पर पूछा, "हाँ जी?" तो उन्होंने बताया कि यूँ तो टॉय इण्टस्ट्री से फिल्म इण्डस्ट्री तक कुछ भी लगाया जा सकता है, पर संसाधनों की उपलब्धता और जलवायु को देखते हुए सिंथेटिक धागे और सीमेण्ट के चान्सेज ब्राइट हैं।

इस समय तक सोम काका के चुनाव–क्षेत्र की हालत यह थी कि धूल–परी कच्ची सड़कों पर ताँगे चलते थे और आज का अख़बार कल शाम को आता था और ताजे अख़बार की तरह पढ़ा जाता था। हर आँगन में नीम का पेड़ झूमता था और किसी के खेत से एक मूली उखाड़ लो तो वह घर ले जाने के लिए चार और दे देता था। मण्डी–आढ़त, पैसा और पेढ़ियाँ ज़रूर ख़ूब दमदार थीं।

देखते–देखते वहाँ बिजली की लाइनें सड़कें, पुल और बैंक और थाने और सरकारी दफ़्तर और उनकी सरसराती जीपें और चमचमाती कॉलोनियाँ प्रकट होने लगीं और कई लोग रातोरात धनपति से उद्योगपति बन गये। उन दिनों न केवल इच्छा की बात थी, बल्कि इसके लिए भी पटाया जाता था। सोम काका दो बार तो बम्बई–मद्रास गये थे, प्रान्त के प्रवासी नागरिक भाइयों से अपील करने आइए, अपने गृहप्रदेश में उद्योग लगाइए और देश की प्रगति में भागीदार बनिये। बिजली मुफ़्त, पानी मुफ्त, बगैर ब्याज का कर्ज़, पाँच साल तक कोई कर नहीं, परिवहन की पूरी सुविधा, तकनीकी सलाह मुफ़्त...बस, आ जाइए।

अब ज़मीन पर डामर की सड़कें थीं और आसमान में ऊँची–ऊँची चिमनियाँ। खेत धीरे–धीरे पीछे सरकते जा रहे थे और धरतीपुत्र कारख़ानों में काम कर रहे थे या ऑटोरिक्शा चला रहे थे। पेड़ कट रहे थे और तालाब, झील, बावड़ी, चरागाह, परती, श्मशान, थान, देवस्थान सब पर कॉलोनियाँ फैलती जा रही थीं। वर्षा कम हो रही थी और तापमान बढ़ रहा था। बाज़ार चमकीली वस्तुओं से भरते जा रहे थे और शहर दुनिया भर के चोर–उचक्कों, मवालियों–गुंडों, उठाईगीरों, भिखारियों–फटेहालों, बेरोज़गारों और ठगों से। जीवन के ढब–ढर्रे में तब्दीली आ रही थी। सादगी जा रही थी, दिखावा आ रहा था। स्वावलम्बन जा रहा था, नकलचीपन आ रहा था। आत्मीयता जा रही थी, व्यावसायिकता आ रही थी। स्वास्थ्य जा रहा था, सजावट आ रही थी। बचत जा रही थी, विनियोग आ रहा था। विनम्रता जा रही थी, हेकड़ी आ रही थी। सरलता जा रही थी, अकेलापन आ रहा था।

यही विकास था, यही प्रगति थी, यही आधुनिकता थी। आये दिन देश की बड़ी–बड़ी हस्तियाँ शहर में आतीं, उद्घाटन या शिलान्यास करतीं ...अख़बारों में शहर एक ख़बर बनता...देश के मानचित्र पर एक औद्योगिक केन्द्र के रूप में इसका नाम उभरता। लोग चकाचौंध में चकितमतिधत्ता! हवाई अड्डा और स्थानीय समाचार–पत्र, सिनेमाघर और टेलीफ़ोन एक्सचेंज़, एक्सरे मशीन और थ्रेशर–ट्रैक्टर। वाह भई सोम काका! जीते रहो!

शहर की मुख्य सड़क का नाम सोम काका के पिता जी के नाम पर रखा गया। लेकिन यह तो जनता का स्नेह था, सोम काका इसमें क्या कर सकते थे?

कोई कहने की ज़रूरत है कि अगला चुनाव भी सोम काका भारी बहुमत से जीते और फिर मुख्यमन्त्री बने? वह नहीं तो कौन जीतता?

फिर कांग्रेस पार्टी का विभाजन हो गया और सोम काका को मुख्यमन्त्री–पद छोड़ना पड़ा। प्रदेश कांग्रेस कमेटी में भी जूतमपैजार का–सा आलम रहा और सोम काका का राजनीतिक जीवन समाप्त–सा हो गया। उन्हें भी लगा कि हुआ, बहुत हुआ। चौबीस घण्टे की हाय–हाय से बरी हुए। नये विधायक तो एक से एक चोट्टे और पदलोलुप। कहाँ तक उनकी लिप्साओं और जनता की आवश्यकताओं में सन्तुलन बैठाते रहो! पर खास बात यह नहीं थी। खास बात यह थी कि अब कहीं विकास की वह ढीठ ललक ही नहीं बची थी जो नेहरू–युग में सर्वव्याप्त थी और जिसकी वह स्वयं उपज थे। छोड़ो, कुछ पढ़ेंगे–लिखेंगे, आराम करेंगे, गोल्फ खेलेंगे। केन्द्र में कोई जिम्मेदारी मिली तो ठीक, वरना जो हुआ, बहुत हुआ। करने दो जिसे जो करना है।

छह साल बाद जब उन्हें फिर ढूँढ़–पकड़कर मुख्यमन्त्री बनाया गया, अन्य अनेक चीज़ों की तरह खादी भी काफी तरक्की कर गयी थी। जैसे हिन्दी ने मलकाइन अंग्रेज़ी को वैसे ही खादी ने रेशम, रेयन और पोलिएस्टर को गले लगा लिया था। उसके सफारी सूट बहुत अच्छे बनते थे और उन सफारी सूटों में सोम काका काफ़ी "युवा" लगते थे।

लेकिन इस बार उनके चुनाव क्षेत्र का आसमान इस क़दर धुएँ से पटा हुआ था कि लोग प्रदूषण की शिकायत कर रहे थे। ओजोन छतरी के छेद में उँगली डाल डालकर देख रहे थे और मिलों कारख़ानों की चिमनियाँ, जिन पर कवि गीतकार कभी गीत लिखा करते थे, मानो रातोरात नायक से खलनायक बन गयी थीं।

सोम काका को इस पर ध्यान देना पड़ा। उन्होंने कारखाने वालों से कहा कि ये प्रदूषण नियन्त्रक उपकरण लगाएँ अन्यथा उनके ख़िलाफ़ कार्रवाई की जायेगी। उन्होंने उद्योग विभाग से कहां कि अनियन्त्रित उद्योग प्रसार की छूट न दी जाये। उन्होंने यातायात विभाग से कहा कि ट्रकों को शहर में न घुसने दिया जाये। उन्होंने नगर–नियोजन वालों से कहा कि भारी मालवाहकों के लिए अलग बाईपास बनाए जाये। उन्होंने आबकारी विभाग से कहा...उन्होंने स्वायत्त शासन मन्त्री से कहा...उन्होंने स्वास्थ्य विभाग से कहा...उन्होंने बहुत कहा और बहुत अच्छा कहा। लेकिन दिक़्कत यह हुई कि किसी ने सुना नहीं। उनके पैदा किये जिन्न अब इतने

विराट विशाल और अनियन्त्रित और बेलगाम हो गये थे कि वे किसी के काबू में नहीं आते थे। सोम काका और नो सोम काका...सरकार को कोई अधिकार नहीं है कि...

सारा इलाक़ा भिनक रहा था। जगह–जगह बड़ी–बड़ी झोंपड़पट्टियाँ उग आयी थीं। जगह–जगह शराब के ठेके खड़े हो गये थे। जगह–जगह सड़क के ट्रैफिक का सत्यानाश करते मंदिर–ओटले, देवरे–चबूतरे या मजार उग आये थे। जगह–जगह अनधिकृत ठेले–थड़ियाँ, गुमटियाँ–केसोक्स उभर आये थे। सरकारी ज़मीन का घटाटोप अतिक्रमण हुआ था। मुख्यमन्त्री के क्षेत्र के हर आदमी को अधिकार था कि जैसे और जितने चाहे अपराध करे, आख़िर उसने अपना क़ीमती वोट मुख्यमन्त्री को किसलिए दिया है?

अब अस्पताल के पास अपनी घाव–मवाद, ख़ून–पीब की पट्टियाँ, रूई, कटे प्लास्टर और गन्दगी जलाने की जगह नहीं बची थी। वह सब अस्पताल के पिछवाड़े फेंक दिया जाता था जिसमें से बच्चे काँच–प्लास्टिक, जिंक बीनते थे, सूअर बच्चे जनते थे और औरतें निबटती थीं। सीमेण्ट फैक्टरी के कर्मचारियों को टीबी, सिलिकॉसिस और फेफड़ों की बीमारियाँ हो रही थीं...वातावरण में रूई के रेशे तैरते महसूस होते थे। हवा हमेशा गरम और भारी रहती थी। घरों के लॉनों और बग़ीचों पर दुकानें बन गयी थीं। पेड़ कट या सूख गये थे, सार्वजनिक उद्यानों पर पार्किंग प्लेस बनते जा रहे थे। स्कूलों के मैदानों पर सिनेमाघर, वीडियो पॉर्लर या देसी शराब के ठेके बन गये थे और शोर का यह आलम था कि आदमी कुछ न करता हो तो भी थकान महसूस करता था। सारा शहर पानी के लिए हाय–हाय कर रहा था और भारत के औद्योगिक मानचित्र में शहर के डंके बज रहे।

सोम काका को कुछ न कुछ करना था। ज़रूर और ज़ल्दी। अब समर्पित पार्टी कार्यकर्ता नहीं थे। निष्ठावान नौकरशाही भी नहीं थी। प्रेस परिवर्तन की नहीं, पर्यावरण की पश्चिम द्वारा सिखाई भाषा बोलती थी। सहृदय लोगों को मनुष्य की नहीं, वन्यजीवों की ज़्यादा चिन्ता थी। न्यायालय किसी को भी बेलिहाज़ खींच डालते थे...फिर भी कुछ न कुछ करना था...और जल्दी।

और उन्होंने किया। विशेषज्ञों की बैठकें चलतीं। एक के बाद दूसरी। बजट के लिए मारामारी होती। कोई बात नहीं, इसका उसमें डाल दो। अमुक को तमुक में शो कर देंगे। फलाँ के लिए किसी को दिल्ली भेजो। ढिकाँ के लिए ठेकेदारों से लो। फलाँ स्कीम में कितना ख़र्च हुआ है, लाओ उसे, जनाकांक्षा को विस्फोटक नहीं होने दिया जा सकता।

तो? वृक्षारोपण, सघन वृक्षारोपण। संस्थाओं–उद्योगों, स्थानीय निकायों, स्वायत्त संस्थाओं–विद्यालयों, शेरों–रोटेरियों, भीतरी चक्रों–बालचरों, शाखामृगों–स्वयंसेवकों, यहाँ तक कि वेश्याओं और हिजड़ों द्वारा भी। क्या समाँ बँधा! वाह!

फिर? भूजल का दोहन किया जाये। राज्य भर में हैण्डपम्प लगे। एक–एक दिन में बीस–बीस उद्घाटन। तीस–तीस शिलान्यास। वे नहीं कर पाते तो उनकी पत्नी। पियो पानी!

अतः? इन्दिरानगर और संजयनगर और राजीवनगर और राहुलनगर और प्रियंकानगर नाम्नी जितनी झोंपड़पट्टियाँ और गन्दी बस्तियाँ हैं, उन्हें नियमित करो, पट्टे बाँटो, सड़क बनाओ, लाइटें लगाओ...छतों पर टीवी एण्टेना दिखने चाहिए टैंकरों से पानी सप्लाई करो...ये सब वोट हमारे हैं।

एतदर्थ? ग्रीन बेल्ट। अनिवार्य रूप से सभी उद्योग हरी पट्टी के लिए जगह छोड़ेंगे। एफ्लूएण्ट ट्रीटमेण्ट प्लाण्ट लगायेंगे। अपशिष्ट जल को दोबारा–दोबारा घुमाएँगे। अपना औद्योगिक कचरा–कूड़ा नदी–नालों में नहीं छोड़ेंगे। एक–एक गाँव को गोद लेंगे। पर्यावरण बोर्ड को अधिक अधिकार दिये जायेंगे।

एवं? अन्तर्राष्ट्रीय संस्थाओं से क़र्ज़ लो। आई.एम.एफ. से, वर्ल्ड बैंक से, विदेशी सरकारों से... पैसा लाओ, जहाँ से भी, जिस किसी भी शर्त पर मिलता हो "फोर लेन हाईवे" विथ सिक्स फुट वाइड डिवाइडर्स कितने करोड़ का ठेका है? अपना कितना बनता है?

तथा–संचार। गाँव–गाँव में ऑटो एक्सचेंज। सी डॉट । सैम पित्रोदा ज़िंदाबाद! ढाणी–ढाणी में टीवी–ट्रांसमीटर, कूचे–कूचे रेडियो स्टेशन, एफएम बैण्ड। आने दो। यह विकास का दूसरा चरण है। हमें लाँग उठाकर सरपट भागते हुए इक्कीसवीं सदी में प्रवेश करना है। जल्दी–से–जल्दी। हो सके तो सन् दो हज़ार के पहले ही।

रेल से जाओ या बस से, सोम काका का चुनाव क्षेत्र शुरू होने के पाँच किलोमीटर पहले से ही सिर चढ़ने लगता है। नथुनों में बदबू घुसने लगती है, आँखों में धुआँ। बदन पर खुजली चलने लगती है। बाहर सटे–सटे बोर्ड–बैनर, पोस्टर होर्डिंग और खेतों में जगह–जगह भरा सड़ाँध मारता औद्योगिक अपशिष्ट। खाँडहर की तरह काले पड़े फैक्टरियों के भुतैले ढाँचे और उन्हीं के साए में यहाँ–वहाँ सब कहीं कुकुरमुत्ते की तरह

फैली झुग्गियाँ...सारी धरती बंजर और सूखे घाव के खुरण्ड की तरह काली और पपड़ीली। हवा में धूल के बगूलों के साथ यहाँ–वहाँ उड़ती सिंथेटिक रूई, विचित्र प्रकार के कीड़े–पतंगे और ज़हरीली गैसें, टेढ़ी–मेढ़ी बदबूदार नालियाँ, चिचियाते सूअर, बीमार गाये, खजियल कुत्ते, पंख–उड़े कौवे...और टट्टी करते मनुष्य...खिड़की से बाहर देखने का धरम नहीं।

स्टेशन पर बेतहाशा भीड़भाड़, छीनाझपटी, गाली गलौज, कुत्ताफजीती और धमाल–पट्टी। गर्मी–पसीना, झल–चिढ़ और बारह–बारह रुपये में बिकती पानी की बोतलें। स्टेशन से बाहर निकलते ही बेतहाशा ट्रैफिक, बेहिसाब एंक्रोचमेण्ट...कानफोड़ू शोर...ऑटोरिक्शाओं की दुर्र–दुर्र और बसों–ट्रकों, ट्रेक्टरों–ट्रॉलियों, ट्रेलरों–मेटाडोरों, जीपों–टेम्पुओं और मोटरसाइकिलों के सदा भरभराते इंजनों के पेट्रोल–डीजलगन्धी ट्रैफिक जाम। सीमेण्ट–कांक्रीट की ऊँची इमारतें और चप्पे–चप्पे पर किसी–न–किसी लुभावनी वस्तु के होर्डिंग्ज–बैनर, पोस्टर–साइनबोर्ड, पब्लिसिटी ड्राइव!

शहर में घुसते जाइए, दुकानों से पीछा नहीं छूटेगा। छोटी–छोटी गलियों में भी दुकानें...बँगलों में भी दुकानें..."कहीं एक छतनार पेड़ का निशान नहीं...जगह–जगह मनहूस यूकिलिप्टस...सूखे पड़े हैंडपम्पों पर काँव–काँव चीखते प्यासे कौवे...सड़कों पर फुटपाथ नाम की कोई चीज़ नहीं और हर बीस क़दम पर झुग्गियों की एक नई बस्ती...जंगली बबूल की बेशऊर झाड़ियों पर अटकी–फँसी पोलीथीन की फटी थैलियाँ और हर आदमी भागता हुआ, जैसे कहीं आग लग गयी हो।

यही विकास था। यही प्रगति थी। यही इक्कीसवीं सदी का भव्य राजपथ था। यही समृद्ध भारत का सुखद स्वप्न था। यही तेजी से विकास, का कुल जमा हासिल था। और यह बगैर मेहनत अपने–आप नहीं हो गया था। इसके लिए निरन्तर एक से बढ़कर एक घपले करने पड़े थे, जिनके अब एक के बाद एक भण्डाफोड़ हो रहे थे। आस्थाएँ तार–तार थीं। आत्माएँ जार–जार थीं। गली–गली में कार, कार कार में सरकार। हर सरकार में ढेरों मक्कार। और हर मक्कार से जनता बेज़ार। होड़ और हविस और हेकड़ी और हुंकार। हूक और हत्या और हाय और हाहाकार!

अब भी नहीं हारते सोम काका तो कब हारते?

क्या यही आपके सपनों का भारत है? क्या ऐसा ही समाज बनाना चाहते आप?" मैंने पूछा।

"शायद तुम यह सवाल पण्डितजी से पूछ रहे हो, जो अब इस दुनिया में नहीं हैं।" सोम काका बोले।

"नहीं, मैं यह सवाल आपसे ही पूछ रहा हूँ और आपके माध्यम से सारे औद्योगिक समाज से भी।"

क्या स्वर्गीय सोवियत संघ से भी?

"हाँ।" मैंने कुछ रुककर कहा, तकलीफ़ के साथ।

कुछ देर चुप रहे सोम काका, फिर तिक्तता से बोले, "मैं गाँधीवादी न तब था न अब हूँ, न शायद कभी होऊँगा। तुम जानते हो।"

"क्या आपको नहीं लगता कि आपकी विकास की परिभाषा ही गलत थी? वह आपकी थी ही नहीं, किसी ने आपको पकड़ा दी थी?"

"मुझे अब भी लगता है कि मनुष्य इस सृष्टि का सबसे शक्तिशाली प्राणी है और वह प्रकृति पर विजय प्राप्त कर सकता है।"

"क्या आपको नहीं लगता कि यह विचार ज़रा पुराना हो गया है? प्रकृति को शत्रु समझना और उस पर विजय प्राप्त करने की सोचना? टोकियो और न्यूयॉर्क आपने तो अपनी आँखों से देखे हैं! दस साल पहले सही। गाँधीजी कहते थे..."

"गाँधीजी ने बहुत–सी अच्छी बातें कहीं।"

कुछ देर हम दोनों के बीच एक उदास चुप्पी पसरी रही। फिर सोम काका क्षमा–सी माँगते हुए बोले, "मैं योजना आयोग में नहीं था।"

"आप वहाँ होते तो क्या जो हुआ उससे कुछ अलग करते?"

"शायद।"

"क्या?"

"अब क्या फ़ायदा?"

"शायद वह अब भी किया जा सकता हो! लाखों लोग जानना चाहते हैं कि क्या?"

सोम काका कोई जवाब नहीं दे पाये। बहुत देर तक चुपचाप बैठने के बाद मैं उठकर चला आया।

हाँ, सोम काका हार गये।

लेकिन जीता कौन? क्या जीतने वाले सोम काका से कुछ भिन्न हैं?

प्रतीक्षा

अपने घोर फिटमारेपन के दिनों में मेरी रमेश भाई से मित्रता हुई थी। मेरा हाल यह था कि बतौर साहिर लुधियानवी, "तालीम है अधूरी और मिलती नहीं मजूरी।" हायर सेकण्डरी के बाद बी. एससी. फर्स्ट ईयर में कीर्तिमानी नम्बरों से फेल होने के बाद एक मामा जी की दया से उनके घर रहकर मैंने ढाई साल का एक डिप्लोमा कर लिया था और मता–ए–कूच–ए–बाज़ार बनने को तैयार हो गया था। रोज़गार दफ़्तर में नाम लिखा दिया था और नियम से सार्वजनिक वाचनालय जाकर रिक्तियों के कॉलम चाटता था। दिक्क़त यह थी कि पैसों के लिए नौकरी की ज़रूरत थी और नौकरी के लिए पैसों की। रोज़–की–रोज़ घरवालों से पोस्टल ऑर्डर और रजिस्ट्री के पैसे माँगने में शर्म आती थी। इसलिए मैं एक अबूझ–अथक–अरूप और अनन्त प्रतीक्षा में लीन था कि किसी दिन कुछ ऐसा होगा कि मुझे किसी चमत्कार से अपनी डाक में एक कॉल लेटर मिल जायेगा और परिवार के सारे दलिद्दर कट जायेंगे।

पर बाई गॉड! जैसा खुश–खिलन्दड़ा और खिलखिल मैं उन दिनों में रहा, बाद में कभी नहीं। है न अजीब! हिन्दी के एक कोई तो भी महान कवि कह गये कि भूखे भजन न होई गुपाला। गुपाला से नहीं हो पाता होगा पर मैं क्या कहता हूँ कि बड़े गुलाम अली ख़ाँ से गुलाम अली ग़ज़लवाले तक किसी से भी पूछो–क्या वो भोजन–वोजन करके मंच पर गाने के लिए बैठते हैं? भरे पेट सिर्फ़ नींद या बदमाशी होती है, भजन तो भूखे पेट ही होता है।

क्या गाता था मैं! कितने शेर याद थे मुझे! पुराने गानों का कैसा चस्का था! कई बार तो गाते–गाते रोने लगता! चल रहा था! कभी राज पेण्टर्स के यहाँ दिन भर काम करता, बोर्ड बनाता, ज़मीन पोतता,

कास्टिक सोडे से पुराने पत्तर साफ़ करता, बॉर्डर बनाता, शेडिंग करता...और गाता रहता...शाम को डेढ़ रुपये मिलते। कभी इकबाल भाई साइकिलवाले के यहाँ छोकरा नहीं आता तो वह मुझे ले जाता। दिन भर पंचर जोड़ता, हवा भरता, पहियों के बाल निकालता, ट्यूब पकाता...और गाता रहता। शाम को चाय पानी के अलावा दो रुपये मिलते। कभी रेलवे स्टेशन के बुक स्टाल पर दो घण्टे के लिए बद्री भाई का रिलीवर हो जाता। जितनी देर में वह ख़ाना खाकर आते, मैं सारी पत्रिकाओं के नये अंक चख लेता। बग़ल का टी स्टाल वाला चाय भी पिला देता।

कुल मिलाकर मस्ती थी भाई!

और रमेश भाई साढ़े इक्कीस नौकरियाँ छोड़कर लड़कपन के इस छोटे–से शहर में एम.ए. करने आये थे। जैसे "मैं हूँ ना" में शाहरुख ख़ान। बम्बई में शायद किसी बहस के दौरान किसी ने उनसे कह दिया कि मैं बिना पढ़े–लिखों से बात नहीं करता। या किसी दिन कोई डिग्रीयाफ्ता अपनी टाई झुलाता उनके परिश्रम पर लात रखकर उनके सिर पर चढ़ बैठा। ऐसा ही कुछ। आप सोच लो। अब रमेश भाई ठहरे मसिजीवी। फ्री लांसर लेखक। सुबह कॉलेज अटेण्ड करते, बाक़ी दिन भर आम की क़िस्मों से लेकर हाइड्रोसील तक वायुमण्डल के नीचे सम्भव हर किसी विषय पर लेख लिखते। पढ़ते भी। बीच–बीच में कहानी–उपन्यास भी लिखते। शाम को "एलीट" में बैठकर चाय पीते लॉन में। यह हमारे शहर का एकमात्र रेस्त्राँ था जिसमें वर्दीवाले बैरे थे और जहाँ ख़ा–पीकर पेमेण्ट करने काउण्टर पर नहीं जाना पड़ता था।

मैं सार्त्र और काम्यू और कॉलिन विल्सन प्रभृति विद्वज्जनों के नामों और कामों से किंचित परिचित था, तो जैसे खग को खग मिल गया। रमेश भाई ने मुझे एक सम्भावना के रूप में गले से लगा लिया, और मैं भी लग लिया कि सोहबत का कुछ तो लाभ "एलीट" की ठाठदार चाय और रमेश भाई की लाइब्रेरी के अलावा भी, क्या पता, मिल ही जाये।

यह हुई प्रस्तावना, प्राक्कथन, पूर्वरंग या पात्र–परिचय, आप जो भी समझ लो। अब कहानी सुनो।

एक दिन दुबले–पतले रमेश भाई अपनी दुबली–पतली लेडीज़ साइकिल दौड़ाते हुए मेरे कने आये और बोले–चलो नाटक करना है।

मैंने पूछा–कहाँ?

बोले–कॉलेज में?

मैंने पूछा–ठोकना है?

बोले–ज़ोर से।

मैंने पूछा–कब?

बोले–दिसम्बर में।

अब मैं समझा कि सचमुच के नाटक की बात हो रही है। कोई मार पिटाई का तात्कालिक मामला नहीं है। मैंने पूछा–कौन सा नाटक?

बोले–वो मैंने सोच लिया है। सेम्युअल बेकेट का "वेटिंग फॉर गोडो"।

मैंने पूछा–स्क्रिप्ट?

बोले–वही तो! बनानी है।

मैंने पूछा–अंग्रेज़ी में?

बोले–हिन्दी में।

मैंने पूछा–यहाँ की जनता समझ जायेगी?

बोले–हम किस मर्ज़ की दवा हैं?

मैंने कुछ सोचकर कहा–रमेश भाई, मैंने नाटक बहुत ध्यान से पढ़ा नहीं है।

बोले करते करते पढ़ लेना।

मैंने मुँह बनाकर पूछा क–र–ते–क–र–ते!!

वह खिलखिल हँसे। जैसे मोगरे के ढेर सारे फूल किसी ने एकदम अपनी अंजुरी से उछाल दिये हों। अब कुछ नहीं पूछा जा सकता था।

घर जाकर सूचित किया कि आज रात और शायद तीन–चार रात रमेश भाई के घर ही रुकूँगा। रास्ते से चाय के लिए दूध लिया, सिगरेटें लीं और रमेश भाई के कमरे पर पहुँच गये।

अब हम थे और रात थी और सेम्युअल बेकेट और वेटिंग फॉर गोड़ो!

आधा घण्टा तक रमेश भाई मुझे द्वितीय विश्वयुद्ध के बाद के यूरोप के जनजीवन और एब्सर्ड के बारे में समझाते रहे। चित्रकारों और फ़िल्मों के उदाहरण दे–देकर।

आधा घण्टा बाद उबासी लेते हुए मैंने पूछा– एनएसडी में हो चुका है न?

बोले–अल्काज़ी ने करवाया था।

मैंने पूछा—हिन्दी में या अंग्रेज़ी में?

बोले—मनोहरसिंह और बज्जूभाई

मैंने कहा—वहीं से क्यों नहीं स्क्रिप्ट मार लाते?

बोले—क्योंकि उसमें एस्ट्रागॉन एस्ट्रागॉन और ब्लादीमीर ब्लादीमीर ही है।

मैंने कहा—तो अच्छा है न! एक नाम से अमरीकन जैसा लगता है दूसरा रूसी। उदयवीर और मधु जोशी को बना देंगे। तुम बन जाना लकी और मैं बन जाऊँगा गोडो, जो कभी नहीं आता हा हा।

रमेश भाई हँसे, फिर बोले—नहीं। हम बनायेंगे उन्हें आयुष्मान और बलिहारी। एक जीवन का प्रतीक, एक मृत्यु का।

मैंने कहा—और विश्वयुद्ध? उसका क्या करेंगे? और कन्या? कन्या के बग़ैर नाटक जमेगा? रमेश भाई एक आइडिया है। क्यों न हम इन्हें "ज्ञानोदय" और "वसुधा" बना दें!

रमेश भाई बोले—और गोडो?

मैंने तुरन्त कहा—गोदो पाठक!

रमेश भाई बोले—और लकी?

मैंने कहा—रमेश भाई, डेढ़ बज रहे हैं। अब सो जाते हैं। बेकेट को भी आराम करने दो!

रमेश भाई बोले—चाय बनाते हैं। खटिया से कूदे और स्टोव में पम्प मारने लगे।

मैं समझ गया, रमेश भाई आज की रात न मुझे छोड़ेंगे, न सेम्युअल बेकेट को।

चाय पीकर थोड़ी चेतना आयी तो मैं लड़ पड़ा। कोई मतलब नहीं है द्वितीय विश्वयुद्ध का। वह हमने भोगा ही नहीं। इससे तो आप कोई सरल और समझ में आने वाली चीज़ चुनते। जैसे बाढ़ या भूकम्प या अकाल।

रमेश भाई बोले—लेकिन व्यवस्था? उसका पशुबल? प्रकृति को कोसेंगे क्या?

मैं बोला—तो ठीक है, उनकी बस्ती पर बुलड़ोज़र चलवा देते हैं।

रमेश भाई कुछ सोचकर बोले—और बेकेट?

मैंने कहा—वह कौन सा इस गवर्नमेण्ट कॉलेज में पढ़ा था? या पूछने आयेगा? अब साहब, कुछ—न—कुछ उलट—पलट तो होगा जब दो

महान लेखक भारत में उसे अपने हाथ लगायेंगे—एक उदीयमान और एक अस्तप्राय...।

ख़ुद को अस्तप्राय कहने पर रमेश भाई खिलखिलाकर हँसे और मुझे तकिया फेंककर मारा।

हम दोनों की आँखें सूज रही थीं। हम दोनों के चेहरे दमक रहे थे। चार रातों में हमने मुहावरे की भाषा में गोडो की ऐसी—तैसी करके रख दी थी। हमें अनुभव था। इससे पहले हम मॉम और मोपॉसाँ और बाल्ज़ाक, ओ हेनरी और विक्टर ह्यूगो की कहानियों के रेडियो नाट्य रूपान्तर कर चुके थे जो आकाशवाणी दिल्ली से बजते थे और जिन्हें श्रोता ख़ूब पसन्द कर रहे थे। हम सिर्फ़ यह नहीं करते थे कि "हड्डी चूस रहा है" को "केला खा रहा है" कह देते हैं, बल्कि उस्तादों की रचनाओं का पूरा हाल—हुलिया बदल देते थे। ज़रूरत पड़ने पर कुछ नये पात्रों की उद्भावना भी कर देते थे। परिवेश को जीवन्त बनाने के लिए किसी पात्र को हलका बना देते थे, किसी को लँगड़ा। किसी को बात—बात पर लोकोक्तियाँ मारने वाला तो किसी को कोई खास तकिया कलाम वाला। इससे बड़ा क्रिएटिव सुख मिलता था। उस्ताद हमारा क्या बिगाड़ सकते थे? नाटक श्रोताओं को पसन्द आ रहे थे। रमेश भाई की पढ़ाई का ख़र्चा निकलने में मदद मिल रही थी।

इस बार हमने बड़ा हाथ मारा था। जैसे दो जेबक़तरों ने मज़ाक़—मज़ाक़ में किसी रात कोई बैंक लूट लिया तो। लेकिन इस प्रक्रिया में एब्सर्ड की थोड़ी धूल—मिट्टी भी हमारी आँख—नाक में घुस गयी थी। और किसी ने देखा हो, न देखा हो, बेकेट हमें देख रहे थे।

एक रात बेकेट मेरे सपने में आये। आँखें फाड़े, एकटक देखते रहे। न ख़ुश न दुखी। न कुछ बोले बतियाये। बस, देखते रहे आँखें फाड़े। डर के मारे मेरी आँख खुल गयी। समझ में नहीं आया क्या चाहते हैं! हमसे कोई ग़लती हो गयी क्या?

अगले दिन चार सहपाठी बैठाकर कार्बन लगाकर रमेश भाई ने नाटक की आठ कॉपियाँ बनावायीं और फिर पूरी एम.ए. प्रीवियस (हिन्दी) कक्षा के समक्ष नाटक का पाठ हुआ। कुछ फाइनल वाले भी आ गये। कुछ अन्य भी जो ख़ुद को एनएसडी और पूना फ़िल्म इण्स्टीट्यूट का सम्भावित और

गौरवशाली प्रत्याशी मानते थे। कुछ अन्य भी–सिर्फ़ तमाशा देखने। कुछ लड़कियाँ–सिर्फ़ खी खी खी करने।

कॉलेज का हॉल शानदार था। बल्कि काफ़ी शानदार था। आमतौर पर कॉलेजों में ऐसे हॉल नहीं होते। स्टेज पर दो कारें या दो ताँगे या दस घोड़े एक साथ आ सकते थे। तीन–मंज़िले मकान का सेट बन सकता था। विंग्स में पचास पीस का ऑरकेस्ट्रा बैठ सकता था। प्रोजेक्ट की सुविधा थी। पहली पंक्ति और स्टेज के बीच इतनी जगह थी कि वहाँ बैडमिण्टन खेला जा सकता था। खेला भी जाता था। खासकर पाराशर सर द्वारा–अपनी शोधछात्राओं के साथ। कॉलेज में हर साल एक अंग्रेज़ी और एक हिन्दी का पूरावक़्ती नाटक खेला जाता था। बाहर के लोग भी करते थे आकर टिकट लगाकर। मणि मधुकर का "रसगन्धर्व" और हमीदुल्ला का "उलझी आकृतियाँ" कुछ रोज़ पहले ही हो चुका था।

कहिए इसे हमारी ग़ैरईमानदार प्रतिभा का ही कमाल कि लोगों को नाटक के पाठ में खूब मज़ा आया। वे ख़ूब हँसे। बोले–श्योर हिट है। उदास और चिन्तित होकर मैंने रमेश भाई ने कहा–लगता है हम बेकेट को ठीक से समझ नहीं पाये। कुछ पैथोस डालना पड़ेगा। रमेश भाई बोले–ग्रेट मेन थिंक अलाइक। बेकेट पर और गोडो पर उसके समकालीनों ने क्या कहा है, इसे ज़रा देखना पड़ेगा।

फिर कलाकारों का चयन, रिहर्सल की जगह और प्रॉप वग़ैरह का निर्णय हुआ और दोस्तो! असली कहानी इसके बाद ही शुरू होती है।

एस्ट्रागॉन कौन? तो तुम। यानी मैं! ब्लादीमीर कौन? तो मीरा गुप्ता। मंजू गुप्ता की छोटी बहन सेकण्ड ईयर में पढ़ती है। पोज़ो? मधु जोशी। और लकी? रमेश भाई ख़ुद।

मैं हैरान–परेशान। मैं? मैं क्यों? मैं कैसे? मैं तो कॉलेज का स्टूडेण्ट भी नहीं हूँ। तुम! तुम ही। तुम ही एस्ट्रागॉन को समझते हो। उसके साथ न्याय कर सकते हो। उसकी ट्रेजेडी को कॉमेडी की मार्फत पोट्रे कर सकते हो। जो कि काफ़ी कठिन काम है। लेकिन मैं जानता हूँ तुम कर लोगे। लेकिन मेरा आप लोगों के नाटक में काम करना! लोग ऑब्जेक्शन नहीं करेंगे? चिन्ता मत करो। वो सब हम सँभाल लेंगे।

तब उस रात पहली बार मैंने सारी स्क्रिप्ट को ध्यान से पढ़ा। कौन है एस्ट्रागॉन? कहाँ से आया है? कैसा दिखायी देता है? मूढ़ या मजबूर?

ऊटपटाँग बातें क्यों करता है? ख़ुद को ख़ुश रखने की कोशिश करता रहता है या दूसरों को हँसाते रहने की? क्या इतनी हताशा है उसके जीवन में कि उसे लगता है अब जीवन को पटरी पर लाने का कोई प्रयास नहीं किया जा सकता? सब बेकार है! हालात इतने बिगड़ चुके हैं कि कोई उम्मीद नहीं बची है—बेशक, सिवा गोडो के इन्तज़ार के? कितनी तड़प, कितने आँसू नहीं हैं? उसने ज़िन्दगी के बारे में सोचना ही छोड़ दिया है? घटनाएँ अपने आप हो रही हैं? बग़ैर उससे कुछ पूछे या बताये? और घटनाएँ भी कहाँ हो रही हैं? जो हो रहा है निरन्तर वह तो एक ऊबड़—खाबड़ घटनाविहीनता है। सब कुछ एकदम ऊलजलूल और निरर्थक हो चुका है। पागलपन और बेख़ुदी की कगार पर झूलता यह मसख़रा—कभी सचमुच की ज़िन्दगी पा जाये तो क्या करेगा?

...पिछले छह महीने से मेरी डाक में एक भी क़ागज़ नहीं आया है। पिछले छह महीने से मैंने कहीं एप्लाई भी नहीं किया है। अख़बार देखना भी बन्द कर दिया है। रोज़गार दफ़्तर भी नहीं गया हूँ। हो सकता है मिथिला बाबू मुझे ढूँढ रहे हों। मैं कर क्या रहा हूँ? मुझे अपने डूबते परिवार पर दया क्यों नहीं आती? माँ किस—किस तरह दोनों वक़्त बच्चों के लिए रोटी पकाती है। ग्यारह साल की छोटी बहन हर गुरुवार को उपवास कर रही है— कि भइया की नौकरी लग जाये! मैं साला मिलिट्री रिक्रूटमेण्ट बोर्ड जाकर पता क्यों नहीं करता? और वैसे एक बार एपीडब्ल्यूआई की गैंग में लग जाने में भी क्या हर्ज हैं? मेरे साथ पढ़े लड़के कहाँ गये? शायद सब नौकरी पा गये। उनसे मेरा कोई सम्पर्क नहीं। कॉलेज जाकर देखूँ? शायद वहाँ कोई कॉल लेटर आया पड़ा हो! पोस्ट ऑफ़िस जाऊँ? क्या करूँ? क्या करूँ? **क्या करूँ**? मर जाऊँ क्या?

उस महल की आड़ से निकला वो पीला माहताब!
जैसे मुल्ला का अमामा, जैसे बनिये की किताब!
जैसे मुफ़लिस की जवानी, जैसे बेवा का शबाब!
ऐ ग़मे दिल क्या करूँ, ऐ वहशते दिल क्या करूँ!

तुम इससे बड़ी क्रूरता मेरे साथ क्या कर सकते थे रमेश भाई, कि मुझे एस्ट्रागॉन बना डालो!

मीरा गुप्ता मधु जोशी की प्रेमिका मंजू गुप्ता की छोटी बहन थी। एकदम छोटी बहन टाइप। जैसे "हम लोग" की छुटकी। पोलिस्टर के सलवार सूट और काला कार्डिगन हमेशा। लेकिन छुटकी की तरह चंचल और वाचाल नहीं, हमेशा चुप और सहमी हुई। उसकी झिझक खुल ही नहीं रही थी। उसे अपनी सारी लाइनें अच्छे से याद होतीं...लेकिन उसका टाइमिंग हमेशा गड़बड़ा जाता। वह यूनिट के किसी सदस्य के साथ खुलकर बात नहीं कर पाती...जबकि महेन्द्र तो उसका पड़ोसी भी था। उसके चेहरे पर हमेशा चुपचाप दुख सहने का भाव रहता, जो स्क्रिप्ट को सूट करता था...लेकिन अभिनय के समय। उससे आगे–पीछे–बीच में उससे अपेक्षा की जाती थी कि वह परिवार के एक सदस्य की तरह हँसेगी–बोलेगी। कम–से–कम अपने कैरेक्टर के बारे में ही सवाल करेगी...बहस करेगी। क्योंकि वह ऐसा नहीं करेगी तो इम्प्रोवाइज़ेशन कैसे होंगे? लेकिन वह कोई उत्साह नहीं दिखाती। उसे अभिनय का कोई अनुभव नहीं था। तो हम कौन से सोहराब मोदी थे। मधु की जो डॉयलॉग डिलीवरी तक गड़बड़ थी। रमेश भाई की सबसे ज़्यादा डाँट उसी ने खायी।

रिहर्सल के बीच में मीरा की एक–दो क्लासमेट्स कभी–कभी आतीं। दूर खड़ी देखती रहतीं। मीरा जाती। वहाँ वह कुछ मुस्कराकर बातें करती दिखायी देती। जैसे उसी आयु वर्ग में यह सम्भव हो।

मैं चिन्तित हो गया। ऐसा कैसे चलेगा? ऐसे कैसे हम नायक–नायिका बन पायेंगे? मैंने रमेश भाई से बात की। यह भी चिन्तित थे। मैंने कहा–मैं कोशिश करूँ? उसकी उम्र का हो जाने की? रमेश भाई ने सिगरेट जलायी, धुआँ छोड़ा...फिर बोले–करके देख लो।

बस इतनी–सी बात थी। बस यही बात थी। बस इसी तरह बात शुरू हुई थी। मैं रमेश भाई–मधु–मंजू–मीरा को अपने घर चाय पिलाने ले गया। वहाँ मीरा मेरी छोटी बहनों से मिली। लौटते में मैंने उसे अपने बारे में बहुत–सी बातें बतायीं। उस दिन से रिहर्सल के ब्रेक में मैं सिर्फ़ मीरा से बातें करता। उसे कौन से फूल पसन्द हैं? कौन–सी मिठाई? कौन–सा हीरो? कौन से गाने वग़ैरह।

फिर एक दिन हम लोग मीरा–मंजू के यहाँ चाय पीने गये। मीरा ट्रे में छह गिलास पानी लेकर आयी। मैं एक–एक करके छहों गिलास पानी पी गया। खूब हा वा हुई। मैंने सुबह से कुछ नहीं खाया था।

मीरा स्कर्ट–ब्लाउज़ पहने हुए थी और इस पोशाक में बेहद सहज और रिलेक्स्ड लग रही थी। मुझे उसने अपने बचपन की एक मुटल्ली–सी गुड़िया दिखायी। उसने अपनी स्लैमबुक भी दिखायी जिसमें उसने अपनी सभी सहेलियों के ऑटोग्राफ ले रखे थे। उसने हम सबमें से सिर्फ़ मुझसे आग्रह किया कि इसमें ऑटोग्राफ कर दूँ और अपने बारे में संक्षिप्त जानकारियाँ भरूँ। मैंने ऐसी–ऐसी भरीं कि वह पेट पकड़–पकड़कर हँसती रही।

उस दिन से मैं उसका "टैडी बीयर" हो गया।

और हम दोनों रमेश भाई के नाटक के पति–पत्नी आदर्श और वसुन्धरा।

(पर सिर्फ़ नाटक भर के लिए। क्या वह जानती थी? क्या रमेश भाई के नाटक की ख़ातिर मैं एक लड़की की भावनाओं से खिलवाड़ कर रहा था? या वह भी जानती थी और नाटक की सफलता के लिए हम दोनों अपना भावनात्मक कचूमर निकलवाने के लिए स्वेच्छा से तैयार हो गये थे?)

आदर्श और वसुन्धरा बरसों से पति–पत्नी हैं। औलाद कोई नहीं। रिश्तेदार बमबारी में मर–खप गये। फैक्टरी बन्द हो गयी और आदर्श सड़क पर आ गया। छोटे–मोटे धन्धे किये, हर बार नाकामयाब रहा। घर की पूँजी बिक गयी। शराब पीने लगा। जुआ खेलने लगा। कितना परिचित यथार्थ है। नाटक में यह सब नहीं। सिर्फ़ यह कि झोंपड़ी म्यूनिसिपल्टी वाले तोड़ गये। घर का छोटा–मोटा सामान बिखरा पड़ा है। एक पेड़ के नीचे पनाह ली है। शाम को शायद गोडो आये। वसुन्धरा रो रही है और आदर्श कह रहा है कि मैं तो जब नवीं क्लास में था तभी मैंने डिसाइड कर लिया था कि जब हमारी शादी होगी तो मैं हनीमून मनाने के लिए चित्रकूट जाऊँगा।

"चित्रकूट" ज़ोर देकर बोला जाता है। सारे हॉल में ठहाका गूँज जाता है। विंग में रमेश भाई उछल पड़ते हैं। और सेम्युअल बेकेट हैं कि घूरे जा रहे हैं।

उस रात फिर सेम्युअल बैकेट मेरे सपनों में आये। घूर रहे थे। बेचैनी से इधर–उधर टहल रहे थे। रुके। मेरी तरह मुँह करके खड़े हो गये। घूरा। कुछ बुदबुदाये। फिर विलीन हो गये।

संसार में दुख है। क्या हमें दुख का कारण मालूम है? बिना कारण जाने निदान? हास्यास्पद नहीं? या ऐसा ही पता नहीं क्या?

दूसरे दिन मैंने रमेश भाई को बताया कि इस–इस तरह रात मेरे सपने में सेम्युअल बेकेट आये थे।

–क्या कह रहे थे? रमेश भाई ने पूछा।

–पता नहीं। समझ नहीं पाया रमेश भाई। पता नहीं फ्रेंच में बोले या आइरिश में।

रमेश भाई बोले–तुम इतने बड़े हो गये तुम्हें फ्रेंच नहीं आती? शर्म की बात है। ख़ैर, वैसे मुझे भी नहीं आती? पर छोड़ो। नाराज़ तो नहीं लग रहे थे?

–कुछ समझ में नहीं आया रमेश भाई।

–छोड़ो–छोड़ो! नर्वस होंगे।

इससे ज़्यादा कुछ सोचा भी नहीं जा सकता था। हम घोड़े पर सवार हो चुके थे। घोड़ा दुलकी ले रहा था। रोज़ रिहर्सल चल रही थी। मंजू जी कॉस्टयूम डिज़ाइन कर रही थीं। किशन–कुशल पोस्टर–बैनर बना रहे थे। मधु व्यवस्था और प्रबन्धन के लफड़ों से अकेला जूझ रहा था। महेन्द्र पर्मनेण्ट प्रॉम्प्टर था। अश्विनी ने प्रकाश व्यवस्था की ज़िम्मेदारी ली थी। उसकी फ़ोटोग्राफी की दुकान थी। उसके बड़े भाई पूना इंस्टीट्यूट में थे। मेकअप के लिए प्रकाश आर्टिस्ट से बात कर ली गयी थी जो बारह साल बम्बई रह चुके थे और बलराज साहनी से नाना पलसीकर तक पता नहीं कि किस–किसका मेकअप कर चुके थे।

सब भिड़े थे। इन दिनों भी क्लासें चल रही थीं। लेकिन जैसे नहीं चल रही थीं। शहर में नयी पिक्चरें लग रही थीं। लेकिन जैसे नहीं लग रही थीं। ऑल इण्डिया रेडियो की उर्दू सर्विस से रात ग्यारह बजे "आपकी फरमाइश" में एक–से–एक मारू पुराने गाने आ रहे थे। पर जैसे नहीं आ रहे थे। बॉटानिकल गार्डन में क्रिसेन्थमम और देसी गुलदाऊदी के ये बड़े–बड़े रंग–बिरंगे फूल खिले थे। पर जैसे नहीं खिले थे। नवम्बर की ठण्डी रातों में चाँदनी एक अजीब–सी वहशी तनहाई में सारे कपड़े खोलकर नहा रही थी। पर जैसे नहीं नहा रही थी। हम लोगों के लिए समग्र जीवन और अखिल ब्रह्माण्ड में सिर्फ़ एक चीज़ बची थी–वेटिंग फॉर गोडो। उर्फ़ प्रतीक्षा और प्रतीक्षा।

रिहर्सल में अक्सर अँधेरा हो जाता। फिर चायोपरान्त चर्चा में कभी दस बजते कभी ग्यारह। ठण्डी पड़ने लगती। मधु मफलर लपेट लेता।

किशन–कुशल मंकी कैप डाट लेते। महेन्द्र चमड़े के दस्ताने पहन लेता। मेरे पास सिर्फ़ एक पतला–सा बग़ैर बाहों वाला लाल स्वेटर था जो मैंने कचहरी रोड के फुटपाथ से चार रुपये में ख़रीदा था। मैं बगल में हाथ घुसेड़े रहता था सिगरेटें धूंकता रहता। फिर भी मुझसे कोई गाना या ग़ज़ल सुने बग़ैर कभी गुडनाइट नहीं होती।

एक दिन अपने कपड़ों में से एक भूरा–सा गरम कोट निकालकर रमेश भाई ने मुझे दिया–पहनकर देखो!

क्यों?–हेकड़ी से मैंने पूछा।

–प्रॉप है। कैसा रहेगा?

मैंने पहना। बाँहें कुछ ओछी थीं। मेरे लम्बे–पतले हाथ बाहर निकल रहे थे। रमेश भाई ने दस क़दम दूर जाकर आँखें मिचमिचाकर देखा। बोले–परफेक्ट! मैंने कहना चाहा–लेकिन यह फटा हुआ तो है नहीं। पर चुप रहा। कोट की गर्मी अच्छी लग रही थी।

वह कोट उस साल मैं फरवरी तक पहनता रहा। माँ ने कहा–ड्राइक्लीन करके लौटाना। पता नहीं किस जादू से इसके लिए उन्होंने एक–एक रुपये के दस सिक्के अपनी पेटी से निकालकर मेरी हथेली पर रख दिये।

लेकिन इधर रिहर्सल चल रही थी उधर इसके समानान्तर ही एक नाटक और चल रहा था।

उदयवीर एण्ड पार्टी ने हमारे ख़िलाफ़ अभियान चला रखा था। हिन्दी परिषद् की तरफ़ से अंग्रेज़ी का नाटक? ऐसा क्यों? ऐसा तो कभी नहीं हुआ। अंग्रेज़ी का नाटक तो अलग से होता ही है। फिर हिन्दी परिषद एक विदेशी नाटक का हिन्दी अनुवाद कैसे कर रही है? और अनुवाद क्या प्रामाणिक है? किसी ने देखा? किसने किया है अनुवाद? किसने इसकी अनुमति दी? क्या त्रिपाठी जी के कहने भर से हो जायेगा? कब हुई हिन्दी परिषद की बैठक? क्या हिन्दी परिषद् की बैठक में इस पर चर्चा हुई? अनुमोदन हुआ? क्या हिन्दी में नाटकों का अभाव है? ध्रुवस्वामिनी है। स्कन्दगुप्त है। नया करना हो तो अन्धा युग है। आधे अधूरे है। फिर विदेशी नाटक ही क्यों? सो भी सेम्यूअल बेकेट? किसी ने पढ़ा है यह नाटक? कहाँ से आयी स्क्रिप्ट? और सर...सही बात तो यह है कि नाटक अश्लील है।

इतने प्रतिष्ठित महाविद्यालय में ऐसा नाटक! महाविद्यालय की सारी प्रतिष्ठा धूल में मिल जायेगी।

उदयवीर एक–एक प्रोफ़ेसर के घर जा रहा था। समूह बनाकर एम.ए. हिन्दी के दस–बारह छात्र इस सिलसिले में प्रिंसिपल से भी मिले थे। उसने धमकी भी दे डाली थी कि यदि इसे रुकवाया नहीं गया तो वह प्रेस विज्ञप्ति जारी कर अख़बारों में भी छपवायेगा।

उदयवीर के बाप यूनिवर्सिटी में प्रोफ़ेसर और विभागाध्यक्ष थे। वह अकेडेमिक क्षेत्र के कुख्यात विद्वान थे। सारा हिन्दी विभाग जानता था कि एम.ए. में पहली और दूसरी पोज़ीशन उदयवीर और उसकी प्रेमिका निशा की ही आने वाली है। हम चाहे लाख ज़ोर लगा में हमारा कुछ नहीं होना है। वह बनेगा बाप की तरह प्रोफ़ेसर और हम चलेगे शिक्षक प्रशिक्षण महाविद्यालय–बीएड करने। कुण्ठा की ऐसी स्थिति थी कि किशन तड़पकर कहता था–"ग़रीब का धन आशा है मित्रो! हमें प्रतीक्षा करना चाहिए कि अगले सोमवार" या "किसी अगले सोमवार" पिताश्री को हार्टअटैक आयेगा और हमें उन्हें श्रद्धांजलि देने का ऐतिहासिक सौभाग्य प्राप्त होगा।

विभागाध्यक्ष त्रिपाठी जी अस्वस्थ थे और छुट्टी पर थे। उनकी जगह उनका काम सँभाल रही थीं आशा शर्मा मैडम जो उदयवीर गुट के दबाव में थीं और प्रिंसिपल के चिन्ता व्यक्त करते ही हिन्दी परिषद् की बैठक बुलाने को तैयार हो गयीं।

रमेश भाई और उदयवीर में खुलेआम खुन्नस थी। सत्र की शुरुआत में जब स्थापित लेखक की प्रतिष्ठा लेकर रमेश भाई एम.ए. प्रीवियस में आये थे, उदयवीर ने रमेश भाई को अपनी कुछ प्रेम कविताएँ दिखायी थीं– इस अनुरोध के साथ कि रमेश भाई ठीक समझें तो इन्हें धर्मयुग–ज्ञानोदय वग़ैरह में छपवा दें। पढ़ने के बाद रमेश भाई ने कविताओं का पुलिन्दा उदयवीर को पकड़ाते हुए कहा था–प्रेम कविताएँ लिखना है तो पहले लड़की के साथ वास्तव में कुछ करके आओ।

लेकिन तमाम योजनाबद्धता और गोपनीयता के बावजूद आशा शर्मा द्वारा आहूत हिन्दी परिषद् की आपात बैठक में पता नहीं कैसे, ख़राब तबीयत के बावजूद, त्रिपाठी सर आ गये। हालाँकि त्रिपाठी सर बेकेट की स्पेलिंग से भी परिचित नहीं थे, पर वह अपने निर्णय पर डटे रहे और उन्होंने विरोधियों की एक न चलने दी। हालाँकि इसके तुरन्त बाद माइग्रेन

से उनका सिर फटने लगा और आशा शर्मा मेडम ने ही अपने पर्स से बाम निकालकर उनके सिर की मालिश की। लेकर आयी थीं। जानती थीं ज़रूरत पड़ सकती है।

मीरा अब नाटक में रस लेने लगी थी। मेरे प्रॉप में रमेश जी का एक मुड़ा–तुड़ा बरसाती टोप था। मैंने बीच में माँग निकालना शुरू कर दिया था। ब्रेक में टोप उतार देता। फिर जैसे ही टोप पहनता एस्ट्रागॉन मुझ पर बुरी तरह हावी हो जाता। मैंने चार्ली चैपलिन और राजकपूर की अपनी आत्मा में आमन्त्रित कर लिया था कि कृपा करके कुछ दिन यहीं निवास कर लें। रिहर्सल के दौरान मेरी हरक़तों पर मीरा ख़ूब हँसती। बेआवाज़, पर ख़ूब। मेरे हर डॉयलॉग पर, जेस्चर, पर मूवमेण्ट पर उसकी हँसी छूट जाती। कण्ट्रोल करना मुश्किल हो जाता। जबकि उसे दुख और तनाव में रहना था। हँसना तो बिल्कुल नहीं था। मीरा की हँसी से रिहर्सल बाधित होती। पर रमेश भाई होने देते। उनका सोचना था कि यह हो ही जाना चाहिए। कॉमेडी नारियल का खोल है। इसे फोड़कर ही हम सिचुएशन की ट्रेजेडी तक पहुँचेंगे।

अब दोस्तो देखिए कि कहानी कैसे शुरू होती है।

एक दिन ब्रेक में मैं और मीरा हॉल के बाहर सीढ़ियों पर बैठे धूप खा रहे थे। अचानक मीरा बोली–"टैडी बीयर! तुम सुबह से शाम तक यहाँ रहते हो। खाना कब खाते हो? भूख नहीं लगती?" मेरे बदन में झुरझुरी दौड़ गयी। पहली बार किसी ने मुझसे यह सवाल पूछा था। बाक़ी तो यही समझते थे कि मैं ब्रेक में घर जाकर जल्दी से खा आता हूँ। मैंने अपना चेहरा दूसरी तरफ़ घुमा लिया। कैसे बताता कि दिन भर बाहर रहकर मैं अपनी छोटी बहनों के लिए चार रोटी बचाता हूँ। मीरा चुपचाप बेहरकत बैठी रही। फिर बोली–"दीदी का आज फास्ट था। तो मेरे टिफिन में एक पराठा बच गया है। खाओगे?" टिफिन उसके साथ ही था। खोला, आगे बढ़ाया। मैंने उसकी तरफ़ मुँह नहीं घुमाया। मैं रो रहा था। मीरा ने अपनी दोनों हथेलियों में मेरा चेहरा भरकर अपने चेहरे के पास खींच लिया। अपने होंठ मेरे होंठों पर रख दिये। उसकी भी आँखें डबडबा गयीं। फुसफुसाकर बोली–लोते नई। लोते नई। अत्थे बच्चे लोते थोली हैं! लो। खाओ। और अपने हाथ से कौर तोड़–तोड़कर मुझे खिलाती रही।

मैं आँसू पोंछता रहा और खाता रहा। कुछ देर बाद बोली–"आज खिला रही हूँ। कल नहीं खिलाऊँगी। ये मत सोचना कि रोज़–रोज़ खिलाऊँगी। कल मेरा फास्ट है। साबूदाने के बड़े बनाकर लाऊँगी। खाओगे? एक खा लेना। अच्छा आधा खा लेना। अच्छा इत्ता–सा खा लेना मेरे हाथ से। ठीक है?"

ये न होता तो फायनल शो में वह सीन भी इतना मार्मिक नहीं बन पाता जिसमें वसुन्धरा रोयी थी। जब मैंने रमेश भाई के मुँह पर थूक दिया था। उस शो में मीरा सचमुच रोयी थी। हिचकियाँ ले–लेकर।

पोज़ो एक पूँजीपति है और लकी एक बुद्धिजीवी। और पोज़ो लकी की पीठ पर सवार है। मूल नाटक में ऐसा ही है। हमने बदल दिया। एक तो इसलिए कि दुबले–पतले रमेश जी छह फुट एक इंच के मधु जोशी को पीठ पर नहीं ढो पाते। दूसरे, हमें लगा अभी हिन्दुस्तान में हालत इतनी नहीं बिगड़ी है। हमने लकी के गले में पट्टा डाल दिया। पट्टे में रस्सी डाल दी। रस्सी का सिरा पोज़ो के एक हाथ में और दूसरे हाथ में हंटर। वह कुत्ते की तरह लकी को लिये फिरता है। लकी पीठ पर पोज़ों का सामान ढोता है और कोड़े खाता है। आदर्श और वसुन्धरा सहानुभूतिवश उसके पास जाते हैं तो वह आदर्श के घुटने में लात मार देता है। उसे किसी की सहानुभूति नहीं चाहिए। पोज़ो के शब्दों में उसे आम आदमी की सहानुभूति नहीं चाहिए। दर्द से बिलबिलाता आदर्श ग़ुस्से में भन्नाता लकी के पास जाता है और उसके मुँह पर थूक देता है। शो से पहले ग्राण्ड रिहर्सल तक रमेश भाई मुझ पर चिल्लाते रहे–सचमुच थूको। ज़ोर से थूको। छींटे उड़ना चाहिए। दिखना चाहिए। लेकिन मैं कभी नहीं कर पाया। कोई भी कैसे कर पाता? हम सब कितना प्यार करते थे। रमेश भाई से!

...रमेश भाई के घुँघराले बाल बिखेर दिये गये थे। पाउडर मसलकर उन्हें अधकचरा बना दिया गया था अधकचरी दाढ़ी चेहरे पर बिखरी थी। मेकअपमैन प्रकाश आर्टिस्ट ने कमाल कर दिया था। अब वहाँ रमेश भाई नहीं थे, विद्यासागर था जिसकी आँखों में नफ़रत भी थी, मोहब्बत भी और दहशत भी...और मैंने उस चेहरे पर सचमुच थूक दिया था!

नाटक बदलवाने की मुहिम क़ामयाब नहीं हुई तो उदयवीर एण्ड पार्टी ने नया दाँव फेंका। कॉलेज के नाटक में बाहर का आर्टिस्ट क्यों?

क्या कॉलेज में कोई आर्टिस्ट नहीं है? कॉलेज के किसी आर्टिस्ट को मौक़ा क्यों नहीं दिया गया? और कौन है यह बाहर का लड़का जो हीरो का रोल कर रहा है? क्या सिनेमा या रंगमंच का कोई मँजा हुआ कलाकार है? क्या एनएसडी से आया है? क्या फ़ीस दी जा रही है उसे? क्या विद्यार्थी निधि का पैसा इस तरह लुटाने के लिए है?

अब लेकिन हम सबके लिए यह हँसने की बात थी। लेकिन मधु के लिए नहीं। ऐसा न हो कि ऐन वक़्त पर कुछ लफड़ा हो। वह रमेश भाई को लेकर त्रिपाठी सर के घर गया। आशा शर्मा मैडम के घर गया। छात्र यूनियन के सचिव के घर गया। स्थापित कर आया कि विद्यार्थी न सही, भूतपूर्व विद्यार्थी तो मैं इस महाविद्यालय का हूँ ही। और फिर ज़रा आप उसकी परफार्मेन्स देखिए। रिहर्सल में आइये थोड़ा समय निकालकर। और फिर भी आप कहेंगे तो...बदल देंगे जी। इसमें क्या खास बात है! लेकिन अब कलाकारों के चयन जैसी छोटी–छोटी चीज़ों को इशू बनाना...!

एक दिन मीरा मुझसे बोली–हमारे पड़ोस में एक कौशिक जी हैं। तीन साल पहले उन्होंने लव मैरिज की थी। घरवालों ने निकाल दिया तो वाइफ को लेकर यहाँ आ गये। कुछ दिन सोचते रहे क्या करें क्या न करें, फिर छोटे बच्चों का स्कूल खोल लिया। जम गया। ख़ूब अच्छा चल रहा है। दोनों उसी में लगे रहते हैं। कुछ टीचर्स भी रख लिये हैं। मस्त रहते हैं। अच्छा है न? बोलो, अच्छा है न? कितना अच्छा है न? बताओ न? अच्छा रहेगा न?

मैंने रमेश भाई से पूछा–आजकल मेरे साथ ऐसा क्यों हो रहा है रमेश भाई?

रमेश भाई ने चाय का प्याला परे सरकाते हुए पूछा–कैसा?

मैंने कहा–जब से गोडो को हाथ लगाया है, साला डोकरा हर दूसरे–तीसरे दिन सपने में आ जाता है। पूछता–करता कुछ नहीं, बस घूरता रहता है। सारी नींद ख़राब करके रख देता है। साहित्यिक उठाईगिरी तो पहले भी हमने बहुत की है। यही अपने माल को लेकर इतना पज़ेसिव क्यों है? अरे भई, तुम मर गये। बात ख़त्म हो गयी। अब छोड़ो।

रमेश भाई ने सिगरेट सुलगाकर एक कश खींचा, ऊपर मुँह करके धुआँ उड़ाया और मुस्कराकर बोले–कल मेरे सपने में भी आये थे।

मैने कहा—रीयली? कितने बजे?

—ढाई बजे!

—ढाई बजे तो वह मेरे सपने में थे। मैं रहता हूँ डिग्गी बाज़ार में, आप रहते हैं कड़क्का चौक में। एक साथ दो जगह वह कैसे पहुँच गये?

—महान लोगों का कोई भरोसा नहीं। वे कभी भी, किसी की भी नींद उड़ा सकते हैं।

मैं सोच में पड़ गया।

कुछ देर बाद मैंने धीमे स्वर में कहा—रमेश भाई! लकी की स्पीच वाला मामला तो नहीं है?

रमेश भाई बोले—लकी की स्पीच एकदम बेसिर पैर की बड़बड़ाहट है। एकदम बेमतलब।

मैंने कहा—ठीक है। आपको बेमतलब लगती है। पर यह भी तो सोचो कि इतना बड़ा राइटर है...नोबल लॉरेट...बिना सोचे—समझे तो ढाई पेज की बेमतलब स्पीच रखेगा नहीं। कहीं ऐसा तो नहीं है कि हम उसे डिसाइफर नहीं कर पा रहे हैं, डिकोड नहीं कर पा रहे हैं मतलब!

—कोई नहीं कर पाया आज तक। वह प्रकट में पोज़ो के मनोरंजन के लिए बोली है। उसके आदेश पर। और सामन्तों का मनोरंजन जिन चीज़ों से होता है उसमें अर्थ कहाँ होता है? पूँजीपति करोड़ों रुपये ख़र्च करते जो अमूर्त पेण्टिंग्स ख़रीदते हैं, क्या वाकई उसके सौन्दर्य के पारखी होते हैं? उसे समझना चाहते भी हैं? या सिर्फ़ रूप का मोह? या सिर्फ़ पज़ेशन का गुरूर! क्या?...तो लकी ने कहा कि ले साले! ले सम्भ्रान्त बकवास का मज़ा!

...और प्रच्छन्न रूप से वह व्याख्यावादी आलोचकों को चिढ़ा रहे हैं... जिन्हें हर कलाकृति में "मानवीय" और "उदात्त" ढूँढने की कुटैव पड़ी हुई है।

"कुटैव" शब्द पर हम दोनों हँसे। कुटैव का हमारे लिए एक ही अर्थ था—हस्तमैथुन।

कुछ देर बाद मैं बोला—रमेश भाई, बेकेट की यह कन्टेन्शन भी तो हो सकती है कि बुद्धिजीवी आमजन के लिए इस क़दर दुर्बोध नहीं होता तो शायद उसकी यह हालत नहीं होती।

–मैं पॉपुलिज़्म के पक्ष में नहीं हूँ। रमेश भाई कड़वाहट के साथ बोले।

मैं थोड़ा बुझ–सा गया। फिर पूछा–और लकी? लकी नाम क्यों रखा होगा इस बन्दे का बेकेट ने?

रमेश भाई की आँखों में चमक आ गयी। मुस्कराकर बोले–क्या समाज इसी भाव से नहीं देखता कवियों–कलाकारों–बुद्धिजीवियों को? सरस्वती के वरद पुत्र। प्रतिभा के पुंज। मेधा के ढेर। जीनियस। सिलेक्टेड वन्स। क्या उनकी ख्याति से लोग ईर्ष्या नहीं करते? उनका लाघव देखकर हतबुद्धि नहीं होते? उनकी चमक देखकर चौंधिया नहीं जाते? जबकि वास्तव में उनकी क्या स्थिति होती है?

सुखिया सब संसार है, खावै और सोवै।
दुखिया दास कबीर है, जागे और रोवै।

–तो आप क्या स्पीच देंगे?

रमेश भाई ने उठते हुए कहा– वह मैं शो के एक दिन पहले लिखूँगा।

एक बार सारी रात बैकेट मेरे सपने में नहीं आये। उस सारी रात मैं सपने में मीरा के साथ रहा स्टेज से निकलकर हम सीधे स्टेशन गये और फर्स्ट क्लास के कम्पार्टमेण्ट में जा बैठे। रात का समय था और गर्मियों के दिन। मीरा स्कर्ट–ब्लाउज़ पहने थी। गाड़ी दौड़ रही थी शटाशट शटाशट। बाहर पीछे छूटते पेड़ खेत पहाड़ और चाँदनी। मीरा का छोटा–सा हाथ मेरे हाथ में था। हवा से उसके बाल उड़–उड़कर चेहरे पर आ रहे थे। फिर वह मेरी गोद में सिर रखकर सो गयी। मैं उसकी पीठ पर सिर टिकाकर। वह ट्रेन उस रात कहीं नहीं रुकी। जबकि मैं डर रहा था कि ट्रेन रुक गयी तो मीरा जाग जायेगी और मुझे अकेला छोड़ किसी अनजान स्टेशन पर उतर जायेगी।

सत्रह–अठारह को शो था। पोस्टर लग चुके थे। निमन्त्रण–पत्र बँट चुके थे। तेरह की सुबह कॉलेज गया तो वहाँ कोई नहीं दिखा। हॉस्टल गया। मधु के कमरे में गया तो किशन–कुशल भी वहीं मिल गये। मधु अपने आगे बहुत सारे काग़ज़–फ़ाइलें–फ़ोटोकॉपियाँ बिछाये बैठा था। मुँह में आलपीन दबा रखी थी।

–क्या है?

—थानेदार की वेकेन्सी है। आज लास्ट डेट है।

—मधु, मेरा ख़याल था तुम एम.ए. कर रहे हो।

—जस्ट फॉर नेमप्लेट! पास बैठा किशन कड़वाहट से बोला।

—लेकिन मधु तुम्हारी आईसाइट? तुम्हें माइनस फोर का चश्मा लगता है।

—पाँच हज़ार रुपये। चिढ़ी आवाज़ में मधु बोला। खीसे में पाँच हज़ार होना चाहिए बस।

—मधु, मैं सोचता था तुम शायद टीचिंग में...

—जाने दो यार! उसे परेशान मत करो। जो कर रहा है करने दो। वैसे भी साला होना–जाना तो कुछ है नहीं। तो इस ख़ुशी से भी क्यों महरूम रहें कि हमने पूरी कोशिश की। किशन बोला।

—तुमने भी किया है? मैंने किशन से पूछा।

—किसने? मैंने? नहीं–नहीं। मेरा तो सिद्धांत है अकर्मण्येवाधिकारस्ते मा फलेषु रस्ते रस्ते।

—ऐसी बात नहीं है। प्रतीक्षा भी एक काम है। अब तक चुप बैठा कुशल बोला—हम उदयवीर के पिताश्री के स्वर्गीय होने की प्रतीक्षा नहीं कर रहे?

मेरा दम घुटने लगा। मैं उठकर बाहर आ गया।

मीरा बाहर धूप में बैठी थी। उसकी पीठ काँप रही थी। मैं गया। देखा रो रही है। पूछा—क्या बात है? क्या हो गया? कई बार पूछा। अन्त में बोली—सिर दुख रहा है।

मैं उठकर हॉल में गया। रमेश भाई कारपेण्टर और हार्टीकल्चरवालों से सेट के बारे में बात कर रहे थे। मैंने धीरे–से कहा—रमेश भाई, दो रुपये देना, मीरा को...

रमेश भाई ने हिप पॉकेट से अपना मोटा–सा पर्स निकालकर मुझे पकड़ा दिया और फिर कारपेण्टर से बात करने लगे।

मैं मीरा को लेकर कॉलेज कम्पाउण्ड से बाहर आया। केमिस्ट से गोली ली। होटल से पानी। मीरा को गोली खिलायी। चाय पिलाई। वापस आये। इस पूरे दरमियान दोनों एकदम चुप रहे।

बात क्या थी, इसका पता शो के बाद चला। मीरा–मंजू के घर में झगड़ा हुआ था। उनके डैडी के दोस्त और उदयवीर गुट के सिखाये

कुछ बुज़ुर्ग पड़ोसी समझाने आये थे। लड़की को ड्रामे में काम मत करने दो। बदनाम हो जायेगी। लोग चलते रस्ते फिकरे कसेंगे। पढ़ाई पूरी करना मुश्किल हो जायेगा। बाल–बच्चेदार आदमी हो। चुपचाप ग्रेज्युएशन कराके हाथ पीले करो और छुट्टी पाओ। इस उम्र में पैर फिसलते देर नहीं लगती। ड्रामा पार्टी में अक्सर ऐसी बातें होती रहती हैं। लड़की को किसी ने बहला लिया तो मुँह काला करवायेगी तुम्हारा बिरादरी में। अभी तो बड़ी भी बैठी है। किसी ने लड़के वालों से जाकर कह दिया कि लड़कियाँ ड्रामे–नाटक–नौटंकी में पार्ट करती हैं तो हो चुका रिश्ता! बद अच्छा बदनाम बुरा। जैसे हमारे बच्चे वैसे तुम्हारे बच्चे। हगें तो ताज्जुब है तुमने पहले दिन से ही क्यों नहीं रोका? दुबे जी बता रहे थे नाटक भी कोई ढंग का नहीं है। मतलब ज़रा ऐसा–वैसा है। मतलब अश्लील है।

आग लगानेवाले आग लगाकर चले गये। धुआँ सारी रात उठता रहा। पति–पत्नी पसोपेश में। बच्चों को इतनी आज़ादी देकर ग़लती तो नहीं की? क्या करें? लड़कियाँ हैं कि छोड़ने को तैयार नहीं। लम्बी बहसबाज़ी के बाद आख़िर तय हुआ कि छन्नू चाचा जी का लड़का मुकेश और बगल वाले रामअवतार जी को बेटी सुषमा हर रिहर्सल में साथ जायेंगे, पूरे टाइम साथ रहेंगे और ज़रा भी कोई ऐसी–वैसी बात दिखायी दी...तो नाटक साला क्या होता है...मैं कॉलेज ही छुड़वा दूँगा। सावित्री गर्ल्स कॉलेज में जाओ अगले साल से!

पूरी यूनिट शो के बाद तक मुकेश और सुषमा की जासूस उपस्थिति से अनजान रही। मंजू–मीरा ने किसी को नहीं बताया। बताने की ज़रूरत ही नहीं समझी। मन–ही–मन स्वयं को अपमानित ज़रूर महसूस करती रहीं।

जब कोई दाँव नहीं चला तो उदयवीर एण्ड पार्टी ने तय किया कि होने दो नाटक! ऐसी हूटिंग करेंगे कि इनके छक्के छूट जायेंगे। बाहर फोड़े जायेंगे पटाखे और अन्दर उड़ा दी जायेगी साँप निकलने की अफवाह। मेन लाइन पर लंगड़ फेंककर फ्यूज़ उड़ा दिये जायेंगे। किरमिच की फलियाँ लाओ। प्लाज़ा टॉकीज़ और मेजेस्टिक टॉकीज पर ब्लैक में टिकट बेचने वाले छोरों को पकड़कर लाओ। इनकी तो वेटिंग की ऐसी हालत बनायेंगे कि साले ज़िन्दगी भर याद रखेंगे।

इसलिए शो से एक दिन पहले, यानी सोलह को एक ड्रेस रिहर्सल सिर्फ़ हूटिंग के ख़िलाफ़ खड़े रह पाने का मनोबल प्राप्त करने के लिए की गयी। ख़ानदानी हूटर बुलवाकर बैठाये गये। उन्होंने वफ़ादारी से हूटिंग शुरू भी की थी, लेकिन विडम्बना यह हुई कि कुछ ही देर में उन्हें नाटक में इतना मज़ा आने लगा कि बेचारे भूल ही गये कि यहाँ लाये गये थे।

त्रिपाठी सर डर रहे थे। लम्बे संशय के बाद उन्होंने प्रिंसिपल से कहा, बल्कि पूछा कि पुलिस बुलवा ली जाये क्या...क्योंकि मुख्य अतिथि शिक्षा मन्त्री हैं और...

प्रिंसिपल माथुर ने दृढ़तापूर्वक मना कर दिया। नहीं त्रिपाठी जी। चाहे जो हो जाये, मेरे रहते कॉलेज केम्पस में पुलिस नहीं आयेगी। (नवयुवक मित्रो! मेरा विश्वास करो! ऐसा भी ज़माना था। और यह कोई शताब्दियों पुरानी बात भी नहीं है।)

रमेश भाई से एक उत्तर कहानी बातचीत

स्थान–न तेरा घर न मेरा घर

समय–सैंतीस साल बाद

मैं–रमेश भाई, 1993 में जब सराजेवी की घेराबन्दी चल रही थी, सूसन सौंटेंग ने बमवर्षा के बीच सराजेवी शहर में अपने कुछ साथियों के साथ "वेटिंग फॉर गोडो" का मंचन किया था। आपको क्या लगता है, उन्होंने ऐसा क्या किया होगा?

रमेश भाई–(दो मिनट रुककर) सूसन सौंटेग कभी भी एक पब्लिक इण्टेलेक्चुअल नहीं रहीं, जैसे घटिया और सनसनीबाज़ लेखक के पक्ष में भी आवाज़ उठायी।

मैं–...पीछे मुड़कर देखते हैं तो कैसा लगता है? निरर्थकता बोध का अनुभव होता है?

रमेश भाई–(तीन मिनट रुककर) "प्रतीक्षा और प्रतीक्षा" में एक डायलॉग था–आदमी सूअर से भी मिले तो कुछ न कुछ सीखता है।

मैं–...किस तरह का समाज बनाना चाहते थे हम? और किस तरह का बन गया समाज?

रमेश भाई–(चार मिनिट रुककर। लम्बी उसाँस छोड़कर) कलाकृतियों से समाज नहीं बदलता।

मैं–रमेश भाई! आपको उदयवीर की याद है?

रमेश भाई–...हाँ, वह जयपुर में प्रोफ़ेसर रहा। विभागाध्यक्ष। पिछले साल ही रिटायर हुआ है। अब वीसी बनने के लिए चक्कर काट रहा है।

मैं–उदयवीर कहता था किसान का सत्य वर्षा है।...

...और जब तक हमारी अर्थव्यवस्था कृषि आधारित है, आप भगवान से नहीं लड़ सकते।

रमेश भाई–(बहुत देर रुककर। ज़मीन को घूरते हुए) चौदह साल की उम्र में घर छोड़ने के बाद मुझे भगवान की ज़रूरत कभी नहीं पड़ी। और मेरा ख़याल है मेरे जैसे लोगों की संख्या लगातार बढ़ती जा रही है और बढ़ती जायेगी।

मैं–(लम्बी चुप्पी के बाद) रमेश भाई, मरना तो सबको है। क्या आप एक सन्तुष्ट व्यक्ति की तरह मरेंगे?

रमेश भाई–(डबडबायी आँखों से मुस्कराते हुए) बिल्कुल!

(उठकर पहले मुझसे हाथ मिलाते हैं, फिर लिपट जाते हैं।)

एक बार रिहर्सल के ब्रेक में सबसे दूर ऊपर बालकनी में बैठे मैं और मीरा बातें कर रहे थे। ब्रेक के बाद हमेशा की तरह ताली बजाते हुए रमेश भाई ने बुलाया–"कमॉन एवरी बडी!" हमने सुना नहीं। उन्होंने महेन्द्र को भेजा। हम लगभग भागते हुए आये। मुझे टोप पकड़ाते हुए रमेश भाई सख़्त आवाज़ में बोले–ज़रा सँभाल के। वो अभी सेकण्ड ईयर में है।

मैं भौंचक! क्या हुआ? मैंने क्या किया? किसी ने कुछ कहा क्या रमेश भाई से? ऐसा क्यों कह रहे हैं? शाम तक रिहर्सल चली। सब कुछ ठीकठाक रहा। पर मेरा अनमनापन बना रहा। क्या मैं मीरा का फ़ायदा उठाने की कोशिश कर रहा हूँ? क्या मैं बहका रहा हूँ? क्या मैं अपनी औक़ात भूल रहा हूँ? क्या मैंने इन पढ़े–लिखों के बीच गँवारों जैसी कोई हरकत कर दी है? क्या कोई मेरे ख़िलाफ़ रमेश भाई के कान भर रहा है?

आमतौर पर लड़कियाँ अँधेरा होते ही घर चली जाती थीं। उस दिन पता नहीं क्या बात थी कि मंजू, मीरा और सुधा भी हमारे साथ थीं। अन्तिम चाय के बाद हस्बमामूल मुझसे गाने की फरमाइश की गयी। मैंने तड़पकर सुनाया–

वो कोई और न था, चन्द ख़ुश्क पत्ते थे।

शजर से टूट के जो फस्लेगुल पे रोये थे।
हमारी जो भी मुलाक़ात थी अधूरी थी
के एक चेहरे के पीछे हज़ार चेहरे थे।
तमाम उम्र वफ़ा के गुनाहगार रहे
ये और बात है हम आदमी तो अच्छे थे!

मीरा ने मुझे पहली बार गाते हुए सुना था। उसका सारा वजूद पिछली हुई मोमबत्ती बना हुआ था। उस रात दो बजे तक मैं, मधु और रमेश भाई साथ रहे और पत्तेवाली गाजर पर विचार करते रहे कि उसका सबसे अच्छा उपयोग क्या हो सकता है। पत्तेवाली गाजर नाटक को मेरा मौलिक योगदान था। पत्तेवाली मूली सबने देखी होगी, पत्तेवाली गाजर आमतौर पर बाज़ार में दिखायी नहीं देती। मैंने एक दिन दो पत्ते वाली गाजरें लाकर उन्हें एस्ट्रागॉन के पतलून की दोनों जेबों में ठूँस दिया। इस तरह कि गाजर भीतर रहे, पत्ते बाहर झूलते रहें।

फिर हरिकिशन जी भी दुकान बन्द कर आ गये। हमारे एक मित्र। सड़कों पर अँधेरा था। तय हुआ कि रेलवे स्टेशने चलकर चाय पी जाये। वहाँ रातभर चाय मिलती थी। चाय लेकर एक तरफ़ बैठ गये। हरिकिशन जी ने इसरार किया—बाबू! एक बार और सुना दो प्लीज़। शजर से टूट के जा...अहाहा!

बिछड़ते समय रमेश भाई ने अलग ले जाकर कहा—थोबड़ा क्यों लटका रखा है सवेरे से? चीयर अप! दोस्तों की बात को दिल से नहीं लगाना चाहिए! आई एम सॉरी। चलो! धौल मारा पीठ पर। सारे गिले जाते रहे।

नाटक बेहद सफल रहा। पिछले दस बरस में इस स्टेज पर कोई नाटक इतना हिट नहीं रहा। छठे—सातवें मिनट से ही नाटक ने गति पकड़ ली। ठहाकों—पर—ठहाके। मेरे हर डॉयलॉग पर, मेरी हर हरकत पर पूरा हॉल हँसी से गूँज उठता। कोई गम्भीर दृश्य आता तो एकदम सन्नाटा छा जाता। मधु का धनीराम ख़ूब जमा। और रमेश भाई ने तो रुला दिया। लेकिन मैं उस दमघोंटू माहौल में एक प्रेशर वॉल्व की तरह था। थोड़ी—थोड़ी देर में मैं ऐसा कुछ कर देता कि दर्शकों में हँसी की लहर दौड़ जाती। मैं और मीरा दर्शकों के एकदम डॉर्लिंग बन चुके थे। मैं कहता "अब मैं टोप उतार देता हूँ" तो ठहाका लगता। मैं कहता "अब तो टोप पहन लेता हूँ" तो ठहाका लगता।

पता नहीं कैसे ठसाठस भरे उस हॉल में युवा लड़के–लड़कियों ने एस्ट्रागॉन से कैसा तादात्म्य अनुभव कर लिया था। एकदम अद्‌भुत। ख़ैर, इसमें मेरा क्या था! मैं तो सिर्फ़ चार्ली चैपलिन और राजकपूर को इमीटेट कर रहा था। बस यह है कि अच्छी तरह कर रहा था। कितनी किस क़दर गहरी और प्यारी छवि बसी है जनमन में इन महान कलाकारों की। और बाक़ी जो था वह आयरलैण्ड के उस महान नाटककार का था जिसे शोहरत भी मिली तो परदेस में, और एक विदेशी भाषा में।

पर कमाल था! चमत्कार था। ज़रा सोचिए...सिर्फ़ चार पात्र...मंच पर सेट के नाम पर सिर्फ़ एक पेड़...और त्रिपाठी सर द्वारा घुसेड़ दिया गया थोड़ा–बहुत बॉटेनिकल गार्डन...एक्शन एकदम नहीं...ख़र्चा कुल हज़ार–डेढ़ हज़ार रुपये...और इतना बड़ा हिट!! सचमुच चमत्कार ही था।

विंग में हम उछल रहे थे। बार–बार एक–दूसरे से हाथ मिला रहे थे, गले मिल रहे थे। लड़के–लड़की सब। और रमेश भाई एक ही बात बार–बार दोहरा रहे थे–नथिंग लाइक इट!

दूसरे दिन सुबह मैं कॉलेज पहुँचा तो तीन–साढ़े तीन सौ लड़के मेरा इन्तज़ार कर रहे थे। मैं आगे–आगे और यह पूरा जुलूस पीछे–पीछे। हर कोई मुझे पास से देखना चाहता था। वे मुझसे हाथ मिला रहे थे। एक–दो ने मेरे साथ फ़ोटो भी खिंचवाये। लड़कियों ने मुझसे ऑटोग्राफ लिये। वे सब रात के नशे में थे। मेरे जैसा सड़कछाप फटीचर रातोंरात उनके लिए जैसे स्टार बन गया था। एक दिन के लिए ही सही...लेकिन यह सचमुच उन्मत्त कर डालने वाला था।

मीरा थी। पीछे बग़ीचे में। अकेली। साबुन की ख़ुशबू। बाल गीले।

मैं पास जाकर खड़ा हो गया। हम चुपचाप एक–दूसरे को पीते रहे। कुछ देर टहलकर बैठ गये।

–टैडी बीयर!

–ऊँ!

–आज दूसरा और आख़िरी शो भी हो जायेगा।

–हाँ।

–कल से क्या करेंगे?

मैं कुछ नहीं कह पाया। मुझे लगा कोई मेरे पैरों के नीचे से ज़मीन और सिर के ऊपर से आसमान एक साथ खींच रहा है।

कुछ देर चुपचाप बैठे रहे। एक–दूसरे को देखने की भी हिम्मत नहीं हो रही थी। कहीं माया न निकले।

–मिलोगे? अचानक उसने पूछा।

....

–मत मिलना।

कहा और खड़ी हो गयी। और साइकिल तक गयी। और साइकिल पर बैठी। और बग़ैर एक बार भी मुड़कर देखे चली गयी।

सेम्युल बेकेट एक घुटना मोड़े सिर झुकाये बैठे थे। बेहद उदास। धूसर। ध्वस्त। निरर्थकता बोध से लथपथ। आधी सदी पहले मैंने जो लिखा, कमबख़्त अभी तक असंगत–अप्रासंगिक नहीं हुआ! विज्ञान! प्रगति! करोड़ों लोग तो आज भी गोडो की प्रतीक्षा ही कर रहे हैं! गोडो–जिसे आज तक किसी ने नहीं देखा! एक ऐसी सड़क पर जो कहीं नहीं जाती! और एक ऐसे पेड के नीचे जो कभी नहीं फलता, उल्टे सूखता जाता है!

...और नौजवान लड़के–लड़की!!

संधान

और तकलीफ़ों के साथ ही विश्वमोहन जी के बच्चों को यह तकलीफ भी थी कि पापा हमें कहीं घूमने नहीं ले जाते। यह तकलीफ़ विश्वमोहन जी की पत्नी को भी थी। जबसे ब्याह करके आयी हूँ घर में ही बैठी हूँ। रोज़ वही का वही चौका–चूल्हा! ये नहीं कि चार रोज़ कहीं घूम ही आयें। जबकि गुप्ताजी को देखो। वैष्णो देवी हो आये। जोशी को देखो। हर गर्मियों में पूरे परिवार को लेकर पहाड़ों पर जाते हैं। शर्मा जी के बच्चों को ही देख लो। साल में एक बार अपने ननिहाल हैदराबाद जाते हैं या नहीं! और एक हम हैं! बीस किलोमीटर दूर बजरंगगढ़ तक नहीं गये कभी!

विश्वमोहन जी को ऐसी बातों से हमेशा बड़ी चिढ़ छूटती। एक तो गुप्ता को देखो, शर्मा को देखो, जोशी को देखो वाली बात ही उन्हें पसन्द नहीं आती क्यों देखो गुप्ता, शर्मा और जोशी को? दूसरे तीन–तीन बच्चों को लेकर कहे जाने में कितने झंझट हैं! कपड़े, छुट्टियाँ, पढ़ाई का नुक़सान, ट्रेन का रिज़र्वेशन...जाने में कितने झंझट हैं! फिर खर्चा! और आतंकवाद! कितने बम फूट रहे हैं! क्या पता कब कहाँ किसमें विस्फोट हो जाये! इससे तो टीवी पर ही देख लो! आजकल तो सब दिखाते हैं।

लेकिन विश्वमोहनजी हों या कोई और मोहन जी, परिवार के सदस्यों की शिकायतों को नज़र अन्दाज़ करने की भी एक सीमा होती है। जब वह सीमा आ गयी तो विश्वमोहन जी ने एलटीसी का हिसाब–किताब लगाया, खर्च का पूर्वानुमान तैयार किया, मौसम वगैरह की अनुकूलता जाँची और एक दिन घर में घोषणा कर दी कि ठीक है, तैयार हो जाओ, अगले महीने की पन्द्रह तारीख़ को हम लोग महाननगर जा रहे हैं!

ज़ाहिर है घरवाले ख़ुशी के मारे भौचक रह गये। उन्हें विश्वास नहीं हुआ। उन्होंने सोचा विश्वमोहन जी मज़ाक़ कर रहे हैं। ऐसे मामलों में वह

गंभीर हो ही नहीं सकते। लेकिन जैसे–जैसे जाने का समय नज़दीक आने लगा विश्वमोहन जी की दैनिक घोषणाओं का उत्साह घटने की बजाय बढ़ता ही गया। हाँ, रिज़र्वेशन हो गया है। हाँ, फर्स्ट क्लास से चलेंगे। हाँ, होटल में ठहरेंगे। हाँ, समुद्र भी देखेंगे। हाँ, जहाज़ भी देखेंगे। जम गया तो तुम्हें जहाज़ भीतर से भी दिखा देंगे।

पत्नी ने यथासम्भव बच्चों के कपड़े तैयार किये। अटैचियाँ जमायी गयी, रास्ते के लिए क्या ख़ाना–नाश्ता ले जायेंगे इस पर बहस हुई। सारे मोहल्ले में ख़बर फैल गयी कि विश्वमोहन जी का परिवार महाननगर जा रहा है। पत्नी एक पड़ोसन से कैमरा भी माँग लाई किस–किस दोस्त–सहेली, अंकल–आण्टी के लिए महाननगर से क्या–क्या लाना है इसकी सूचियाँ बनने लगीं और अन्ततः एक दिन विश्वमोहन जी का परिवार सचमुच महाननगर के लिए रवाना हो गया।

महाननगर एक चकित कर डालनेवाला अनुभव था। बच्चे गरदनें उठा–उठाकर ऊँची–ऊँची इमारतों की ऊँचाई देख रहे थे और उनकी मंज़िलें गिन रहे थे। पत्नी इतनी चकित थीं कि मानो अभी अपने आपको चिकोटी काटकर देखेंगी। उन्हें विश्वास ही नहीं हो रहा था कि वे सचमुच घूमने महाननगर आये हैं। और विश्वमोहन जी दोहराये जा रहे थे– अरे! यह तो कुछ नहीं है, आगे देखना! विश्वमोहन जी चढ़ती जवानी में एक बार दोस्तों के साथ महाननगर आये थे। इस बार इसी भरोसे पर बच्चों को लेकर आ गये थे कि महाननगर से कुछ तो परिचित हैं।

लेकिन उनकी जवानी का महाननगर यहाँ कहे नहीं था। ठहरने के लिए एक सामान्य–सा होटल का कमरा भी आठ सौ रुपये प्रतिदिन में मिला। जबकि विश्वमोहन जी का अनुमान था कि डेढ़ सौ–दो सौ तक आराम से मिल जायेगा। वह ख़ूब सारे पैसे लेकर आये थे और प्रतिज्ञा करके आये थे कि न कंजूसी करेंगे न पैसे ख़र्च होने पर कुढ़ेंगे, क्योंकि आदमी कभी–कभी ही तो घूमने निकलता है। लेकिन उनका दिल धसकता जा रहा था। कुढ़न भी भीतर जमती जा रही थी चीज़ों का अच्छा लगना कम–से–कम होता जा रहा था। फास्ट ट्रेन्स में भारी भीड़ थी, शहर में खूब गन्दगी, समुद्र तट पर झोंपड़पट्टियाँ और सड़कों पर रंग–बिरंगी विदेशी कारों का कभी न ख़त्म होने वाला रेला।

लेकिन परिवार तरंगित था। परिवार पहली बार होटल में ठहरा था। होटल का कमरा साफ़–सुथरा था। वहाँ मैले कपड़ों का ढेर, मकड़ियों के जाले, परदों पर मसाले के दाग़ और फ़र्श पर दौड़ते चूहे नहीं थे। बच्चे फोम के गद्दोंवाले डबलबेड पर कूद–कूदकर देख रहे थे और पत्नी के लिए तो यह भी किसी आज्ञाकारी जिन्न के कारनामे से कम नहीं था कि घण्टी बजाने मात्र से मनपसन्द नाश्ता–ख़ाना आ गया और बरतन भी नहीं माँजने पड़े।

विश्वमोहनजी ने घूमने के लिए टूरिज़्म की बस के टिकट ले लिये। विश्वमोहनजी ने तो ऐसा पैसे बचाने के लिए ही किया था, पर यह भी एक तरह से बहुत अच्छा रहा। बहुत सारी प्रसिद्ध जगहें जिनके चित्र पाठ्यपुस्तकों में थे या जिन्हें अब तक सिर्फ़ टीवी में देखा था, अच्छी तरह और सिलसिलेवार देखने को मिल गये। इनमें से कुछ जगहें तो विश्वमोहन जी भी पहली बार देख रहे थे। या कम से कम उन्हें ऐसा लगा।

पत्नी और बच्चे इतने चकित और उल्लसित थे कि उनका उल्लास विश्वमोहनजी को भी संक्रमित करने लगा। पत्नी तो अपने उल्लास को ठीक से अभिव्यक्त भी नहीं कर पा रही थीं। एक जगह उन्होंने डोसा खाया। तो इतना बढ़िया डोसा कि एकदम काग़ज़ जैसा पतला, खस्ता, विशाल और रूमाल की तरह तहाया हुआ। डोसा उनके शहर में भी मिलता है, लेकिन इस डोसे ने उस डोसे को एक मिनट में "तथाकथित" कर दिया। एक जगह चाइनीज़ फूड खाया जो कि ज़ाहिर है पहली बार, तो खाते–खाते ही वह मुँह के साथ–साथ स्मृतियों में भी घुस गया। फिर अगले दिन एक जगह पिज्जा और उसके अगले दिन बर्गर। विश्वमोहनजी इसे भी एक प्रकार का शिक्षण मान रहे थे। वह नहीं चाहते थे कि उनके बच्चे इन वस्तुओं का जिक्र आते ही, जोकि अब हमारे देश में ख़ूब आयेगा, अपने आपको गँवार और अभागा समझने लगें। इन चीज़ों के नाम बच्चों ने सुन रखे थे। खाये तो खाते–खाते ही पिज्जा और बर्गर संस्मरणों का हिस्सा बन गये। खाते–खाते ही सोच लिया कि जाकर सबको बताएँगे कि महानगर में हमने पिज्जा और बर्गर खाया। पत्नी मगन थीं, मुदित थीं, मुग्ध थीं। उन्हें लग रहा था कितनी अच्छी बात है कि कहीं भी बतरन नहीं माँजने पड़ते। बल्कि ले जाकर रखने भी नहीं पड़ते। वह छोड़ दो मेज़ पर, पुरुष लोग आयेंगे और उठाकर ले जायेंगे।

लौटने से पहले ख़ूब ख़रीददारी भी की गयी। खासकर बच्चों के कपड़े। इसमें भी विश्वमोहन जी का स्वार्थ छिपा था। बच्चों के कपड़े वहाँ बहुत सस्ते मिल रहे थे, वे लेटेस्ट फ़ैशन के भी थे और उनके साथ यह गौरव भी जुड़ा हुआ था कि वे महाननगर से लाये हुए हैं। अब दो साल की छुट्टी...विश्वमोहन जी कुटिलता से सोचते!

लेकिन पत्नी ने अपने लिए कोई कपड़ा नहीं ख़रीदा। विश्वमोहनजी के इसरार करने के बावजूद। मन तो उनका बहुत ललचाया होगा। अब इसे परिवार के लिए समर्पण भाव समझ लीजिए या विश्वमोहन जी के लिए सहानुभूति का भाव या और कुछ...कि वह अपने आप पर काबू किये रह। हाँ, चलते समय उन्होंने रसोई के लिए एक अच्छा–सा चाकू ज़रूर ख़रीद लिया। पता नहीं उपयोग के लिए या यादगार के लिए। शायद इसलिए कि हर बार उसे इस्तेमाल करते हुए महाननगर में बिताये दुर्लभ दिनों का सुखद रोमांच याद कर सकें!

और इस तरह महाननगर घूम घामकर विश्वमोहन जी का परिवार एक दिन सकुशल लौट आया। बग़ैर एक भी बार लड़े–झगड़े। इस दर्मियान एक बार भी विश्वमोहन जी झल्लाये नहीं, न उनकी पत्नी ने एक भी बार किसी बात पर मुँह फुलाया। और बच्चों के लिए तो यह रिकॉर्ड समय जैसा हो गया जिसमें उन्होंने मार नहीं खायी और न उनसे पढ़ने बैठने को कहा गया। लौटते समय विश्वमोहन जी अपने बच्चों के लिए एक हीरो पापा जैसे कुछ हो गये थे। पत्नी को लग रहा था कि ख़ैर वैसे एकदम ही अकारथ नहीं हो गयी है उनकी ज़िन्दगी, और विश्वमोहनजी लगभग आत्ममुग्ध थे कि उन्होंने सब कुछ कितना अच्छे–से और कितनी कुशलतापूर्वक मैनेज किया!

लेकिन जैसे–जैसे अपना शहर पास आता गया महाननगर घूमने का सारा उल्लास मुट्ठी की रेत की तरह रिसता गया। बच्चों को अपना बकाया होमवर्क और अध्यापकों की सम्भावित डाँट याद आने लग हो सकता है सहपाठी पिछला होमवर्क उतारने के लिए कॉपियाँ देने में नखरे दिखाये! हो सकता है वे पूरा होमवर्क न कर पायें और उन्हें एसेम्बली में सबके सामने कान पकड़कर खड़े रहने या मुर्गा बनने को कहा जाये! पत्नी को लग रहा था इतने दिन भीतर पड़ा–पड़ा अचार ज़रूर ख़राब हो गया होगा। जाते ही सारे घर की सफ़ाई करनी पड़ेगी, चूहों ने पता नहीं

कितना नुकसान कर दिया होगा। और सबसे बड़ी बात, आते समय पता नहीं वह पंखा बन्द करके आयी थीं या नहीं। चलता हुआ मिला तो पति यकीनन चिल्लायेगे। और विश्वमोहन जी मन–ही–मन ख़र्चे का हिसाब लगा रहे थे और सोच रहे थे आनेवाले महीनों में किस–किस ख़र्च में कटौती करनी पड़ेगी। दफ़्तर से तो सिर्फ़ आने–जाने का किराया मिलेगा, बाकी सब तो अपनी जेब से ही गया! इतने पैसे में तो तीनों बच्चों के गरम कोट बन जाते! घूमने नहीं ले जाते, घूमने नहीं ले जाते! गुप्ता को देखो, जोशी को देखो!!

इसलिए विश्वमोहन जी का परिवार जब अपने शहर के स्टेशन पर उतरा तो जाने क्यों उन सबको यह लगा कि वे उतरे नहीं, गिरे हैं। गिर पड़े हैं। बल्कि पटक दिये गये हैं।

घर पहुँचे तो विश्वास करने का मन नहीं हुआ कि यही हमारा घर है और अब हमें यह रहना है। चूहों ने बेशक काफ़ी सत्यानाश कर दिया था। अचार सचमुच ख़राब हो गया था और पंखा भी वाकई चलता रह गया था। रसोई का नल थोड़ा टपकता था। पता नहीं कैसे वह पूरा खुल गया था। रसोई में पानी भर गया था। और कुछ जिन्दा चूहों, एक फूली हुई छिपकली और अनेक मरे हुए काकरोचों के साथ रसोई की कुछ ज़रूरी चीज़ें भी उस रुके–सड़े तालाब में तैर रही थीं।

यह दृश्य देखकर भी वे सब चुप रहे। उन्होंने कोई हा ऽ ऽ या ओह! या अरे नहीं की पत्नी ने मार खाने के डर से सहमे हुए बच्चे की तरह पहले चलते हुए पंखे और फिर पति की तरफ़ देखा। पति ने चुपचाप पंखा बन्द कर दिया और दूसरी चीज़ों का मुआयना करने लगे। पत्नी ने जल्दी से साड़ी उतारी और बाहर से खपच्ची लाकर रसोई की नाली खोली एक बच्चा सींकोंवाली झाड़ू ले आया। बच्चे सब एक साथ एक चुप मिशन में लग गये घर साफ़ करने में। यहाँ तक कि विश्वमोहन जी भी जो अन्यथा सबसे पहले चाय बनाने को कहते। सबके मन में कह–न–कह आशा के विपरीत एक आशा थी कि कोशिश करें तो कुछ–न–कुछ तो इस घर को भी महाननगर के होटल के कमरे जैसा बना ही लेंगे।

उदासी को झापड़ रसीद करने की गरज से बच्चे महाननगर से ख़रीदकर लाये गये सामान की प्रदर्शनी–सी लगाने लगे। अपने नये कपड़े वे पहन–पहनकर देखने और मम्मी–पापा को दिखाने लगे।

मुस्कराहटें दबे पाँव लौटने लगे। पड़ोस के एक–दो बच्चे आकर ताकाझाँकी करने लगे। बच्चों ने उन्हें भीतर बुला लिया। घण्टे भर में पूरा मोहल्ला सूचित हो गया कि श्रीमती विश्वमोहन महाननगर से बच्चों के लिए खूब अच्छे–अच्छे कपड़े खरीदकर लायी हैं। अब प्रतीक्षा थी तो कल की जब विश्वमोहनजी दफ़्तर जायेंगे। उसके बाद ही पड़ोसनें आयेंगी...एक–एक चीज़ को छूकर–पलटकर–नचाकर–उठाकर देखेंगी...उनकी क़ीमत पूछेंगी... और सम्भव हुआ तो उनमें कुछ नुक्स भी निकालेंगी या उनकी साधारणता पर यह कहकर प्रकाश डालेंगी कि आजकल तो हर चीज़ हर जगह मिलती है। श्रीमती विश्वमोहन समझ जायेंगी कि वे ऐसा किस भाव से, किस दुख से कह रही हैं। वह उनसे सगापन स्थापित करते हुए उन्हें चाय पिलायेंगी, पीछे से मोहल्ले में क्या–क्या हुआ पूछेंगी और बहुत पूछने पर फिर महाननगर के संस्मरण सुनायेंगी बढ़ा–चढ़ाकर नहीं, घटा–घटाकर। लेकिन उनका चेहरा चुगली खायेगा। अपने–अपने जीवन के औसतपने और निस्सारता पर ठण्डी आहें भरती पड़ोसनें उठ खड़ी होंगी चलूँ, घर में बहुत काम पड़ा है। कुछ चाहिए हो तो बताना।

दूसरे दिन विश्वमोहन जी को दफ़्तर में अपनी मेज़ पर पेंडण्डिग फ़ाइलों का ढेर मिला, जिनमें से कुछ अर्जेण्ट थीं और मन नहीं होने पर भी आज ही निपटानी पड़ेंगी। बच्चों को बकाया होमवर्क का पहाड़ निपटाने में दोस्तों से कोई उल्लेखनीय मदद नहीं मिली। अध्यापकों ने साफ़ कह दिया सोमवार तक काम पूरा नहीं हुआ तो एसेम्बली में सबके सामने मुर्गा बनाएँगे। पत्नी को रसोई के कई सारे डिब्बे खाली लगे और वह सोच में पड़ गये कि पति से सामान लाने को कैसे कहेंगी? अभी–अभी तो इतना ख़र्चा करके आये हैं! लेकिन बग़ैर सामान मँगवाये काम भी कैसे चलेगा? झुँझलायेंगे। झुँझला लेने दो! इमली डालकर अरहर की दाल और भात और आलू का भुरता बनाऊँगी, दो–तीन हरी मिर्च तल दूँगी, गरम–गरम दाल–भात खायेंगे तो ठीक हो जायेंगे।

विश्वमोहन जी महाननगर के महँगे नशे का खुमार इतनी जल्दी उतरने नहीं देना चाहते थे। वह दफ़्तर की तमाम पस्ती दफ़्तर में ही छोड़ आये। सामान की लिस्ट देखकर भी झुँझलाये नहीं और गरम–गरम दाल–भात खाते हुए बोले, "घर के खाने की तो बात ही कुछ और होती है!"

श्रीमती विश्वमोहन निहाल हो गयी।

कुछ दिनों तक महाननगर की उपस्थिति बनी रही बच्चे अपने दोस्तों को वहाँ के क़िस्से सुनाते रहे। सौगातें बाँटी गयी। एक बच्चा वहाँ के किसी होटल से एक पेपर नेपकिन मार लाया था। वह रोज़ उसे जेब में रखकर स्कूल ले जाता और टिफिन के बाद बड़े ठाठ से उसे जेब से निकालकर हाथ–मुँह पोंछता और फिर जेब में रख लेता। एक बार दोस्तों की दिखाना–दिखाना में हुई छीनाझपटी में आख़िर वह टुकड़े–टुकड़े हो गया। कपड़े सन्दूकों में चले गये थे। उचित अवसर पर ही वे पहने जायेंगे। उचित अवसर कब आयेगा? विश्वमोहन जी कहते अरे पहनो पहनो। तो नहीं, पहनने से कपड़े मैले हो जायेंगे। अरे! तो धो लेंगे। तो उन्हें लगता, नहीं, धुलने के बाद ख़राब हो गये तो बहुत किरकिरी होगी कुछ रोज़ वे एक–दूसरे को बताते रहे कि उन्हें सपने में महाननगर दिखायी दिया था। एकदम जैसे हम वह हों। लेकिन सब कुछ के बावजूद महाननगर को अपने बीच ज़्यादा दिन नहीं रखा जा सकता था।

अपने शहर में वापसी के बाद पहले ही दिन से उन्हें लगने लगा था कि यहाँ काम कम है समय बहुत। सब कुछ कर चुकने के बाद भी काफ़ी समय बचा रह जाता है। हर चीज़ की महाननगर से तुलना होने लगी और महाननगर के मुकाबले अपने शहर की हर चीज़ सड़ी–बुसी–गन्दी और घटिया लगने लगे मसलन सड़कें! क्या अपने शहर की सड़कों को ठीक अर्थ में सड़कें भी कहा जा सकता है? जहाँ गड्ढे पड़े हैं, जहाँ ठेले–साइकिलें–बैलगाड़ियाँ और चारा भरे ट्रेक्टर चलते हैं! जहाँ आवारा गायें और साँड़ बीच सड़क खड़े या बैठे रहते हैं और गोबर करते रहते हैं! जहाँ हर वाहन ऊँची आवाज़ में और अकारण लगातार हॉर्न बजाता है! जहाँ धूल उड़ाते हुए ट्रक तेजी से गुज़रते हैं! और जहाँ मातीस, सिएना, फोर्ड, सेन्ट्रो जैसी एक भी चमचम गाड़ी दिखायी नहीं देती!

घर के सामने से कोई कार गुज़रती तो बच्चे एक–दूसरे को बताते फिएट है। खटारा! मारुति वैन। डिब्बा! अपने पापा के पुराने स्कूटर को वे अजीब निगाहों से देखते।

पत्नी अनमनी–सी रहती। काम करते–करते बीच में पता नहीं किन ख्यालों में खो जाती और फिर चौंककर गहरी उसाँस भरकर रोज़मर्रा के काम में लग जाती, सब जैसे एक स्थगित जीवन जी रहे थे। असली जीवन तो वह था जो महाननगर की यात्रा में था। यहाँ तो यह उसी या वैसे ही क्षणभंगुर लेकिन असली जीवन की कष्टकर प्रतीक्षा था।

जैसे सारा परिवार वेटिंगरूम में बैठा हो। सब बग़ैर मुँह खोले मानो एक–दूसरे से पूछ रहे हों अगली बार हम कहीं घूमने कब जायेंगे?

विश्वमोहन जी उदास होकर सोचते, छोटे लोगों को सुख भी दुखी क्यों कर जाते हैं?

लेकिन ज़ाहिर है घूमने हर महीने तो जाया नहीं जा सकता। ठीक से सोचा जाये तो हर साल भी नहीं। विश्वमोहनजी सोचते तो फिर क्या ऐसा किया जाये कि अपना वास्तविक जीवन अधिक आकर्षक और प्रफुल्लतावर्धक बन सके! या कम–से–कम कुछ कम उबाऊ। क्योंकि जो असर आ गये वे तो आ गये। विश्वमोहनजी बच्चों के लिए एक कैरम बोर्ड ख़रीद लाये और घर के पीछे की तरफ़ पड़ी थोड़ी–सी ज़मीन को साफ़ करके उन्होंने वहाँ पत्नी के सहयोग से सब्ज़ी की बाड़ी बना लिये। यहाँ बैंगन लगायेंगे, यहाँ भिण्डी...यहाँ लौकी की बेल चढ़ेगी, यहाँ करेला ठीक रहेगा, और टमाटर का तो ऐसा है कि कहीं भी लगा लो!

लेकिन विश्वमोहन जी हों या कोई मोहन जी, अपने छोटे–से शहर में गगनचुम्बी अट्टालिकाओं का नज़ारा पैदा नहीं कर सकते। न समुद्र की रचना कर सकते हैं। वे महाननगर जैसे बड़े और चमकदार बाज़ार भी नहीं बना सकते, और पेपर डोसा–पिज्जा बर्गर तो हर्गिज़ नहीं।

कोई दो महीने बाद एक दिन अचानक एक और महाननगर से विश्वमोहन जी के बचपन के एक दोस्त की चिट्ठी आयी। वह जैसे आसमान फाड़कर आयी। दोस्त उनकी जानकारी के अनुसार विदेश चला गया था और विदेश में ही था। चिट्ठी से पता चला कि विदेश तो वह सिर्फ़ दो साल के लिए गया था, पिछले पाँच साल से तो वह इस दूसरे महाननगर में ही है। दोस्त ने लिखा था कि उसका परिवार बाहर निकलना चाहता है। महाननगर की एकरस–उबाऊ ज़िन्दगी से वे तंग–से आ गये हैं। यदि विश्वमोहन जी कहें तो दोस्त अपने परिवार की लेकर दो–चार रोज़ को उनके पास आ जाये!

विश्वमोहन जी ने दोस्त का पत्र पत्नी और बच्चों को बताया और देर तक दोस्त के साथ बिताये बचपन की बातें बताते रहे। अन्त में सकुचाते हुए पति–पत्नी ने तय–सा किया कि दोस्त को कोई बहाना बनाकर मना कर देना या पत्र का उत्तर ही न देना ही ठीक रहेगा। क्योंकि वे लोग यहाँ कहाँ रहेंगे और उन्हें यहाँ क्या अच्छा लगेगा वग़ैरह!

लेकिन अगले दिन दफ़्तर में दोस्त का टेलीफ़ोन आ गया कि वे रविवार को पहुँच रहे हैं।

विश्वमोहन जी ने शाम को पत्नी को बताया कि दोस्त का परिवार तो आ रहा है! पत्नी ने हँसकर दिलासा दिया कि चलो, कोई तो हमारे यहाँ भी आ रहा है! विश्वमोहन जी को पत्नी ख़ूब अच्छी लगी। कम से कम अपने से ज़्यादा प्रौढ़ और मज़बूत।

रविवार को सुबह नौ बजे के करीब एक धूलधूसरित हरे रंग की मारुति विश्वमोहन जी के घर के सामने रुकी। उसमें से एक मोटा–गंजा–अधेड़ आदमी उतरा जिसने कुरते–पाजामे के साथ चमड़े के फीतेवाले जूते पहन रखे थे। पीछे–पीछे टीशर्ट–पाजामा पहने पन्द्रह–सोलह साल के दो लड़के और गुसी–मुसी साड़ी पहने एक महिला। लड़कों के पाजामे चारखानेवाले कपड़े के थे, चाहें तो उसे पतलून भी कह सकते हैं, पर विश्वमोहनजी को तो वह पाजामे ही लगे। महिला चुस्त–छरहरी–हँसमुख थीं और गुसी–मुसी साड़ी के बावजूद आकर्षक लग रही थीं उसने नाक में हीरे की लौंग पहन रखी थी।

यह दोस्त का परिवार था।

विश्वमोहन जी और दोस्त ख़ूब हल्ला मचाते हुए गले मिले। एक–दूसरे को उठाते हुए, एक–दूसरे की पीठ पर धौल जमाते हुए और ख़ूब ज़ोर–ज़ोर से एक–दूसरे को गाली बकते हुए, साले! उल्लू के पट्ठे! कोई खोज न ख़बर! गधे की तरह मोटा हो गया! यार को भूल गया! लाना ज़रा मेरा डंडा! वग़ैरह वग़ैरह।

विश्वमोहन जी की पत्नी भी बाहर आ गयी। शादी में उन्होंने इन्हें देखा था। उसके बाद अब मिल रही थी, पर वे भी गले मिली। बच्चे दौड़ते हुए भीतर घुस गये और विश्वमोहन जी के बच्चों से हाथ मिला–मिलाकर अपना परिचय देने लगे।

घण्टे भर में ही धुले हुए परदों, इस्त्री किये मेज़पोशों, पड़ोस से माँगकर लाये गये टी सेट और गरम पानी से धोये गये काँच के गिलासों की चकाचक व्यवस्था ध्वस्त हो गयी। सारे घर में दोस्त परिवार के जूते, चप्पल, मैले कपड़े, बिस्तर, अटैचियाँ और सबके लिए लायी गयी सौगातें बिखरी पड़ी थीं। घण्टे भर में बच्चों में ऐसी दोस्ती हो गयी कि ये उन्हें बाहर ले गये अपना मोहल्ला दिखाने और अपने दोस्तों से मिलाने।

दोनों महिलाएँ रसोई में घुस गयीं। एक प्याज़ काट रही है तो दूसरी बरतन धो रही है। पता ही नहीं चल रहा कौन मेज़बान है और कौन मेहमान!

कुछ देर बाद विश्वमोहन जी के बच्चे कार को चारों तरफ़ घूम–घूमकर देख रहे थे। हालाँकि थी तो वह भी मारुति 800 ही, पर अपने घर के सामने खड़ी थी उसके भीतर भी बैठा जा सकता था। मेहमान बच्चों ने न सिर्फ़ उन्हें कार में बिठाया बल्कि उसके डेक पर गाने बजाकर, पार्किंग ब्रेक लगाकर, एसी चलाकर, डिक्की खोलकर, बल्कि बौनेट भी खोलकर दिखाया। उन्होंने विश्वमोहन जी के बड़े बच्चे से वादा किया कि कल वे उसे कार चलाना सिखा देंगे। कुछ देर बाद वे कार को धो रहे थे। दो बच्चे पाइप से पानी डाल रहे थे, दो कपड़े से कार को रगड़ रहे थे। फिर वे भीग गये फिर एक–दूसरे पर पानी डालने लगे। फिर पाइप से पानी डाल–डालकर नहाने लगे। मेहमान बच्चे बार–बार कह रहे थे। तुम्हारे यहाँ ख़ूब पानी आता है यार! हम तो इस तरह नहाने की कभी सोच भी नहीं सकते।

बदले में विश्वमोहन जी के बच्चों ने उन्हें अपनी सब्ज़ी की बाड़ी दिखाये। वे तो देखते ही रह गये। आज से पहले उन्होंने बैंगन–टमाटर के पौधे कभी नहीं देखे थे। उन्हें तो यह भी पता नहीं था कि ये चीज़ें पेड़ पर लगती हैं या बेल में। उन्होंने ख़ूब सारे बैंगन–टमाटर तोड़ लिये और घर के भीतर जाकर हल्ला मचाने लगे कि वे "लाइव" सब्ज़ी बनायेगे। और उन्होंने बनायी भी और काफ़ी अच्छी बनाये। श्रीमती विश्वमोहन भौचक थीं कि पौधों में लगे बैंगन–टमाटर भी क्या किसी को इतना उत्फुल्ल कर सकते हैं? उनके बच्चे तो कभी रसोई में नहीं घुसे सब्ज़ी बनाने!

दोनों मर्द गप्पों में लगे थे। पुरानी–पुरानी बातें। ज़माने भर की बाते। तीसरी बार चाय की तलब लगी तो विश्वमोहन जी भीतर आये। पता करने कि क्या चाय मिलने की कोई सम्भावना है? उन्होंने देखा कि दोनों महिलाये किसी बात पर ज़ोर–ज़ोर से हँस रही हैं। अपनी पत्नी को उन्होंने एक लम्बे समय बाद हँसते देखा था। वह तो करीब–करीब भूल ही गये थे कि पत्नी की हँसी इतनी दिलकश है। उन्होंने एक बार फिर हैरत से सोचा कि औरत को औरत की सोहबत में ऐसा क्या मिल जाता है जो अपने मर्द की सोहबत में भी नहीं। वे पत्नी की तुरन्त घुलमिल जाने की सलाहियत से प्रभावित हुए और दोस्त की पत्नी के प्रति आभारी जैसे भी।

बच्चों के लिए तो तमाशा जैसा हो गया। पापा अंकल को कहते "यार चुन्नी" और अंकल पापा को कहते "यार बिस्सू" बिस्सू!! पापा का यह नाम उन्होंने पहले नहीं सुना था।

वैसे एक तमाशा यह भी था कि विश्वमोहन जी के बच्चे मित्र दम्पती को अंकल–आंटी बोल रहे थे जबकि मेहमान बच्चे विश्वमोहनजी और उनकी पत्नी को ताऊजी, ताईजी कह रहे थे।

उस शाम ये सारे गली में क्रिकेट खेल रहे थे। बच्चों के पास एक रबड़ की गेंद थी कपड़े कूटने की मोगरी को बैट बना लिया गया था और कचरे के डिब्बे को स्टम्प। फिर पड़ोस से कुछ बच्चों के साथ एक सचमुच का बैट भी आ गया। मोहल्लेवाले झाँक–झाँककर देखने लगे। अंकल भी खेल रहे थे और चीटिंग भी कर रहे थे। और विश्वमोहन जी भी उन्हीं का साथ दे रहे थे। बच्चे हँस–हँसकर लोटपोट हो रहे थे। दोनों महिलाएँ भी दूर खड़ी मुँह में पल्ला ठूँसे खी–खी कर रही थीं। फिर बच्चों के इसरार पर आंटी भी खेलने आ गयीं। उनके खीचा–खीचा करने पर भी श्रीमती विश्वमोहन नहीं आयीं। पहली गेंद आंटी की साड़ी में उलझ गयी। पहले तो वह चारों तरफ़ मुड़–मुड़कर गेंद को ढूँढ़ती रहीं, फिर यह अहसास होने पर कि गेंद उनकी साड़ी में ही उलझी है, उन्होंने उसे दबोच लिया और अड़ गयीं, कि छह रन दोगे तो ही गेंद दूँगी। अब कोई उसे फील्ड़ भी कैसे करे? आख़िर छह रन दे दिये गये। अगली गेंद पर उन्होंने बड़ी ज़ोर से बल्ला घुमाया। संयोग से गेंद बल्ले की चपेट में आ भी गयी और किसी को पता नहीं चला कि कहाँ गयी। खेल बन्द करना पड़ा।

रात को सब खा–पीकर बाहर ज़मीन पर बिस्तर लगाकर सोये। मेहमान बच्चे तारों को देखते रहे तो देखते ही रह गये। दोस्त भी बोले यार बिस्सू! तुम्हारे यहाँ आसमान में कितने सारे तारे हैं!

–अबे गधे! हमारा आसमान कोई अलग है क्या? विश्वमोहन जी ने कहा।

बरसों बाद देख रहा हूँ यार! हमारे महाननगर में तो तारे दिखायी ही नहीं देते!

–क्यों?

दोस्त ने कोई जवाब नहीं दिया। वह उदास जैसे हो गये।

अगले दिन विश्वमोहन जी ने छुट्टी ले ली, बच्चों के स्कूल की भी किसी कारण छुट्टी थी फिर भी सब जल्दी उठ गये। उठ क्या गये, मेहमान बच्चों द्वारा उठा दिये गये। उन्हें सोना समय नष्ट करने जैसा लग रहा था। बच्चे बच्चों को लेकर "जॉगिंग" कराने चले गये। उनके अनुसार जॉगिंग करने के लिए ऐसी फ्रेश जगह कहीं नहीं मिल सकती लौटे तो चीखते–चिल्लाते कि पापा! यहाँ थोड़ी ही दूर पर खेत हैं। और वहाँ गेहूँ के प्लाण्ट्स लगे हैं और गन्ने के भी। हम ख़ुद देखकर आये हैं। और एक गन्ना तो हमने तोड़कर खा भी लिया। ये देखो हमारे हाथ। छूकर देखो। अब चखो। मीठा लगेगा।

दोस्त और उनकी पत्नी वाकई, अपने बच्चों के हाथों को सूँघने–चखने लगे जिस पर विश्वमोहन जी और उनकी पत्नी को ख़ूब हँसी आयी। बच्चों के हाथों की ख़ुशबू दोस्त को घसीटकर अपने बचपन के दिनों में ले गये। वह भावुक हो गये, विश्वमोहन जी से ईर्ष्या करने लगे और अपनी ईर्ष्या को मुखर रूप में प्रगट भी करने लगे। उन्हें उम्मीद थी तो एलविन टॉफ़लर से जो कहता था संचार क्रांति के बाद यह भी सम्भव है कि भविष्य के कार्यालय सुदूर हरी–भरी वादियों के बीच कुटिया में स्थित हों।

फटाफ़ट कार्यक्रम बन गया कि खेतों पर चलकर रहट पर नहाया जाये और दाल–बाटी चूरमे का भोजन बनाकर खाया जाये। जो जैसा था थोड़ा–बहुत जैसे–तैसे तैयार होकर कार में ठुँस गया। दो चक्कर करने पड़ेंगे कोई बात नहीं। विश्वमोहन जी को ध्यान आया कि कुछ ही दूर उनके चपरासी टेकराम का गाँव है और वह कई बार बुला भी चुका है। उन्होंने पड़ोस में जाकर दफ़्तर फ़ोन किया और टेकराम से कहा कि ऐसे–ऐसे महाननगर से हमारे कुछ मेहमान आये हैं जो गाँव देखना चाहते हैं, तो हम उन्हें लेकर तुम्हारे गाँव पहुँच रहे हैं, तुम भी पहुँचो, ज़रा रास्ता समझा दो!

लेकिन इस बीच बच्चे आण्टी को लेकर रवाना हो चुके थे। कुछ ही देर में गाड़ी वापस आ गयी और बाक़ी लोग भी चले। श्रीमती विश्वमोहन चाहती थीं कि कुछ खाने की चीज़ बनाकर ले चलें, नहाते के साथ ही बच्चों को भूख लगेगी पर जितना समय उन्हें दिया जा रहा था उसमें वह यही कर पाये कि उन्होंने चाय बनाकर थर्मस में भर ली और कुछ बिस्कुट–नमकीन झोले में डाल लिए।

पहुँचे तो काहे का टेकराम का गाँव? घर से सिर्फ़ दो किलोमीटर दूर मेनरोड के एक तरफ़ एक जगह देखा तो कुएँ पर पम्प चल रहा है और बच्चे शोर मचाते हुए पानी की उस मोटी धार में मज़े से नहा रहे हैं! पता नहीं किसका खेत था और किसका पम्प। सब कुछ बच्चों ने अपने आप ही मैनेज कर लिया था। बच्चों से पूछा तो बोले "आप तो नहाओ"। फिर पता चला कोई किशनलाल है जिसका खेत है, थोड़ी देर में कहीं से किशनलाल ख़ुद आ गया और हाथ जोड़कर बोला कि सब आपका ही है। मैं तो ऑफ़िस जा रहा हूँ। मोटर बन्द करना हो तो लुगाई को आप बोल देना।

विश्वमोहन जी चक्कर में पड़ गये। क्या गोरखधन्धा है? कौन है ये किशनलाल? कब बच्चों की उससे जान–पहचान हुई? कैसे निधड़क नहाने लगे! कितना सुरम्य और प्यारा स्थान है। उनके घर के इतने पास। और उन्हें मालूम तक नहीं? पहले क्यों नहीं कभी सोचा कि कभी–कभी परिवार को लेकर ऐसी जगह भी आया जा सकता है? कितने ख़ुश हैं बच्चे।

बच्चे समय की महत्ता को जैसे आत्मसात् किये हुए थे। कल से ही इसके प्रमाण मिल रहे थे। उन्होंने किशन लाल के जाते ही "किशन लाल आण्टी" से दोस्ती गाँठ ली। नहा–धोकर गाँव की दुकान से आटा–दाल–घी–नमक–मिर्च वग़ैरह ख़रीद लाये और अब वे नाक पकड़–पकड़कर एक–एक कण्डा उठा–उठाकर ला रहे हैं और किशनलाल आण्टी के अनुभवी निर्देशन में "काउडंगकेक" यानी बाटियाँ बनाने की तैयारी कर रहे हैं। इस बीच बिस्सूबाबू और चुन्नीबाबू भी नहा चुके हैं और अब दोनों महिलाएँ इस अद्‌भुत–अभूतपूर्व–कल्पनातीत स्वच्छन्दता में सानन्द स्नान कर रही हैं।

बच्चे बच्चों को बता रहे हैं कि जगहें तो वहाँ भी बहुत–सी है यार, पर हमें तो कहीं आने–जाने का टाइम ही नहीं मिलता। कॉलेज के लिए सुबह छह बजे निकलना पड़ता है। घर से एक सौ आठ पकड़कर पहले कला निकेतन जाते हैं और वहाँ से तीन सौ चालीस मिल गयी तो सीधे कॉलेज वरना छियासी पकड़कर पहले माता मन्दिर जाओ और फिर वहाँ से पाँच सौ नौ या पाँच सौ तेरह में लटककर कॉलेज। शाम तक हड्‌डी–पसलियों का कचूमर निकल जाता है।

–और सण्डे को?

–सण्डे को आराम से उठते हैं, हफ्ते भर के कपड़े धोना, प्रेस करना, कमरा साफ़ करना, नोट्स उतारना, मम्मी का भी कुछ काम करना पड़ता है, सारा दिन कब निकल गया, पता ही नहीं चलता और अगले दिन से फिर वही।

अगले दिन उन्हें लौटना था। पता चला लौटने से पहले शॉपिग करनी हैं। शॉपिग! विश्वमोहन जी बिल्कुल नहीं समझ पाये महाननगर वाले हमारे इस बोसीदा से शहर से क्या ख़दीदकर ले जाना चाह सकते हैं? ख़ैर उन्होंने ज़्यादा सिर खपाया भी नहीं, उन्हें दफ़्तर जाना था, जो तैयार था, खाकर दफ़्तर चले गये।

शाम को लौटे तो शॉपिग का उल्लसित विवरण विस्तार से सुना। दिन भर दफ़्तर में सोचते रहे थे कि क्या ख़रीदकर ले जा सकते हैं ये लोग यहाँ से? यहाँ मिलता क्या है? बच्चों के कपड़े तक तो ढंग के मिलते नहीं। क्या ले जायेंगे यहाँ से बाँधकर? खराद पर कटे लकड़ी के देहाती खिलौने? खजूर के हाथपंखे? बँधेज की चूनड़ी? हाथ की छपी रेजी की चादरें? बैलों के गले की घण्टियाँ? मुँह माँगे पैसे फेंककर ले जायेंगे और वहाँ जाकर अपने आलीशान ड्राइंगरूमों में सजा लेंगे। कुछ रोज़ की एथनिक हलचल के बाद सारी चीज़ें कूड़े में चली जायेंगी, फिर नेपाल से कुछ ले आयेंगे। फिर बस्तर से। एकदम एनआर–आइयों जैसी बात! चार रोज़ घूमकर रोमाण्टिक होने में क्या रखा है, यहाँ रहना पड़े तो पता चले।

आण्टी ने एक–एक पुड़िया खोलकर दिखाई सोजत की मेहँदी और कलौंजी और अमचूर साबुत मिर्च और रीठा आँवले और जामुन का सिरका और घाणी का सरसों का तेल और बताशे और खानतिल्ली और चिरोंज़ीदाने और यहाँ तक कि मूड़ी के लड्डू, मूँगफली की पट्टी, केर–साँगरी, जौ–चने का सत्तू और सींग की कंघियाँ!!

विश्वमोहनजी इस ख़रीद्दारी को देखते ही रह गये।

पता चला बच्चे भी गये थे बाज़ार। बच्चों को कितना गन्दा लगा होगा हमारा शहर। नहीं, उन्हें मज़ा आया। वे ताँगे में भी बैठे। वे खासतौर पर "वाटरबॉल्स" खाने गये थे। वाटरबॉल्स? वही जिसे तुम गोलगप्पे या गुपचुप कहते हो। क्या वे महाननगर में नहीं मिलते? वहाँ पॉलीथीन बैग में पैक मिलते हैं, मसाला साथ मिलता है, पानी घर जाकर बना लो। लेकिन ठेले पर खड़े होकर खाने का मजा ही कुछ और है!

हमने तो उससे पानी की रेसिपी भी पूछी थी, लेकिन उसने बतायी नहीं, लगता है वह उसकी ट्रेड सीक्रेट है।

एक झीनी–सी मुसकराहट विश्वमोहन जी के होंठों पर थिरक गयी श्रीमती विश्वमोहन रास्ते का ख़ाना बना रही थीं। बच्चे उन्हें याद दिला रहे थे। मम्मी ल्हिसोड़े का अचार ज़रूर रखना, नीटू भैया को बहुत पसन्द है। दूसरा कह रहा था। मम्मी, केर का मुरब्बा भी, चटू भैया ने आज तक कभी नहीं खाया।

दोस्त का परिवार चला गया। उनके जाने के बाद सहसा सब कुछ खाली–खाली हो गया। लेकिन इस बार विश्वमोहन जी के परिवार को ऐसा हर्गिज़ नहीं लगा कि वे पीछे छूट गये हैं, या छोड़ दिये गये हैं, या बल्कि उतार ही दिये गये हैं।

बिछुड़ने से पहले

एक दिन खेत ने पगडण्डी से कहा–सुना तेरी जगह आठ किलोमीटर की सड़क बन रही है पक्की? चालीस फुट चौड़ी? डिवाइडर वाली?

–तो तू यूँ क्यों ख़ुश हो रहा है मुँहझौंसे? तेरी कौन सी सद्‌गति होने वाली है? यहाँ पे ट्रक–लॉरी दौड़ेंगे धूल उड़ाते, धुएँ के बादल छोड़ते तो तेरा क्या होगा! झुलसे आलू जैसा नहीं हो जायेगा? पगडण्डी चिढ़कर बोली।

–अरे वाह! ख़ुश क्यों न होऊँ? सड़क बनेगी तो क्या शानदार रौनक हो जायेगी। कभी रिक्शा आ रहा है, कभी टेम्पो आ रहा है, कभी बस निकल रही है रंग–बिरंगी सवारियाँ ले के तो कभी सिनेमावाला ताँगा आ रहा है गाना बजाते। दिन भर मन लगा रहेगा। तुझे दिन भर ऊँघते हुए देख–देखकर तो मैं तंग आ गया।

–मूतेंगे मुए उतर–उतरकर तुझ पे। सूँघते रहियो दिनभर। और सड़क को तो रात को भी चैन नहीं। सोने को तरस जायेगा। दो घड़ी की शान्ति के लिए तरसेगा। लिखवा ले मेरे से।

–पर यह भी तो सोच, सड़क निकली तो ज़मीन के भाव बढ़ जायेंगे। पार–पार दुकानें निकल जायेंगी। बस रुकने की जगह बन गयी तो होटल–हलवाई की दुकान भी बन सकती है। सुबह–सुबह गरम–गरम जलेबी छनेगी। संजारे अगरबत्ती और आरती। हल का क्या है, यहाँ नहीं चला, सौ–पचास गज पीछे चल गया।

–जलेबी खायेगा मरजाना। हवस देखो इसकी। पता पड़ेगी जब होयेगा। नाई नाई बाल कितने, कि अभी आगे आये जाते हैं जजमान। अरे मूरख! कचरा पड़ेगा तुझपे कचरा! पोलीथिन की थैलियाँ और प्लास्टिक का फटा–टूटा असबाब। साँस लेने को तरस जायेगा बावले!

–यह भी तो हो सकता है कि कोई बाबा यहाँ धूनी ही रमा ले। यह पाकड़ का घना पेड़ तो है ही मेरे आगे। सोच, कित्ता नसा रहेगा।

गाँजे की चिलमें उड़ेंगी फकाफक। जाग–जग, भजन–कीर्तन, रतजगे होयेंगे। धन्नभाग हैं कि नहीं? सो भी फोकट में।

–अरे भूतनी के! एक जगह पड़े–पड़े तेरी अकल पथरा गयी हैं। जे साधू–संन्यासी के भेसवाले क्या–क्या कर रहे हैं आजकल? कुछ मालूम भी है? मैं तो चलती–फिरती रऊँ हूँ सो पता है मुझे। समझ ले बाल–बच्चों वाला आदमी तो इनको घर में लाने की हिम्मत ना करे। और जिस पेड़ की तू बात कर रहा है वो रहेगा भी? ऐसे ही खड़ा रहेगा? राम का नाम ले। सड़क बनेगी बाद में, पहले तो बिचारे इन पेड़ों की ही हत्या होगी।

–तो वो लगायेंगे भी तो सही बीच में।

–बीच में क्या लगायेंगे? बाबाजी? कनेर लगा दी, बोगनबेलिया लगा दी। उसको तू पेड़ कहता है?

–नहीं, नहीं, पेड़ भी लगाते हैं।

–तेरे पे खास दया आ गयी तो पेड़ भी लगा देंगे। ये लम्बे–लम्बे ऊँट जैसे। वो क्या केवें...यू कि लिप्टस! न मरे की छाया, न हवा। कौआ तक घोंसला न बनाये उस पे। और कचरा करे अपार। सुना दमा हो जाये उससे। सारा पानी सोख ले ज़मीन का। किसी ने कैदई, इन्ने लगा दिये। उसको क्या चाटेगा?

पगडण्डी की बातें खेत को ग़लत नहीं लग रही थीं। दोनों चुप हो गये।

चुप और उदास।

–अब कहाँ जायेगी? कुछ देर बाद खेत ने पूछा।

–हाँ, हाँ तू तो चाहता ही है कि मैं चली जाऊँ। तू तो शुरू से यही चाहता था कि मैं चली जाऊँ तेरे आगे से।

–क्यों?

–मेरी गैल से निकलने वाले कभी तेरी गाजर चख लेते, कभी तेरी मूली उखाड़ लेते इस वजह से। सब समझती हूँ मैं। टेढ़ी–मेढ़ी निगाह करके देखता था मुझे। बोलता नहीं था कुछ तो क्या मैं समझती नहीं थी?

–नहीं, उससे मुझे तकलीफ़ नहीं थी। खाने की चीज़ आदमी ने लगायी तो आदमी ही तो खायेगा। तुम–हम थोड़े ही खायेंगे। उससे तकलीफ़ नहीं थी मुझे। हाँ, ढोर–डंगर से ज़रूर परेशानी थी। वो रोज़ शाम झुण्ड के झुण्ड गुज़रते थे तेरी गैल से और मेरी छाती में मुँह मारते थे। जित्ता खाते थे उससे ज़्यादा बिगाड़ते थे। पर तेरी कसम!

जे तो मैंने कभी नहीं चाहा के तू यहाँ से चली जाये। इस वीराने में बोलने–बतलाने को तेरे सिवा था कौन?

–अरे चल रहने दे। रोज़ तो झगड़ा करे था, अब जाते–जाते लाड़ लड़ा रहा है। तोताचश्म।

–नहीं सच्ची! ईमानदारी से बता। प्यार से पूछ रहा हूँ। झूठ बोलूँ तो तू मेरा मरा मूँ देखे। मुझे तकलीफ़ हो रही है। तू कहाँ जायेगी? यहाँ से हटा दिया तो?

–चली जाऊँगी उधर जंगल की तरफ़। हरियाली के बीच में। पेड़ों की छाँव में। शान्ति से पैर फैलाकर पसर जाऊँगी। चिड़ियों की चह–चहाहट सुनूँगी। सर्दियों की गुनगुनी धूप सेंकूँगी। बारिश में उघाड़े बदन जी भर नहाऊँगी। खरगोश–नेवले शरीर को गुदगुदी करेंगे। आदमी तो हर जगह रहता है। आदमी को ग़ायब कर दे ऐसा जादूगर अभी पैदा नहीं हुआ। जहाँ आदमी बस्ती बनायेगा, मैं भी पहुँच जाऊँगी।

–और मेरा क्या होगा? मैं तो अकेला रह जाऊँगा।

–तू सड़क से दोस्ती कर लेना। पक्की। चालीस फुट चौड़ी। चिकनी–चिकनी।

–क्यों जले पर नमक छिड़क रही है? आज तक किसी सड़क ने खेत से दोस्ती की है जो वह मेरे से करेगी?

खेत की बात ग़लत नहीं थी। दोनों चुप हो गये। चुप और उदास।

कुछ देर बाद हवा चली–और बग़ैर कुछ बोले गुज़र गयी।

सन्नाटा हो गया।

–तेरी बहुत याद आयेगी डोकरी! कुछ देर बाद खेत बोला।

...तेरे बिना दिल नहीं लगेगा बिल्कुल!

–दिल को कौन पूछता है मितवा! विकास तो हो के रहेगा। पगडण्डी ने उसाँस छोड़ी। दोनों चुपचाप रोने लगे।

कुछ देर बाद खेत बोला–वहाँ मेरे भाईबन्ध मिलेंगे तेरे को। उनका ख़याल रखना। ये नहीं कि तेरी गैल से निकलने वाले कभी उनकी गाजर पाड़ लें, कभी उनकी मूली उखाड़ने की कोशिश करें।

–धत! बेशरम! पगडण्डी रोते–रोते भी मुस्करा पड़ी।

❑❑